DELORES FOSSEN

Un protecteur dans la tourmente

Traduction française de
CHRISTINE BOYER

BLACK ROSE

HARLEQUIN

Collection : BLACK ROSE

Titre original :
LAST SEEN IN SILVER CREEK

HARPERCOLLINS FRANCE
83-85, boulevard Vincent-Auriol, 75646 PARIS CEDEX 13
Service Clients — https://www.harlequin.fr/contenu/contactez-nous
ISBN 978-2-2805-1299-2 — ISSN 1950-2753

Édité par HarperCollins France.
Composition et mise en pages Nord Compo.
Imprimé en avril 2025 par CPI Black Print (Barcelone)
en utilisant 100% d'électricité renouvelable.
Dépôt légal : mai 2025.

MIXTE
Papier issu de sources responsables
FSC® C159065

Pour limiter l'empreinte environnementale de ses livres, HarperCollins France s'engage à n'utiliser que du papier fabriqué à partir de bois provenant de forêts gérées durablement et de manière responsable.

1

Kim Ryland s'efforçait de sortir de son cauchemar. Des bribes de souvenirs s'y mêlaient, et ces images effrayantes se succédaient dans sa tête, aussi froides et tranchantes que des lames de rasoir.

— Va te cacher ! lui avait ordonné Theo. Va vite te cacher !

Dans son rêve comme au cours de cette terrible nuit, elle avait obéi. Son chien en peluche serré contre elle, elle s'était glissée à la hâte sous le lit. Elle s'y était recroquevillée en se mordant les lèvres pour s'empêcher d'émettre le moindre bruit.

Son cœur battait à tout rompre, le sang rugissait dans ses oreilles et voilà sans doute pourquoi elle n'avait pas entendu grand-chose de ce qui se passait dans la demeure de son amie.

Mais à l'époque comme à présent, elle avait perçu une présence étrangère. Quelqu'un s'était introduit dans la maison et gravissait les marches de l'escalier qui menait aux chambres. Elle n'avait alors que huit ans et n'avait encore jamais ressenti une telle terreur.

Le souffle court, Kim se réveilla en sursaut. Elle se redressa et s'obligea à se calmer. Elle était dans son lit, en sécurité. Elle n'était plus une petite fille. Et aucun tueur ne viendrait la chercher, cette nuit.

Elle jeta un coup d'œil à son smartphone et poussa un gémissement. Il était à peine 4 heures du matin. Comme elle s'était couchée tard pour revoir un dossier qu'elle aurait à juger sous peu, il lui aurait fallu dormir au moins deux heures supplémentaires pour être en forme. Mais maintenant, elle ne retrouverait pas le sommeil, elle le savait. Encore ébranlée par son mauvais rêve, elle claquait des dents et tremblait de tous ses membres.

Les cauchemars n'avaient apparemment pas de date d'expiration. En tout cas, celui-ci revenait la tourmenter depuis vingt et un ans, depuis que sa meilleure amie d'alors l'avait invitée chez elle pour une soirée pyjama. Une soirée pyjama qui s'était terminée en tragédie.

Les réminiscences de ce qui s'était passé à l'époque se mélangeaient à présent à l'une des affaires sur lesquelles elle travaillait. En tant que substitute du procureur de Silver Creek, sa ville natale texane, Kim avait la responsabilité d'instruire plusieurs dossiers. Mais elle avait rarement eu l'occasion d'en traiter un d'une telle gravité. Dans quatre jours, elle devrait conduire un procès pour violence conjugale. Depuis des années, le prévenu faisait preuve d'une brutalité insupportable envers sa femme, et c'était sans doute pour ça que son rêve lui était revenu, cette nuit-là.

Le manque de sommeil lui causait déjà une terrible migraine. Kim avait l'impression d'avoir la tête dans un étau. Avec un soupir excédé, elle rejeta les couvertures, enfila le peignoir en soie que sa mère lui avait offert à Noël et se dirigea vers la cuisine. Le simple fait de marcher l'apaisait.

Un peu.

Elle se sentait bien chez elle, dans cette maison remplie de souvenirs heureux qui lui rappelaient qu'elle avait grandi au sein d'une famille aimante et protectrice. Elle promena les yeux sur les photos des membres du clan posées sur la cheminée, le jeté de lit en patchwork confectionné par son arrière-grand-mère, les jolis meubles hérités de ses aïeux à présent disparus. Tous ces objets la réconfortaient et l'aidaient souvent à chasser les vestiges de son cauchemar.

Mais pas toujours.

En réalité, les images de cette horrible nuit étaient encore là, tapies sous la surface, prêtes à jaillir à la moindre occasion.

Kim mit en route la cafetière. Il lui faudrait sans doute la boire intégralement pour réussir à garder les yeux ouverts toute la journée. Elle se sentait si fatiguée qu'elle craignait d'être incapable de se concentrer sur l'écran de son ordinateur.

Tout en sortant un mug du placard, elle jeta un œil à ses mails via son smartphone. Elle ne vit rien d'urgent. Elle ramassa alors la pile de courrier qui l'attendait sur la table de la cuisine. De toute évidence, l'un de ses parents avait vidé sa boîte aux lettres pour elle. Ils le faisaient souvent puisqu'ils n'habitaient pas loin et avaient les clés de sa maison.

Tandis que la cafetière crépitait, elle mit de côté les revues, jeta les prospectus publicitaires au panier et parcourut des yeux les enveloppes. Mais soudain, elle se figea à la vue de l'une d'elles.

Elle savait exactement de quoi il s'agissait.

Seigneur.

Elle ne l'ouvrit pas, n'y toucha pas. Au lieu de quoi, elle ressortit son téléphone de sa poche et, sans hésiter, appela Theo Sheldon, le shérif.

Malgré l'heure matinale, il répondit à la deuxième sonnerie.

— Kim ? dit-il d'une voix ensommeillée. Que se passe-t-il ?

— J'ai reçu une autre lettre, réussit-elle à balbutier.

— J'arrive, lui assura Theo qui semblait tout à fait réveillé, maintenant.

Elle le remercia dans un murmure. Et dès qu'elle raccrocha, elle photographia l'enveloppe à l'aide de son smartphone. Elle avait eu le même réflexe avec les huit autres lettres anonymes qu'elle avait reçues au fil des ans. Elle enregistra celle-ci dans un fichier en ligne où elle stockait ces photos glaçantes, et vérifia que celle-ci était identique aux autres.

Oui, elle leur ressemblait en tout point.

Une enveloppe blanche ordinaire. Pas d'adresse d'expéditeur. Son nom et son adresse postale avaient été tapés avec une machine à écrire, à l'ancienne.

Mais au lieu de la désigner par « Kim », l'auteur de cette missive avait écrit « Kimmie », le surnom que tout le monde lui donnait quand elle était enfant.

Comme sur les autres, le timbre était posé de travers. Peut-être s'agissait-il d'un message codé mais, dans ce cas, ni Kim ni les membres du bureau du shérif de Silver Creek n'avaient réussi à le décrypter. Il était possible que l'expéditeur l'ait positionné de cette façon uniquement pour jouer avec ses nerfs. En effet, de ce fait, le personnage figurant sur le timbre n'était pas debout mais couché. Comme une personne morte.

Toutes ces lettres avaient été analysées, bien sûr, et le laboratoire criminel avait identifié de nombreuses empreintes et même quelques traces d'ADN. Mais pas assez pour espérer trouver une correspondance dans l'une des bases de données. Il en serait peut-être différemment avec celle-ci, même si elle avait été manipulée par de nombreuses personnes avant d'atterrir dans sa boîte aux lettres.

Kim hésita à appeler son oncle Grayson. Il avait été shérif à Silver Creek pendant plus de trois décennies et n'avait pris sa retraite que deux mois plus tôt. Il avait enquêté sur cette affaire qui continuait à le préoccuper, elle le savait. Mais elle attendrait une heure plus convenable pour lui passer un coup de fil, ainsi qu'à ses parents.

Cela dit, elle ne devait pas trop tarder à les mettre au courant. Il ne faudrait pas longtemps pour que la nouvelle se répande qu'elle avait reçu un autre courrier anonyme. Ils auraient besoin d'être rassurés. Bien sûr, pour les apaiser, elle serait obligée de leur mentir. Elle ne voulait pas qu'ils sachent que ces lettres et les souvenirs qu'elles réveillaient la rendaient malade.

Mais ils la rongeaient encore.

Et la hanteraient toujours.

Pourtant, elle refusait d'aggraver la culpabilité de ses parents. Ils se reprochaient sans doute de ne pas avoir protégé leur petite fille des événements survenus au cours de cette nuit tragique. Deux personnes avaient été assassinées, et Faith, sa meilleure amie, avait disparu. Le tueur l'avait enlevée, et Kim savait bien qu'il aurait pu la kidnapper, elle, au lieu de Faith.

Tout en sirotant son café, elle retourna dans sa chambre pour enfiler un jean, une chemise en flanelle et des chaussures. Il valait mieux qu'elle soit habillée pour s'entretenir avec Theo. Elle était consciente de la petite flamme entre eux. Il n'était pas question de céder à la tentation, il s'agissait d'un fruit défendu. Et tenter le diable ce soir ne semblait pas une bonne idée. Elle se sentait déjà tellement abattue et nerveuse.

Une fois son « armure » vestimentaire en place, Kim se dirigea vers la fenêtre pour guetter Theo. Il faisait encore nuit, mais le clair de lune lui permettait de voir les arbres dénudés de sa propriété. Ils se tordaient sous les assauts du vent glacé de ce mois de janvier. Et soudain, un autre pan de souvenirs remonta à sa mémoire.

Il faisait très froid cette nuit-là aussi, et quand son père l'avait emmenée hors de la maison, loin de la tragédie, Kim avait entendu le craquement du givre sous ses bottes. Il la serrait tendrement contre lui tandis que Grayson se chargeait de Theo. Bien sûr, il ne l'avait pas pris dans ses bras. Theo avait douze ans, à l'époque. Grayson s'était contenté de l'entourer d'un bras protecteur pour l'entraîner jusqu'à la voiture. Par la suite, pour continuer de le protéger, Grayson et sa femme, Eve, avaient proposé à Theo de vivre avec eux et leurs autres enfants. Il lui avait ainsi évité de subir le système de placement des orphelins et d'être ballotté, des années durant, d'une famille d'accueil à l'autre.

Kim n'avait pas vu Faith se faire kidnapper ni les cadavres des parents de Theo. Seulement le sang qui maculait le sol.

Tout ce sang.

Son père lui avait pourtant recommandé de fermer les yeux pendant qu'il la sortait de la maison. Mais Kim n'avait pu s'empêcher de jeter un regard furtif en arrière tandis qu'il l'emmenait. Elle regrettait de lui avoir désobéi. Depuis lors, l'image de ce sang n'avait jamais quitté sa tête.

Oui, elle se sentait abattue et nerveuse.

Kim avait lu tous les rapports sur les meurtres et le kidnapping. Elle savait donc que les enquêteurs avaient tout fait pour identifier le tueur et retrouver Faith. Des investigations approfondies avaient été menées, et sa photo figurait depuis lors dans toutes les bases de données des personnes disparues. Sans résultat. Personne ne savait ce qu'il lui était arrivé. Faith semblait s'être évaporée dans la nature.

Des phares crevèrent la nuit, attirant son attention, et elle vit le camion de Theo s'engager dans l'allée. Il s'arrêta devant chez elle. Il ne lui avait pas fallu longtemps pour venir. Il n'habitait qu'à un petit kilomètre de chez elle et était d'ailleurs son plus proche voisin. Mais si Jack, son fils de deux ans, avait passé la nuit chez lui, Theo aurait dû attendre l'arrivée de la nounou pour partir. Ce qui l'aurait un peu retardé.

Lorsque Theo sauta de son véhicule, il tourna aussitôt les yeux vers la fenêtre pour croiser les siens. S'il éprouvait la moindre fatigue ou le besoin d'une bonne dose de caféine, il n'en laissait rien paraître.

Au contraire.

Alors qu'il s'était sans doute habillé à la hâte, rien chez lui n'était de travers. Il était vêtu de sa tenue habituelle, un jean, une chemise grise et un vieux stetson noir qui, elle le savait,

avait appartenu à son père. Il lui allait comme s'il avait été fait sur mesure pour lui.

Le clair de lune scintillait sur l'étoile argentée accrochée à sa poitrine. Il ne la portait que depuis deux mois, depuis qu'il avait été élu shérif de Silver Creek.

Elle se rendit compte que, même sans cet insigne, il ressemblait depuis toujours à ce qu'il était : un cow-boy et un shérif. Theo était né pour être shérif à Silver Creek.

Tout en tirant sur le col de son manteau, il traversa la cour jusqu'à son porche. Le vent fouettait son visage, et il pressa la main sur son chapeau pour l'empêcher de s'envoler.

Elle désactiva le système d'alarme et lui ouvrit la porte.

— Bonjour et merci d'être venu si vite, dit-elle. Je ne savais pas si tu avais Jack ce soir ou pas.

— Non. Il est avec Nadia.

Nadia était l'ex-femme de Theo et la mère de Jack. Mais pas seulement. Elle était aussi l'ex-meilleure amie de Kim, par exemple. Mais elle n'avait pas envie d'y penser pour le moment.

Theo entra, apportant dans son sillage l'odeur froide du givre. S'y mêlaient celles du cuir de son manteau et de la chaleur de son corps.

— La lettre est sur la table de la cuisine, dit-elle en refermant la porte. Je vais te chercher un café.

Il marmonna un merci et se dirigea droit vers la table. En voyant l'enveloppe, il poussa un soupir empreint de lassitude.

— Je ne sais pas quand elle est arrivée, continua Kim en lui tendant un mug fumant. À en croire le cachet de la poste, elle a été postée de Dallas il y a cinq jours.

Dallas se trouvait à six heures de route de Silver Creek. Cela ne signifiait pas que l'expéditeur y vivait. En fait, Kim était certaine qu'il n'avait aucun lien avec Dallas susceptible de l'identifier.

Theo hocha la tête. Il sirotait son café tout en étudiant l'enveloppe.

— Soit tu te couches très tard, soit tu te lèves très tôt, remarqua-t-il.

— Je me suis réveillée tôt. Des rêves m'ont tirée du sommeil.

Quand il tourna ses yeux bleus vers elle, elle comprit qu'il savait ce qu'elle voulait dire. Il ne s'agissait pas de rêves mais plutôt de cauchemars.

— Parfois, je parviens à oublier les miens. Parfois, ajouta-t-il dans un murmure qui lui fit comprendre que cela n'arrivait pas souvent.

Il ne servirait à rien de lui rappeler qu'il n'avait que douze ans à l'époque du drame. Qu'il n'était alors qu'un enfant. Et que, s'il avait essayé de s'attaquer à l'intrus dans l'espoir de sauver ses parents, il aurait sans doute été assassiné, lui aussi.

Ce qui avait bien failli se produire.

Les policiers et les experts avaient reconstitué la scène du crime. Ils avaient établi que le tueur avait quitté la maison quelques instants avant que Theo ne dévale l'escalier, armé d'une batte de base-ball. L'homme qui venait d'abattre les parents de Theo n'aurait probablement pas hésité à tirer sur lui.

— Tu m'as sauvée, cette nuit-là, lui rappela Kim.

Comme il le lui avait ordonné, elle s'était cachée et le meurtrier ne l'avait pas vue.

Theo secoua la tête. Cette conversation ravivait de vieilles blessures, jamais cicatrisées. Il se reprochait d'être arrivé trop tard, de n'avoir pas réussi à sauver ses parents ni à empêcher le tueur de kidnapper sa sœur.

Recroquevillée sous le lit, Kim n'avait pas vu le double meurtre et, comme le sang rugissait alors à ses oreilles, elle n'avait pas entendu Faith appeler au secours. Mais Theo, oui. Kim avait lu les rapports. Il avait entendu sa petite sœur l'appeler.

Aide-moi, Theo. Aide-moi !

Ce genre de culpabilité avait le pouvoir de gâcher une vie.

Theo en était un bon exemple. Il ne se pardonnait pas de n'avoir rien pu faire pour sauver les siens.

Il but une longue gorgée de café puis sortit une paire de gants et un sac d'indices de la poche de son manteau.

— Dallas, dit-il, regardant à nouveau le cachet postal. Les deux premières venaient aussi de là-bas.

Les six autres avaient été oblitérées dans d'autres villes du Texas. Il ne s'agissait pas de petites villes comme Silver Creek où quelqu'un aurait remarqué un étranger ou une personne suspecte en train de poster une lettre.

Comme les autres enveloppes, celle-ci n'avait pas été scellée de manière traditionnelle. Le rabat avait été scotché. L'expéditeur ne l'avait pas léché pour ne pas y mettre de la salive et donc son ADN. Il avait toujours veillé à ne pas laisser non plus d'empreintes ou de fibres sur le ruban adhésif.

Theo sortit avec précaution la feuille blanche pliée à l'intérieur. Elle était banale, mais le message qui y figurait ne l'était pas. Kim avait cru y être préparée, mais en le parcourant elle eut l'impression de recevoir un coup de poing dans le ventre.

— « Aide-moi. S'il te plaît, aide-moi », lut Theo à voix haute.

Une variante des mots que Faith avait criés la nuit où elle avait été enlevée, vingt et un ans plus tôt. Comme Kim, elle avait alors huit ans.

Comme pour les autres lettres que Kim avait reçues, le texte avait été dactylographié et il n'y avait pas de signature. Rien n'expliquait non plus pourquoi la missive avait été adressée à Kim et non à Theo.

Kim poussa un soupir résigné. Elle devinait que, même si ce courrier ne lui était pas destiné, Theo encaissait, lui aussi, le coup de poing dans le ventre. Mais il ne soupira pas. Il déplia le tiers inférieur de la lettre pour en examiner plus attentivement un coin. Kim se pencha pour l'imiter, jusqu'à ce que sa tête soit contre celle de Theo, et elle aperçut ce qu'il voyait.

Un minuscule point couleur rouille.

Il faisait environ la moitié de la taille d'un grain de riz. Si petit que Kim ne l'aurait peut-être pas remarqué s'il n'avait pas attiré l'attention de Theo.

— Il s'agit peut-être de sang, murmura-t-il.

Kim sentit son cœur s'accélérer dans sa poitrine. Cela ressemblait en effet à du sang séché. Il n'y avait rien de tel sur les autres, mais peut-être que cette fois Faith – ou la personne qui avait posté la lettre – y avait laissé un petit morceau d'elle-même.

— Je l'apporterai au labo dès que possible, dit Theo en repliant le feuillet et en le plaçant dans le sac d'indices.

Il sortit un stylo, sans doute pour étiqueter le sac, mais un bruit l'arrêta net.

Quelque part sur la propriété, à l'extérieur de la maison, un cri de femme déchira le silence de la nuit.

2

Dès que Theo entendit ce cri, son instinct de policier se réveilla. Il dégaina son arme et saisit le bras de Kim pour la placer derrière lui avant de se précipiter vers la fenêtre.

Il scruta la nuit.

Rien.

Il ne vit personne mais, à en juger par le bruit, la femme qui avait poussé ce hurlement n'était pas loin.

— Reste à l'intérieur, ordonna-t-il à Kim en ouvrant la porte.

— Le cri venait du petit bois, répondit-elle.

Il perçut son inquiétude.

Lui aussi était soucieux. La propriété de Kim se trouvait à l'écart et à un bon kilomètre de la ville. Par une nuit froide comme celle-ci, il fallait un véhicule pour s'y rendre. Et surtout, seule une personne mal au point était susceptible de crier ainsi.

Une autre éventualité lui traversa l'esprit. Les vacances de Noël finissaient. Il était possible que des gamins désœuvrés aient eu envie de jouer une sale blague à la substitute du procureur de la ville qui vivait seule ici. Theo espérait vraiment une explication de ce genre. Mais d'instinct, il devinait qu'il ne s'agissait pas d'une plaisanterie. Il était la proie d'un mauvais pressentiment.

L'arme au poing, il sortit dans le froid glacial et descendit les marches du porche pour jeter un œil dans la cour. Elle était grande et bordée d'arbres, d'arbustes et de parterres de fleurs à présent vides. Mais rien ne semblait déplacé.

— Je suis le shérif Theo Sheldon, lança-t-il à la cantonade. Qui est là ?

Il attendit, à l'affût du moindre bruissement. Il guettait le martellement de pas précipités d'adolescents décampant après avoir joué un tour à quelqu'un. Mais il n'entendit rien que les bruits de la nuit, le gémissement du vent, le craquement des branches, l'ululement d'un hibou en haut d'un arbre. Les cris des oiseaux nocturnes ressemblaient parfois à ceux des humains. Mais Theo se remémorait très bien celui qui les avait surpris.

Il n'émanait pas d'un animal, il en était certain.

Il jeta un coup d'œil derrière lui pour s'assurer que Kim n'avait pas bougé. Elle était sortie sous le porche et, les bras enroulés autour d'elle, elle tremblait de froid. Elle promenait les yeux autour d'elle, en particulier vers le petit bois. Non loin des arbres se dressait une grange entourée d'un corral.

— As-tu laissé les portes de la grange ouvertes ? lui demanda-t-il.

— Oui. Je voulais permettre aux chevaux de s'y abriter s'il faisait trop froid.

Le bâtiment en bois se trouvait donc dans la zone d'où provenait le cri, et Theo s'y dirigea.

— Attends, dit Kim. Je t'accompagne. Donne-moi un instant pour prendre un manteau.

Il hésita. Peut-être allait-il au-devant d'un danger. D'un autre côté, l'idée de la laisser seule dans la maison ne l'enchantait pas. Comme tout policier, il avait toujours tendance à imaginer le pire. Le fait d'avoir survécu, enfant, à l'intrusion d'un tueur dans le domicile familial n'arrangeait sans doute rien.

Il se reprocha ses atermoiements. Il connaissait son métier et s'était déjà retrouvé dans des situations plus compliquées à gérer.

Et si avoir Kim avec lui n'était pas l'idéal, la laisser seule chez elle ne l'était pas non plus. Après tout, dans l'un de ses

« scénarios du pire », un agresseur aurait pu s'introduire en catimini chez elle, en passant par l'arrière de la maison, pendant qu'ils étaient sous le porche.

Il n'avait aucune envie qu'elle revive la tragédie qu'elle avait connue il y a vingt et un ans.

Kim était substitute du procureur et, tout comme les policiers, sa profession lui attirait souvent des ennuis et lui créait, plus souvent encore, des ennemis. Pourtant, l'hypothèse que quelqu'un désirant se venger envoie une femme hurler sur sa propriété dans le but de l'attirer dehors et de l'attaquer semblait tirée par les cheveux. Au cas où, il attendit que Kim le rejoigne dans la cour.

— As-tu vu ou entendu autre chose ? demanda-t-elle, tout en enfilant son manteau.

Elle fouilla ses poches et en sortit une petite lampe torche.

Il secoua la tête et se remit en mouvement. Il se dirigea tout droit vers la grange. Tout en marchant, il continuait de surveiller les alentours. Si le stratagème consistait effectivement à attirer Kim dehors, sa simple présence découragerait peut-être une attaque. Peut-être.

— Sortez, que je puisse vous voir, cria-t-il. Si vous êtes en danger, dites-le. Je suis en mesure de vous aider.

Il n'obtint aucune réponse, mais le hibou hulula plus fort. Cette fois, ses cris sonnaient comme un avertissement. Les rapaces réagissaient toujours ainsi, Theo le savait. Ils étaient comme des chiens de garde et protestaient lorsqu'un intrus s'aventurait sur leur territoire. Et là, l'oiseau se tenait en haut d'un vieil érable près de la grange.

— As-tu reçu dernièrement des menaces que tu ne m'aurais pas signalées ? poursuivit Theo.

Comme elle ne répondait pas tout de suite par la négative, il ralentit un peu le pas pour se tourner vers elle et lui donner la possibilité de le renseigner.

— Ce n'était pas vraiment une menace, chuchota-t-elle enfin. Rowena Odell m'a appelée hier. Elle craint que Quill ne l'agresse avant son procès. Mais elle ne m'a pas précisé sur quoi était fondée cette peur et elle n'avait aucun élément pour me permettre de suspendre la mise en liberté conditionnelle de son mari. Il ne m'est pas possible de remettre en cause une décision de justice sur la base d'une vague inquiétude d'une épouse.

Theo connaissait très bien cette affaire puisque Rowena et son mari, Quill, étaient les parents de Nadia, son ex-femme. De plus, il avait lui-même arrêté Quill lorsque leur énième dispute conjugale avait dégénéré en violence. Quill était un sale type et un ivrogne. Sous l'emprise de l'alcool, il avait poignardé Rowena à l'abdomen.

Par chance – certains diraient « par miracle » –, Rowena n'avait pas succombé à ses blessures. Elle s'était rétablie, mais maintenant elle vivait dans la peur permanente que Quill ne s'attaque de nouveau à elle. Ou ne réussisse, d'une manière ou d'une autre, à se soustraire à un procès qui le condamnerait sans doute à vingt ans de prison. Ou davantage.

Connaissant le tempérament colérique de son ex-beau-père, Theo n'avait pas été surpris qu'il menace le juge, le jury et Kim pendant l'audience de mise en liberté sous caution. Bien entendu, son comportement n'avait pas arrangé son cas et voilà pourquoi il avait passé trois mois au pénitencier du comté avant d'être finalement libéré. Maintenant, il attendait d'être fixé sur son sort et, sauf retard administratif de dernière minute, son procès commencerait dans quatre jours. Quill craignait d'être condamné à une lourde peine de prison, et Rowena qu'il soit remis en liberté.

— Je te parle de Rowena parce qu'elle essaye peut-être de créer une situation qui incriminerait Quill, dans l'espoir de faire révoquer sa mise en liberté conditionnelle, dit Kim.

Oui, Theo avait déjà envisagé cette éventualité.

— J'irai la voir demain, assura-t-il.

Mais en réalité, il doutait que Rowena soit derrière ce cri, qu'elle ait eu l'idée d'une telle mise en scène et l'énergie de la mettre en œuvre. Les années de maltraitance conjugale l'avaient épuisée. Bien sûr, elle ne cessait d'appeler Kim, le shérif ou les adjoints en pleurant. Elle les suppliait d'aller s'assurer que Quill n'avait pas la possibilité de s'en prendre à elle. Mais elle ne viendrait pas en hurlant sur la propriété de Kim dans l'espoir de la contraindre ainsi à remettre son mari en prison. Non, il ne l'imaginait pas du tout se comporter ainsi.

D'un autre côté, Quill, lui, en serait capable, maintenant qu'il était libre.

Il avait peut-être demandé à une femme – peut-être même à Rowena s'il avait repris contact avec elle malgré l'interdiction qui lui avait été signifiée – de lui servir d'appât. Afin de se venger de la substitute du procureur et du shérif qui l'avait arrêté.

Mais chaque fois que quelqu'un s'approchait de chez elle, Rowena avait toujours le réflexe de composer le 911, le numéro des secours. Elle avait si peur de Quill qu'elle n'aurait pas hésité à les appeler si ce dernier l'avait menacée.

Cela dit, Quill avait peut-être réussi à s'attaquer à elle et voilà pourquoi Theo rédigea un bref texto au dispatcheur pour le prier d'envoyer l'un des adjoints s'enquérir de Rowena.

Quand il atteignit le corral, il s'arrêta et tendit l'oreille. Il voulait s'assurer qu'ils n'étaient pas sur le point de tomber dans une embuscade. Mais là encore, il n'entendit rien, pas même le grincement de la barrière quand il l'ouvrit. De toute évidence, Kim en avait bien huilé les gonds. Dommage, parce que ce bruit l'aurait prévenu que leur visiteuse, ou quelqu'un d'autre, avait traversé le corral et pénétré dans la grange.

Bien sûr, l'intrus aurait pu escalader la clôture en bois et c'est pourquoi Theo prit la lampe de poche des mains de Kim pour la pointer sur le sol. Presque aussitôt, il se reprocha de ne pas lui avoir simplement demandé de le faire. Toucher Kim était comme jouer avec le feu.

Il promena le faisceau lumineux dans le corral et, à la vue des empreintes de pas, il sentit une décharge d'adrénaline le traverser. Curieusement, il ne s'agissait pas d'empreintes de semelles de chaussures. Mais plutôt de pieds nus.

Bon sang.

Il accéléra et, Kim sur les talons, il poussa les portes de la grange. Il faisait nuit noire à l'intérieur. Dommage que Kim n'ait pas laissé une lumière allumée.

— Il y a quelqu'un ? cria-t-il. Si vous avez besoin d'aide...

Il s'apprêtait à entrer lorsqu'il entendit un bruit derrière eux. Un craquement comme si quelqu'un avait marché sur des brindilles. Il se retourna et se déplaça pour se positionner devant Kim. Dans le même mouvement, il brandit son arme. Il ne visait rien de particulier, mais se préparait à tout.

— Qui est là ?

Il ne s'attendait pas à obtenir une réponse et n'en reçut pas.

En revanche, il perçut un bruissement dans les arbres sur sa droite. Peut-être s'agissait-il d'un animal, mais son instinct lui souffla que quelqu'un était dissimulé dans l'ombre. Il était possible que leur visiteuse aux pieds nus ait changé d'avis, renoncé à pénétrer dans la grange et préféré se réfugier dans les bois.

— Je peux vous aider, répéta Theo.

— Et moi aussi, ajouta Kim.

De toute évidence, elle pensait qu'une femme terrifiée n'accepterait sans doute pas l'offre d'un homme.

Ils restèrent là, à attendre, à écouter. Et soudain, par-dessus le sifflement du vent, Theo entendit un gémissement. Il ne venait pas des bois mais de l'intérieur de la grange. Il s'y dirigea de nouveau, en veillant à garder Kim derrière lui.

L'un des chevaux s'y était en effet abrité, sans doute pour

y chercher un peu de chaleur. La jument grise hennissait et agitait sa queue. Theo n'avait aucun mal à la voir, mais derrière l'animal il y avait beaucoup de coins sombres… les stalles, des bottes de foin et du matériel agricole.

L'arme au poing, il tendit la main vers l'interrupteur et alluma. L'ampoule nue qui pendait au plafond vacilla. Il balaya la grange d'un regard circulaire.

Et la vit.

Une femme. Et, oui, elle était pieds nus. Assise sur le sol, les bras enroulés autour de ses jambes repliées contre sa poitrine, elle se balançait d'avant en arrière.

Ce n'était pas Rowena.

Theo n'aperçut ni sang ni blessures sur elle, mais il décida d'appeler le dispatcheur pour réclamer une ambulance.

— Vous êtes blessée ? demanda-t-il après avoir remis son téléphone dans sa poche.

Elle releva brusquement la tête. Elle focalisa son attention sur lui, mais il ne parvenait pas à distinguer son visage. Des mèches de cheveux noirs le recouvraient en partie.

Avec un petit cri sauvage, elle bondit dans un coin, au fond de la grange, et s'y recroquevilla.

— Je suis le shérif, dit-il avec douceur en s'approchant de quelques pas. Je peux vous aider.

L'inconnue ne répondit pas, mais se tourna vers Kim lorsque celle-ci s'avança.

— Il fait froid ici, murmura Kim.

Elle prit une couverture de cheval dans l'une des stalles et la lui tendit.

La femme recula et tenta de s'enfoncer plus profondément encore entre les bottes de foin.

Kim posa la couverture sur ses épaules et s'écarta pour ne pas l'effrayer davantage.

— Qui êtes-vous ? demanda-t-elle. Que pouvons-nous faire pour vous aider ?

Deux bonnes questions et, une fois qu'elle y aurait répondu, Theo espérait que cette étrange visiteuse leur dirait pourquoi elle était là et, mieux encore, ce qu'elle fuyait. Parce qu'il était évident qu'elle était terrifiée. Sa frayeur s'aggraverait sans doute lorsqu'elle entendrait l'ambulance, et Theo se plaça dans l'embrasure de la porte de la grange, au cas où elle essayerait de s'échapper.

Il ne la voyait que de profil, mais il essaya de déterminer s'il la connaissait. Non. Elle ne vivait certainement pas à Silver Creek. Bien sûr, elle était peut-être venue rendre visite à quelqu'un. Mais si elle était arrivée jusqu'ici en voiture et que son véhicule était tombé en panne, cela n'expliquait pas pourquoi elle ne portait pas de chaussures.

— Vous devez voir un médecin, poursuivit-il, en adoptant le ton apaisant de Kim.

Mais ses mots eurent sur l'inconnue l'effet inverse. Elle se tourna vers lui et secoua frénétiquement la tête.

— Non, balbutia-t-elle d'une voix rauque. *Il* me trouvera.

Theo réagit aussitôt.

— Il ? De qui parlez-vous ?

Elle ouvrit la bouche, mais ne répondit pas. Sans doute avait-elle, comme lui, entendu du bruit à l'extérieur de la grange. Il ne s'agissait pas de l'ambulance. Non. Un bruit de pas précipités.

Un sanglot rauque lui arracha la gorge, et elle se recroquevilla davantage encore d'un air apeuré. Mais Kim eut une tout autre réaction. Elle sortit un .38 de la poche de son manteau. Theo n'aurait pas dû en être surpris. Après tout, elle était la fille d'un policier à la retraite et avait été confrontée depuis l'enfance à la violence. Qu'elle ait eu le réflexe de prendre son calibre avant de le rejoindre dans la cour était donc assez logique.

— Reste avec elle, lui ordonna Theo tout en se reprochant de lui demander son assistance.

Heureusement, il bénéficierait bientôt d'un véritable renfort lorsque l'un des adjoints arriverait avec l'ambulance.

Theo jeta un autre coup d'œil dans la grange pour s'assurer qu'il n'y avait pas quelqu'un d'autre caché à l'intérieur, prêt à les attaquer. Mais il ne vit personne. Il n'entendit rien d'autre non plus puisque, à l'extérieur, les pas s'étaient arrêtés.

— Je suis le shérif Sheldon, cria Theo pour couvrir toutes les bases juridiques au cas où la scène se transformerait en fusillade.

Aux aguets, il attendit.

Il n'eut pas à patienter très longtemps avant d'entendre un bruissement sur le côté de la grange. Il fit signe à Kim de se baisser et sortit. Dès qu'il poussa la porte, le vent le gifla au visage.

Il ne remarqua personne et n'en fut pas étonné. Vu les rares pièces de ce puzzle en sa possession, il était très probable que le nouveau venu soit responsable de la terreur de l'inconnue dans la grange. Et quel qu'il soit, l'intrus n'avait sans doute aucune envie de se retrouver nez à nez avec le shérif local.

Theo fit quelques pas lents et prudents à l'extérieur et, comme personne ne semblait sur le point de lui tendre un piège, il se dirigea vers l'endroit où il avait entendu ces pas. Il s'avança jusqu'à l'angle de la grange, leva son arme en position de tir et jeta un rapide coup d'œil avant de reculer.

Toujours rien.

Au loin, il entendit le hurlement de la sirène. L'ambulance arriverait dans quelques instants. Une voiture de patrouille de Silver Creek la suivrait, il n'en avait aucun doute. Peut-être même un ou deux Ryland aussi, s'ils avaient appris qu'une ambulance avait été appelée chez Kim.

— Dernière chance pour vous montrer, lança Theo à la cantonade.

Qui que soit l'intrus, il dut l'entendre parce qu'il n'y eut plus le moindre mouvement, ni le moindre pas. Comme Theo s'écartait de l'arbre derrière lequel il s'était abrité, il aperçut une silhouette sombre qui s'enfuyait en courant.

— Arrêtez ! hurla Theo.

Il hésita à tirer un coup de semonce, mais renonça vite à cette idée. Il ne voulait pas que la balle touche l'un des chevaux de Kim ou ricoche contre un mur pour finir sa course dans la grange. En revanche, il envoya un autre texto au dispatcheur pour demander davantage de renforts. Il avait en effet l'intention de procéder à une fouille approfondie de la propriété.

Il continua à attendre, à observer les alentours, tandis que l'ambulance s'arrêtait devant la maison. Deux infirmiers en bondirent. Theo leur fit signe de se diriger vers la grange. Comme prévu, une voiture de patrouille suivait, et l'adjointe Ava Lawson en sortit à la hâte.

Theo était à la tête d'une dizaine d'adjoints et il connaissait bien Ava. Elle avait toujours fait du bon travail. Il pouvait lui confier cette recherche.

— Jesse est en route, dit-elle, faisant référence à l'adjoint Jesse Ryland, l'un des cousins de Kim – et un autre excellent policier. Kim est-elle blessée ?

Theo secoua la tête. Il voulait la rassurer, Kim et Ava étant amies.

— Une femme s'est réfugiée dans sa grange. Une inconnue, précisa-t-il. J'ai besoin que les infirmiers l'examinent et la conduisent ensuite à l'hôpital.

Ava prit un moment pour digérer l'information.

— As-tu besoin de la police scientifique ?

— Pas encore. Nous recherchons une personne non identifiée que j'ai aperçue pour la dernière fois filer là-bas, dit-il en pointant du doigt les bois sombres. Dès que Jesse sera là, organise une battue. Considère cet individu comme armé et dangereux.

Ava hocha la tête et, tout en surveillant les alentours, elle sortit son smartphone pour lancer l'opération. Theo retourna dans la grange. Les infirmiers essayaient d'examiner l'inconnue.

Essayaient.

La tâche se révélait difficile. Dès qu'ils l'approchaient, elle reculait en gémissant comme un animal blessé.

— Tout va bien, dit Kim en se plaçant devant les hommes. Elle s'accroupit pour se mettre à hauteur des yeux de la malheureuse.

— Personne ne va vous faire de mal. Nous voulons seulement vous aider.

La femme semblait de plus en plus terrifiée.

— Non, gémit-elle. S'il vous plaît, non.

— D'accord, murmura Kim en se rapprochant davantage. Pouvez-vous nous dire qui vous êtes ? Je m'appelle Kim Ryland, ajouta-t-elle pour l'encourager.

Bouche bée, l'inconnue écarquilla les yeux, tandis qu'elle dévisageait Kim.

— Kim Ryland, répéta-t-elle dans un murmure. Kim.

Theo s'avança.

— Vous connaissez Kim ? demanda-t-il.

Elle se tourna vers Theo et, traversée par une nouvelle vague de panique, elle recommença à s'éloigner.

— Tout va bien, dit-il. Je suis le shérif Theo Sheldon. Kim et moi pouvons vous aider. Ces infirmiers aussi.

La femme resta immobile. Tellement immobile qu'il sentit un très mauvais pressentiment s'insinuer au creux de son estomac.

— Theo ? marmonna-t-elle enfin. Kim ?

— Oui, confirma-t-il en s'approchant d'elle. Vous nous connaissez ?

Elle hocha la tête, et des larmes jaillirent de ses yeux.

— Je te connais, confirma-t-elle en le regardant. Aide-moi, Theo. S'il te plaît, aide-moi.

Un sanglot s'échappa de sa bouche.

— C'est moi, Faith. Je suis ta sœur.

Sur ces mots, ses yeux se révulsèrent et elle perdit connaissance.

3

Ta sœur.

Ces mots continuaient de tourner en boucle dans la tête de Kim alors qu'elle arpentait la salle d'attente de l'hôpital de Silver Creek.

Les mots de Faith.

Enfin, peut-être.

Lorsque les infirmiers avaient installé la femme évanouie sur un brancard pour la porter dans leur véhicule et la conduire à l'hôpital, Kim l'avait bien regardée. Elle avait mémorisé non seulement les traits de son visage mais aussi le son de sa voix. Et depuis lors, elle se demandait s'ils lui semblaient familiers. Elle n'avait aucune certitude, ni dans un sens ni dans l'autre. Pourtant, elle aurait donné n'importe quoi pour être sûre qu'il s'agissait bien de son amie d'enfance, disparue vingt et un ans plus tôt.

Visiblement, Theo s'interrogeait de la même façon. Lui aussi faisait les cent pas tout en parlant au téléphone. Kim ignorait avec qui il s'entretenait, mais il demandait à son interlocuteur de lui faire parvenir au plus vite un kit d'empreintes digitales et de quoi effectuer un test ADN.

Le kit d'empreintes digitales serait particulièrement utile. En effet, après le double assassinat et le kidnapping, les enquêteurs avaient récupéré les empreintes de Faith sur plusieurs de ses jouets. Elles avaient été enregistrées dans les différentes bases de données de la police.

Au début, peu après sa disparition, tout le monde était confiant, persuadé que l'enfant serait vite retrouvée. Mais au fil des années et des fausses pistes, cet optimisme s'était considérablement estompé. Voilà pourquoi Kim préférait pour l'instant considérer que cette femme n'était pas Faith pour ne pas nourrir de faux espoirs et être, une fois de plus, déçue.

Avant de réclamer de quoi relever des empreintes digitales et de l'ADN, Theo avait d'abord pris des dispositions pour qu'un adjoint reste en permanence auprès de Nadia et de Jack.

« Simple précaution », avait-il précisé.

Mais Kim avait vu l'inquiétude dans ses yeux. Comme, à ce stade, il ne savait pas à qui ou à quoi ils avaient affaire, il préférait que son fils et Nadia soient protégés.

Comme les portes des urgences s'ouvraient, Kim vit ses parents, Darcy et Nate, se précipiter à l'intérieur. Elle ne les avait pas encore appelés, mais ne fut pas surprise qu'ils soient au courant des événements. À présent, la découverte de cette jeune femme avait sans doute fait le tour de Silver Creek. Et cette bombe avait certainement eu un impact bien plus grand au sein de la population que la réception d'une autre lettre anonyme.

— Comment te sens-tu ? demanda Darcy en la prenant dans ses bras.

Depuis l'âge de trois ans, Kim considérait Darcy comme sa mère. Sa mère biologique était morte quand elle n'était encore qu'un bébé. Et lorsque son père avait épousé Darcy, Kim avait gagné deux frères : Noah, qui était maintenant policier à San Antonio, et Hayden, qui était marshal.

— Je vais bien. Mais je doute qu'il en soit de même pour Theo, ajouta-t-elle dans un murmure en lui jetant un coup d'œil.

À ces mots, l'inquiétude peinte sur le visage de son père grimpa d'un cran. Pour lui, Theo faisait partie de la famille puisque Grayson et sa femme l'avaient élevé au ranch Ryland après l'assassinat de ses parents et l'enlèvement de sa petite sœur.

Nate embrassa Kim dès que Darcy lui en laissa la possibilité, et demanda :

— S'agit-il vraiment de Faith ?

— C'est toute la question. Son identité reste à déterminer.

Plutôt que de tout leur raconter d'emblée, Kim les interrogea :

— Que savez-vous de ce qui s'est passé chez moi ?

— Theo a appelé Grayson qui m'a mis au courant, expliqua son père. Tu as reçu une autre lettre anonyme, tu as appelé Theo pour qu'il vienne et puis vous avez entendu cette femme crier. Theo a également repéré un intrus près de la grange mais, quel qu'il soit, ce rôdeur s'est enfui avant qu'il ne puisse l'approcher.

Kim hocha la tête et apprécia qu'il ait si bien résumé l'affaire. Son père se doutait qu'elle était au trente-sixième dessous, en ce moment, mais il l'encourageait ainsi à rester concentrée sur l'enquête. Comme il aimait à le répéter : « Le diable se cache souvent dans les détails. » Kim avait pu, sans s'en rendre compte, enregistrer des éléments susceptibles de clarifier la situation.

— Je n'ai vu personne traîner près de chez moi, poursuivit-elle. Ni remarqué que quelqu'un me surveillait ou me suivait. Je n'ai pas reçu non plus d'appels téléphoniques étranges ou malveillants... à l'exception de ceux liés à Rowena et à Quill Odell, ajouta-t-elle, évoquant l'affaire qu'elle instruisait.

Une affaire que ses parents connaissaient, bien sûr.

— Grayson a demandé à Theo si le type qu'il avait aperçu aurait pu être Quill, reprit son père. Mais Theo n'en était pas certain.

Bien sûr, Grayson avait posé cette question. Tout le monde dans sa famille savait que Quill était un tyran. Il n'hésiterait pas à se compromettre dans de basses manœuvres d'intimidation pour se venger des accusations de violence conjugale qui pesaient sur lui. Mais qu'il se soit présenté le même soir que l'inconnue semblait peu probable.

Kim se retourna lorsqu'elle entendit des pas derrière elle. Theo se dirigeait vers eux.

— Je viens de recevoir des nouvelles du médecin, annonça-t-il après avoir salué les parents de Kim. Les blessures de cette femme semblent bénignes mais elle a les pieds et les mains couverts d'égratignures.

Cette femme. Il ne parlait pas avec beaucoup de chaleur de celle qui était peut-être sa sœur. Il employait le ton et le vocabulaire d'un policier, d'un enquêteur. Kim le comprenait parfaitement. Il valait mieux ne pas plonger trop vite dans les souvenirs du passé, pas avant de savoir à quoi ou plutôt à qui ils avaient vraiment affaire.

— Au cours des deux dernières heures, elle a également été blessée à la tête, poursuivit Theo.

Il tapota l'arrière de son crâne pour leur montrer l'endroit.

— Il s'agit peut-être d'un traumatisme provoqué par un objet contondant, précisa-t-il. Ou lors d'une chute.

La jeune femme avait eu de nombreuses occasions de tomber, vu qu'elle avait traversé la propriété de Kim dans le noir et Dieu sait combien de temps elle avait marché avant d'y arriver.

— Elle est consciente, continua Theo. Et je m'apprête à l'interroger. J'aimerais que tu sois là, ajouta-t-il en se tournant vers Kim. Elle semblait se calmer quand tu lui parlais. Il est important qu'elle reste tranquille pour nous permettre de déterminer si elle est bien celle qu'elle prétend être.

Kim hocha la tête.

— Tu veux que je l'interroge ?

— Non, mais sois prête à intervenir si elle commence à s'agiter. Le Dr Sanchez ne me laissera sans doute pas beaucoup de latitude pour un entretien, si sa patiente devient trop énervée.

Theo se tourna vers le père de Kim.

— L'un des adjoints est en route pour m'apporter le kit d'empreintes digitales. Pouvez-vous l'attendre ?

— Bien sûr, lui assura Nate.

Theo marmonna un merci et posa sa main sur le bas du dos de Kim pour l'encourager à se mettre en mouvement. Un geste qu'il interrompit vite. Au fil des ans, ils avaient appris à leurs dépens que se toucher n'était pas une bonne idée.

Ils étaient encore à quelques pas de la salle d'examen lorsque quelqu'un l'appela :

— Theo !

La voix leur était très familière. Il s'agissait de Nadia Odell Sheldon, l'ex-femme de Theo. Elle portait une blouse d'infirmière et s'avança vers eux à grands pas.

— Nadia ? J'ignorais que tu étais de service, ce soir, lui dit-il.

— Moi aussi, répondit-elle en considérant Kim d'un œil glacial. Moi aussi.

Kim eut l'impression de recevoir une gifle. Nadia avait toujours été persuadée que Kim entretenait depuis des années une liaison avec Theo. Elle se trompait, mais rien n'avait pu la convaincre du contraire. Elle s'était même servie de cette accusation lorsqu'elle avait demandé le divorce.

— J'ai été appelée parce que deux infirmières étaient malades et ont dû rentrer chez elles. Et il y avait des urgences, ajouta Nadia. Jack est avec la nounou et l'adjoint Norris, que tu as envoyé.

Elle s'interrompit.

— Tu m'avais dit qu'aucune menace particulière ne visait Jack, que l'adjoint était là par simple précaution. J'espère que c'est vrai. Je ne serais pas venue si j'avais imaginé Jack en danger.

— Il ne l'est pas, s'empressa de la rassurer Theo. Mais je préférais laisser un adjoint chez toi pendant les prochaines heures. Au moins jusqu'à ce que nous interrogions quelqu'un.

— La femme mystérieuse que tu as trouvée chez Kim, devina-t-elle.

Apparemment, les ragots allaient déjà bon train. Bien sûr, Nadia pensait sans doute que Theo était venu chez Kim pour une tout autre raison qu'une enquête officielle.

— Je te verrai demain quand je viendrai chercher Jack, ajouta-t-il.

Sans laisser à Nadia le temps de répondre, il entra dans la salle d'examen, mais elle les suivit du regard.

Theo ferma la porte et reporta son attention sur la jeune femme allongée sur le lit.

Il n'y avait personne d'autre dans la pièce, mais il était évident que le personnel médical était venu. Elle avait une perfusion plantée au dos de la main gauche, et ses pieds avaient été nettoyés et bandés.

Kim profita de ce que l'endroit était très éclairé pour étudier de nouveau l'inconnue. Son visage était en effet couvert de petites plaies, et de nombreuses brindilles ornaient ses longs cheveux bruns. Faith était blonde quand elle avait huit ans, comme Theo. Mais les chevelures de certaines personnes s'assombrissaient en vieillissant. Sans compter qu'elle les avait peut-être teints.

Les yeux étaient de la bonne couleur, d'un bleu-gris assez rare. Mais l'esprit de Kim n'arrivait pas à décider si les yeux de Faith lorsqu'elle était enfant et ses traits d'alors correspondaient à ceux-ci.

— Theo, murmura la femme.

Sa voix était à peine audible, mais son expression se teinta de méfiance lorsqu'elle remarqua son badge. Elle n'essaya pas de reculer comme elle l'avait fait dans la grange, mais il était évident qu'elle était mal à l'aise à proximité d'un shérif. Cela dit, elle éprouvait manifestement cette gêne avec tout le monde. Elle ne regardait pas non plus Kim avec chaleur.

— J'ai besoin de savoir qui vous êtes et comment vous avez atterri à Silver Creek, dit Theo.

Il ne s'approcha pas d'elle. Il restait au bout du lit.

La femme tressaillit comme s'il l'avait giflée.

— Tu me vouvoies ? Je m'appelle Faith, je suis ta sœur. Tu ne te souviens pas de moi ?

Theo émit un grognement qui pouvait signifier n'importe quoi.

— Ma sœur a disparu il y a vingt et un ans, alors qu'elle avait huit ans.

—Vingt et un ans, répéta-t-elle dans un murmure. Si longtemps.

Ses lèvres se mirent à trembler.

— Tu ne te souviens pas de moi, répéta-t-elle.

— Si, toi, tu te souviens de moi, pourquoi t'a-t-il fallu tout ce temps pour me contacter ?

Pour lui répondre, elle le regarda en face.

— Parce que j'ignorais qui j'étais. Je n'ai découvert que récemment que je n'étais pas la personne que je croyais être.

En tant que substitute du procureur, Kim avait beaucoup d'expérience en matière d'interrogatoires. Elle pensait donc être capable de détecter les mensonges. Ce qu'elle entendait semblait sincère. Mais elle refusait de croire quoi que ce soit avant de disposer de davantage de faits.

— Explique-moi ça, insista Theo. Pourquoi t'a-t-il fallu vingt et un ans pour le découvrir ?

La dénommée Faith prit une profonde inspiration.

— Parce que mon entourage me mentait. Ceux que je prenais pour mes parents me mentaient, précisa-t-elle.

Elle ferma les yeux un instant comme si elle essayait de se calmer ou de lutter contre un vertige.

— Ils s'appelaient Vicky et Clifton Neely, poursuivit-elle. Et m'ont toujours dit que je m'appelais Ashley.

Kim brûlait d'envie de sortir son smartphone et d'effectuer une recherche sur les personnes qu'elle venait de nommer.

Mais elle ne voulait pas faire quelque chose qui détournerait l'attention de la femme. Bientôt, cependant, ils sauraient tout sur ce couple, elle n'avait aucun doute là-dessus.

Y compris s'ils existaient ou non.

Au cours des deux dernières décennies, trois femmes différentes prétendant être Faith s'étaient présentées. Chaque fois, peu de temps après que les médias avaient fait des reportages sur les meurtres et la disparition de Faith. Dans les trois cas, les enquêteurs avaient vite découvert que ces allégations étaient fausses et motivées par l'argent. Theo n'en avait pas touché un cent, mais ses parents avaient laissé derrière eux un héritage de plusieurs millions de dollars. Une fortune qui avait peut-être été le mobile initial des meurtres si le tueur était venu au ranch dans l'espoir d'y trouver de l'argent. Apparemment, certaines personnes étaient prêtes à tout pour mettre la main sur ce pactole, y compris à se faire passer pour sa sœur.

— À huit ans, une enfant sait qui sont et qui ne sont pas ses parents, remarqua Theo.

La femme secoua la tête.

— J'avais tout oublié des événements ayant précédé mes huit ans. Ils m'avaient raconté que j'avais eu un accident, que j'étais tombée dans un cours d'eau et que j'avais été blessée en me heurtant la tête contre un rocher.

Elle repoussa les cheveux sur son front pour leur montrer une fine cicatrice blanche, à peine visible, puis s'interrompit. Après un moment, elle reprit d'une voix tremblante :

— Parfois, des bribes de souvenirs me revenaient, mais mes soi-disant parents me disaient toujours que j'avais rêvé, que ces images n'avaient aucune réalité.

Si ses propos étaient vrais, les Neely – ou quel que soit leur véritable nom – avaient au mieux caché un enfant kidnappé, au pire été des assassins et des ravisseurs. Il paraissait invraisemblable de tuer un couple uniquement pour leur voler leur enfant. Mais l'hypothèse était plausible.

— Quel genre de bribes de souvenirs avais-tu ? demanda Theo.

La dénommée Faith tordit dans ses doigts le drap auquel elle s'était accrochée en gémissant.

— J'avais des visions fugitives d'une autre maison. De jouets. D'un garçon et d'une fille. Je pense que c'étaient vous deux, ajouta-t-elle en jetant un coup d'œil d'abord à Theo puis à Kim. Mais ces images n'avaient aucun sens pour moi et me terrifiaient.

Theo se rapprocha d'elle.

— Pourquoi te faisaient-elles peur ?

— Parce qu'elles ne correspondaient à rien de ce qui se passait dans ma vie... mais en même temps elles semblaient si réelles...

Elle s'interrompit de nouveau, battit des paupières comme si elle luttait pour se concentrer.

— Parfois, dans mes souvenirs, je voyais du sang sur un plancher en bois.

Il y avait effectivement eu du sang après les meurtres, et le plancher de leur maison familiale était en bois. Mais elle aurait pu trouver ces détails dans les journaux.

— J'aimerais parler à tes parents, reprit Theo.

Elle secoua la tête.

— Ils sont morts dans un accident de voiture, il y a deux mois.

Une fois de plus, elle s'interrompit et, cette fois, déglutit avec difficulté.

— C'est là que tout a commencé. C'est à partir de ce moment-là que les souvenirs sont devenus plus précis. Je me rappelais avoir été portée hors d'une maison dans le noir. Quelqu'un m'emmenait de force. Je portais un pyjama rose, je pleurais et j'appelais à l'aide.

Kim s'efforça de garder son visage impassible – comme Theo sans doute –, mais Faith était effectivement habillée d'un pyjama rose, la nuit de son enlèvement. Kim en était bien consciente puisqu'elle avait eu le même pyjama et le portait cette horrible nuit-là. Faith avait aussi appelé à l'aide.

Chaque fois qu'elle avait reçu l'une de ces lettres anonymes, Kim s'en souvenait. Cette femme lui avait-elle envoyé ces missives ? Peut-être.

— J'ai commencé à fouiller dans les affaires de mes parents, continuait-elle. Dans leurs dossiers et dans leurs vieilles photos, pour voir s'il y avait quelque chose. J'ai trouvé mon certificat de naissance. Ou plutôt celui que je prenais pour le mien. Mais quand j'ai effectué des recherches sur Internet, j'ai appris que mes parents... que les Neely... avaient eu une fille nommée Ashley qui s'était noyée lorsqu'elle avait sept ans.

Si cette femme mentait, elle avait bien travaillé. L'histoire d'une fillette noyée collerait parfaitement avec l'image de parents éplorés, désespérés, cherchant par tous les moyens une enfant en « remplacement » de celle qu'ils avaient perdue. Tous les moyens, y compris le kidnapping et un double meurtre.

— Comment es-tu arrivée à croire que tu pouvais être Faith Sheldon ? lui demanda Kim.

— Via d'autres recherches sur Internet, répondit-elle. J'ai continué à creuser, à la recherche d'une enfant qui aurait été adoptée ou aurait disparu, il y a environ vingt et un ans. Je pensais que mes parents m'avaient peut-être découverte, blessée ou amnésique, et avaient alors décidé de me garder.

C'était une possibilité, mais la plupart des gens auraient signalé avoir trouvé une enfant, à moins de croire que la petite serait en danger s'ils la livraient aux autorités. Oui, Kim avait vraiment besoin d'effectuer des recherches sur ces Neely.

— J'ai lu des articles sur un couple qui avait été assassiné et leur fille kidnappée, poursuivit la femme en levant les yeux vers Theo. J'ai vu une photo de toi. Tu avais environ douze ans, et tu étais le garçon que je voyais dans ces bribes de souvenirs.

Un lourd silence tomba dans la pièce, rompu seulement par les petits bips de l'une des machines.

— Vous ne me croyez pas, leur dit-elle. Vous ne me croyez pas.

Sa voix se brisa.

Kim n'était en tout cas pas insensible à l'émotion brute qu'elle entendait, mais elle ne pouvait pas s'autoriser à y croire, à ce stade. Theo non plus, évidemment.

— Alors, comment es-tu arrivée à Silver Creek ? demanda-t-il.

La femme ferma les paupières. Une larme coula sur sa joue.

— Je ne sais pas très bien. J'ai un trou de mémoire.

Theo grimaça, frustré par ses réponses.

— Quelle est la dernière chose dont tu te souviens avant ce trou de mémoire ?

Elle prit le temps pour répondre. Elle toucha sa tête du bout des doigts, la secoua.

— J'étais à San Antonio. Et ensuite, vous êtes tous les deux entrés dans la grange.

— La grange où tu te cachais, fit remarquer Theo. Pourquoi ? De qui ou de quoi avais-tu peur ?

Elle secoua à nouveau la tête et cette fois elle fondit en larmes.

Quelqu'un frappa brusquement à la porte et, quand elle s'ouvrit et que le Dr Sanchez entra, Kim pensa qu'il avait entendu les pleurs. Il les regarda avec sévérité pour leur faire comprendre qu'ils ne devaient pas contrarier sa patiente. Puis il esquissa un geste du pouce en direction de la salle d'attente.

—Vous avez un visiteur, dit-il à Theo. Il insiste pour vous parler en urgence. Il dit que c'est important, que c'est à propos de ma patiente.

Jusqu'à ce qu'il ait ajouté ce dernier mot, Theo n'avait aucune envie de sortir, mais il changea aussitôt d'avis.

— Je reviens tout de suite, dit-il en prenant la porte.

Kim l'accompagna et aperçut un homme aux cheveux poivre

et sel, vêtu d'un jean et d'une chemise blanche. Son visage était gris d'inquiétude.

Il se dirigea immédiatement vers eux.

— Bonjour, shérif. Ashley Neely est-elle dans cette chambre ? Est-elle blessée ?

Theo tendit la main pour l'empêcher d'entrer dans la pièce.

— Qui êtes-vous ?

— Greg Conner, répondit-il, visiblement mécontent d'être arrêté.

Son attention restait fixée sur la porte.

— Si Ashley est là, j'ai besoin de la voir.

— Et pourquoi ?

Theo était maintenant passé en mode « policier ».

Greg reporta son attention sur Theo, et ses yeux gris lancèrent des éclairs.

— Parce qu'elle est ma fiancée. Et qu'elle a besoin d'aide.

— Elle reçoit de l'aide, lui assura Theo. Vous disiez qu'elle s'appelait Ashley Neely ?

Une question simple, mais apparemment la réponse ne l'était pas car Greg marmonna quelques grossièretés dans sa barbe.

— Elle vous a raconté qu'elle s'appelait Faith Sheldon, non ? dit-il finalement. C'est faux.

Kim ne put retenir un gémissement. Il s'agissait donc d'une nouvelle imposture. Elle s'était juré de ne plus jamais croire aucune femme prétendant être Faith sans avoir des preuves indubitables. Mais elle n'avait pu s'empêcher d'imaginer que celle-ci était peut-être l'amie d'enfance qu'elle pensait avoir perdue à jamais.

— Alors pourquoi prétendrait-elle être Faith Sheldon ? répliqua Theo.

Greg poussa un long soupir.

— Parce que ma fiancée ne va pas bien. En fait, elle s'est enfuie il y a deux jours pour venir ici à Silver Creek et se faire passer pour votre sœur disparue depuis longtemps. Ce qui est faux, répéta-t-il.

— Elle s'est enfuie d'où ? demandèrent Theo et Kim en chœur.

Greg se frotta le visage.

— Depuis deux mois, Ashley était internée dans un hôpital psychiatrique.

4

À en croire le dénommé Greg Conner, la femme qui prétendait être Faith s'était échappée d'un hôpital psychiatrique et se faisait passer pour ce qu'elle n'était pas. C'était peut-être vrai.

Mais quelque chose chez cet homme dérangeait Theo.

Son instinct de policier lui soufflait que Greg n'était pas complètement sincère.

Il sortit son smartphone de sa poche et envoya un texto à l'adjointe Ava Lawson pour lui demander de faire une petite vérification des antécédents d'Ashley Neely. Bientôt, il saurait si elle s'était en effet enfuie d'un asile psychiatrique. Il en était d'ailleurs certain. Greg n'aurait pas menti sur un sujet si facile à réfuter.

— Pourquoi votre fiancée pense-t-elle qu'elle est ma sœur disparue ? demanda Theo à Greg dès qu'il eut fini de rédiger son message.

Greg poussa un soupir empreint de lassitude.

— Parce qu'elle a lu que votre famille avait été assassinée. De nombreux journaux ont publié des articles à ce sujet l'année dernière, pour le vingtième anniversaire de la tragédie. Ashley est devenue obsédée par cette histoire et a commencé à se persuader qu'elle était Faith. Elle ne l'est pas, ajouta-t-il aussitôt.

— Vous en êtes sûr ? contra Theo.

— J'en suis quasi certain, répondit-il. Je la connais depuis très longtemps et, pour moi, elle a toujours été Ashley Neely. J'ai l'intention de la reconduire à l'hôpital de San Antonio, poursuivit-il. Vous n'avez pas le droit de m'empêcher de la voir et de l'emmener.

Theo tapota son badge.

— Désolé de vous contredire, je suis au contraire en droit de le faire. Dans l'immédiat, cette femme a besoin de soins médicaux.

— Le personnel de l'hôpital psychiatrique s'en chargera. Cela vaut mieux, elle les connaît.

Une certaine inquiétude teintait sa voix et son expression était soucieuse mais, une fois de plus, Theo avait le sentiment que ses émotions n'étaient pas tout à fait sincères.

— J'ai besoin de la voir, ajouta Greg.

Comme il était possible que la dénommée Ashley ou Faith en ait également envie, Theo ne rejeta pas d'emblée l'éventualité qu'il la voie. Néanmoins, elle ne quitterait pas l'hôpital ni Silver Creek tant qu'il n'en saurait pas un peu plus sur elle.

— Voici la substitute du procureur, Kim Ryland, dit Theo en inclinant la tête vers elle. Étiez-vous sur sa propriété au cours des deux dernières heures ? demanda-t-il à Greg.

Greg reporta son attention sur Kim comme s'il venait de découvrir sa présence.

— Non. Pourquoi serais-je allé chez elle ? Je ne la connais pas.

— À vous de me le dire, répliqua Theo.

— Comment m'y serais-je rendu ? Je n'ai aucune idée de l'endroit où elle habite, répondit-il d'un ton agacé.

Peut-être. Mais Theo était quasi sûr qu'il mentait. Si sa fiancée croyait vraiment être Faith Sheldon, Greg s'était sans doute intéressé aux meurtres et connaissait au moins les protagonistes de l'affaire. Et Kim avait joué un rôle central dans ce drame. Non seulement elle était sur les lieux lorsque les parents de Theo avaient été assassinés, mais elle était aussi la meilleure amie de Faith.

— Alors pourquoi êtes-vous à Silver Creek ? demanda Theo.

Greg ouvrit la bouche, la referma, poussa un gros soupir et répondit :

— Quand Ashley s'est enfuie de l'hôpital il y a deux jours, j'ai aussitôt engagé un détective privé pour la chercher. Il a consulté les rapports de police et m'a appelé quand il a entendu parler de la femme que vous avez trouvée. Ashley correspondait à sa description. Je suis venu tout de suite ici parce que j'étais certain que c'était elle.

Theo posa un long moment son regard sur lui, dans l'espoir de le déstabiliser ou, mieux, de l'énerver. Les gens déstabilisés ou en colère lâchaient souvent, sous le coup de l'émotion, des informations qu'ils auraient préféré garder pour eux. Greg, cependant, resta silencieux.

— Donnez-moi le nom de ce détective privé, dit Theo.

Il était en effet possible que ce type ait enfreint la loi pour obtenir des renseignements sur la femme qu'ils avaient trouvée.

— Et si ça ne vous ennuie pas, j'aimerais jeter un œil sur votre téléphone pour vérifier que vous avez bien reçu l'appel de ce détective privé avant de venir ici.

Greg blêmit de colère.

— Il vous faut un mandat pour ça.

Bingo. Sa réponse prouvait qu'il avait quelque chose à cacher… ce qui signifiait qu'il avait peut-être menti sur tout.

— Attendez-moi ici, lui ordonna Theo de son ton de policier. Je vais parler à la patiente.

Il n'attendit pas que Greg émette une objection, mais fit signe à Kim de l'accompagner. D'une part, elle parviendrait peut-être à déterminer si cette femme était ou non Faith. D'autre part, il préférait ne pas la laisser seule avec un homme qui ne lui inspirait pas confiance.

— Ce type ment sur quelque chose, marmonna-t-elle dès qu'ils furent de retour dans la salle d'examen.

Theo réprima un sourire. Il était agréable de savoir qu'ils étaient sur la même longueur d'onde. D'ailleurs, Kim et lui l'étaient, le plus souvent. Et tout le problème était là. Non seulement ils partageaient les mêmes idées, mais ils se sentaient en phase sur presque tout. Sans parler de l'attirance qui avait toujours été là.

Ne t'aventure pas dans cette direction.

En temps normal, Theo était capable de mettre ses sentiments en veilleuse en s'arrangeant pour rester loin de Kim. Mais là, garder ses distances s'annonçait difficile. Il avait besoin d'elle sur cette enquête particulière. Elle pouvait l'aider. De plus, il s'inquiétait pour sa sécurité. Si la femme couchée dans ce lit était vraiment Faith, le meurtrier de ses parents était peut-être, lui aussi, à proximité.

— J'ai reconnu la voix de Greg, dit l'inconnue d'une voix tremblante. Je ne veux pas le voir.

Theo fronça les sourcils.

— Pourquoi ? Il se prétend ton fiancé. La plupart des gens ont envie de voir la personne qu'ils ont l'intention d'épouser.

Elle déglutit avec difficulté.

— Il a fait des pieds et des mains pour que je reste à l'hôpital de San Antonio, mais je ne pouvais pas. Le tueur rôdait là-bas. L'homme qui a tué nos parents était là-bas.

Theo se figea.

— De qui s'agit-il ?

Elle détourna le regard, secoua la tête.

— Je n'en sais rien. Il restait dans l'ombre, mais je sais que c'était lui.

Theo prit un moment pour digérer cette réponse.

— Le tueur a kidnappé ma sœur la nuit où il a assassiné mes

parents. Si tu étais celle que tu prétends être, tu saurais qui les a tués et qui t'a enlevée.

Elle le dévisagea un moment, les larmes aux yeux, puis reporta son attention sur Kim.

— Toi, tu me crois, n'est-ce pas ? Nous étions les meilleures amies du monde. Tu étais venue dormir chez moi, ce jour-là.

Son regard s'éclaira soudain comme si elle venait de se rappeler quelque chose.

— Et tu avais un chien en peluche, marron et blanc. Tu l'avais apporté avec toi pour notre soirée pyjama.

Kim s'approcha du lit.

— Quelqu'un avait pris une photo de moi avec cette peluche, avant que les policiers ne sécurisent la scène. Et elle s'est retrouvée sur Internet.

Un adolescent, Denny Travers, était en effet passé devant la maison au moment où Nate en sortait Kim. Et elle serrait son chien en peluche contre elle. Denny avait pris quelques clichés à l'aide de son téléphone. Il n'avait pas posté celui de Kim tout de suite sur les réseaux sociaux mais quelques années plus tard. Et beaucoup de gens l'avaient sans doute vu.

Lorsque la photo avait été publiée, Denny avait été interrogé. Le shérif de l'époque, Grayson, n'avait pas apprécié de voir sa nièce ainsi exposée. Mais il était finalement parvenu à la conclusion que Denny n'avait pas participé aux meurtres ni à l'enlèvement. Et n'avait rien vu qui l'aurait aidé à identifier le tueur.

— Alors ? insista Theo. As-tu vu la photo de Kim avec le chien en peluche ou pas ?

— Non, répondit-elle. Je me suis souvenue qu'elle l'avait. Tu l'avais apporté avec toi, ajouta-t-elle en regardant Kim. Je jure que je ne mens pas.

Elle s'en tenait donc à sa version des faits, à savoir qu'elle était

Faith. Mais dans ce cas, pourquoi son fiancé paraissait-il si sûr qu'elle ne l'était pas ? Theo avait bien l'intention de le découvrir.

— De quoi d'autre te rappelles-tu ? lui demanda Kim d'une voix douce.

Comme elle semblait avoir un effet apaisant sur l'inconnue, Theo décida de la laisser continuer à l'interroger.

Avec un gros soupir, la femme se laissa retomber sur l'oreiller.

— Pas grand-chose. Des bribes de souvenirs. Je me souviens d'avoir été portée hors de la maison… mais pas de mon ravisseur. Je me souviens de Theo et de toi. Pas seulement de cette nuit-là mais aussi des moments où nous jouions ensemble.

— Te rappelles-tu à quoi nous jouions ? continua Kim.

Son interlocutrice plissa le front comme si elle réfléchissait intensément.

Peut-être s'efforçait-elle de trouver une réponse crédible, songea Theo.

— À chat ou peut-être à cache-cache, dans la cour, dit-elle finalement. Accroupies derrière un arbre, nous rigolions bien toutes les deux. Nous nous cachions de Theo.

Theo n'était pas convaincu. Tout le monde avait joué à chat ou à cache-cache dans son enfance et, si cette femme avait vu des photos du ranch où les Sheldon vivaient autrefois, elle savait qu'il y avait des arbres dans la cour.

— Tu avais le béguin pour Theo, Kim, lâcha-t-elle soudain.

Mais là encore, Theo fronça les sourcils. Il était possible qu'elle soit seulement observatrice et ait perçu les ondes positives entre eux. Ou qu'elle l'ait simplement deviné.

— C'est vrai, non ? demanda-t-elle à Kim. Tu étais amoureuse de Theo ?

Kim était visiblement mal à l'aise avec la question, mais elle hocha la tête.

— Tu te souviens que je te l'avais dit ?

— Non mais, à en juger par ta façon de le dévorer des yeux, j'en étais sûre.

Elle s'interrompit et reporta son attention sur Theo.

— Greg t'a sans doute raconté que j'étais allée à l'hôpital, non ?

Theo était content du changement de sujet. Non seulement parce que l'échange à propos de leur béguin les mettait, Kim et lui, mal à l'aise mais aussi parce que la question l'intéressait.

— En effet. Il a dit que tu t'étais échappée d'un hôpital psychiatrique.

— J'en suis partie, mais je ne me suis pas enfuie. Je n'y étais pas enfermée. J'y étais entrée de mon plein gré parce que... j'avais des problèmes. Je faisais d'horribles cauchemars, j'avais aussi des flash-back, des reviviscences d'un événement passé dont je ne me souvenais pas bien. Et j'étais bouleversée par la mort de mes parents adoptifs.

— Quel genre de flash-back ? s'enquit Theo.

— J'entendais sans cesse des cris et je voyais des mares de sang. J'espérais qu'en suivant une thérapie intense je parviendrais à faire le tri entre rêves et réalité.

Theo réussirait peut-être à vérifier une partie de ses propos s'il obtenait sa permission de parler à son médecin. Peut-être. Il était en effet probable que ce dernier refuserait de répondre en invoquant le secret professionnel.

— Avant leur mort, avais-tu parlé à tes parents adoptifs de tes soupçons concernant tes origines ?

Elle hocha la tête.

— Ils m'ont toujours affirmé que j'étais leur fille, que je n'étais pas Faith Sheldon, que j'avais ces reviviscences parce que je passais trop de temps à lire des articles sur ces meurtres.

Theo était sur le point de lui demander de plus amples explications quand son téléphone bipa pour lui annoncer la réception d'un texto d'Ava.

Le kit d'empreintes digitales est en route. J'aurai bientôt plus d'informations pour toi, mais voici déjà quelques éléments sur Ashley Neely. Elle a vingt-neuf ans, travaille dans l'informatique en free-lance et a une adresse à San Antonio. Pas de casier judiciaire. Son fiancé, Greg Conner, a signalé officiellement sa disparition il y a quarante-huit heures.

Au moment où, d'après Greg, Ashley avait quitté l'hôpital. Si elle y était entrée librement, les policiers de San Antonio avaient dû estimer qu'ils n'avaient pas à s'en mêler. Mais Greg leur avait peut-être fait croire qu'Ashley était en danger.

Si l'assassin de ses parents pensait vraiment qu'elle était Faith, il ne voudrait pas qu'elle se souvienne des détails de cette nuit fatidique.

Theo se tourna vers la femme dans le lit.

— Que disaient les Neely de tes efforts pour retrouver des souvenirs de tout ce qui s'était passé avant l'accident qu'ils prétendaient que tu avais eu ?

— Ils s'efforçaient de me décourager de les poursuivre, reconnut-elle. Ils me répétaient que la meilleure chose à faire pour moi était d'aller de l'avant et d'épouser Greg.

— Ils appréciaient Greg ? demanda Kim.

— Beaucoup. Tous trois étaient des amis proches. Greg a vingt ans de plus que moi, et mes parents le connaissaient depuis toujours.

Theo comprit que s'attaquer aux Neely ou à Greg risquait de la mettre sur la défensive.

— Comme ils étaient amis, tes parents ont dû être ravis quand tu t'es fiancée à Greg.

— Ils étaient aux anges. Que Greg soit beaucoup plus âgé que moi ne les inquiétait pas. Ils souhaitaient que je me marie et que j'aie des enfants.

Greg et les Neely étaient donc très proches et, si Greg avait vingt ans de plus qu'Ashley, il avait vingt-huit ans au moment où les parents de Theo avaient été tués. L'hypothèse selon laquelle Greg avait enlevé Ashley pour les Neely n'était donc pas absurde. Peut-être n'avait-il pas de sang sur les mains mais avait-il été associé au tueur.

Theo jeta un coup d'œil à Kim pour voir si elle partageait son raisonnement. Sans doute parce qu'elle lui adressa un discret signe de tête. Mais si cette théorie était vraie, Ashley était donc en effet Faith. Il était temps pour lui d'insister pour en savoir plus afin de sonder cette éventualité.

— Raconte-moi d'autres souvenirs d'enfance, lui ordonna-t-il. Essaye de me donner quelque chose de précis, de personnel.

Peut-être ne serait-elle pas capable de trouver quoi que ce soit. Surtout si elle avait tout inventé. Ou si elle délirait.

Mais elle répondit sans hésiter :

— Un jour, tu t'étais glissé derrière Kim pour lui mettre un glaçon dans le dos. Elle avait crié. C'était l'été, et il faisait très chaud.

Theo se souvenait de l'épisode. Apparemment, Kim aussi, parce qu'elle lui lança un regard entendu. Kim et Faith avaient peut-être six ans, à l'époque, et lui dix. Theo s'apprêtait à réclamer d'autres souvenirs de ce genre lorsque la porte s'ouvrit.

Il pivota immédiatement sur lui-même pour se placer devant le lit, la main sur la crosse de son arme. Kim se positionna à ses côtés, manifestement prête à assurer ses arrières si nécessaire.

Greg passa la tête par l'entrebâillement.

— Oh ! balbutia-t-il en voyant la main de Theo sur son arme.

— Je vous ai dit d'attendre dehors, gronda Theo.

— Je sais, mais j'avais besoin de voir Ashley par moi-même. Pour m'assurer qu'elle allait bien.

Theo se tourna pour avoir un aperçu de la réaction de la femme tout en gardant un œil sur Greg. Il ne vit ni joie ni bonheur sur son visage. Uniquement de la peur.

— Me parler t'aidera, Ashley, dit Greg, le regard rivé sur elle. Tu le sais bien.

Ashley hocha faiblement la tête. Le geste n'avait rien de

convaincant. Et Theo se demanda si elle n'était pas sous son emprise et habituée à se comporter comme il l'exigeait. Mais en se faisant hospitaliser, elle s'était opposée à Greg.

— Je te ramènerai à la maison dès que le médecin aura donné son accord, ajouta Greg. L'une des infirmières m'a dit qu'il passerait te voir dans quelques instants. Nous partirons ensuite.

Ashley ne répondit pas, mais se tourna vers Theo pour le supplier des yeux d'intervenir. Il le ferait. Il n'avait aucune intention de la laisser partir, surtout avec Greg, avant d'être certain de son identité. De plus, il n'était peut-être pas prudent pour elle de retourner à San Antonio. Ni d'être seule avec Greg.

Le téléphone de Theo sonna, et il vit le nom d'Ava sur l'écran. Sans doute avait-elle de nouveaux éléments à lui communiquer. Tout en prenant l'appel, il garda un œil sur Greg.

— Fais tout de suite évacuer l'hôpital, asséna Ava au moment où il répondit. Un appel anonyme vient de nous apprendre qu'une bombe est sur le point d'y exploser.

5

Même si Theo n'avait pas mis l'appel sur haut-parleur, Kim, qui se tenait à côté de lui, entendit les paroles de son adjointe.

Une bombe était sur le point d'exploser à l'hôpital.

Un frisson glacé lui parcourut l'échine, et elle se sentit passer en mode « pilotage automatique ». Ils devaient quitter au plus vite l'établissement. Parce que le tueur était peut-être revenu finir ce qu'il avait commencé vingt et un ans plus tôt.

Elle saisit le bras d'Ashley-Faith pour l'aider à se lever, tandis que Theo chassait Greg hors de la chambre. Ce dernier était peut-être le coupable. Peut-être avait-il posé un engin explosif avant même de se diriger vers la chambre de sa fiancée.

S'il y avait bien un engin explosif, bien sûr.

Étant fille de policier, Kim savait qu'il s'agissait peut-être d'une fausse alerte, d'un canular. Un dangereux canular destiné à les pousser dehors, à découvert, afin de les attaquer.

Néanmoins, ils n'avaient pas le choix. Ils devaient évacuer. Le tueur ne plaisantait pas lorsqu'il avait assassiné les parents de Theo et il était peut-être tout aussi sérieux, maintenant.

— Restez près de moi, toutes les deux, leur ordonna Theo.

Il avait déjà dégainé son arme et il actionna la fonction haut-parleur de son smartphone pour leur permettre d'écouter les détails donnés par Ava.

— Le dispatcheur a reçu un appel anonyme au 911, expliqua l'adjointe alors qu'ils commençaient à se déplacer.

Ils n'allaient pas vite. Ashley était manifestement très faible et s'affaissait contre Kim à chaque pas. Greg s'avança comme pour les aider, mais Theo lui fit signe de ne pas intervenir et enlaça la taille de la jeune femme.

— J'ai envoyé des renforts et contacté l'équipe de déminage, poursuivait Ava.

Des renforts. Dieu merci. Kim connaissait tous les policiers de Silver Creek et leur faisait confiance à tous. Heureusement. Il était possible que leurs vies soient en jeu, en ce moment.

— Laissez-moi vous aider ! s'exclama Greg. Ashley est ma fiancée. Je veux l'emmener loin d'ici. De toute évidence, vous n'êtes pas en mesure de la protéger.

Theo le fusilla d'un regard noir.

— Reculez immédiatement ou je vous fais arrêter pour entrave à la justice et au travail d'un policier.

Greg toisa Theo avec mépris, mais s'écarta alors qu'ils se dirigeaient vers les portes des urgences.

Ils n'étaient pas les seuls à évacuer. De toute évidence, la nouvelle qu'une bombe risquait d'exploser s'était répandue dans l'hôpital. Le personnel médical était déjà en train d'aider les patients capables de marcher à gagner les sorties. Personne ne courait ni ne criait, mais la panique était palpable.

Bien sûr, la situation provoqua aussitôt des flash-back chez Kim. Elle revivait une scène aussi anxiogène et ressentait la terreur qui l'avait terrassée quand elle avait huit ans. Il lui vint à l'esprit que tous les acteurs qui avaient participé à ce cauchemar, il y a vingt et un ans, étaient peut-être réunis en ce moment. Faith, Theo, elle.

Et le tueur.

Seigneur. Le tueur était sans doute à proximité.

— Respire à fond, Kim, murmura Theo qui devinait son malaise.

Il lui jeta un bref coup d'œil qu'il voulait sans doute rassurant. Mais le voir se concentrer sur la surveillance des alentours, pour s'assurer qu'ils n'étaient pas sur le point d'être attaqués, la tranquillisa bien davantage. Son professionnalisme la réconfortait.

Les battants s'ouvrirent à leur approche et, dès qu'ils les franchirent, l'air hivernal les gifla. Sur le seuil du bâtiment, Theo s'arrêta quelques instants pour promener les yeux autour de lui. Apparemment, il ne remarqua rien d'anormal, aucune menace, parce qu'il les entraîna vers sa voiture de patrouille.

Avant de le suivre, Kim jeta un coup d'œil par-dessus son épaule. Elle s'attendait à voir Greg sur leurs talons. Mais il n'était nulle part en vue, et elle se demanda s'il s'agissait d'une bonne ou d'une mauvaise nouvelle. Elle pensait, cependant, qu'il n'avait pas totalement disparu et réapparaîtrait sous peu.

— Le tueur me vise, non ? murmura Ashley qui tremblait comme une feuille. Il croit peut-être que je sais qui il est.

C'était une possibilité. Une forte possibilité. Enfin, si Ashley était bien Faith.

Bien sûr, même si ce n'était pas le cas, le tueur la prenait peut-être, en effet, pour la sœur disparue de Theo. Et dans cette hypothèse, elle était sans doute la raison de cette alerte à la bombe.

Kim entendait le hurlement des sirènes, les ordres criés par le personnel médical, les gémissements des malades. Quelqu'un pleurait.

Ils étaient encore à une bonne dizaine de mètres de leur véhicule lorsqu'un claquement sec leur glaça le sang.

Un coup de feu.

Theo les poussa pour les mettre à l'abri derrière une voiture.

— Je suis le shérif Sheldon, cria-t-il à la foule. Tout le monde à terre ! Un tireur est dans les parages.

— Quelqu'un nous tire dessus ? hurla Ashley.

Paniquée, elle se serait enfuie si Kim ne l'avait pas rattrapée.

— Allonge-toi, lui ordonna-t-elle.

Elle finissait à peine sa phrase qu'une autre déflagration retentit.

Le projectile fit exploser les vitres de la voiture, répandant une pluie d'éclats de verre sur eux. Kim couvrit leurs têtes de ses bras pour les protéger du mieux possible, mais elle savait qu'elle n'empêcherait pas une balle de les tuer.

Theo rappela rapidement Ava pour la mettre au courant des événements. Mais il ne se baissa pas. L'arme au poing, il resta en position pour surveiller les alentours par-dessus le capot du véhicule.

— Le tueur est-il là ? demanda Ashley. L'homme qui m'a enlevée quand j'étais enfant ?

Personne n'était en mesure de répondre à cette question dans l'immédiat. Plus tard, Kim aurait besoin de réponses. Mais là, elle s'efforçait surtout de maîtriser sa peur et d'aider Theo. Elle se rendait utile en canalisant Ashley.

Un troisième coup de feu visa la voiture. La balle frôla leurs têtes. Kim n'avait pas besoin de confirmation supplémentaire : ils étaient bien pris pour cible.

Quelqu'un essayait de les tuer et pourrait bien y parvenir. Sans parler des dommages collatéraux, si les projectiles ricochaient et touchaient quelqu'un d'autre. Elle espérait que tous les patients et le personnel soignant évacués s'étaient mis à l'abri.

— Le tireur est positionné sur le toit de l'hôpital et il est armé d'un fusil, marmonna Theo entre deux jurons.

Tout en gardant un œil sur le type, il sortit son téléphone et appela quelqu'un, sans doute un adjoint déjà sur place.

— Envoyez tout de suite quelqu'un sur ce toit. Prenez des renforts en nombre et soyez prudents.

Kim mesurait la gravité de la situation. Il faudrait à cet

adjoint un moment – un long moment – pour atteindre le toit et mettre un terme à cette fusillade.

De plus, le tireur essayerait sans doute d'éliminer tout policier qui s'approcherait de lui.

Ashley sanglotait maintenant. Elle tremblait à cause du froid aussi. Kim aussi était gelée.

— S'il est sur le toit, nous ne parviendrons pas à lui échapper, marmonna Ashley. Il nous a dans sa ligne de mire.

Ce qui était une bonne raison pour rester allongés à terre. Theo garda cependant sa position. Il essayait de localiser l'endroit exact où se trouvait le tireur.

Kim avait déjà eu l'occasion, il y a longtemps, de grimper sur le toit de l'hôpital quand elle était adolescente.

Son père avait été blessé dans l'exercice de ses fonctions. Sa blessure n'avait pas été grave, Dieu merci, mais l'avait bouleversée. Elle y était alors montée pour s'éloigner des membres de sa famille afin qu'ils ne la voient pas pleurer.

Comme elle à l'époque, le tireur n'avait dû avoir aucun mal à accéder au toit. Il n'était pas difficile de comprendre comment y grimper.

Un quatrième coup de feu toucha à nouveau la voiture, mais cette fois Theo visa le toit de l'hôpital et tira. Compte tenu de la distance, il aurait du mal à atteindre le tueur, mais il espérait probablement le faire reculer.

Kim retint son souffle en priant pour que son coup de feu ait l'effet escompté. Bien sûr, l'individu risquait de redescendre et de s'enfuir, maintenant qu'il se savait localisé. Mais dans ce cas, les policiers seraient peut-être en mesure de l'appréhender.

Tout finirait alors en fusillade. Vu la foule, il y aurait de nombreux blessés. Mais ils n'avaient pas le choix. Il fallait à tout prix mettre un terme aux agissements de ce type.

Elle espérait qu'ils n'auraient pas à abattre le tireur. Parce qu'une fois mort il ne leur donnerait pas les réponses dont ils avaient besoin.

Kim attendit. Elle n'entendit plus de coups de feu mais des bruits de pas précipités. Peut-être émanaient-ils des forces de l'ordre.

Puis elle reconnut une voix familière.

Celle de son cousin, l'adjoint Jesse Ryland. Il était sur le toit.

— Le tueur n'est plus là-haut, cria-t-il. Surveillez toutes les sorties.

Theo passa de nouveau un appel. Tout en parlant, il observait les alentours avec attention.

Kim se rendit brusquement compte que, si le tireur n'était plus sur le toit, il avait eu le temps de se précipiter dans l'escalier et de s'approcher d'eux.

Elle n'avait pas envisagé plus tôt cette éventualité, et son angoisse grimpa encore en flèche. Le tireur les avait manqués parce qu'il était trop loin, trop en hauteur. Mais s'il se mêlait à la foule, il aurait la possibilité de finir ce qu'il avait commencé.

Les secondes s'écoulèrent, se muèrent en minutes. Kim avait son arme avec elle à l'arrière de son jean, mais elle n'avait aucune cible en vue. En l'état actuel des choses, elle ne pouvait que faire profil bas et essayer de protéger Ashley.

Une nouvelle vague de peur la souleva lorsqu'elle entendit des pas s'approcher, mais elle soupira de soulagement en reconnaissant le nouveau venu.

— Il n'est nulle part en vue, dit Jesse.

Theo jura, mais ne relâcha pas sa vigilance. Le tireur se cachait peut-être au milieu des patients évacués.

— Fais venir l'équipe de démineurs pour sécuriser le bâtiment, Jesse, lui cria Theo. Avertis-les que le tireur se cache peut-être à l'intérieur. Ils auront besoin d'un adjoint avec eux.

— D'accord, ça marche.

Il fit le tour de la voiture pour regarder Kim et Ashley.

— Et elles ? demanda-t-il à Theo.

— Fais venir une ambulance. Je veux qu'Ashley y soit installée et que tu restes avec elle. Une fois l'hôpital sécurisé, quand elle retournera à l'intérieur, il faut qu'un garde la surveille à tout moment. Personne ne va dans sa chambre ou ne lui parle sans mon autorisation.

Theo s'interrompit pour reprendre son souffle.

— Et envoie tout de suite quelqu'un chez Nadia.

Kim releva aussitôt la tête pour le regarder.

— Tu penses que le tireur est là-bas ?

— Je n'en sais rien, je ne veux pas prendre de risques.

Non, il ne pouvait pas, pas avec son fils de deux ans là-bas.

Jesse opina de la tête et sortit son téléphone.

Theo reporta son attention sur Kim.

— Ça va ? lui demanda-t-il.

Non, elle n'allait pas bien. Ses nerfs étaient à vif. Mais elle hocha la tête. Il n'était pas question pour elle de donner à Theo plus de sujets d'inquiétude qu'il n'en avait déjà.

Et il en avait.

Des regrets et de la culpabilité aussi. Il se reprochait sans doute d'avoir exposé Ashley, Kim et les autres au danger. Ce n'était en aucun cas sa faute, mais il s'en voulait de n'avoir pas anticipé ni donc empêché cette attaque.

— Quand Ashley sera en sécurité, continua Theo un instant plus tard, toi et moi irons à mon bureau, Kim. Je dois retrouver Greg. Et le tireur aussi, s'il ne s'agit pas de Greg. Cela dit, si ce dernier avait tiré ces coups de feu, il aurait dû faire très vite pour atteindre le toit, mais ce n'était pas impossible.

Oui, localiser le tireur était une nécessité. Mais il y avait autre chose à faire, et Kim pouvait l'aider dans cette tâche. Il leur fallait découvrir si la femme recroquevillée près d'elle était Faith Sheldon. Si c'était le cas, la sœur de Theo était enfin revenue.

Et elle traînait un tueur dans son sillage.

Theo commençait à lire les dernières informations que ses adjoints lui faisaient suivre, tandis qu'il installait Kim dans son bureau.

Elle connaissait bien l'endroit puisque son oncle Grayson y avait travaillé quand il était shérif à Silver Creek. Theo espérait que la familiarité des lieux et le fait d'être occupée apaiseraient bientôt ses nerfs à vif.

Lui-même éprouvait aussi le besoin de se calmer. Le tireur avait tiré quatre coups de feu dans un parking rempli de personnes qui venaient d'évacuer l'hôpital. Ils avaient eu beaucoup de chance qu'il n'y ait pas eu de blessés ni de mouvements de foule dévastateurs liés à la panique.

Et voilà pourquoi il devait à tout prix capturer ce type et sans tarder.

Jusqu'ici, il n'y avait aucun signe de lui. Aucun signe de Greg non plus. Mais les images enregistrées par les caméras de surveillance installées sur les portes des urgences seraient analysées. Theo s'en occuperait dès qu'il serait certain que Kim allait bien.

Elle avait échangé quelques mots avec ses parents, pour les rassurer. Theo avait déjà fait de même en passant un bref coup de fil à Grayson et à Eve. Et à présent, le clan Ryland était sans doute passé à l'action.

Ceux qui avaient le statut d'adjoint réserviste – Mason, Gage, Dade et Kade – devaient déjà être sur le terrain pour se rendre utiles de toutes les manières possibles. Certains étaient à l'hôpital, à passer au crible la scène du crime tout en s'assurant que les malades étaient en sécurité. Un ou deux d'entre eux étaient sans doute partis chez Kim pour aider l'équipe de la police scientifique diligentée sur place. L'un d'eux avait peut-être proposé de servir de garde du corps à Jack.

Theo n'était peut-être pas né Ryland, mais le clan le considérait comme l'un des leurs, il n'en avait jamais douté.

Pour donner à Kim et à lui-même un petit moment de répit, il ferma la porte de son bureau et l'examina brièvement. Il voulait s'assurer qu'elle n'avait pas d'hématomes ou de plaies après son atterrissage sur le bitume avec Ashley. Il ne vit rien d'autre qu'une tache de terre sur sa joue qu'il frotta tendrement du pouce.

Elle tressaillit un peu, sans doute parce qu'elle était habituée à se tenir éloignée de lui. Dans le passé, en effet, être près de lui avait parfois déclenché des reviviscences de la tragédie et même, un jour, une crise de panique. Mais cette fois-ci, elle ne recula pas.

Alors qu'il lui caressait la joue, leurs regards se croisèrent, se soutinrent. Lorsqu'une vague de désir les souleva, il s'en sentit réconforté. Ce désir lui rappelait qu'elle était en vie. En sécurité.

Et pour le moment, il ne souhaitait rien d'autre.

— Merci, dit-elle avant de s'écarter.

Elle n'alla pas loin et désigna du doigt son ordinateur.

— Jesse a dû prendre et charger les empreintes digitales d'Ashley, maintenant, dit-elle. Pendant que tu t'occupes des suites de la fusillade et de l'équipe de déminage, je vais voir si les empreintes correspondent à celles de Faith.

Il s'agissait en effet d'une étape cruciale dans cette histoire et, quel que soit le résultat, il serait difficile à encaisser.

Si Ashley n'était pas Faith, il devrait alors faire face à une nouvelle imposture, à une nouvelle déception. Il aurait l'impression de recevoir un autre coup de poing dans le ventre.

Mais si, par miracle, Ashley était bien sa sœur, il lui faudrait gérer cette révélation qu'il n'espérait plus. En plus du fait que quelqu'un voulait la tuer.

Ce quelqu'un tentait peut-être également de les éliminer, Kim et lui. Pour l'instant, il y avait trop d'inconnues dans l'équation, mais l'analyse des empreintes serait un début.

D'un hochement de tête, il lui fit signe de s'installer à son bureau. Elle saurait se débrouiller pour consulter la base de données d'empreintes digitales.

Elle retira son manteau, le posa sur le dossier de la chaise et se mit au travail.

Theo ôta également le sien avant d'aller vers l'ordinateur portable. Pendant qu'il l'allumait et attendait que l'appareil démarre, il passa son premier coup de fil à Jesse. Ce dernier lui apprit que l'hôpital avait été évacué, qu'Ashley était enfermée dans une chambre et qu'un adjoint réserviste en gardait la porte. L'adjoint devait non seulement s'assurer que personne n'entre mais aussi qu'Ashley n'essaye pas de partir.

Theo doutait qu'elle le fasse. Cela dit, elle avait reconnu avoir quitté l'hôpital de San Antonio, donc tout était possible.

Il téléphona ensuite à Ava. Mais l'adjointe n'avait pas de bonnes nouvelles concernant le tireur. Aucun signe de lui. Heureusement, il n'y avait pas non plus de traces d'un engin explosif. Elle restait à l'hôpital pour participer aux fouilles du toit et du parking.

S'ils y trouvaient des douilles, ils auraient la possibilité d'identifier le type d'arme utilisé. Peut-être même le tireur, s'il avait laissé des empreintes sur l'une d'elles... Cela dit, la probabilité de cette dernière éventualité était faible.

Après avoir passé d'autres appels, en particulier à la police scientifique, et avoir sollicité d'autres adjoints réservistes, il entreprit d'enquêter sur les antécédents de Greg et des Neely tout en parcourant les données concernant Ashley qui étaient arrivées.

À première vue, il n'y vit rien d'alarmant, mais il aurait besoin de les étudier de façon plus approfondie avec Kim après avoir recueilli le plus de renseignements possible.

En revanche, il comprit vite que Greg n'était pas le brave type serviable qu'il prétendait être. Il avait en effet été traduit en justice pour des dettes impayées. Une ordonnance du tribunal en cours exigeait de lui le remboursement de dix mille dollars à un prêteur.

— Greg a de gros problèmes d'argent, relaya-t-il à Kim.

Elle leva les yeux et les planta dans les siens.

— De gros problèmes d'argent qui seraient résolus s'il épousait Ashley ?

C'était exactement ce que pensait Theo.

— Peut-être. Les Neely lui ont laissé un héritage de près d'un million de dollars.

Voilà qui réglerait les ennuis de Greg et expliquait peut-être pourquoi il insistait autant pour qu'Ashley parte avec lui. Cependant, ces éléments ne lui donnaient pas de mobile pour la tuer... à moins qu'elle n'ait elle-même rédigé un testament dont Greg serait le bénéficiaire. Theo devrait le vérifier.

— Jesse a déjà enregistré les empreintes digitales d'Ashley, lui dit Kim avec un gros soupir. Mais le système a du mal à localiser celles de Faith.

— Pourquoi ces difficultés ? demanda-t-il. Quelqu'un les avait trafiquées ?

— Non, il s'agit plutôt d'un problème de compatibilité, répondit-elle. Les empreintes de Faith ont été enregistrées sous un ancien format électronique. Un technicien doit intervenir et effectuer une recherche de correspondance manuelle. Cela risque de prendre un certain temps.

— Merde, grommela-t-il.

Il avait espéré avoir une réponse rapide.

— Je vais parcourir les rapports des adjoints et de la police scientifique au fur et à mesure qu'ils nous parviennent, si tu veux, poursuivit Kim, le front plissé.

Elle s'interrompit, marmonna quelque chose qu'il ne saisit pas avant de lancer :

— Je t'en prie, donne-moi quelque chose à faire. Je ne veux pas rester assise ici à penser que nous avons frôlé la mort.

Il avait beaucoup de tâches à lui confier – consulter les réseaux sociaux de Greg, d'Ashley et des Neely, par exemple –, mais il doutait que ce travail efface l'inquiétude dans ses yeux. Rien ne la chasserait pour lui non plus.

Et voilà pourquoi il fit quelque chose d'imprudent.

Il mit Kim sur ses pieds et la prit dans ses bras.

Comme ils s'étreignaient avec force, il se rendit compte qu'il en mourait d'envie depuis un moment. Cette étreinte était peut-être destinée au départ à les réconforter, mais il lui était impossible de ne pas ressentir d'autres émotions. À en juger par sa respiration haletante, elle les éprouvait aussi.

— C'était sans doute une mauvaise idée, mais que c'est bon ! murmura-t-elle.

Il était tout à fait d'accord avec elle. Theo ne prolongea pourtant pas ce délicieux moment. Et ne l'embrassa pas, même s'il en rêvait. Cependant, le simple fait de sentir sa chaleur, son odeur, raviva son désir.

Ils restèrent là, pressés l'un contre l'autre. Il eut l'impression d'un moment de bien-être pur. Une partie des tensions se relâchèrent.

Cela ne dura pas.

La porte s'ouvrit brusquement et, d'un bond, ils s'écartèrent l'un de l'autre comme s'ils venaient d'être surpris en train de faire quelque chose de très mal. Et, à en juger par l'expression de la femme qui se figea sur le seuil de la pièce, ils avaient commis un crime.

Nadia.

Elle pinça les lèvres, plissa les yeux, et Theo se prépara à l'attaque.

— Nous sommes au bureau du shérif, dit-elle d'une voix coupante. Il n'est pas possible de s'y comporter comme des débauchés. J'imagine qu'il y a des règles et des lois pour interdire ce genre de choses.

— Theo me réconfortait parce que j'étais bouleversée après la fusillade à l'hôpital, dit Kim, essayant de désamorcer la colère de Nadia. Rien d'autre ne s'est passé.

Bien sûr, Nadia n'y croyait pas. Elle n'y avait jamais cru. Elle avait toujours été persuadée que Kim et lui entretenaient une liaison.

Dans l'esprit de Theo, tous deux s'aimaient, en tout cas, et voilà pourquoi il n'avait même pas essayé de la contredire, de se défendre. Nadia devinait sans doute ce qu'il ressentait pour la femme qu'il avait passé sa vie à tenir à distance.

— Il y a un problème avec Jack ? demanda Theo à Nadia, non seulement pour changer de sujet de conversation, mais parce que cette question était une préoccupation immédiate pour lui. Un adjoint était censé être avec vous deux.

Nadia ne répondit pas tout de suite. Sans doute aurait-elle voulu lancer d'autres accusations ou laisser libre cours à sa colère. Mais Theo se contentait de la regarder avec calme.

— Jack va bien, répondit-elle finalement. Il est toujours avec l'adjoint Norris et la nounou. La maison est fermée à clé, et le système d'alarme est activé.

Theo était soulagé que ces mesures de sécurité soient en place, mais il aurait préféré que Nadia soit avec Jack au lieu de venir en ville alors qu'un tireur était toujours en liberté. L'adjoint Roger Norris avait beaucoup d'expérience en matière de protection des personnes puisqu'il avait été marshal. Pourtant, il ne pouvait pas assurer la sécurité de Nadia si elle n'était pas chez elle.

— Je suis ici parce que j'ai reçu un appel de Rowena, expliqua Nadia.

Elle la désignait comme « Rowena » et non pas comme « ma mère ».

Theo n'en était pas surpris. Nadia n'avait jamais été proche d'aucun de ses parents.

— Elle était bouleversée et pleurait. Quill l'a appelée pour lui dire qu'il allait venir chez elle.

Theo gémit.

— L'a-t-il menacée de lui faire à nouveau du mal ?

Nadia secoua la tête.

— En tout cas, il ne lui en a pas fait parce qu'il n'est pas venu.

Elle s'interrompit, et son expression s'assombrit encore.

— Écoute, je vais te dire le fond de ma pensée. À mon avis, c'est Quill qui a tiré ces coups de feu sur vous, à l'hôpital.

6

Kim avait mille fois essayé de rassurer Nadia sur le fait qu'il ne s'était jamais rien passé entre Theo et elle. Elle ne voulait pas que son ex-femme lui joue de sales tours et tente, par exemple, de l'éloigner de Jack. Mais quand elle entendit les soupçons de Nadia à propos de Quill, de son père, elle oublia tout ce qu'elle comptait lui répéter au sujet de leur prétendue liaison.

— Tu crois que Quill a essayé de nous tuer ? demanda-t-elle, incrédule.

Nadia ne confirma pas tout de suite son accusation.

— En tout cas, cela me semble très possible, reconnut-elle finalement.

Elle jeta un coup d'œil par-dessus son épaule puis reporta son attention sur Theo.

— Je préfère ne pas être là quand Rowena arrivera et je sais qu'elle est en route. Écoute ce qu'elle a à dire et fais-toi ton opinion par toi-même. Mais que Quill ait perdu les pédales et s'en soit pris à vous deux ne me paraît pas délirant.

Kim avait très envie d'entendre ce que Rowena s'apprêtait à leur raconter sur le sujet mais d'abord elle espérait davantage de Nadia. Certes, l'ex-femme de Theo avait l'imagination fertile – et souffrait d'une jalousie exacerbée – au point de se persuader que Theo et elle étaient amants. Mais sonder Rowena n'était pas toujours simple, et Nadia avait peut-être des informations susceptibles de les aider à analyser la situation dans son ensemble.

— Qu'a fait Quill exactement ? s'enquit Kim.

Nadia s'impatientait et repositionna son sac à main pour leur signifier qu'elle partait.

— Quill mène à Rowena une guerre des nerfs permanente et par ailleurs il est très en colère contre Theo et toi. Il vous reproche son arrestation et son procès à venir. J'imagine que je ne vous apprends rien. Interrogez-les, l'un et l'autre. Cela vaut mieux que de m'entendre répéter les rumeurs qui me sont revenues aux oreilles. Les propos rapportés ne sont pas recevables lors d'un procès, non ? ajouta-t-elle avec un brin de sarcasme. Je dois y aller, répéta-t-elle.

Sur ces mots, elle pivota sur ses talons et sortit. Kim la regarda s'en aller avant de se tourner vers Theo. Mais il s'emparait déjà de son téléphone, et elle le vit tapoter le numéro de Quill. Même s'il n'avait pas actionné le haut-parleur, elle entendit que l'appel tombait directement sur la boîte vocale.

Theo laissa un message :

— Ici, le shérif Sheldon. J'ai besoin que vous veniez immédiatement au bureau du shérif. Si je n'ai pas de vos nouvelles dans une heure, je lancerai un avis de recherche et vous ferai arrêter.

Quill obtempérerait peut-être, non pas à cause de la menace de Theo, mais parce que, au stade de la procédure où il en était, tout acte répréhensible le renverrait derrière les barreaux. Son procès se tiendrait dans quelques jours, et même un court séjour en prison risquait de jouer en sa défaveur au moment du verdict.

— Je suis vraiment désolée, dit Kim dès qu'il remit son smartphone dans sa poche.

Il secoua la tête.

— Je t'en prie, ne te reproche pas le fait que je t'ai prise dans mes bras. Ce geste était destiné à te réconforter. Après tout, quelqu'un a essayé de te tuer.

Elle le regarda en face.

— Je ne me le reproche pas. Je m'excusais parce que Nadia est entrée au mauvais moment, qu'elle nous a surpris enlacés.

Elle n'allait pas prétendre qu'elle regrettait cette étreinte. Cela aurait été un mensonge.

— Je ne veux pas qu'elle te fasse des ennuis avec Jack, qu'elle t'empêche de le voir, poursuivit-elle.

Il soupira.

— Les conditions de garde et de visite ont toutes été précisées par le juge aux affaires familiales. En revanche, il n'a rien évoqué à propos de qui j'ai le droit ou pas de serrer dans mes bras.

Il s'interrompit, et son regard tomba sur ses lèvres. Il n'ajouta pas « ou d'embrasser », mais il en avait tellement envie qu'elle l'entendit quand même.

Elle aussi en avait envie.

Le contrecoup de la poussée d'adrénaline et sa nervosité jouaient certainement un rôle dans son trouble, mais elle n'avait pas besoin d'être dans tous ses états pour ressentir un puissant désir pour Theo. Manifestement, les événements leur avaient permis d'abattre de vieilles digues, et maintenant plus rien n'arrêtait ce tsunami.

Kim n'eut pas le temps d'y réfléchir davantage, ni de s'en inquiéter, parce qu'elle entendit des voix dans la salle de réception. Elle y jeta un œil. Elle s'attendait à voir Rowena, mais il s'agissait de Greg. Il était accompagné d'un homme aux cheveux gris en costume.

— Je crois que vous me cherchez, dit Greg à Theo.

Il était tendu de colère. Un contraste avec son compagnon qui semblait d'un calme olympien.

— En effet, répondit Theo.

Le type en costume se présenta :

— Je suis Me Duran Davidson, l'avocat de Greg. Nous sommes ici pour obtenir la sortie de sa fiancée.

— Il n'en est pas question, répliqua Theo avec fermeté. Ashley est sous protection. Vous n'êtes peut-être pas au courant, mais quelqu'un a essayé de la tuer.

— Oh ! je le sais, répondit Greg en s'approchant. Et je vous reproche d'avoir laissé la situation dégénérer. Par votre faute, elle a failli se faire descendre. Je vous avais dit qu'il valait mieux pour elle être avec moi, et vous ne m'avez pas écouté. Vous voyez le résultat. Et maintenant, je parie que vous allez me rendre responsable de la fusillade.

— Il m'a paru en effet curieux que vous disparaissiez peu de temps avant que les coups de feu ne commencent, dit Theo.

Greg le fusilla d'un regard meurtrier et il aurait sans doute lancé une pique venimeuse si l'avocat ne s'était pas interposé.

— Mon client était bouleversé, expliqua Duran avec calme. Sa fiancée, la femme qu'il aime, a failli être tuée, et il n'a pas été autorisé à la voir pour s'assurer qu'elle va bien.

Theo gardait les yeux rivés sur Greg.

— Elle est en sécurité et, tant que je ne serai pas convaincu que vous ne représentez pas une menace pour elle, vous ne la verrez pas.

Duran tapota le bras de Greg pour l'empêcher de répondre.

— Plutôt que de rester ici, pourquoi ne pas nous asseoir et discuter ? Vous êtes sans doute Kim Ryland ? ajouta-t-il en se tournant vers elle.

— En effet. Comment le savez-vous ?

— Greg m'a dit que vous étiez l'amie d'enfance de Faith Sheldon, alors j'ai fait une rapide recherche sur le trajet depuis San Antonio. Vous étiez chez les Sheldon, la nuit où Faith a été enlevée.

— Et où ses parents ont été assassinés, ajouta-t-elle.

Il hocha la tête.

— Et maintenant, vous croyez que la fusillade à l'hôpital a quelque chose à voir avec ce qui s'est passé il y a plus de vingt ans.

— Et vous ? répliqua-t-elle en essayant de garder un ton aussi posé que le sien.

— Non, mais nous devrions en discuter. Pouvons-nous nous asseoir ?

Theo inspira longuement et leur fit signe d'entrer dans son bureau. Ils le suivirent, et Duran referma la porte derrière eux.

— Puisque ce que je m'apprête à vous dire n'est que spéculation et pourrait nuire à la réputation de quelqu'un, je préfère que cette conversation reste privée, dit-il.

— Et moi, je préfère que tout soit consigné, répliqua Theo. Et puisque vous êtes ici avec lui, je vais commencer par vous lire vos droits.

Avec un juron, Greg le fusilla d'un autre regard noir, mais Duran posa la main sur le bras de son client et lui fit signe de s'asseoir. De toute évidence, il avait un bon rapport avec Greg et maîtrisait son caractère colérique.

— Très bien, déclara-t-il lorsque Theo eut fini de lire l'arrêt Miranda à Greg. Mon client comprend ce que vous venez de lui dire et accepte de coopérer en répondant à toutes vos questions. Mais en échange et comme preuve de votre bonne foi, nous souhaiterions que vous l'autorisiez à parler à sa fiancée.

Theo secoua la tête.

— Il ne lui parlera pas tant que je ne serai pas sûr qu'il n'essayera pas de l'intimider ou de faire quoi que ce soit qui aggraverait sa terreur.

— Elle est terrifiée parce que quelqu'un lui a tiré dessus, précisa Duran. Mon client la connaît bien et est le mieux placé pour la rassurer. Elle doit être renvoyée à l'hôpital de San Antonio pour y recevoir les soins médicaux physiques et mentaux dont elle a besoin.

— Il reste à déterminer si votre client serait capable de la rassurer d'une manière quelconque, répliqua Theo. Par ailleurs, j'aimerais que votre client se soumette à un test de détection de résidus de tir. S'il refuse, je demanderai une ordonnance au tribunal et, en l'attendant, je le retiendrai ici pour qu'il n'ait pas la possibilité de changer de vêtements ou de se laver.

Le kit de détection de résidus de tir – le GSPR, le *GunShot Powder Residue* – analysait la présence de particules microscopiques expulsées d'une arme à feu à chaque tir. Theo savait que les résidus de poudre ne s'enlevaient pas facilement. De plus, Greg portait les vêtements qu'il avait plus tôt. Cela dit, s'il était le tireur mais avait utilisé un fusil ou porté des gants, ils ne trouveraient peut-être pas de résidus traçables.

Kim n'avait aucune idée de l'étendue de l'expérience juridique de Duran en la matière. Mais s'il avait déjà défendu un client lors d'un procès impliquant une fusillade, il en était sans doute bien conscient.

— Mon client accepte, déclara Duran.

Et Kim eut l'impression qu'il lançait un regard d'avertissement à Greg.

Theo ne perdit pas de temps. Il appela le chef de l'équipe de la police scientifique qui travaillait toujours chez Kim et lui demanda que quelqu'un vienne immédiatement au bureau du shérif effectuer ce test.

— La personne qui va vous soumettre à cet examen sera là dans dix minutes, annonça Theo en rangeant son téléphone.

— Et quand vous obtiendrez des résultats négatifs – et ils le seront –, alors je verrai Ashley, gronda Greg.

— Je ne vous promets rien, rétorqua Theo.

Kim était prête à parier que cette visite n'aurait pas lieu de sitôt. Theo ne voulait pas permettre à Greg d'influencer d'une manière quelconque les déclarations d'Ashley.

— Que doit-il se passer pour que mon client soit autorisé à voir sa fiancée ? s'enquit Duran.

Theo n'hésita pas.

— Pour commencer, il doit me dire la vérité sur Ashley, sur

le rôle qu'il a joué dans la fusillade à l'hôpital et si à un moment donné il s'est retrouvé à proximité de la maison de Kim Ryland.

— Je vous ai déjà dit que je n'avais jamais mis les pieds chez elle, grogna Greg avant que Duran ne puisse répondre. Et je n'ai tiré sur personne, surtout pas sur la femme que j'aime. Ashley et moi allons nous marier. Je n'ai aucune raison de lui faire du mal.

Peut-être n'était-il pas impliqué dans la fusillade, mais Kim songeait à deux raisons pour lesquelles il y était peut-être pour quelque chose. Ashley prenait conscience de qui elle était réellement. Si elle croyait être Faith, elle pourrait être tentée d'aller trouver la police et de faire arrêter Greg s'il avait eu connaissance des mensonges des Neely. Ou s'il avait participé d'une manière ou d'une autre au kidnapping.

Mais il y avait une autre possibilité. Ashley avait peut-être cessé d'aimer Greg ou changé d'avis. Elle n'avait peut-être plus envie de l'épouser. Comme Greg avait un caractère colérique, il n'avait sans doute pas supporté cette rupture annoncée.

— Et quelle est la vérité sur Ashley ? reprit Theo.

Duran prit une profonde inspiration et répondit :

— Il est possible qu'Ashley soit Faith Sheldon.

L'air parut soudain se raréfier dans la pièce, et Kim vit Theo serrer les mâchoires avec force.

— Expliquez-moi pourquoi vous le suggérez, à présent.

— Je connaissais très bien les Neely et Greg. Depuis des années, répondit Duran à sa place. Vicky et Clifton ont été dévastés par la mort de leur fille et ravis d'avoir la possibilité d'adopter Ashley.

— Comment l'ont-ils eue ? demanda Theo.

— Je ne sais pas. Je n'ai pas géré l'adoption. Mais à l'époque, ils m'avaient parlé d'un arrangement privé. Oui, je sais l'impression que ça donne, mais je n'imagine pas Vicky ou Clifton participer de quelque façon que ce soit à un double meurtre pour avoir un enfant.

Sauf, peut-être, s'ils étaient fous de douleur d'avoir perdu leur fille.

— Vous pensez qu'Ashley pourrait être la sœur de Theo ? lança Kim d'un ton de défi.

— C'est possible, répondit Duran après un long silence.

Greg secoua la tête.

— Vous ferez des tests pour le savoir, ajouta l'avocat.

— Bien sûr, confirma Theo. Mais si le résultat est négatif, si Ashley n'est pas Faith, le problème demeure. Qui voudrait tirer sur elle ?

— Eh bien, ce n'était certainement pas moi, cria Greg avec un regain de colère. Je veux voir ma fiancée, ajouta-t-il en se levant. C'est mon droit.

— Non, vous n'avez aucun droit sur elle, rétorqua Theo. Mais si le test de détection de résidus de tir vous innocente et que tout ce que vous venez de me dire est vérifié, alors je demanderai à Ashley si elle souhaite vous parler.

Si une visite avait effectivement lieu, Ashley ne serait pas seule avec Greg, Kim en était certaine. Theo s'assurerait qu'un adjoint soit présent, au cas où les choses tourneraient mal ou Greg essayerait de l'intimider pour qu'elle parte avec lui.

Quelqu'un frappa à la porte et, quand Theo l'ouvrit, Kim vit entrer Veronica Reyes, l'une des policières du comté. Derrière elle, elle aperçut un visage familier.

Rowena.

Nadia ne s'était donc pas trompée. Rowena voulait s'entretenir avec eux et, à en juger par sa nervosité, il ne s'agissait pas d'une visite de courtoisie. Mais il en était toujours ainsi avec Rowena. Contrairement à Greg et même à Quill, elle n'était animée d'aucune colère. Bien au contraire. Avec son passé de maltraitance, elle semblait toujours sur le point de fondre en larmes. Il fallait donc lui parler avec précaution.

— Allez dans l'une des salles de réunion avec la policière

Reyes, ordonna Theo à Greg et à Duran en retournant dans son bureau. Une fois le test de détection de résidus de tir terminé, vous attendrez que je vous rappelle pour terminer cet entretien.

Greg n'appréciait visiblement pas d'être renvoyé, mais les deux hommes suivirent Reyes sans protester.

Dès qu'ils furent installés dans la pièce voisine, Theo fit signe à son ex-belle-mère d'entrer dans son bureau.

— Écoute, je n'essaye pas de défendre Quill ni qui que ce soit, lui dit-elle aussitôt. Pas après ce qu'il m'a fait. Mais je pense que quelqu'un veut le piéger.

Kim soupira.

— Pourquoi le pensez-vous ?

Rowena sortit son smartphone et afficha une photo.

— Quelqu'un a laissé cette horreur devant ma porte, hier soir. Je l'ai trouvé ce matin.

Kim examina la photo et vit ce qui semblait être un rat mort. Et couvert de sang.

— Quelqu'un l'a mis devant chez moi pour me faire peur, continua Rowena. Pour me faire croire que Quill m'avait joué un sale tour.

Kim ne comprenait pas la logique de son raisonnement.

— Quill l'a peut-être réellement placé là dans l'espoir de vous effrayer.

— Non, il ne ferait jamais ça, répliqua Rowena. Il ne cherche jamais à me faire peur. Il préfère cogner.

Le style de Quill était en effet plus direct, plus violent surtout. Mais il savait que toute attaque le renverrait derrière les barreaux. Alors, peut-être avait-il eu l'idée de laisser un rat mort devant la porte de sa femme pour tenter de la contraindre à ne pas témoigner contre lui.

Mais en réalité, qu'elle témoigne ou non n'avait pas beaucoup d'importance.

Certes, son témoignage serait utile, mais il n'était pas

indispensable. Il y avait assez de preuves dans le dossier pour que Quill soit reconnu coupable de violence conjugale.

— Quoi qu'il en soit, cette saleté était là quand j'ai ouvert ma porte ce matin, poursuivit Rowena. Alors j'ai pris une pelle et je l'ai retiré.

Theo gémit parce qu'en le jetant elle avait du même coup détruit toute preuve potentielle.

— Pourquoi pensez-vous que quelqu'un essaye de piéger Quill ? demanda-t-il.

— Quill s'est fait des ennemis au fil des ans. Par exemple, vous, vous auriez pu mettre le rat là pour rendre Quill encore plus coupable et pour être sûre de gagner le procès.

Kim soupira.

— Même si j'avais tendance à fabriquer des preuves, ce qui n'est pas le cas, je n'ai pas le temps de déposer des cadavres d'animaux à droite à gauche.

Elle s'interrompit et regarda Rowena en face.

— Quill est peut-être désespéré. Et prêt à tout pour vous faire renoncer au procès.

Les larmes jaillirent des yeux de la malheureuse.

— Vous devez penser que je suis folle. Et parfois, j'ai l'impression de l'être. Je veux que Quill aille en prison, qu'il soit puni. Mais monter à la barre pour raconter à tout le monde ce qu'il m'a fait ne va pas être facile. Ce que je l'ai laissé me faire, toutes ces années, me fait honte, ajouta-t-elle en sanglotant.

— Pensez-vous que vous êtes en danger, que Quill essayera de vous agresser à nouveau ? lui demanda Theo.

Rowena secoua la tête.

— Non. Il sait que s'en prendre à moi maintenant pourrait l'envoyer en prison pour le reste de sa vie. Et celui qui a laissé le rat mort voulait me faire croire que c'était Quill. Peut-être pour lui causer des ennuis.

Il y avait une autre possibilité. Quill avait peut-être persuadé un de ses amis de laisser le rat mort. Si Quill terrorisait suffisamment Rowena, elle était susceptible de demander que les charges contre lui soient abandonnées. Elles ne le seraient pas. Mais Quill l'ignorait peut-être et était sans doute prêt à tout pour rester libre.

D'un regard échangé avec Theo, Kim comprit qu'il n'était pas convaincu par l'idée de Quill renonçant pour toujours à faire du mal à Rowena. Il lui en ferait probablement s'il en avait l'occasion. Kim voulait s'assurer qu'il n'en aurait plus la possibilité, même s'il finirait un jour par purger sa peine et par sortir de prison. Elle doutait qu'il oublie purement et simplement Rowena, et la laisse tranquille.

— Si vous croyez que quelqu'un a laissé un rat mort devant votre porte pour piéger Quill, dit Theo avec calme, vous devriez installer une caméra pour voir qui est ce quelqu'un.

Rowena écarquilla les yeux, et son expression s'éclaira.

— Oui, c'est une bonne idée. Je vais filmer le coupable.

Et si Quill apparaissait sur ces images, Kim les utiliserait contre lui au procès.

— De plus, si un événement de ce genre se reproduit, continua Theo, appelez-moi immédiatement. Ne touchez à rien.

Rowena hocha la tête.

— Je veillerai à garder mes portes verrouillées aussi.

Kim avait cru qu'elle le faisait déjà, mais peut-être prendrait-elle davantage de précautions désormais.

— J'ai besoin d'une déclaration de votre part à propos de ce rat, expliqua Theo à Rowena.

Et il fit un geste vers l'adjointe Nelline Rucker, assise dans l'*open space*.

Les autres adjoints étaient toujours occupés avec la fusillade à l'hôpital. Nelline se leva et écouta ce que Theo disait à Rowena.

— Vous montrerez également à l'adjointe Rucker la photo du rat afin qu'elle puisse en faire une copie.

Rowena marmonna un vague remerciement et se dirigea vers l'adjointe. Comme Theo repartait dans son bureau, son téléphone sonna.

— C'est le labo, dit-il à Kim en répondant.

Il mit l'appel sur haut-parleur.

— Shérif Sheldon.

— Bonjour, shérif. Ici, Shelby Martinez, la technicienne de la police scientifique. J'ai résolu le problème de compatibilité des empreintes digitales que vous vouliez examiner et j'ai enfin réussi à les analyser, à les comparer.

Kim retint son souffle. Et attendit. Mais elle ne savait pas trop quoi espérer. Elle voulait des réponses, mais elle n'avait pas pensé qu'elles arriveraient si tôt.

— Elles correspondent, ajouta Shelby un instant plus tard. Les empreintes d'Ashley Neely correspondent à celles que nous avions de Faith Sheldon dans nos dossiers.

Elle s'interrompit avant d'asséner :

— Cette femme est bien votre sœur.

7

Theo entendit les mots que la technicienne du laboratoire criminel venait de prononcer, mais il lui fallut un moment pour les digérer. En réalité, il ne parvenait pas à les absorber.

Ashley était sa sœur. Elle était bien Faith.

Au cri étranglé que poussa Kim, il comprit que la nouvelle la frappait avec la même force que lui. Tous deux se remémoraient cette horrible nuit où Faith avait été enlevée. Cette nuit qui avait changé leur vie pour toujours. Et qui avait aussi bouleversé celle de Faith. Elle n'était pas morte, comme Theo l'avait craint. Elle avait survécu et à présent elle était revenue à Silver Creek, chez elle.

— Shérif ? reprit Shelby Martinez. Vous êtes toujours là ?

Theo se racla la gorge pour réussir à articuler un son.

— Oui. Merci pour l'info. Auriez-vous la gentillesse de mettre par écrit cette correspondance et de m'en envoyer une copie ? Par ailleurs, savez-vous si quelqu'un d'autre que moi vous a récemment demandé une comparaison des empreintes de ma sœur ?

— Je vais regarder et je vous recontacterai.

Elle semblait hésiter à ajouter quelque chose – des félicitations, peut-être – sans être certaine qu'un commentaire de ce genre serait approprié. Finalement, elle dut mesurer l'impact d'une telle révélation pour lui et se contenta d'un bref au revoir.

Theo raccrocha et resta là, sous le choc, à s'efforcer d'assimiler la nouvelle. Apparemment, Kim aussi, parce qu'elle demeura silencieuse un long moment. Elle semblait sonnée.

— Ça va ? demanda-t-elle enfin.

Non, il n'allait pas bien. D'un simple regard vers elle, il devina qu'elle non plus. Il se leva pour fermer la porte et la prit dans ses bras. Elle ne résista pas, ne le repoussa pas. Au contraire, elle l'enlaça et laissa tomber la tête sur son épaule avec un sanglot rauque.

— Ce résultat change tout, murmura-t-elle.

En effet. Il avait retrouvé sa petite sœur. Pourtant, il ne parvenait pas encore à se réjouir de leurs retrouvailles. Certes, il était plus que soulagé qu'elle soit toujours en vie, que son ravisseur ne l'ait pas tuée, il y a vingt et un ans. Mais il n'arrivait pas à oublier que quelqu'un cherchait à la tuer, à présent. Peut-être la même personne qui l'avait kidnappée autrefois et qui avait assassiné leurs parents.

— Je vais devoir le lui annoncer, grommela Theo. *Nous allons* devoir le lui annoncer, corrigea-t-il.

Kim opina de la tête et s'accrocha un peu plus fort à lui. Il n'y avait rien de sensuel dans cette étreinte. Tous deux éprouvaient seulement le besoin de se réconforter l'un l'autre, un geste qu'ils ne s'étaient pas autorisé depuis plus de vingt ans.

Quand elle recula, son regard se riva automatiquement au sien et, même si elle était encore sous le choc, Kim réussit à lui décocher un petit sourire.

— Faith est vivante, dit-elle. Quelle joie !

Oui et peut-être à cause de ce sourire, Theo perdit un instant la tête et lui effleura les lèvres des siennes. Un baiser qu'il voulait léger mais qui le toucha au cœur. Il aurait dû s'en douter. Il n'y aurait jamais de baisers légers entre eux. Pas avec le désir fou dont ils se consumaient l'un pour l'autre.

— Désolé, murmura-t-il en reculant.

Mais il mentait. Il n'était pas du tout désolé et en réalité il ne songeait déjà qu'à la prochaine fois qu'il l'embrasserait.

Il y aurait d'autres baisers.

Le danger et la réapparition de Faith avaient brisé une digue, et désormais il ne supporterait plus de rester éloigné de Kim, de s'interdire de la toucher. Il se remémora le vieil adage selon lequel la vie était courte et que nul ne savait ce que l'avenir lui réservait. Il s'appliquait parfaitement à leur situation. Peut-être Kim ressentait-elle le même élan parce qu'elle garda les yeux rivés aux siens quelques instants avant de se résoudre à se détourner.

— Tu as envoyé beaucoup d'adjoints à l'hôpital, et nous n'avons donc pas besoin de nous y rendre avec des renforts.

Il hocha la tête. Pour tout dire, il n'était même pas certain d'avoir encore des adjoints disponibles ici. Néanmoins, il s'entourerait de précautions. Ils feraient le trajet au volant d'une voiture de patrouille – aux vitres blindées – au cas où le tireur déciderait de les prendre pour cible. Mais d'abord, il avait un appel à passer.

Il tapota le numéro de l'adjoint Norris qui était toujours chez Nadia avec Jack et la nounou. Il devait s'assurer que son fils allait bien.

— Tout va bien ici, répondit aussitôt l'adjoint.

Theo sentit le poids sur sa poitrine s'envoler.

— Bien. Nadia est-elle déjà rentrée ?

Il avait demandé à un adjoint réserviste de la raccompagner chez elle quand elle avait quitté l'hôpital, mais depuis il n'avait pas eu de nouvelles.

— Elle vient d'appeler et devrait être là dans l'heure, répondit Norris.

En arrière-plan, Theo entendait son fils bavarder.

— Jack aimerait te dire bonjour.

Malgré tout ce qui se passait, Theo sourit lorsque l'enfant prit l'appareil.

— Papa ? Tu viens bientôt ?

Pas assez tôt et il réprima un juron. Son temps avec son fils était précieux, et il regrettait de ne pas en passer davantage avec lui.

— Désolé, mais cela s'annonce compliqué, ce matin, dit-il à Jack. J'espère venir bientôt. Je t'aime et je viendrai te voir dès que possible.

— Je t'aime aussi, papa. Au revoir.

Et il dut rendre le téléphone à Norris car l'adjoint reprit la parole un instant plus tard.

— Ne t'inquiète pas, dit Norris. Il est en sécurité avec moi.

— Merci.

Theo le connaissait depuis des années et savait que Norris donnerait sa vie pour protéger l'enfant. Avec lui, son petit garçon ne risquait rien.

— Encore une chose. Assure-toi que Quill et Rowena ne s'approchent pas de Jack. Pour l'instant, ils sont l'un et l'autre suspects dans l'attaque à l'hôpital.

— J'y veillerai, lui assura Norris.

Dès que Theo eut rangé son téléphone, Kim et lui enfilèrent leurs manteaux. Lorsque Theo ouvrit la porte de son bureau, il eut le grand plaisir de voir Mason Ryland dans le couloir. Son oncle par adoption était là, attendant visiblement les ordres. Si Mason avait maintenant la cinquantaine, il était encore capable de faire régner l'ordre. Et il arborait un air renfrogné qui le prouvait à qui en doutait.

L'adjointe Nelline Rucker était à son bureau et continuait d'enregistrer les déclarations de Rowena. Mais d'un regard appuyé à Theo, elle lui confirma que Greg s'était comporté de façon pénible.

Du pouce, Mason désigna Greg qui ruminait d'un air sombre dans un coin.

— Ce type semble persuadé d'être le centre de l'univers. Et à ses yeux, tout le monde est à son service et doit s'efforcer de satisfaire le moindre de ses caprices à l'instant où il les formule. Peux-tu me donner une raison de l'arrêter ? J'aimerais vraiment lui rabattre le caquet.

Theo ne sourit pas, mais apprécia la manière dont Mason avait résumé le personnage.

— Pas d'arrestation... pour l'instant, ajouta-t-il.

— Je perds mon temps ici, lança Greg. Alors que j'ai besoin de parler à ma fiancée.

— Il n'arrête pas de le répéter, ajouta Mason. Il se croit tout permis. Taisez-vous, ordonna-t-il en devinant que Greg s'apprêtait à continuer à se plaindre.

Peut-être impressionné par le ton sévère de Mason, Greg se tut.

— Mon client s'est soumis au test de détection de résidus de tir, intervint Duran. Mais l'adjointe Rucker nous a dit de vous attendre. Ensuite, cet adjoint réserviste est arrivé...

— Et je leur ai dit de t'attendre, le coupa Mason.

Theo inclina la tête vers Greg.

— Il doit être interrogé sur son emploi du temps et sur l'endroit où il se trouvait au moment de la fusillade à l'hôpital.

Greg ouvrit de nouveau la bouche, mais d'un regard Mason l'empêcha de parler.

— Je peux me charger de son interrogatoire, proposa Mason. Et ensuite, que dois-je faire de lui ?

— S'il avoue un crime, arrête-le. En attendant, Kim et moi avons à faire.

Mason reporta son attention sur Kim.

— Ta mère se fait du souci pour toi. A-t-elle des raisons de s'inquiéter ?

— Non, répondit Kim en sachant que ce n'était pas du tout la vérité. Je la rappellerai... plus tard.

Il la dévisagea un moment avant de se tourner vers Theo.

— Appelle-moi... quand tu auras fait ce que tu dois faire.

Il devait se douter que, quelle que soit leur destination, il s'agissait de quelque chose d'important.

— Tu as des renforts ? ajouta-t-il.

Theo secoua la tête.

— Tous mes adjoints sont occupés.

— J'en ai fini avec Rowena et je peux donc vous accompagner, intervint Nelline en se levant. Si Mason reste ici pour garder la boutique en mon absence.

— Bien sûr, dit-il. Essayez de rester en vie, ajouta-t-il à l'intention de Theo et de Kim.

— Je compte voir Ashley dans les meilleurs délais, lança Greg alors qu'ils partaient avec Nelline.

Theo l'ignora. Mason serait capable de le recadrer si nécessaire. Et au bureau du shérif. Il n'était pas question que Greg se présente à l'hôpital alors que lui-même s'apprêtait à annoncer à Ashley qu'elle était bien sa sœur.

La voiture était garée devant le bâtiment, et ils n'eurent donc pas besoin de rester exposés longtemps. Theo s'installa au volant, Nelline à côté de lui et Kim à l'arrière.

Il venait de quitter le bureau du shérif quand le téléphone de Kim bipa pour lui annoncer la réception d'un SMS.

— C'est Hudson, dit-elle.

Elle parlait de Hudson Granger, le responsable de l'installation et de l'entretien du matériel de sécurité au Silver Creek Ranch. Il ne chômait pas. Il y avait en effet plus d'une douzaine de résidences sur cette propriété, ainsi que de nombreuses dépendances, indispensables pour un ranch aussi vaste. De plus, Hudson employait aussi des détectives privés qu'elle utilisait parfois pour ses affaires.

Theo savait qu'il était très doué dans son domaine et il lui faisait confiance.

— J'ai demandé à Hudson de jeter un œil aux antécédents de Greg, de Duran et des Neely, lui dit Kim. Je l'ai chargé, en particulier, de découvrir si l'un d'entre eux avait touché d'importantes sommes d'argent à l'époque où Faith a été enlevée.

Bien sûr, Theo avait lancé des recherches similaires, mais que Hudson enquête de son côté ne ferait pas de mal.

— Hudson a également réclamé le rapport de police concernant l'accident de voiture qui a tué les Neely, ajouta Kim. Au cas où il ne s'agirait pas d'un accident.

Oui, Theo y avait déjà pensé. La personne qui avait vendu Faith aux Neely avait peut-être voulu les éliminer pour qu'ils ne puissent témoigner contre elle. En matière de meurtre, il n'y avait en effet pas de délai de prescription au Texas. Bien sûr, une question restait en suspens. Pourquoi le ravisseur-tueur avait-il attendu tant d'années pour régler le problème ? Ashley saurait peut-être répondre à cette question.

Ou plutôt, Faith.

Il se reprit mentalement et répéta son prénom plusieurs fois en silence, dans l'espoir de parvenir à se convaincre qu'Ashley était bien sa sœur et qu'elle était en vie. Faith aurait sans doute besoin d'aide pour faire face à ces révélations. Et peut-être aussi de protection, s'il s'avérait que quelqu'un cherchait à la tuer.

Cependant, s'il voulait examiner les différents mobiles susceptibles d'avoir déclenché cette fusillade, il devait prendre en compte un autre suspect. Quill. Son ex-beau-père détestait Kim et Theo, assez pour être tenté de les éliminer. Voilà pourquoi l'interroger était une priorité absolue. Mais il avait beaucoup de priorités en ce moment et il devait d'abord trouver Quill et le convoquer.

Lorsque Theo s'engagea sur le parking de l'hôpital, la situation était loin d'être revenue à la normale. En plus de deux voitures de patrouille, il remarqua les fourgons de la police scientifique et celui des démineurs.

Le ruban jaune et noir des scènes de crime claquait au vent. Il bouclait la zone pour permettre à la police scientifique et aux adjoints de chercher les douilles ou tout ce que le tireur aurait laissé derrière lui.

— Tu veux que je t'accompagne ? proposa Nelline à Theo lorsqu'il s'arrêta devant l'entrée de l'hôpital.

Il secoua la tête.

— Merci, mais ça ira. Retourne plutôt au bureau du shérif et assure-toi que Greg ne cause pas de problèmes à Mason.

L'adjointe se mit à rire. Elle savait sans doute que personne ne causait de problèmes à Mason. Cela dit, il y aurait aussi de nombreux rapports à rédiger, et la paperasse n'était pas son point fort. Nelline était mieux placée pour s'en charger.

— Essaye aussi de retrouver Quill, Nelline, ajouta Theo alors qu'il sortait avec Kim de la voiture de patrouille. Je t'enverrai un texto quand nous aurons besoin de repartir.

Ils se précipitèrent vers l'entrée de l'hôpital. Theo repéra l'équipe de démineurs en train de ranger du matériel. Un membre de la police scientifique examinait l'une des cages d'escalier, et Grayson discutait avec un médecin.

Son père adoptif mit fin à sa conversation et se dirigea droit vers eux.

— Vous allez bien, tous les deux ? leur demanda-t-il.

Ils hochèrent la tête.

— Nous n'avons pas été blessés, ajouta-t-elle.

— Peut-être pas physiquement. Mais ta mère est inquiète, lui dit-il en faisant soupirer Kim.

— Oncle Mason me l'a dit, répondit-elle. Je l'appellerai dès que je pourrai. Et Noah aussi.

Son frère devait être de garde au commissariat de San Antonio, et elle devrait le rassurer, lui aussi.

— Tu es ici pour faire le point sur l'enquête ou pour voir la femme que tu as fait hospitaliser ? demanda Grayson à Theo.

— Les deux. Mais surtout pour la voir, elle, et lui parler. Visiblement, tu as la situation sous contrôle ici. Merci d'avoir assuré, au fait.

Grayson hocha la tête tout en continuant d'observer Theo.

— Tu as découvert quelque chose sur elle ?

Il dut décrypter l'expression de Theo parce qu'il poussa un gémissement.

— Tu as la preuve qu'il s'agit de Faith ?

— Oui. Ses empreintes digitales correspondent à celles relevées sur ses jouets il y a vingt et un ans.

Grayson prit une profonde inspiration.

— Elle est dans la chambre 112 avec Gage qui monte la garde devant sa porte.

Gage, l'oncle de Kim et le frère de Grayson, était agent fédéral à la retraite. Il ne laisserait personne entrer et s'attaquer à Faith.

— Tu veux que je t'accompagne pour lui annoncer ? proposa Grayson.

Theo secoua la tête.

— Merci. Je préfère que tu gardes un œil sur ce qui se passe ici.

Son père adoptif était de taille à gérer une scène de crime de cette importance. Theo aussi. Parce que Grayson lui avait appris le métier. Mais pour l'instant, Theo devait se concentrer sur Faith.

Kim à ses côtés, il se fraya un chemin à travers l'hôpital. Celui-ci n'était pas immense, et il ne leur fallut que quelques instants pour atteindre le couloir où se trouvaient les chambres.

Il repéra Gage, adossé contre la porte. Il portait un holster d'épaule et son badge d'adjoint réserviste.

Il sourit en les voyant, un vrai sourire malgré le cauchemar des dernières heures, et il effleura la joue de Kim.

— Combien de personnes t'ont dit que ta mère s'inquiétait pour toi ? demanda-t-il.

— Un certain nombre, répondit-elle en riant.

Et elle sortit son téléphone pour envoyer un SMS.

À sa mère, sans aucun doute.

— Étais-tu la cible du tireur ? demanda Gage. Ou cette femme allongée dans cette chambre était-elle visée ?

— Cela reste à déterminer, répondit Theo. En tout cas, il s'agit bien de Faith. Je suis revenu ici pour le lui annoncer.

Gage écarquilla les yeux.

— Bon sang.

Voilà qui résumait à peu près le trouble de Theo. Il éprouvait un mélange de terreur, d'inquiétude, de soulagement et d'exaltation. Il s'efforça cependant de se calmer, tandis qu'il frappait et entrait avec Kim dans la chambre.

Faith était dans le lit d'hôpital, mais elle ne dormait pas. Au contraire. Assise, presque au garde-à-vous, elle tenait le pichet d'eau en plastique entre les mains comme si elle envisageait de l'utiliser pour se défendre si nécessaire.

— As-tu capturé l'individu qui a essayé de nous tuer ? demanda-t-elle aussitôt.

Theo secoua la tête.

— Non, je suis désolé.

Elle reposa le pichet et se laissa tomber sur les oreillers.

— J'ai repensé à la fusillade et je crois que j'étais la cible du tireur.

— Pourquoi le penses-tu ?

Elle soupira.

— Parce qu'il aurait pu vous atteindre des dizaines d'autres fois. Kim et toi vivez tous les deux à Silver Creek. Mais personne ne vous a tiré dessus avant que je n'arrive ici et que je me rapproche de vous deux.

Sa théorie se tenait, mais Theo en vit immédiatement la faille.

— Il est possible aussi que le timing arrangeait le tireur. Ou peut-être voulait-il nous faire croire que tu étais la cible.

Elle écarquilla les yeux.

— Pourquoi voudrait-il nous faire croire ça ?

— Pour écarter les soupçons de lui et les reporter sur quelqu'un d'autre, répondit Kim sans hésiter. À cause de nos métiers respectifs, Theo et moi nous sommes fait des ennemis. Le tireur pourrait être l'un d'eux.

Faith sembla y réfléchir un moment, puis hocha la tête.

— Greg pourrait être le tireur, non ?

— Pourquoi le penses-tu ?

— Il sait sans doute que l'idée de l'épouser m'emballe de moins en moins, et peut-être mon détachement l'a-t-il mis en colère. Cela dit, il n'a jamais été violent avec moi. J'ai donc du mal à l'imaginer tenter de s'attaquer à moi.

— Tu as envie de rompre vos fiançailles ? demanda Kim, ôtant la question de la bouche de Theo.

Faith poussa un gros soupir.

— Mes parents tenaient beaucoup à ce que je l'épouse. Mais maintenant qu'ils sont morts, je ne ressens plus cette pression, et j'ai envie de rompre.

— Tu prévoyais d'épouser Greg pour faire plaisir à tes parents ? demanda Theo.

Faith grimaça.

— Je sais à quoi ça ressemble, mais j'en ai parlé avec le thérapeute de l'hôpital. Ce type de comportement est fréquent chez les enfants adoptés. Ils sont tellement reconnaissants d'avoir été choisis par une famille aimante qu'ils veulent toujours faire plaisir à leurs parents adoptifs. Mais je prends conscience maintenant que chercher à leur faire plaisir ne signifie pas se soumettre à leur volonté.

Et Greg faisait partie de cette soumission. Cela expliquait comment Faith s'était retrouvée fiancée avec un homme aussi ego-centré. Mais Theo se demandait surtout pourquoi les Neely avaient souhaité que leur fille adoptive, une fille qu'ils aimaient apparemment, unisse son destin à celui d'un type autoritaire et colérique.

Malheureusement, une raison lui vint vite à l'esprit.

Si Greg avait kidnappé Faith et commis deux meurtres pour y parvenir, il aurait pu les faire chanter ou du moins « faire pression » sur les Neely. Il lui aurait suffi de leur rappeler en permanence qu'ils risquaient de finir en prison avec lui.

Bien sûr, cela signifierait que les Neely étaient au courant de ce qui s'était passé. Peut-être n'en avaient-ils eu connaissance que plus tard, après que les crimes avaient été commis. Malgré tout, ils auraient été accusés de complicité.

Le smartphone de Theo bipa pour annoncer la réception d'un SMS, et il jeta un œil à l'écran. Les techniciens de la police scientifique avaient déjà effectué le test de détection de résidus de tir sur Greg.

Le résultat était négatif.

Cela ne signifiait pas qu'il n'était pas le tireur – il aurait pu porter des gants. Mais maintenant, Duran avait la possibilité d'exiger de Theo qu'il laisse Greg voir Faith. Cela dit, Theo n'avait aucune intention de céder.

— Quelque chose ne va pas ? demanda Faith qui avait remarqué sa réaction à la lecture du message.

Il rangea son téléphone et la regarda en face.

— Tes empreintes digitales correspondent à celles de Faith.

Theo n'ajouta rien. Il lui laissa un peu de temps pour digérer la nouvelle.

Le souffle court, Faith essaya de parler, mais il lui fallut un petit moment pour y parvenir.

— Tu en es sûr ? balbutia-t-elle enfin.

Theo se contenta de hocher la tête. Lui aussi avait du mal à s'exprimer sur le sujet. Même s'il connaissait la vérité depuis une demi-heure, il était encore sous le choc.

Cette femme était sa sœur.

De toute évidence, elle avait beaucoup changé. Elle n'était plus la fillette de huit ans dont il avait gardé le souvenir. Mais en étudiant son visage, il reconnaissait les traits de sa cadette.

— C'est une certitude, confirma Kim avant de la prendre dans ses bras.

Toutes deux fondirent en larmes. Des larmes de joie qui ne firent qu'ajouter au tsunami d'émotions qui les emportait. Theo était heureux aussi. Très, très heureux. Mais il ne parvenait pas à oublier que quelqu'un essayait de la tuer.

Faith lui fit signe de se rapprocher et passa son autre bras autour de lui, pour l'étreindre avec Kim.

Une partie des tensions que Theo portait depuis des années s'envola. Mais très vite, la culpabilité les remplaça. Il se reprochait de ne pas avoir retrouvé Faith plus tôt. Et surtout de n'avoir pas réussi à l'empêcher d'être kidnappée.

L'étreinte dura un moment, et Theo ne fit rien pour y mettre un terme. Finalement, Faith se détendit et, un sourire aux lèvres, elle essuya les larmes de ses joues.

— Merci, leur dit-elle.

Il ignorait pourquoi elle les remerciait mais, avant qu'il n'ait le temps de lui poser la question, elle poursuivit :

— J'ai amené le danger jusqu'à vous...

Elle ne souriait plus et semblait inquiète.

— Tu n'en sais rien, lui assura Kim. En fait, c'est peut-être le contraire. Theo et moi t'avons peut-être exposée au danger. Mais ne t'inquiète pas. Theo est un très bon shérif et il fera tout ce qui est en son pouvoir pour te protéger. Et moi aussi.

Ces mots déclenchèrent une nouvelle vague de larmes, et Faith tourna ses yeux rougis vers Theo.

— Honnêtement, je n'ai aucun souvenir précis de la nuit où

j'ai été enlevée. Seulement les bribes dont je t'ai déjà parlé. Et j'ai fait une dépression après la mort de mes parents... après la mort des Neely. Je ne suis pas folle, ajouta-t-elle. Mais j'ai souffert d'une grave dépression.

Theo, qui n'en était pas surpris, hocha la tête.

— C'est pour cette raison que tu avais demandé à être soignée à l'hôpital de San Antonio ?

— Oui, et j'espérais ainsi trouver un sens à ces fragments de souvenirs que j'avais.

— As-tu déjà parlé d'eux à Greg ou à quelqu'un d'autre ?

L'inquiétude assombrit ses yeux.

— Oui, je n'ai rien caché à Greg. Ni à mes parents... aux Neely, corrigea-t-elle.

Et, à en juger par la façon dont elle frissonnait, elle se rappelait, par association d'idées, que leurs véritables parents avaient été assassinés.

Peut-être par la même personne qui voulait maintenant sa mort.

Parce qu'une personne morte n'aurait pas de souvenirs à retrouver. Surtout pas des souvenirs qui risquaient de faire condamner quelqu'un pour un double meurtre et un kidnapping.

— Je n'ai pas gardé ces souvenirs secrets, reconnut Faith en blêmissant. J'aurais sans doute dû.

— Non, répliqua Kim. Tu n'avais aucune raison de te méfier de tes proches.

Faith ne répondit pas tout de suite, et Theo sentit son ventre se nouer. Qu'avait-elle traversé toutes ces années ?

— Je faisais confiance aux Neely, dit-elle finalement. J'ai toujours senti qu'ils me cachaient quelque chose, mais j'étais très loin d'imaginer qu'ils me mentaient sur qui j'étais vraiment. En tout cas, je n'arrive pas à croire qu'ils aient eu une quelconque part de responsabilité dans le meurtre de nos parents et dans mon kidnapping.

Mais peut-être les Neely avaient-ils appris les événements plus récemment.

— Es-tu sûre que l'accident de voiture des Neely en était bien un ? demanda Theo.

Aborder ce sujet était délicat. Faith semblait déjà sur le point de s'effondrer. Elle était émotionnellement fragile. Pourtant, plus vite ils en sauraient davantage, plus vite ils parviendraient à identifier le responsable de l'attaque.

Elle le dévisagea un long moment.

— Tu penses que la personne qui m'a enlevée les a tués pour les faire taire.

— C'est une hypothèse, reconnut Theo.

Il fut heureux de voir qu'au lieu de frissonner elle semblait se ressaisir et tenter de comprendre la situation dans son ensemble.

— Cela signifie que je dois considérer Duran et Greg comme des suspects.

— En effet, dit Theo. Par ailleurs, j'ai besoin que tu me dresses la liste de toutes les personnes proches des Neely qui auraient pu jouer un rôle dans ce qui s'est passé. Repense à tout ce qu'ils t'ont dit à propos de l'époque où ils t'ont adoptée.

Theo se félicita de le lui avoir demandé. Cela lui donnait une responsabilité, quelque chose susceptible de les faire avancer dans l'enquête. Elle pourrait également les aider sur un autre sujet.

— Par hasard, as-tu envoyé des lettres à Kim au cours des six dernières années ? demanda-t-il.

Sa sœur secoua aussitôt la tête.

— Non. J'ignorais jusqu'à récemment qui était Kim. Quel genre de lettres ?

— Des lettres anonymes liées à cette nuit terrible où vos parents ont été tués puisqu'elles sont adressées à Kimmie, le surnom que tout le monde me donnait à l'époque, répondit Kim. Toutes disaient : « Aide-moi. S'il te plaît, aide-moi. »

Faith regarda Theo.

— J'avais crié ces mots, cette nuit-là ?

Il hocha la tête, la gorge trop serrée pour parler, et Kim répondit à sa place.

— Mais ce n'étaient pas tes mots exacts. C'est plutôt une version générique de ce que tu avais dit.

— Le tueur n'est donc peut-être pas celui qui envoyait les lettres, dit Faith après un moment.

— En effet. Les lettres ont peut-être été rédigées par un mauvais plaisant.

Quelque part, Theo l'espérait. Ce genre de blague était plus que douteuse, mais que le tueur les ait envoyées serait pire que tout.

— Je ne connais personne qui adresserait à quelqu'un des lettres de ce genre, répondit Faith. Mais je vais dresser une liste des amis et des connaissances des Neely. De leurs employés aussi.

Elle s'interrompit.

— Combien de temps vais-je rester ici ?

— Malheureusement, tu dois y rester encore un peu, lui dit Theo. Mais je vais te faire apporter un ordinateur portable. Ou un stylo et du papier, si c'est ce que tu préfères pour écrire cette liste.

Faith déglutit avec difficulté.

— Et si le tueur me poursuit jusqu'ici ?

— Il n'entrera pas, lui assura-t-il rapidement. Pour l'instant, Gage Ryland est à la porte et, crois-moi, personne ne la franchira.

Theo voyait la méfiance assombrir ses yeux. Mais il y avait aussi de la confiance. Il était son grand frère. Le shérif de Silver Creek. Et il allait faire ce qu'il n'avait pas réussi à faire quand elle avait huit ans.

La protéger, veiller à sa sécurité.

— Je n'ai aucune envie de partir avec Greg quand il sera temps pour moi de quitter l'hôpital, dit Faith. Puis-je aller avec vous deux ?

— Bien sûr, lui assura Theo. Je ne vis pas dans notre ancienne maison. J'y ai trop de mauvais souvenirs. Je possède un petit ranch.

Il était sur le point d'expliquer qu'elle pourrait s'y installer. Ou chez Kim. Mais son téléphone sonna et, quand il vit le nom d'Ava, il sut qu'il devait prendre l'appel.

— J'ai trouvé quelque chose, dit-elle. Je te l'envoie.

Il s'agissait des images enregistrées par la caméra de surveillance de l'hôpital, peu avant le premier coup de feu.

Theo ne mit pas l'appel sur haut-parleur au cas où Ava aurait des nouvelles qui bouleverseraient davantage encore Faith, mais il jeta un œil aux photos.

Et il jura en voyant le visage de l'homme qui s'affichait.

8

En regardant l'écran du smartphone de Theo, Kim comprit tout de suite pourquoi il avait poussé un juron.

Quill était sur les photos.

Elle le reconnut aussitôt, sans l'ombre d'un doute. Et à en juger par l'heure à laquelle il avait disparu de l'objectif des caméras de surveillance installées dans l'hôpital, il aurait eu le temps de monter l'escalier jusqu'au toit et de commencer à tirer.

— Il ne porte pas d'arme apparente, remarqua Kim. Mais il a un sac à dos. Il y avait peut-être glissé un fusil démonté pour l'assembler, une fois sur place.

Cela dit, n'importe lequel de leurs suspects aurait pu faire de même. Ou, autre possibilité, aurait pu laisser plus tôt une arme sur le toit de l'hôpital. Faith était arrivée aux urgences plus d'une demi-heure avant le déclenchement de l'alerte à la bombe.

Un autre SMS d'Ava arriva :

Nous continuons d'étudier les images de surveillance.

Kim s'en félicita. Elle était certaine que Theo voudrait savoir quand Quill avait quitté le bâtiment. Ainsi que Greg ou Duran. Cependant, il n'était pas exclu qu'aucun d'eux trois n'ait été le tireur, qu'ils aient engagé quelqu'un pour effectuer le travail.

— Je dois faire tester Quill pour détecter sur lui d'éventuels résidus de tir, grommela Theo après avoir rangé son téléphone.

Il se tourna vers Faith.

— Je vais te faire parvenir un ordinateur portable pour te permettre de dresser cette liste de noms.

Faith hocha la tête d'un air apeuré. Leurs réactions face au texto l'avaient sans doute inquiétée.

— Vous croyez que ce Quill essayait de me tuer ? demanda-t-elle.

— Si Quill était le tireur, il visait Kim ou moi. Pas toi, corrigea Theo. Kim est la substitute du procureur en charge de son procès à venir, celle qui a la possibilité de l'envoyer en prison. Et moi, je suis celui qui a procédé à son arrestation. Voilà pourquoi il rêve de nous éliminer.

— Je vous en prie, soyez prudents, tous les deux, dit Faith d'une voix blanche. Je viens de vous retrouver, je ne veux pas vous perdre !

— Ne t'en fais pas, nous le serons, lui assura Kim.

Il ne s'agissait pas de paroles en l'air. Tous deux seraient en état d'alerte maximale, ce qui signifiait qu'ils briseraient davantage encore les barrières érigées entre eux depuis vingt ans.

Ils devraient rester ensemble.

Certes, Kim pourrait demander la protection d'un autre membre des forces de l'ordre de Silver Creek. Ils étaient nombreux dans sa famille, elle n'avait que l'embarras du choix. Mais elle tenait à ce que Theo soit en sécurité, lui aussi, et être ensemble leur permettait de se protéger mutuellement.

Ils dirent au revoir à Faith. Si Theo et Kim l'étreignirent et l'embrassèrent, ils n'avaient pas non plus l'impression d'être revenus au bon vieux temps. Mais Faith était bien son amie d'enfance, Kim n'en doutait plus du tout, à présent. Bientôt, Theo et Faith reconstruiraient leurs relations, une fois le danger écarté, elle en était certaine.

Quand ils sortirent de la chambre, Theo envoya un texto à Nelline pour lui demander de revenir les chercher à l'hôpital. Il lui recommanda d'être prudente. Puis ils se dirigèrent vers la sortie.

Il ne faudrait pas longtemps à l'adjointe pour arriver et, en tout cas, ils ne s'aventureraient pas dehors avant que la voiture de patrouille ne soit en vue.

— On va chez Quill ? demanda-t-elle.

— Non. Je tiens à ce qu'il effectue un test pour déterminer s'il a des résidus de poudre sur les mains, et il refusera de s'y soumettre si toi et moi nous présentons chez lui. Ce serait comme agiter une cape rouge devant un taureau furieux.

Theo n'aurait aucun mal à obtenir d'un juge un mandat pour un test de détection de résidus de tir. Mais tout irait beaucoup plus vite si ses adjoints parvenaient à convaincre son ex-beau-père de se prêter au jeu de son plein gré. Et Quill l'accepterait sans doute s'il pensait éviter ainsi d'être arrêté... ce qui se produirait automatiquement s'il refusait le test.

— D'accord, dit-elle. Mais si la police scientifique m'y autorise, j'aimerais passer chez moi et prendre quelques affaires.

Elle attendit qu'il se tourne vers elle pour ajouter :

— Il serait sans doute préférable que je reste chez toi, ces jours-ci.

La suggestion ne le surprendrait pas, elle le savait. Le ranch de Theo était plus facile à sécuriser que sa maison parce qu'il avait des employés agricoles prêts à monter la garde. De plus, il bénéficiait d'un système d'alarme de premier ordre puisque Hudson, le spécialiste en sécurité de la famille Ryland, s'était personnellement chargé de l'installer.

— Ou nous pourrions nous abriter au Silver Creek Ranch, soit chez mes parents, soit chez oncle Grayson et tante Eve, ajouta-t-elle.

Il réfléchit sur ces différentes options.

— Chez moi, répondit-il finalement. Quand Faith sortira de l'hôpital, en fin d'après-midi ou demain, elle risque d'être un peu perdue au Silver Creek Ranch.

Immense et plus grand que certaines petites villes, le ranch était en effet impressionnant. Il était très sécurisé, mais il n'était pas très compliqué de rendre celui de Theo aussi sûr sans rajouter du stress à Faith. Bien sûr, le meilleur moyen de la rassurer, de *tous* les rassurer, serait de capturer le tireur et de l'empêcher de lancer une autre attaque.

— Il est presque l'heure du déjeuner, remarqua Theo quelques instants plus tard. Tu dois te nourrir, insista-t-il comme elle s'apprêtait à dire qu'elle n'avait pas faim. Une fois que nous aurons récupéré tes affaires chez toi, nous retournerons à mon bureau et commanderons des plats à emporter. Pour continuer d'enquêter tout en nous restaurant. Je dois relire les déclarations de Rowena, de Greg et de Duran.

L'un d'eux avait peut-être dit quelque chose qui leur donnerait des indices sur le tireur.

— Je veux aussi que Quill soit retrouvé, soumis au test de détection de résidus de tir et amené au bureau du shérif pour y être interrogé, reprit Theo en envoyant un texto à Ava pour la prier de s'en occuper.

La jeune adjointe ne rencontrerait peut-être aucune difficulté à trouver Quill. Ou à le faire venir. Mais il n'était pas question qu'elle se rende seule chez lui. Elle serait accompagnée de renforts et, s'il résistait, ils auraient de bonnes raisons de l'arrêter.

Lorsque Nelline arriva, Theo dégaina son arme et tous deux coururent vers la voiture. Il s'assit à l'avant avec Nelline et Kim à l'arrière.

Alors qu'elle s'éloignait, l'adjointe mit Theo au courant des différents comptes rendus transmis par la police scientifique et le laboratoire criminel. Kim avait vraiment très envie d'écouter ce qu'elle disait, mais son téléphone sonna. Quand elle vit le nom sur l'écran, elle sut qu'elle devait prendre cet appel.

— C'est Hudson, dit-elle à Theo tout en répondant.

— J'ai du nouveau, lui annonça Hudson. Ashley n'a pas menti quand elle disait être entrée à l'hôpital psychiatrique de son plein gré. Personne ne peut donc la forcer à y retourner. Pour info, reprit-il après un instant, ne me demande pas comment je l'ai appris, mais Ashley est en réalité Faith Sheldon.

Kim n'était pas surprise qu'il ait réussi à le confirmer. Il était le meilleur pour recueillir des informations.

— Je le sais. Theo vient de lui annoncer que ses empreintes correspondaient à celles de sa sœur. Faith est enfin rentrée à la maison, ajouta-t-elle dans un murmure.

Elle leva les yeux et croisa le regard de Theo dans le rétroviseur. Elle y vit du soulagement mais aussi de l'inquiétude. Cette nouvelle déclencherait sans doute aussi une nouvelle vague de souffrances, inévitable puisqu'elle raviverait aussi des souvenirs. Ils allaient tous deux passer une nuit difficile. Faith aussi.

— Veux-tu que je continue à enquêter sur Faith pour voir ce qu'elle a fait au cours des vingt et une dernières années ? demanda Hudson.

— Oui, répondit-elle.

Obtenir le plus de pièces de ce puzzle possible était préférable. L'une d'elles les conduirait peut-être au tireur.

— D'accord. J'ai aussi d'autres informations sur Greg et Duran, poursuivit Hudson.

Kim mit l'appel sur haut-parleur en constatant que Nelline avait fini son compte rendu.

— Greg a fait de mauvais investissements au fil des ans, dit Hudson. Et les Neely l'ont renfloué au moins deux fois.

— Pourquoi ? demanda Kim. Je veux dire, comment se fait-il qu'ils aient été si proches de Greg ?

— Tu veux savoir s'ils le payaient pour qu'il ne dise pas qui était vraiment leur fille ?

— Oui, confirma Kim.

— Je n'ai aucune preuve concrète pour l'instant. Pas *encore*, reconnut Hudson en insistant sur ce dernier mot pour qu'elle comprenne qu'il en cherchait. Greg prétendrait sans doute que les Neely lui ont donné de l'argent en raison de leur amitié de longue date. Mais les sommes en jeu étaient énormes. Près d'un quart de million de dollars, si tu additionnes les deux fois où ils lui ont évité la faillite.

Pour Kim, les Neely avaient acheté son silence, d'autant plus que Greg ne semblait pas avoir une personnalité aimable qui expliquerait cette proximité avec les Neely. Mais peut-être avait-elle tort. Le couple avait peut-être considéré Greg comme le fils qu'ils n'avaient jamais eu et non comme un ravisseur et un tueur qui leur avait donné une fille.

— Tu as trouvé quelque chose sur Duran ? demanda-t-elle alors que Nelline s'engageait dans l'allée qui menait chez Kim.

Elle jeta un coup d'œil autour d'elle, mais ne vit personne, pas même les membres de l'équipe de la police scientifique.

— Oh ! oui, déclara Hudson. Il n'est pas très clean, notre avocat. Il a fait l'objet d'une enquête pour détournement de fonds et blanchiment d'argent. Mais il s'en est bien tiré et n'a jamais été condamné pour quoi que ce soit. Et j'ai gardé le meilleur pour la fin : des rumeurs ont couru selon lesquelles il aurait négocié des adoptions au marché noir.

Theo redressa la tête. Ce détail attirait évidemment son attention.

— C'est Theo, dit-il. As-tu des faits pour étayer ces rumeurs ?

— J'y travaille, lui assura Hudson. Mais mes gars ont déterré de vieux messages sur les réseaux sociaux. Deux personnes de Kerrville remerciaient Duran de leur avoir trouvé un bébé et d'avoir organisé une adoption privée. Je peux t'envoyer les noms du couple ou leur parler moi-même.

Theo y réfléchit un moment.

— Envoie-moi leurs noms, mais continue de creuser de ton côté pour voir ce que tu peux découvrir sur eux. Et sur Duran.

— Ça marche, lui assura Hudson. Je te recontacterai dès que j'aurai du nouveau.

Ils raccrochèrent au moment précis où Nelline s'arrêtait devant la maison de Kim.

— Attends ici, ordonna Theo à l'adjointe. Et passe quelques coups de fil. J'ai besoin des papiers remplis par les Neely pour l'adoption. Duran s'en était sans doute occupé.

Oui, et peut-être avait-il trouvé l'enfant pour eux. Même si les documents impliquaient Duran, il prétendrait avoir ignoré qu'Ashley était en fait Faith. Il ne reconnaîtrait jamais être lié au kidnapping puisque ce dernier avait provoqué deux meurtres.

— Les techniciens de la police scientifique ont terminé leur travail, expliqua Nelline en voyant Kim jeter un coup d'œil dans la cour. Ils ont tout fermé à clé en partant.

Tant mieux. En verrouillant les portes, ils avaient automatiquement activé le système d'alarme.

Kim le désactiva à l'aide de son smartphone pour leur permettre d'entrer dans la maison.

Ils ne l'avaient quittée que depuis quelques heures, mais avaient l'impression que le temps écoulé avait été beaucoup plus long. Sans doute parce qu'une myriade d'événements s'étaient produits dans l'intervalle.

Elle promena les yeux autour d'elle et ne remarqua rien d'anormal. Cela ne voulait pas dire que les adjoints et la police scientifique n'avaient pas effectué une recherche approfondie. Ils avaient fait sans doute plus attention que d'habitude en raison des liens de sa famille avec les forces de l'ordre.

— D'après les informations que j'ai reçues, dit Theo, ils n'ont rien vu prouvant que l'homme que nous avons aperçu soit entré dans la maison.

Tant mieux.

— Et la grange ? Y ont-ils découvert quelque chose ?

Theo secoua la tête et la suivit alors qu'elle se dirigeait vers sa chambre pour empaqueter quelques affaires. Il n'y entra pas avec elle, mais s'arrêta sur le pas de la porte, les mains sur le chambranle. Cela dit, il n'avait pas besoin d'être plus près pour qu'elle sente sa présence. Elle savait qu'il la regardait. Peut-être l'observait-il pour s'assurer qu'elle n'allait pas craquer après cette matinée infernale. Ou peut-être, comme elle, avait-il du mal à la quitter des yeux.

— De quoi d'autre Nelline t'a-t-elle parlé ? demanda-t-elle en sortant sa petite valise du placard.

Il valait mieux essayer de se focaliser sur l'enquête.

— Elle m'a surtout dressé la liste de ce que nous n'avions pas. Les gars de la police scientifique ont ramassé des douilles, mais n'y ont pas relevé d'empreintes. Par ailleurs, Ava et Jesse vont chez Quill, en ce moment même, en espérant qu'il sera chez lui. Ton oncle Kade effectue son travail d'adjoint réserviste en parcourant toutes les images enregistrées par les caméras de surveillance de l'hôpital.

Kim espérait qu'une partie ou la totalité de ces informations leur apporterait les réponses dont ils avaient besoin. En effet, plus tôt le tireur serait arrêté, plus tôt sa vie reprendrait son cours normal.

Mais tout en se faisant cette réflexion, elle commit l'erreur de jeter un nouveau coup d'œil à Theo.

Debout dans l'embrasure de la porte, il lui parut très beau. Il avait gardé son manteau, mais l'avait laissé ouvert, révélant sa chemise. Et son torse musclé.

Lorsque Theo émit une sorte de raclement de gorge, elle se rendit compte soudain qu'elle le reluquait. Il la regardait avec la même intensité, et des étincelles fusaient entre eux.

Kim poussa un soupir et, après avoir refermé la valise, elle la ramassa et se dirigea vers lui.

— Nous embrasser tout à l'heure était sans doute une erreur, dit-elle. Mais j'ai du mal à me rappeler pourquoi.

Il esquissa un petit sourire qui ressemblait aux préliminaires d'une partie de sexe torride.

Le moment était mal choisi pour réagir aussi fort à sa présence. Rien n'allait et pourtant, d'une certaine manière, tout paraissait bien, juste. Et Kim s'abandonna au courant qui l'emportait.

Elle se hissa sur la pointe des pieds et effleura ses lèvres des siennes.

Ce geste déclencha aussitôt un tsunami de désir, un désir pur, brûlant. Il n'y avait pas d'autres mots pour désigner ce qu'elle ressentit. Pas de mots non plus pour décrire l'avalanche de sentiments qu'elle éprouva lorsque Theo lâcha le chambranle de la porte pour glisser la main autour de sa nuque et l'attirer vers lui. Il captura sa bouche pour un baiser qui la propulsa jusqu'au ciel.

Il était doué pour embrasser. Bien sûr, elle n'en avait jamais douté. Elle fantasmait sur lui depuis des années.

Elle émit un gémissement de plaisir et entendit Theo grogner d'excitation. Il l'embrassa longuement et profondément. Et le désir qu'il avait fait naître en elle depuis plus de vingt ans devint un feu dévorant.

Mais elle s'obligea à s'arrêter, à recouvrer ses esprits et à s'écarter.

Theo le comprit parce qu'il soupira. Il ne s'agissait pas d'un soupir de plaisir mais de frustration.

Il marmonna un juron qui lui fit instantanément regretter d'avoir mis fin à ce fabuleux baiser.

Cependant, elle n'eut pas le temps de gérer ce regret longtemps parce que le téléphone de Theo sonna et elle vit le nom de Nelline s'afficher sur l'écran.

Elle regarda Theo prendre quelques instants pour se ressaisir avant de répondre.

— Tout va bien ? demanda-t-il.

— Peut-être, répondit l'adjointe. Un camion vient de s'engager dans l'allée de Kim, et je suis presque sûre que Quill Odell est au volant.

9

Theo tenait absolument à interroger Quill, mais il ne voulait surtout pas mener cet interrogatoire ici, chez Kim. Elle avait déjà assez souffert pour la journée. Se retrouver face au principal suspect de la fusillade qui avait failli la tuer risquait d'être la goutte d'eau qui allait faire exploser le vase.

Il se dirigea vers la fenêtre et constata qu'il s'agissait bien de Quill. Il le regarda se garer à côté de la voiture de patrouille et sauter à terre. Au moins ne semblait-il pas prêt à s'enfuir. Il n'avait pas non plus d'arme à la main. Ce qui ne signifiait pas qu'il n'en portait pas. Nelline était donc sortie de la voiture de patrouille pour le fouiller.

Son ex-beau-père était un homme costaud, très grand et musclé, même s'il frisait la cinquantaine. Il avait la tête couverte d'un bonnet noir, mais Theo savait qu'il était chauve.

Kim rejoignit Theo à la fenêtre.

— Il semble que Quill ait quelque chose à déclarer, remarqua-t-elle en voyant le quinquagénaire insulter l'adjointe.

Theo poussa un gros soupir.

— Peux-tu rester ici et me laisser gérer la situation ?

Manifestement contrariée par cette perspective, elle le regarda droit dans les yeux.

— Il est très probablement venu me parler. Tu risques de

l'énerver et, comme tu as envie de l'interroger, il paraît préférable qu'il me dise d'abord ce qu'il a sur le cœur.

Theo semblait toujours faire ressortir le pire chez Quill. Sans doute parce qu'il le méprisait et que son ex-beau-père le sentait.

— Je vais le faire venir sous le porche, et nous resterons tous les deux à l'intérieur pendant que tu lui parleras, dit-il. Nelline demeurera dans la voiture au cas où il n'aurait rien à voir avec la fusillade de l'hôpital et que le tireur serait toujours en liberté. Et si Quill cherche les ennuis, tu te réfugieras à l'arrière.

Kim hocha la tête.

— Je resterai à distance, mais de toute façon j'ai mon arme au cas où...

Il aurait préféré qu'elle n'ait pas à se mettre dans ce pétrin. Il n'était jamais facile de traiter avec Quill, mais à présent son ex-beau-père devait être d'une humeur exécrable. Il avait certainement appris qu'il était suspecté d'être l'auteur de la fusillade.

La main sur son arme, Theo entrebâilla la porte.

— Laisse-le venir sous le porche, Nelline, cria-t-il. Remonte ensuite dans la voiture.

L'adjointe obéit, mais baissa sa vitre, sans doute pour être prête à intervenir, si besoin.

Alors que Quill s'approchait des marches du porche, Theo lui récita ses droits. Bien sûr, il en fut irrité, mais Theo ne voulait pas que tout ce qu'il lui dirait soit déclaré irrecevable parce qu'il avait omis cette formalité.

Quill pointa Kim du doigt d'un air agressif.

— J'ai entendu dire que vous vouliez révoquer ma mise en liberté sous caution.

— Vous êtes suspecté d'être impliqué dans une fusillade, reconnut-elle. Si ces soupçons se confirmaient, votre liberté conditionnelle serait automatiquement suspendue.

Cependant, ils devraient d'abord convaincre un juge de la culpabilité de Quill. Pour l'instant, ils avaient des preuves circonstancielles grâce aux images des caméras de surveillance. Mais elles ne suffiraient pas à elles seules pour révoquer la liberté conditionnelle. Voilà pourquoi ni Kim ni Theo n'avaient entamé cette procédure. Apparemment, Quill croyait qu'ils l'avaient fait.

— Je n'ai rien à voir avec cette fusillade, protesta-t-il. Rien. Quelqu'un essaye de me piéger.

— Mais vous étiez à l'hôpital au moment où elle a éclaté, fit remarquer Theo.

Quill écarquilla un instant les yeux. Mais il dissimula très vite sa surprise que Theo soit au courant.

— C'est vrai, reconnut-il. Parce que j'ai appris que tu y avais conduit la femme que tu avais trouvée et j'avais envie d'en savoir plus.

Soit il s'était retrouvé au mauvais moment au mauvais endroit, soit il mentait.

— Puisque vous êtes innocent, vous allez donc accepter de vous soumettre à un test destiné à détecter d'éventuels résidus de poudre sur vos mains, rétorqua Theo.

Quill secoua la tête et marmonna des jurons.

— Et si je refuse, tu me jetteras en prison.

— Exactement.

— Très bien, dit-il avec un soupir résigné. Quand et où dois-je passer cet examen ?

Theo sortit son téléphone et demanda à un adjoint de venir récupérer son suspect chez Kim.

— Dans dix minutes au bureau du shérif, l'informa Theo. Et ensuite, vous devrez expliquer ce que vous faisiez à l'hôpital. Que vous vouliez simplement vous tenir au courant des derniers potins me semble tiré par les cheveux.

— Un ami m'a envoyé un texto pour m'annoncer que cette femme était sans doute ta sœur enlevée il y a longtemps. Je connaissais tes parents, j'ai même travaillé pour eux dans leur ranch, à une époque, et je vous ai vus grandir, ta sœur et toi. J'avais envie de savoir si c'était Faith, d'autant plus que tu as été marié à ma fille et que tu es le père de mon petit-fils.

Quill avait effectivement travaillé pour ses parents, et Theo ne fut pas surpris qu'il ait entendu parler de cette femme comme étant peut-être sa sœur. Mais il ne comprenait pas pourquoi cette histoire l'intéressait.

Et cette incompréhension lui donnait un très mauvais pressentiment.

Et si Quill avait été impliqué dans l'enlèvement de Faith ? Si c'était le cas, il tenait sans doute à s'assurer qu'elle ne risquait pas de l'incriminer, à présent.

Theo jeta un coup d'œil à Kim pour voir si elle partageait son raisonnement. Il en était presque sûr.

— Je ne suis pas allé à l'hôpital pour tirer sur qui que ce soit, insista Quill.

Le silence que Theo et Kim lui opposèrent pour toute réponse le mit manifestement mal à l'aise. Ou peut-être se doutait-il qu'ils le considéraient comme l'assassin de ses parents.

— Seule la curiosité vous a poussé à vous rendre à l'hôpital, résuma Theo. Et à vous retrouver, comme par hasard, dans la zone où les coups de feu ont été tirés. Avant de répondre, sachez que les images des caméras de surveillance sont en cours d'analyse.

Son ex-beau-père sembla réfléchir à ce qu'il devait dire.

— Rowena savait que j'étais à l'hôpital. Elle est passée devant le parking alors que je sortais de mon camion.

Theo le dévisagea posément.

— Et Rowena aurait tiré ces coups de feu pour vous piéger ?

— Exactement, répondit Quill avec aplomb. Si elle n'a pas pressé la gâchette elle-même, elle a pu demander à quelqu'un de le faire. Rowena ferait n'importe quoi pour s'assurer que je finisse pour de bon en prison.

— Vraiment ? lança Kim d'un ton sarcastique. La femme que vous avez battue comme plâtre pendant des années ferait tout pour vous mettre hors d'état de continuer ?

— Oui, elle le ferait, rétorqua-t-il. Rowena a un côté méchant et manipule les gens comme vous. Et elle m'en veut.

Rowena avait de bonnes raisons d'en vouloir à Quill après ce qu'il lui avait fait, mais Theo garda cette réflexion pour lui. Avant que l'adjoint n'arrive pour l'emmener, il espérait soutirer un maximum d'informations à Quill. Et souligner l'évidence n'était pas la meilleure façon de s'y prendre.

Il changea donc son fusil d'épaule.

— Je sais que vous aviez été interrogé sur le meurtre de mes parents, à l'époque. Mais maintenant, vous souvenez-vous de quelque chose de suspect qui se serait passé dans les jours ou même les semaines précédant leur mort ?

Theo essaya de garder un ton neutre, d'éviter toute insinuation accusatrice. Il y réussit parce qu'il ne vit pas la colère habituelle enflammer les yeux de Quill.

— Non, répondit-il en soupirant. J'ai passé de nombreuses fois en revue les événements et, comme je l'avais dit à Grayson, je ne vois personne qui aurait pu faire ça.

Theo s'attendait à cette réponse, mais n'avait rien eu à perdre à essayer. Parfois, les gens se souvenaient des détails des années après les faits et, dans de rares cas, ces détails fournissaient des indices qui permettaient à une enquête d'aboutir.

— Cette femme est-elle ta sœur ? demanda Quill. Parce qu'elle est la personne la mieux placée pour t'apporter des réponses sur le meurtre de tes parents.

Theo hésita sur la réponse à donner. Il ne faudrait pas longtemps pour que la nouvelle se répande qu'Ashley était Faith. Il était impossible de garder secrète une telle information. Il allait donc l'utiliser pour évaluer la réaction de Quill.

— C'est Faith, confirma Theo.

Le visage de Quill exprima de la surprise, mais très vite il se ressaisit.

— Elle sait donc qui l'a enlevée et a commis ces meurtres.

Theo comprit qu'il devait répondre très clairement pour que Faith ne devienne pas une cible.

— Non. Elle n'a gardé aucun souvenir de cette nuit-là.

Ce n'était pas tout à fait la vérité. Elle avait des bribes de souvenirs, des images et, avec un peu d'aide, elle se rappellerait peut-être toute la scène, un jour. Et voilà pourquoi elle resterait sous protection jusqu'à ce que le danger soit écarté.

Quill secoua la tête.

— Pauvre petite, elle a dû être traumatisée par ce qu'elle a vu et ce qui lui est arrivé.

Theo l'avait été, lui aussi, et se demandait si son ex-beau-père était le responsable de ce cauchemar. En raison de la proximité de Quill avec les parents de Theo, il avait été suspecté. Il avait été interrogé, à l'époque, mais n'avait jamais reconnu aucun acte répréhensible. Et aucune preuve n'avait jamais été apportée contre lui.

Cependant, Theo se promit de relire les interrogatoires d'alors pour y repérer d'éventuelles incohérences.

— Je suis content que tu aies retrouvé ta sœur, poursuivit Quill un instant plus tard, mais que vas-tu faire à propos de Rowena qui essaye de me piéger ?

— Donnez-moi le nom de quelqu'un que Rowena aurait pu convaincre de tirer sur vous pour vous piéger, dit-il. Et j'enquêterai.

— Je ne connais pas les gens qu'elle considère comme ses amis, répliqua Quill. Elle ne connaissait peut-être même pas le tireur. Elle a peut-être engagé un tueur à gages sur Internet.

Tout était possible, mais Theo n'imaginait pas Rowena faire ce genre de démarche. Pourtant, il allait le vérifier.

— Réfléchissez à des noms, ordonna Theo en voyant la voiture de patrouille s'engager dans l'allée – Jesse était au volant.

Et pendant que j'y suis, avez-vous laissé un rat mort sur le pas de la porte de Rowena ?

La colère de Quill grimpa d'un cran.

— Bon sang, non ! Rowena t'a raconté que j'avais fait ça ? Alors elle ment comme un arracheur de dents.

Theo n'avait pas l'intention d'informer Quill de ce que Rowena lui avait dit, mais il lui rappela qu'il devait se tenir éloigné de sa femme.

— Si vous vous approchez de Rowena, vous serez arrêté et votre liberté conditionnelle révoquée.

Quill serra les poings, mais ne proféra pas de menaces.

Comme Jesse arrêtait la voiture de patrouille, Theo leva la main pour lui demander d'attendre un instant. Il voulait poser une dernière question à Quill.

— Savez-vous quelque chose à propos des lettres anonymes envoyées à Kim ?

À en juger par l'expression peinte sur le visage de Quill, il ne s'attendait pas à être interrogé sur le sujet. Mais il ne l'écarta pas d'emblée et n'assura pas tout de suite qu'il ignorait tout de ces courriers.

— Des lettres, marmonna-t-il. Oui, je sais peut-être quelque chose. Rowena les a envoyées à Kim, j'en mettrais ma main au feu.

10

Kim se figea. Mais très vite, elle se rappela que l'homme qui venait de porter cette accusation n'était pas fiable.

Quill ne lui avait jamais inspiré confiance.

Évidemment, Theo eut la même réaction.

— Pourquoi Rowena aurait-elle envoyé des lettres anonymes à Kim ? lança-t-il en veillant à ne pas préciser le contenu de ces missives.

— Je te l'ai dit, elle aime faire croire aux gens qu'elle est gentille et tout, mais elle a un côté méchant, répondit Quill. Il y a quelques années, quand nous étions encore ensemble, je l'ai surprise un jour en train de taper sur une vieille machine à écrire manuelle qu'elle gardait au fond de son placard.

Les lettres anonymes avaient en effet été dactylographiées, mais Kim restait dubitative.

— Qu'est-ce qui vous fait penser qu'elle m'écrivait ? Avez-vous vu le texte qu'elle avait tapé ?

— Non, elle avait arraché la feuille de la machine et l'avait roulée en boule. Mais peu de temps avant cet épisode, elle s'était plainte de vous, ajouta-t-il en se tournant vers Kim. Quand nous étions encore ensemble et nous efforcions de régler les problèmes entre nous, Rowena n'était pas contente que vous la poussiez à porter plainte contre moi sous prétexte que… nous avions eu un petit désaccord.

Ce « petit désaccord » avait valu à Rowena deux yeux au beurre noir et une fracture à l'épaule. Lorsqu'elle était allée à l'hôpital, le personnel soignant avait signalé ses blessures aux autorités, et Kim avait, en effet, essayé de la convaincre de porter plainte. Grayson, qui était alors shérif, l'y avait également encouragée. En vain.

— Quand était-ce ? s'enquit Theo. Quand l'avez-vous vue se servir de cette machine ?

Son ex-beau-père plissa le front.

— Il y a quelques années. Peut-être quatre ou cinq ans.

Les lettres avaient commencé à arriver il y a six ans, à peu près au moment où Kim était entrée au bureau du procureur. Le timing collait. Peut-être. Mais il y avait une autre possibilité.

— Qui nous dit que ce n'est pas vous qui avez utilisé cette machine à écrire ? lui rétorqua Kim, ce qui lui valut aussitôt en retour un regard noir et un démenti.

Quill lança d'une voix venimeuse :

— J'essaye de vous aider, et voilà comment vous me remerciez ! En m'accusant de quelque chose que je n'ai pas fait.

— Ce n'était qu'une question puisque vous avez reconnu connaître l'emplacement de cette machine à écrire.

La fureur de Quill grimpa encore, et cette fois ses narines se dilatèrent. Il ressemblait à un taureau sur le point de charger.

— Cette conversation est terminée, dit-il.

Il se retourna et descendit les marches du porche.

— Désolée, dit Kim à Theo alors qu'ils regardaient le quinquagénaire se précipiter vers la voiture de patrouille qui l'attendait.

— Ne t'inquiète pas. Sa réaction lorsqu'il s'est senti accusé d'avoir écrit lui-même ces lettres était intéressante.

En effet, mais Kim aurait aimé avoir un détecteur de mensonges magique pour savoir si Quill les lui avait envoyées ou si Rowena était le corbeau. Ou aucun des deux.

— Quand vas-tu interroger Rowena ? demanda Kim.

— Bientôt, lui assura Theo. Mais d'abord, je vais demander un mandat pour récupérer la machine à écrire chez elle. Je ne veux pas l'inquiéter en lui dévoilant trop tôt mes intentions. Elle risquerait alors de s'en débarrasser.

— Bonne remarque. Mais dans l'hypothèse où Rowena m'aurait écrit ces lettres, cela ne veut pas dire qu'elle ait quoi que ce soit à voir avec les meurtres et le kidnapping de Faith.

— C'est vrai, reconnut-il.

Il ne referma la porte de la maison que lorsque Quill fut dans la voiture avec Jesse et qu'ils partirent.

— Finis tes bagages pendant que je m'occupe du mandat, dit-il en sortant son smartphone. Ensuite, nous déposerons tes affaires chez moi. Nous travaillerons là-bas jusqu'à ce que nous ayons récupéré la machine à écrire et que Rowena soit en garde à vue.

Kim se mit en mouvement, mais elle sentait une sourde angoisse l'envahir. Elle ne craignait pas seulement de croiser le chemin du tireur mais aussi d'aller chez Theo.

Un endroit qu'elle avait toujours évité.

Comme elle avait évité Theo.

Cette stratégie d'évitement n'était plus possible maintenant, pas avec le danger qui les menaçait. De plus, ils ne seraient pas seuls très longtemps puisque Faith les rejoindrait dès qu'elle sortirait de l'hôpital.

Le temps qu'elle rassemble ses affaires et retourne dans l'entrée, Theo avait terminé son appel au sujet du mandat parce qu'il s'entretenait à présent avec son chef de ranch, Rusty Chavez. Elle l'entendit lui donner des instructions sur les mesures de sécurité à prendre sur sa propriété.

— Tu es prête ? Alors allons-y, lui dit-il dès qu'il eut terminé l'appel.

Il s'interrompit et prit une profonde inspiration comme s'il se préparait à une épreuve.

— J'aimerais passer chez Nadia pour voir comment va Jack. C'est un peu dangereux, j'en suis conscient, mais...

— Mais tu dois le faire, l'interrompit-elle.

Elle savait à quel point il aimait son fils.

— Si ma présence dans la voiture de patrouille risque de poser un problème à Nadia, je peux t'attendre au bureau du shérif ou chez toi, dit-elle.

Une partie des tensions qui crispaient le visage de Theo parurent se dissiper, mais beaucoup d'inquiétude assombrissait encore ses yeux. Sans doute mesurait-il que tout déplacement faisait d'eux des cibles

— Quoi que nous fassions, cela lui en posera un, répondit-il, fataliste – et elle savait qu'il ne faisait pas uniquement allusion à cette visite. Et si tu es dans la voiture de patrouille, nous gagnerons du temps. Nous pourrons ensuite aller directement de chez elle à chez moi.

Kim hocha la tête. En évoquant des problèmes éventuels liés à sa présence dans la voiture, elle ne parlait pas seulement des risques liés à tous leurs déplacements. Mais aussi à la crise de jalousie qu'elle déclencherait inévitablement chez Nadia.

— Allons-y, répéta-t-il. Tu peux verrouiller la porte, ajouta-t-il en attrapant sa valise.

Elle saisit son sac à main et la sacoche de l'ordinateur portable avant d'activer l'application sur son smartphone. Dès qu'ils furent sous le porche, elle ferma la maison et ils se précipitèrent vers la voiture de patrouille.

— Je dois passer chez Nadia avant de rentrer chez moi, dit Theo à Nelline en s'engouffrant dans l'habitacle.

Puis il appela Ava pour faire le point avec elle.

Nadia n'habitait pas loin – rien n'était « loin » à Silver Creek –, mais Kim décida de consacrer ces cinq minutes de trajet à envoyer un texto à Hudson. Elle lui demanda un devis pour l'installation d'une caméra de surveillance pour la maison de

Rowena. Cette intervention s'avérerait peut-être inutile s'ils découvraient que Rowena avait placé elle-même le rat mort devant sa porte. Néanmoins, il y avait de bonnes chances que Quill soit de mauvaise foi et ait uniquement voulu lui causer des ennuis avec ses accusations.

Kim repensa aux lettres qu'elle avait reçues au fil des ans. Si la machine à écrire dont Quill avait parlé existait réellement, elle serait testée. Et s'il était prouvé qu'elle avait en effet servi à taper ces courriers malveillants, cette correspondance pointerait du doigt Quill et Rowena. De plus, comme elles avaient été postées dans différentes villes du Texas, il serait possible de retracer les allées et venues de l'un et l'autre à ces dates pour identifier le ou la coupable.

Hudson lui donna une idée du prix d'une telle installation au moment où l'adjointe se garait devant chez Nadia. La maison était située dans une rue calme à la périphérie de la ville. Quand elle vit l'autre voiture de patrouille qui stationnait devant, Kim se souvint que l'adjoint Norris était chargé de protéger Nadia et Jack. Mais comme il n'était pas assis au volant, il se trouvait sans doute à l'intérieur.

— Je ne serai pas long, marmonna Theo en sortant.

De toute évidence, Norris avait entendu le véhicule s'approcher ou Theo l'avait prévenu parce que l'adjoint lui ouvrit la porte avant même qu'il ne l'atteigne. Kim aperçut également Nadia. Elle se tenait en retrait avec Jack. Au moment où le petit garçon aperçut son père, il cria un joyeux « Papa ! ». Theo le prit dans ses bras pour un long câlin.

Kim ressentit quelque chose qu'elle n'avait pas envie de ressentir. L'envie. Elle avait toujours voulu un enfant, mais le statut de mère célibataire ne lui convenait pas et elle n'avait jamais rencontré un homme qu'elle aime assez pour l'épouser.

En tout cas, pas encore.

Elle soupira et s'avoua qu'en réalité elle l'avait rencontré depuis longtemps mais qu'il n'était pas pour elle. Theo aurait pu être cet homme, le père de sa progéniture, si le passé ne s'était pas toujours interposé entre eux. S'ils avaient tous les deux été capables de surmonter le chagrin et la culpabilité provoqués par cette terrible nuit, sans doute auraient-ils franchi le pas. Cependant, maintenant que Faith était revenue, ils n'avaient plus aucune raison d'être tristes ou de culpabiliser. Cela ne signifiait pas pour autant que la voie était toute tracée pour eux. Non. Et elle en eut la preuve lorsqu'elle regarda de nouveau son ex-femme.

Nadia la dévisageait fixement et, même si Kim n'entendait pas ce qu'elle disait à Theo, elle devina qu'il s'agissait d'un commentaire désagréable. Theo venait sans doute de l'informer qu'elle allait habiter chez lui quelque temps.

Kim n'avait pas envie que la jalousie de son ex-femme complique les sentiments de Theo.

Mais comment en aurait-il pu être autrement ?

La jalousie risquait de provoquer davantage de tensions entre Nadia et Theo. Kim craignait que leur adorable petit garçon se retrouve pris entre deux feux.

Theo rendit Jack à Nadia et, après un dernier baiser sur la joue de son fils, il se retourna et sortit de la maison. Nadia réussit à fusiller Kim d'un regard noir avant que l'adjoint ne referme la porte d'entrée.

Kim n'en souffla pas un mot à Theo quand il revint à la voiture et qu'ils prirent la direction de son ranch. Il n'y avait rien à dire. Elle s'était tant de fois excusée de susciter tant de haine chez Nadia qu'un « Je suis vraiment désolée » supplémentaire n'arrangerait rien. Peut-être était-ce une cause perdue.

Et cela l'énervait.

Constater qu'elle était en colère la força à s'avouer qu'elle en voulait à Nadia de sa jalousie totalement injustifiée. Jusqu'à aujourd'hui, en tout cas, Theo et elle ne s'étaient jamais embrassés.

Ils avaient veillé à ne jamais se toucher. Mais Kim n'aimait pas se mentir. Ils s'étaient embrassés tout à l'heure, et elle savait qu'ils s'embrasseraient encore, qu'ils se rapprocheraient de plus en plus et finiraient sans doute par faire l'amour.

Elle chassa Theo de ses pensées pour surveiller les alentours. Ils n'étaient pas très loin de la ville, mais elle se sentait à la campagne. Des bois s'étendaient de chaque côté de la route mais, au fur et à mesure que le véhicule avançait, ils laissaient place à des champs. Ils approchaient du ranch de Theo, le Willow Woods.

Nelline quitta la route pour s'engager dans l'allée, et la maison de Theo apparut. Elle était beaucoup plus grande que la sienne. C'était une belle demeure victorienne de deux étages qui avait longtemps appartenu à une famille de quatre enfants. Comme Theo l'avait achetée après son divorce, Kim s'était dit qu'il souhaitait beaucoup d'espace pour Jack. Les chevaux qu'il dressait et entraînait avaient, eux aussi, de la place pour gambader sur cette magnifique propriété.

Kim remarqua l'un des ouvriers agricoles qui apportait du foin au bétail dans l'un des pâturages. L'herbe devenait rare en hiver. L'homme était armé et leva immédiatement les yeux sur eux, sans doute pour s'assurer qu'ils n'étaient pas des intrus. Un deuxième employé, également armé, était posté devant la maison.

— Tu peux nous déposer et retourner au bureau, dit Theo à l'adjointe. Essaye d'accélérer le processus pour nous permettre d'obtenir au plus vite le mandat de perquisition pour fouiller la maison de Rowena. Et si celle-ci arrive avant mon retour, appelle-moi pour que je te donne quelques questions à lui poser.

— Compte sur moi, lui assura Nelline.

Lorsqu'elle s'arrêta devant la maison, Theo déverrouilla les serrures, et tous deux se dépêchèrent de gravir les marches du porche.

Dès qu'ils furent en sécurité à l'intérieur, il réinitialisa le système d'alarme.

Ce n'était pas la première fois que Kim entrait ici. Elle y était venue il y a des années alors qu'elle était lycéenne parce qu'elle sortait alors avec un garçon qui y vivait. Mais elle avait évité l'endroit depuis que Theo l'avait acheté.

— Waouh, marmonna-t-elle nerveusement. Tu as redécoré et fait abattre quelques murs. Ou quelqu'un s'en est chargé au cours des seize dernières années.

— Je m'en suis occupé, répondit-il en suivant son regard. Je voulais pouvoir garder un œil sur Jack pendant que je préparais les repas.

Theo avait opté pour un canapé d'angle en cuir caramel dans le salon et une immense cuisine au centre de laquelle trônait une grande table en bois. Et à en juger par les nombreux coffres à jouets, Jack avait de quoi s'amuser dans cette maison.

— Nadia t'a-t-elle fait une scène parce que je restais ici ? demanda Kim alors qu'ils retiraient leurs manteaux.

Il soupira.

— Elle a montré un peu de mauvaise humeur, oui. Mais au fond, elle sait bien que t'héberger chez moi dans le contexte actuel est préférable.

Oui, Nadia le savait probablement, mais n'appréciait sans doute pas pour autant d'avoir été mise devant le fait accompli. En être consciente raviva sa colère, mais elle espéra réussir à la chasser avant que Theo ne s'en aperçoive.

Elle échoua.

— Sa réaction me dérange aussi, poursuivit-il. Je me suis dernièrement rendu compte que j'avais accepté sa jalousie depuis des années en faisant tout pour ne jamais la susciter. J'avais tort. J'aurais dû m'efforcer de calmer la situation.

Kim faillit lui dire que rien n'aurait réglé le problème mais, au fond, ce que Theo n'avait *pas dit* l'intéressait bien davantage.

Regrettait-il de ne pas avoir encouragé Nadia à mettre fin à cette jalousie absurde et de s'être si longtemps interdit une vie personnelle amoureuse ?

Lorsque leurs regards se croisèrent, Kim comprit qu'elle avait vu juste. Et Theo avait envie qu'elle soit dans sa vie. Elle le voulait aussi. Formidable, non ?

Le moment était le pire possible pour commencer une véritable relation. Pourtant, elle sentit un puisant désir la soulever lorsque son regard se posa sur ses lèvres.

— Si nous nous embrassons maintenant, nous n'arriverons pas à nous arrêter, lui rappela-t-elle.

Il lui décocha un vrai sourire. Un sourire bref, cependant, suivi d'un gémissement de frustration.

— C'est vrai, et je dois passer en revue un tas de rapports qui sont arrivés au cours des dernières heures.

Il inclina la tête vers la cuisine.

— Sers-toi de tout ce qui te fait plaisir dans le réfrigérateur. Il y a de quoi confectionner des sandwichs.

Elle n'avait pas faim, mais il lui vint à l'esprit qu'ils devraient se restaurer tous les deux. Si elle préparait quelque chose, Theo se nourrirait aussi.

Cependant, lorsqu'elle entra dans la cuisine, elle remarqua sur le comptoir une pile de dossiers. Elle reconnut celui qui était ouvert en haut de la pile... parce qu'elle avait le même chez elle.

— C'est celui du meurtre de tes parents, marmonna-t-elle.

Comme il n'était pas rentré chez lui depuis qu'ils avaient trouvé Faith, cela signifiait qu'il avait effectué des recherches avant même de savoir que sa sœur était en vie.

Theo hocha la tête et s'approcha pour regarder avec elle l'une des photos de la scène de crime. Elle représentait des taches de sang sur le sol carrelé de la cuisine. Il n'y avait pas d'empreintes de pied ou de chaussure exploitables, mais le tueur avait marché dans ce sang, soit peu de temps après avoir commis les meurtres, soit en sortant de la maison avec Faith.

— Parfois, dans mes rêves, je parviens à changer le cours des événements, dit Theo d'une voix tendue. Parfois, j'arrive à descendre à temps, à l'arrêter.

Le regret peint sur son visage la ravagea. Elle éprouvait le même. Mais en réalité, elle avait peu de rêves de ce genre. Le plus souvent, il s'agissait de cauchemars.

Kim se risqua à lui caresser le bras du bout des doigts, avec douceur, dans l'espoir de l'apaiser, de le réconforter. Elle y réussit. Ses yeux étaient moins troublés lorsqu'il la regarda. Mais elle vit immédiatement une autre vague de désir y briller. Tout en grommelant un juron, elle retira sa main. Elle savait, elle le lui avait dit, que s'ils commençaient à s'embrasser ils ne parviendraient pas à s'arrêter. De tout son corps, de toute son âme et de tout son esprit, elle rêvait de faire l'amour avec lui. Mais si elle espérait que tout serait possible entre eux plus tard, cette hypothèse était exclue dans l'immédiat.

Elle se le répéta plusieurs fois.

Enfin, elle se força à détourner la tête, et Theo fit évidemment de même. Il lui montra l'escalier.

— Viens, nous allons monter tes affaires dans la chambre d'amis.

Kim le suivit, essayant d'ignorer la vue incroyable de ses fesses.

Quand ils atteignirent le haut des marches, il ouvrit la porte de la première chambre à droite. Il s'agissait en fait d'une suite avec un coin salon et une salle de bains.

— Ma chambre est en face, de l'autre côté du couloir, dit-il.

— Donc, si je suis tentée, je n'aurai pas besoin d'aller loin, lâcha-t-elle avant de prendre conscience de l'énormité des propos qu'elle venait de proférer.

Elle aurait voulu rattraper ses mots, mais au moins ils firent sourire Theo.

— Cela fonctionne dans les deux sens, lui rappela-t-il en posant sa valise. Dès que tu seras installée, tu devrais vraiment aller grignoter quelque chose.

Il se retourna comme s'il s'apprêtait à partir, mais son téléphone sonna.

— C'est Ava, dit-il en prenant l'appel. Tu es sur haut-parleur, lança-t-il à son adjointe. Et Kim est avec moi.

— Tant mieux parce que ce que j'ai à dire est pour vous deux. Grayson a effectué quelques recherches et a trouvé un détail intéressant à propos de Greg.

— Cela concerne-t-il ses problèmes financiers ? demanda Theo.

— Non, il s'agit d'un événement qui a eu lieu il y a vingt et un ans, la veille du meurtre de tes parents.

— Je t'écoute, dit-il en serrant les mâchoires.

— La veille de l'assassinat, Greg a été impliqué dans un accident de voiture mineur. Mais tiens-toi bien, l'accrochage a eu lieu à trois kilomètres à peine du ranch de tes parents.

11

Trois kilomètres.

Toute la nuit, Theo s'était répété ces deux mots. Depuis qu'Ava lui avait parlé du rapport récupéré par Grayson prouvant que Greg se trouvait dans les environs au moment des meurtres et de l'enlèvement de Faith.

Il mesurait la portée de cette information. Greg avait donc eu les moyens, le mobile et l'opportunité de commettre les crimes.

Le problème était que Theo n'avait pas pu l'interroger la veille, comme il en avait eu l'intention. En effet, à en croire Duran, Greg souffrait d'une sévère gastro-entérite et avait dû se rendre aux urgences de San Antonio.

Theo l'avait vérifié. Greg était bien allé à l'hôpital, et le médecin qui l'avait reçu lui avait conseillé de s'isoler pendant vingt-quatre heures pour limiter les risques de contagion.

Greg faisait peut-être semblant d'être malade, mais Theo avait alors compris qu'il lui faudrait attendre encore un peu pour obtenir les réponses dont il avait besoin.

Cela dit, Greg et Duran n'avaient pas la possibilité de repousser indéfiniment cet interrogatoire. Et voilà pourquoi les deux hommes avaient finalement accepté de venir au bureau du shérif, ce jour-là, à 11 heures.

Dans deux heures.

La journée promettait d'être longue, songea-t-il en mettant en route la cafetière. Greg et Duran ne seraient en effet pas les seuls à être interrogés. En attendant ses résultats au test de détection de résidus de tir, Quill le serait aussi. Ainsi que Rowena. Theo espérait qu'après son interrogatoire ils sauraient si la machine à écrire découverte chez elle avait servi à rédiger les lettres anonymes. Mais il tenait surtout à déterminer si Rowena avait joué un rôle quelconque dans l'envoi de ces courriers à Kim. Les versions des deux ex-époux se contredisaient, et il était temps que l'un d'eux ou les deux avouent la vérité.

Bien sûr, à cause de ces interrogatoires, il devait retourner au bureau du shérif. Kim l'accompagnerait. Il doutait qu'elle ait très envie de rester seule chez lui pendant que leurs suspects seraient sur le gril. De plus, les déclarations de Quill et de Rowena lui seraient sans doute utiles pour le procès de Quill. Il se tiendrait dans moins de quarante-huit heures. Et s'il était, certes, moins important que le danger auquel Kim, Faith et lui-même étaient confrontés, Quill devait payer pour ce qu'il avait fait.

Tout en réfléchissant à la journée qui l'attendait, Theo sirotait son premier café quand un mouvement dans l'escalier le fit sursauter. Traversé par une brève décharge d'adrénaline, il finit par comprendre qu'il ne s'agissait pas d'une menace.

Mais de Kim.

Un autre type de danger le menaça alors : une vague de désir torride.

Il avait réussi – non sans mal – à résister à la tentation, cette nuit, et à ne pas la rejoindre dans sa chambre, mais il n'était pas sûr de vouloir s'interdire aussi de l'embrasser.

Il l'aurait peut-être prise dans ses bras si elle n'avait pas posé un billet d'un dollar sur la table, à côté de son mug.

— Je sais qu'en principe il faut offrir un sou pour connaître les pensées de quelqu'un, dit-elle. Mais je suis certaine que toutes celles qui te travaillent valent plus qu'un sou.

— Oui, reconnut-il en la regardant s'emparer de la cafetière pour se servir.

Peut-être à cause de tous ces interrogatoires à venir, elle s'était habillée non pas d'un jean, comme à son habitude, mais d'un pantalon noir et d'un pull gris, de la même couleur que ses yeux. Et au lieu de tirer en arrière ses longs cheveux châtains, elle les avait laissés tomber en voile sur ses épaules.

— Alors ? demanda-t-elle. Vais-je en avoir pour mon argent si tu partages tes pensées avec moi ?

Il préféra ne pas évoquer le désir fou qu'elle lui inspirait ni lui dire à quel point il adorait sa tenue. Au lieu de quoi, il se concentra sur l'enquête et lui avoua qu'il regrettait qu'elle ne progresse pas davantage.

— Nous n'avons toujours pas identifié le tireur ni quoi que ce soit sur lui, poursuivit-il. Le labo criminel travaille sur la machine à écrire.

Elle hocha la tête. La situation ne la surprenait pas.

— J'ai vu une voiture de patrouille garée devant la maison. Il y a un problème ?

— Non. J'ai demandé aux adjoints de m'en laisser une. Nous allons l'utiliser pour nos déplacements, aujourd'hui. Je suis un peu à court de personnel. Mes hommes sont occupés à sécuriser l'hôpital pour une grande partie d'entre eux ou à protéger Nadia et Jack. Mais si nous nous rendons en ville à bord d'une voiture blindée et escortés par deux des employés du ranch, nous serons en sécurité.

— Bonne idée. Et à ce propos, j'ai appelé Faith ce matin. Elle a passé une nuit agitée, mais espère pouvoir quitter l'hôpital aujourd'hui.

Theo n'avait bien sûr pas oublié sa sœur. Installer Faith chez lui était en haut de sa liste des choses importantes à faire. Il devrait être là pour l'accueillir dans les meilleures conditions.

Il ne programmerait donc sa sortie qu'après avoir terminé les interrogatoires.

— Merci de l'avoir appelée, dit-il.

Elle haussa les épaules.

— J'ai pensé que la situation serait moins gênante si Faith et moi avions discuté ensemble de l'étape suivante avant de la vivre.

Gênant. Oui, le mot décrivait à la perfection ce qu'il éprouvait. Même s'il savait qu'elle était sa sœur, il se sentait encore mal à l'aise avec elle.

— Je n'ai rien dit à Faith à propos de l'accident de voiture de Greg survenu peu avant que vos parents aient été assassinés, continua Kim en sirotant son café. Mais je lui ai demandé si elle se souvenait si Greg avait parlé de Silver Creek ou de ses parents. Pas dernièrement mais s'il avait évoqué cette question autrefois. Elle ne s'en rappelait pas, mais m'a dit qu'elle y réfléchirait.

Bien. Si Faith parvenait à se souvenir que Greg avait mentionné quoi que ce soit à ce sujet, Theo pourrait peut-être s'en servir au cours de l'interrogatoire. Faire allusion à un incident de ce genre ne constituait pas un crime. Mais de tels propos, combinés au fait que Greg était dans le coin au moment des meurtres, constitueraient une preuve circonstancielle suffisante pour menacer Greg d'une arrestation.

— Il y a de quoi confectionner un bon petit déjeuner dans le réfrigérateur, proposa-t-il au moment où son téléphone sonna.

Il sourit en voyant le nom de Nadia s'afficher sur l'écran parce qu'il savait que cet appel venait de Jack. Le petit garçon avait pris l'habitude de lui téléphoner tous les matins.

— Bonjour, papa ! s'exclama l'enfant au moment où Theo prit l'appel.

— Bonjour, mon grand.

Il s'interdit de lui demander comment il allait, mais il était à l'écoute et guettait tout signe de tension dans la voix de son fils.

— Qu'as-tu pris au petit déjeuner ?

— Des marshmallows ! cria le petit, tout joyeux.

Rassuré, Theo ne perçut que du bonheur et de l'excitation dans le ton du petit bonhomme. En revanche, le menu du repas le laissa un peu perplexe.

— Tu n'as pas mangé de marshmallows au petit déjeuner, corrigea Nadia en arrière-plan. Tu en as eu un pour avoir utilisé le pot. Mais je t'ai donné des épinards, des œufs et des toasts au petit déjeuner.

— Et un marshmallow ! ajouta Jack en riant. Miam.

Theo sourit. Les friandises contribuaient peut-être au processus d'apprentissage de la propreté.

— Tu joues avec Maya aujourd'hui ?

Maya était sa nounou et, comme Jack n'irait nulle part pour des raisons de sécurité, la nourrice avait sans doute prévu de nombreuses activités d'intérieur.

— Oui, confirma Jack. Elle va jouer avec moi aux petites voitures, me raconter de belles histoires et me donner des marshmallows.

— Des marshmallows seulement si tu utilises le pot, intervint Nadia. Et laisse-moi parler à ton père quand tu auras fini.

Apparemment, Jack avait fini parce qu'il marmonna un rapide « Je t'aime, papa » avant de passer le téléphone à Nadia.

— Jack, va chercher tes livres, ordonna-t-elle.

Et Theo devina qu'elle essayait de l'éloigner pour qu'il n'entende pas ce qu'elle avait à lui dire.

— Vas-tu vraiment arrêter Rowena ? demanda-t-elle quelques instants plus tard. Elle m'a appelée. Elle était bouleversée. Elle m'a raconté que tu avais fait fouiller sa maison par tes adjoints et que tu allais la jeter en prison.

Il soupira.

— Je l'interroge dans quelques heures. À ce stade, je n'ai pas prévu de l'arrêter.

Tout changerait, bien sûr, s'il découvrait que Rowena avait harcelé Kim toutes ces années avec ces lettres anonymes.

— As-tu fouillé sa maison à cause de quelque chose que Quill a fait ? insista Nadia.

— Désolé, mais je ne suis pas autorisé à te parler d'une enquête en cours.

Il ne voulait pas que Nadia et Rowena discutent entre elles des lettres ou de la machine à écrire. Rowena aurait ainsi la possibilité d'inventer une histoire pour se dédouaner.

Nadia ne protesta pas, mais il sentit sa désapprobation traverser la ligne téléphonique.

— Les gens parlent beaucoup de cette enquête, reprit-elle finalement. Et aussi du retour de Faith.

Elle ne le précisa pas, mais Theo était certain que des rumeurs couraient aussi sur Kim, selon lesquelles elle s'installait chez lui pour des raisons amoureuses. Ce genre de ragots sur eux deux circulaient depuis des années, des ragots selon lesquels ils seraient des amants maudits. Et la situation actuelle allait sans doute en susciter davantage.

— L'adjoint est toujours là avec toi, n'est-ce pas ? demanda Theo.

Il connaissait déjà la réponse, mais il voulait changer de sujet de conversation.

— Oui, répondit-elle après un long silence. Bon, je te laisse. J'ai du travail. Jack ? cria-t-elle. Il est temps de dire au revoir à ton père.

Theo entendit des bruits de petits pas précipités, et quelques instants plus tard son fils reprit le téléphone.

— Au revoir, papa. Tu m'apporteras des marshmallows ?

Il ne put s'empêcher de sourire.

— Promis, mais tu les auras quand tu utiliseras le pot. Passe une bonne journée, mon grand. À bientôt.

Il raccrocha, leva les yeux et vit que Kim souriait aussi.

— Tu es un bon père.

Il haussa les épaules, mais fut plus que ravi du compliment.

— J'essaye de l'être.

Il aurait voulu en dire plus sur la facilité avec laquelle Jack le lui permettait, mais Kim se rapprocha et le surprit en lui effleurant la joue de ses lèvres. Elle s'efforçait sans doute de rester modérée, mais Kim et modération étaient deux mots antinomiques.

Comme elle commençait à reculer, Theo l'enlaça pour lui rendre le baiser. Pas sur la joue, cette fois. Il s'était consumé de désir pour Kim la nuit durant, alors il captura sa bouche. Il sentit immédiatement un feu brûler dans ses reins. Il n'avait pas seulement envie de l'embrasser.

Il rêvait d'aller plus loin, beaucoup plus loin.

Jusqu'au bout.

La veille, Kim l'avait prévenu que, s'ils commençaient à s'embrasser, ils ne parviendraient pas à s'arrêter. Elle avait raison. Mais il en avait trop envie. Incapable de résister à la tentation, il l'étreignit plus fort pour approfondir le baiser.

Avec un gémissement, elle posa son mug pour libérer ses mains. Elle le saisit alors par la taille et le tira vers elle pour se coller à lui. Dans un corps à corps torride.

Seigneur ! Elle le rendait fou.

Comme Kim l'avait prédit, la situation dégénéra rapidement tandis qu'un désir impérieux s'emparait d'eux. Quand elle poussa un petit cri de plaisir, il comprit qu'il allait lui faire l'amour ici et maintenant. Il n'en pouvait plus.

Pourtant, une petite voix intérieure – celle du devoir – l'exhortait à recouvrer son sang-froid et lui rappelait que ce n'était vraiment pas le moment.

Theo s'apprêtait à passer outre et à laisser libre cours au désir qui les dévorait tous les deux quand son téléphone sonna à nouveau. Il pensa d'abord que Jack le rappelait parce qu'il avait oublié de lui dire quelque chose. Mais il vit alors le nom d'Ava s'afficher sur l'écran.

Il jura, et Kim poussa un gémissement teinté de déception. Theo s'éclaircit la gorge dans l'espoir de reprendre ses esprits, et répondit.

— S'il te plaît, Ava, dis-moi qu'aucun de nos suspects n'a annulé son interrogatoire, lui lança-t-il.

— Non, bien au contraire. Greg et Duran sont déjà arrivés et demandent à être interrogés plus tôt que prévu. Apparemment, ils ont d'autres affaires à régler ensuite.

Intéressant. Cette révélation dissipa une partie du brouillard mental dans lequel leur torride baiser l'avait plongé.

Greg avait peut-être appris qu'Ashley était Faith. Ou s'était rendu compte qu'ils découvriraient tôt ou tard l'accident de voiture qu'il avait eu autrefois à Silver Creek. Il avait alors compris qu'il devait en parler le premier, ouvertement, avant d'être considéré comme le suspect numéro un.

Theo jeta un coup d'œil à Kim pour lui demander en silence si elle était prête à partir. Elle hocha la tête et alla chercher son sac à main et son manteau.

— Kim et moi sommes en route, expliqua-t-il à Ava. Je veux que Kim assiste à tous les interrogatoires.

Il n'avait pas besoin de préciser qu'elle avait un intérêt direct dans tout ce qui serait dit.

— Bien sûr. Je vais m'assurer que la caméra est bien configurée pour lui permettre de voir les images dans ton bureau.

La caméra avait été installée récemment. Elle remplaçait l'ancien miroir sans tain. Plusieurs personnes avaient désormais la possibilité de suivre en même temps un interrogatoire et ce, de n'importe où. Theo envoya un texto à Grayson pour lui proposer de participer à l'entretien depuis chez lui. Grayson ayant été l'enquêteur principal du meurtre des parents de

Theo, il voudrait sans doute entendre ce que Greg avait à dire à propos de cet accident de voiture.

Theo en adressa un autre aux ouvriers du ranch qu'il avait choisis pour les escorter, Kim et lui, jusqu'au bureau du shérif. Les deux hommes les attendaient dans un camion garé derrière la voiture de patrouille.

Heureusement, il faisait moins froid que la veille, mais le vent était toujours mordant. Ils s'engouffrèrent en vitesse à l'intérieur de la voiture de patrouille. Pour qu'un sniper n'ait pas la possibilité de les viser à nouveau.

— Ne t'excuse pas pour ce baiser, lança Kim alors qu'ils s'éloignaient du ranch.

Ses ouvriers agricoles au volant du camion roulaient derrière eux, et Theo savait qu'ils surveillaient avec attention les alentours.

— Je n'en avais pas l'intention, lui assura-t-il.

Il lui jeta un rapide coup d'œil pour lui faire comprendre qu'à la première occasion il l'embrasserait encore et encore.

— Par ailleurs, dès que j'aurai arrêté le tireur et que le danger sera passé, j'annoncerai à Nadia que j'ai envie de partager ma vie avec toi. Il était grand temps, non ?

Elle hocha la tête. Elle était contente, mais cette décision allait provoquer un conflit avec Nadia, Theo le savait. Il n'y avait aucun moyen de l'éviter, de toute façon. Et il en avait assez de s'interdire toute vie amoureuse pour respecter les susceptibilités de son ex-femme. Il voulait être avec Kim et, à en juger par ce baiser, elle aussi.

Mais il dut mettre toutes ces pensées de côté en arrivant à destination. Pour espérer vivre son amour pour Kim sans être en permanence sur le qui-vive, il était primordial de poursuivre cette enquête afin d'arrêter la personne qui les prenait pour cible.

Au moment où ils entrèrent dans le bureau du shérif, Theo repéra Greg et Duran. Tous deux semblaient impatients de le voir et peut-être même irrités qu'il n'ait pas été là pour les accueillir. Mais arriver en avance avait été leur choix. Theo ne leur présenta donc aucune excuse pour son retard qui n'en était pas un, et fit entrer Kim dans son bureau.

Comme prévu, Ava était là et installait le lien à la caméra sur l'ordinateur de Theo.

— Tu veux que je participe à l'interrogatoire ? lui demanda-t-elle.

Theo secoua la tête.

— Rowena et Quill ne vont pas tarder, et j'aimerais plutôt que tu t'assures qu'ils ne se crêpent pas le chignon en attendant d'être interrogés. Si Quill fait un faux pas, même minime, arrête-le.

Ava lui assura qu'elle serait heureuse de le faire et, pendant qu'elle montrait à Kim comment capter les images de la caméra, Theo fit signe à Greg et à Duran de le suivre dans la salle voisine.

— J'ai apporté une copie du rapport médical au sujet de la visite de mon client aux urgences, dit Duran en se levant. Au cas où vous douteriez qu'il ait été malade.

— J'ai déjà vérifié qu'il s'était bien rendu là-bas.

Mais il prit quand même le rapport au cas où le médecin aurait indiqué que Greg avait simulé son malaise.

— Je dois aussi vous parler d'un incident qui s'est produit il y a vingt et un ans, commença Greg dès qu'ils entrèrent dans la salle d'interrogatoire. Je n'avais pas pensé à le mentionner plus tôt. Cette histoire n'a aucun rapport avec l'enquête qui vous occupe, mais elle risque d'apparaître et je ne voulais pas que vous vous mépreniez sur sa portée.

Theo leva la main pour l'empêcher de continuer. Il commença par relire à Greg ses droits. Il s'assurait ainsi que Duran ne prétendrait pas par la suite que son client n'avait pas compris qu'il serait peut-être incriminé pour avoir offert cette information. Greg avait peut-être vraiment oublié d'en parler ou préféré passer l'épisode sous silence pour ne pas être soupçonné d'une quelconque participation aux meurtres et à l'enlèvement de Faith.

— Il y a vingt et un ans, mon client a été impliqué dans un

accident de voiture non loin de Silver Creek, reprit Duran. Le jour où a eu lieu cet accident pourrait vous faire...

— ... tirer des conclusions hâtives ? l'interrompit Theo. Eh bien, oui, j'ai déjà appris que vous étiez à proximité d'un double meurtre, d'une entrée avec effraction dans un domicile et d'un kidnapping, ajouta-t-il en regardant Greg en face. De plus, vous avez admis être un ami proche du couple qui a adopté illégalement l'enfant enlevée en question. Et cerise sur le gâteau, vous étiez fiancé avec elle.

— Je *suis* fiancé avec elle, corrigea Greg.

Theo ne répondit pas.

— J'aime toujours Ashley et, pour autant que je sache, elle est encore ma fiancée, insista Greg. Bien sûr, je n'en ai pas la certitude puisque vous refusez de me laisser la voir. Prétend-elle toujours être votre sœur ?

— Elle *est* ma sœur, dit Theo en observant avec attention les expressions des deux hommes.

Duran ne montra aucune surprise, contrairement à Greg. Sa réaction, cependant, pouvait être feinte.

— Vous en avez la preuve ? voulut-il savoir.

— Absolument.

Theo s'interrompit. Il voulait que Greg angoisse à l'idée que Faith se souvienne de qui elle était. Et puisse l'identifier comme son ravisseur.

Greg semblait mal à l'aise, et Theo était presque sûr de voir la peur briller dans ses yeux. Il devrait cependant les rassurer très vite. En effet, il n'était pas question que Greg ou Duran s'en prennent à Faith pour la faire taire. Néanmoins, il attendit quelques instants pour leur révéler que Faith ne se souvenait de rien et était incapable de se remémorer son ravisseur. Il espérait que Greg avouerait les crimes dans l'intervalle.

— Ashley est bien Faith, répéta Greg.

Il examinait également l'expression de Theo, mais ce dernier gardait le visage fermé, impénétrable.

— Ashley… Faith sait-elle qui elle est ? s'enquit Duran.

Theo hocha la tête. Et attendit. Duran ou Greg auraient peut-être envie de combler le silence inconfortable avec des aveux qui lui permettraient de procéder à une arrestation.

Le souffle court, Greg se frotta le visage.

— Alors elle avait raison, malgré tout.

De nouveau, Theo se contenta d'un hochement de tête.

— Dans ce contexte, il est encore plus important que je lui parle, continua Greg. Elle aura besoin d'aide pour essayer de se faire à cette idée.

— Ma sœur bénéficie de toute l'aide dont elle a besoin, répliqua Theo d'un ton neutre sans le quitter des yeux.

— Mais elle voudra me voir, insista-t-il. Je suis sûr qu'elle a demandé à me voir.

Theo secoua la tête.

— Non, elle refuse de vous voir.

Voilà. Theo espérait que ses mots feraient craquer Greg. Malheureusement, Duran saisit le bras de son client pour l'exhorter à garder le silence.

Greg contint donc sa colère mais difficilement.

— Faith voudra me voir dès qu'elle aura de nouveau les idées claires. Elle sait combien je l'aime… Se souvient-elle de ce qui lui est arrivé la nuit où vos parents ont été tués ?

— Faith a tout oublié de son kidnapping, répondit Theo. Elle ne se souvient de rien d'autre que de ce qu'elle vous a déjà dit. Elle vous a parlé de ses flash-back, n'est-ce pas ?

— Bien sûr, répondit Greg d'un ton frustré. Je ne la croyais pas. Je pensais que ses reviviscences étaient imaginaires, provoquées par tous ces articles sur le meurtre de vos parents qu'elle avait lus et relus. Elle était obsédée par ce crime.

— Expliquez-moi pourquoi vous étiez près de Silver Creek

moins de vingt-quatre heures avant ces meurtres et l'enlèvement de Faith.

Greg n'hésita pas pour répondre, ce qui signifiait qu'il avait déjà réfléchi à la meilleure façon de présenter les événements.

— J'allais chez un ami à Wimberly et je me suis perdu, déclara-t-il.

Theo le regarda d'un air sceptique.

— Wimberly se trouve à plus de trente kilomètres de Silver Creek.

— Comme je l'ai dit, je m'étais perdu, et il m'avait fallu un bon moment pour trouver un endroit où opérer un demi-tour.

— Je connais la zone où vous avez eu cet accident, fit remarquer Theo. Il y a des sentiers forestiers partout là-bas. Plein d'endroits où faire demi-tour.

— Si vous connaissez la région, peut-être, intervint Duran. Mais Greg la découvrait. Il s'était perdu, et l'adresse de son ami n'apparaissait pas sur son GPS.

Theo glissa le bloc-notes et le stylo posés sur la table vers Greg.

— Écrivez le nom et les coordonnées de votre ami.

— Je ne les ai pas. Euh... je veux dire, je ne sais pas comment le contacter. Tout ça remonte à plus de vingt ans !

Theo ne cessait de le dévisager fixement.

— Alors, écrivez son nom et je trouverai son numéro pour vérifier que vous étiez bien censé lui rendre visite ce jour-là à cette heure-là.

— Il n'était pas au courant de ma visite, protesta Greg. Et après m'être perdu, je suis rentré chez moi et je ne lui ai pas dit que j'avais essayé d'aller le voir.

— Bien sûr, marmonna Theo. Écrivez son nom quand même. Je lui parlerai et lui demanderai si vous aviez le genre d'amitié qui vous aurait permis de débarquer chez lui à l'improviste.

Quelque chose traversa les yeux de Greg. La panique, peut-être. Ou même la terreur. Et Theo comprit que le type mentait sur les raisons pour lesquelles il avait emprunté cette route près de Silver Creek.

Il était possible que Greg ait simplement sorti le premier prétexte lui passant par la tête, n'importe quoi pour ne plus apparaître sur la liste des suspects pour un double meurtre. Les gens mentaient pour toutes sortes de raisons. Cependant, les preuves circonstancielles contre lui commençaient à s'accumuler. Theo n'avait pas encore de quoi demander un mandat mais, après avoir discuté avec l'ami dont Greg avait finalement noté le nom, il aurait peut-être suffisamment d'éléments pour constituer un dossier contre lui.

Lorsque Greg lui rendit le calepin avec le nom, Theo leva les yeux vers la caméra de surveillance.

— Adjointe Lawson, merci de contacter un dénommé Jason Pennington qui a vécu à Wimberly il y a vingt et un ans. Je dois lui parler immédiatement.

— Même si M. Pennington ne se souvient pas du récit de Greg, dit Duran, cela ne voudra pas dire que mon client vous a menti. Il ne connaissait pas vos parents et n'avait aucune raison de vouloir leur mort.

Erreur. Il aurait eu une raison si Faith avait été la cible, cette nuit-là.

— Vous aviez vingt-huit ans quand vous avez eu cet accident de voiture, continua Theo, sans répondre à Duran. Et peu de temps après cet épisode, les Neely ont adopté Faith.

Il se tut et attendit, guettant la réaction de Greg.

Greg repoussa la chaise, le métal raclant contre le carrelage, et il se leva.

— Je n'ai rien à voir avec ces meurtres. Rien, répéta-t-il.

Il regarda Duran comme s'il s'attendait à ce que l'avocat produise par magie une preuve qui l'innocenterait.

Duran s'éclaircit la gorge et concentra son attention sur Theo.

— Vous n'avez pas de preuves de la participation de Greg aux crimes d'il y a vingt et un ans, sinon vous l'auriez déjà inculpé.

Theo haussa les épaules.

— Je n'ai *pas encore* de preuves. Pour l'instant. Mais pendant que nous parlons, plusieurs de mes adjoints examinent les papiers d'adoption et interrogent les voisins et amis des Neely. Nous allons continuer à creuser jusqu'à ce que nous trouvions qui a kidnappé ma sœur et l'a conduite chez les Neely.

Il se pencha pour planter les yeux dans ceux de Greg.

— Et celui qui avait participé au kidnapping est aussi complice de deux meurtres.

Le visage de Greg perdit toute couleur, et il se rassit.

— Faith vous a-t-elle dit quelque chose à propos de l'adoption ? M'a-t-elle accusé ?

Mais il n'attendit pas que Theo le nie.

— Parce qu'elle pourrait mentir. Faith ment souvent. Il n'est pas possible de lui faire entièrement confiance.

Ces mots eurent sur Theo l'effet d'un coup de poing dans le ventre. Et il ressentit aussitôt le besoin de défendre et de protéger sa petite sœur, même si elle n'était plus une enfant.

— Expliquez-moi ce que vous voulez dire par là, dit-il d'un ton mauvais.

Greg ouvrit la bouche, la referma.

— Euh, j'ai besoin de parler en privé avec mon avocat. En privé, insista-t-il en désignant la caméra du doigt.

— Je vais l'éteindre, lui assura Theo avant de se lever et de sortir en refermant la porte derrière lui.

Kim l'attendait sur le pas de la porte de son bureau.

— Greg a tort d'essayer de rejeter la faute sur Faith à propos de l'enlèvement, dit-elle.

De toute évidence, elle ressentait également beaucoup d'émotions dès lors que Faith était concernée.

— Je ne le laisserai pas l'accuser, lui assura Theo.

Il s'apprêtait à ajouter quelque chose, mais il aperçut Rowena qui entrait.

Comme d'habitude, elle semblait apeurée, mais il n'oubliait pas qu'il s'agissait peut-être d'une comédie. Même si Quill n'était pas une source très fiable, Theo devait au moins l'interroger sur le rôle qu'elle aurait pu jouer avec ces lettres anonymes adressées à Kim.

Rowena planta les yeux sur Theo et se dirigea vers lui.

— Je n'ai pas utilisé cette machine à écrire depuis des années, dit-elle. Vous n'avez pas le droit de m'arrêter pour quelque chose que je n'ai pas fait.

— Je ne vous arrête pas, répondit-il, et il lui fit signe de venir dans son bureau.

Rowena, cependant, resta sur place, et secoua la tête.

— Quill m'a dit que vous alliez m'arrêter pour avoir écrit des lettres. Je ne les ai pas écrites. Je jure que ce n'est pas moi.

Theo ne le lui dit pas, mais au fond il avait tendance à la croire.

— Venez dans mon bureau, et nous pourrons parler. Pendant quelques instants, en tout cas. J'ai quelqu'un d'autre en interrogatoire mais, dès que j'en aurai fini avec lui, je prendrai votre déposition.

— J'ai besoin que vous m'innocentiez, exigea Rowena.

Elle n'éleva pas la voix, mais son ton était plus catégorique que d'habitude.

— J'ai vu Quill utiliser cette machine à écrire, ajouta-t-elle. Je ne sais pas ce qu'il tapait, mais ça aurait pu être des lettres.

Oui, Quill aurait été capable de ce genre de choses. Theo le vérifierait, mais il était possible que la première lettre ait coïncidé avec le moment où Kim avait commencé à travailler au bureau du procureur. Vu tous ses démêlés avec la justice, il n'était pas exclu que Quill ait voulu se venger d'elle.

— Shérif ! cria Duran à Theo.

Comme l'avocat surgissait dans le couloir, il se figea soudain.

Rowena eut la même réaction, et son regard se riva sur Duran. Puis elle se précipita derrière Theo d'un air terrifié.

—Vous vous connaissez, tous les deux ? s'enquit Theo, surpris.

Duran pinça les lèvres et soupira. Cependant, ce fut Rowena qui répondit.

— Oui, nous nous connaissons, marmonna-t-elle d'une voix teintée de nervosité et de peur. Et je suis certaine qu'il est ici pour me tuer.

12

Les accusations de Rowena sidérèrent Kim et lui parurent absurdes. Mais comme la malheureuse tremblait de tous ses membres, il était évident que l'avocat la terrifiait.

— Je n'ai aucune raison de vouloir vous tuer, répliqua Duran en la fusillant du regard.

— Mais vous vous connaissez, fit remarquer Kim.

— Oh ! oui, je connais bien Rowena, admit Duran.

— Quill a travaillé pour lui, il y a quelques années, ajouta Rowena.

Si l'expression « il y a quelques années » était assez vague, Kim l'interpréta aussitôt comme « il y a vingt et un ans ». Si elle y ajoutait les rumeurs concernant les adoptions illégales organisées par Duran, tout semblait clair. Quill avait sans doute joué le rôle de rabatteur pour aider l'avocat à trouver une enfant pour les Neely.

— Quand exactement Quill a-t-il travaillé pour vous ? s'enquit Theo, retirant la question de la bouche de Kim.

Duran marmonna un juron dans sa barbe.

— Nous devons parler.

Kim étudia le langage corporel de Duran. Il ne paraissait pas prêt à s'enfuir en courant. Ni à avouer qu'il était un tueur de sang-froid. Mais sa requête signifiait sans doute qu'il avait des informations à leur communiquer sur le meurtre des parents de Theo et le kidnapping de Faith.

— Vous voulez parler avec ou sans votre client ? demanda Theo.

Après un long moment de réflexion, l'avocat répondit finalement :

— Avec lui.

Theo leur fit signe de le suivre dans la salle d'interrogatoire. Kim les accompagna tandis qu'elle entendait Ava leur crier qu'elle remettait en route l'enregistrement.

Kim s'attendait à ce que Duran s'y oppose, mais il ne le fit pas. Cependant, il entra dans la salle d'interrogatoire avant eux et se dirigea directement vers Greg pour lui chuchoter quelque chose à l'oreille. Quoi qu'il lui ait dit, Greg écarquilla les yeux et considéra Rowena avec méfiance.

En tout cas, Kim pensait que son regard exprimait de la méfiance. Mais en réalité, elle n'arrivait pas à mettre le doigt dessus, à définir ce qu'elle sentait passer entre eux. Et quoi que ce soit, Rowena dut le ressentir, elle aussi, parce qu'elle recula d'un pas.

— Je vais vous résumer les faits simplement, dit Duran. Il y a une vingtaine d'années, Quill travaillait de temps en temps pour moi. Je le chargeais de tâches anodines. Il s'agissait, par exemple, de retrouver des témoins nécessaires pour blanchir un client.

— Un homme de main, conclut Kim, ce qui lui valut un regard noir de Duran. La taille et le comportement de Quill le rendaient très intimidant et donc persuasif, j'imagine.

— Je n'ai jamais utilisé l'intimidation vis-à-vis d'un témoin, répliqua Duran. Ni demandé à Quill de le faire.

Il s'interrompit et parut tenter de maîtriser sa colère. Ou de trouver une bonne raison justifiant sa décision d'avoir embauché un voyou notoire.

— Je n'exerçais pas le droit depuis longtemps à l'époque et je n'avais pas les moyens d'embaucher quelqu'un d'autre, de plus respectable.

— Comment l'avez-vous connu ? demanda Theo. Quill n'a jamais vécu à San Antonio.

— J'ai entendu parler de lui par un ami, et Quill n'a travaillé pour moi que quelques mois. J'ai vite interrompu notre collaboration parce que je recevais trop de plaintes à son sujet.

Theo n'en fut pas surpris. Le tempérament colérique de son ex-beau-père n'était pas nouveau.

— Vous avez dit qu'il travaillait pour vous il y a une vingtaine d'années, reprit Theo. Plus précisément, était-ce il y a vingt et un ans ?

Duran inspira longuement.

— Oui.

Et après un moment, il poursuivit.

— Vous voulez savoir si Quill aurait pu jouer un rôle dans le meurtre de vos parents et la disparition de votre sœur. Je dois dire que c'est possible.

— Quill n'aurait jamais fait ça, intervint Rowena. Il n'aurait pas tué vos parents.

Comme elle n'abordait pas la deuxième partie de la question, Kim le fit à sa place.

— Mais il a peut-être enlevé Faith pour qu'elle puisse être adoptée par les Neely.

Rowena devint blanche comme un linge.

— Non, marmonna-t-elle. Non.

Mais tout le monde dans la pièce entendit le doute qui teintait sa voix.

— Je m'étais chargé des démarches administratives d'adoption pour les Neely, continua Duran. Mais je ne leur avais pas déniché l'enfant. J'avais des contacts avec des agences d'adoption et j'aurais eu la possibilité de leur trouver une petite fille sans avoir à en kidnapper une.

— Peut-être, reconnut Kim. Mais vous auriez peut-être voulu mettre la main sur une fillette qui ressemblait beaucoup à celle qu'ils avaient perdue.

Duran serra les mâchoires.

— Je n'ai rien à voir avec la façon dont cette gamine a été trouvée.

— Moi non plus, intervint Greg.

Kim croisa le regard sceptique de Theo.

— Alors pourquoi étiez-vous si près de Silver Creek le jour où Faith a été enlevée ? répliqua Theo.

— Je vous l'ai déjà dit…

Greg s'interrompit, gémit et lâcha enfin :

— Je voyais quelqu'un à Silver Creek. Une femme mariée. Et j'allais chez elle.

— Vous avez donc menti en prétendant que vous rendiez visite à un ami et que vous vous étiez perdu, fit remarquer Kim.

— Oui, j'ai menti.

Il n'y avait aucun remords dans son ton, seulement du défi.

— Cette femme est toujours mariée, vit toujours ici, et je ne veux pas lui créer des difficultés en évoquant une histoire qui remonte à une éternité. Nous avions rompu peu de temps après l'accident de voiture, ajouta Greg.

Theo ouvrit la bouche, et Kim comprit qu'il était sur le point de demander le nom de cette femme, mais il s'interrompit. Et reporta son attention sur Rowena. Comme Kim suivait son regard, elle vit la culpabilité peinte sur le visage de cette dernière.

Oh ! non.

— Vous avez entretenu une liaison avec Greg ? demanda Theo.

Rowena secoua la tête tandis que les larmes lui montaient aux yeux, et il ne fallut pas longtemps pour que ses pleurs se muent en sanglots.

— C'était une erreur, et je ne veux pas que Quill l'apprenne un jour.

— Il nous tuerait tous les deux, ajouta Greg. Même après toutes ces années, il nous tuerait tous les deux.

Si Quill en avait l'occasion, oui, il le ferait. Et voilà pourquoi Kim réprima un soupir. Toutes ces déclarations seraient consignées dans les rapports d'enquête. Il le fallait, la loi l'exigeait. Rowena et Greg seraient interrogés et devraient fournir la preuve qu'ils avaient été ensemble afin de corroborer ou de réfuter l'innocence de Greg dans les meurtres et l'enlèvement.

Et cette histoire risquait, en effet, de revenir aux oreilles de Quill.

— Adjointe Lawson, dit Theo en regardant la caméra, faites venir Quill immédiatement.

— Il nous tuera, répéta Rowena en pleurant. Greg était une erreur, mais Quill ne me la pardonnera jamais.

— Vous serez protégée, lui dit Theo.

Une sage décision, d'autant plus que Quill serait hors de lui lorsqu'il apprendrait qu'il était désormais lié au meurtre des parents de Theo. De plus, son ex-beau-père allait bientôt découvrir qu'il était le suspect le plus probable dans l'histoire des lettres anonymes. Ce n'était pas en soi l'accusation la plus grave, mais cette accumulation de délits ne jouait pas en sa faveur.

— Vous allez m'installer dans une maison sécurisée ? lança Rowena.

— J'en ai besoin, moi aussi, dit Greg.

Theo ignora ce dernier et se concentra sur Rowena.

— Dans une maison sécurisée, oui. Je peux également demander au marshal d'assurer votre sécurité, si vous préférez demeurer chez vous.

— Je ne veux pas rester chez moi. Quill m'y trouvera.

— J'ai besoin d'être mis à l'abri, moi aussi, dans une maison sécurisée, répéta Greg avec force, cette fois-ci.

— Vous n'irez nulle part tant que vous n'aurez pas fait une déclaration complète et sincère sur l'endroit où vous vous trouviez au moment des meurtres et du kidnapping, répliqua Theo. Mentez-moi encore, ajouta-t-il d'une voix menaçante, et je vous jette dans une cellule.

— Mon client vous donnera un compte rendu honnête de ses faits et gestes pendant cette période, intervint Duran.

Il s'exprimait d'un ton dur. Peut-être essayait-il d'empêcher Greg d'être accusé de meurtre. Peut-être tentait-il de mettre un terme rapide à cet interrogatoire pour ne pas avoir à répondre à trop de questions au sujet de l'adoption de Faith.

Mais il y aurait des questions.

Des questions difficiles. Et chaque mot écrit par Duran sur les documents d'adoption pour les Neely serait examiné.

Kim se retourna lorsqu'elle entendit des pas dans le couloir. Theo fit de même et il s'attendait manifestement à une menace ou à une attaque parce qu'il posa la main sur son arme.

Mais Ava apparut. Elle fit signe à Kim et à Theo de la rejoindre dans le couloir.

— Gage vient d'appeler de l'hôpital, dit-elle à voix basse. Faith est prête à sortir et demande que vous veniez tous les deux la chercher immédiatement. Elle dit qu'elle a peur et qu'elle ne veut plus rester là-bas.

Avec un gémissement, Theo passa la main sur son visage. Le moment n'était pas idéal, et ils le savaient tous les deux.

— Jesse et Nelline sont là, dans l'*open space*. Alors laisse-nous t'aider, proposa Ava. Jesse peut se charger des interrogatoires et Nelline de vous accompagner à l'hôpital.

— Mais Quill doit être conduit ici, lui rappela Theo.

Ava hocha la tête.

— Je viens de l'appeler et il ne répond pas au téléphone, mais je vais m'arranger pour qu'un autre adjoint aille chez lui, et s'il est là il sera amené. Je m'en occupe… après avoir appelé le marshal pour lui demander une maison sécurisée… ou deux…

Elle jeta un rapide coup d'œil à Greg et ajouta :

— Je prendrai les déclarations de ces trois-là pendant que vous vous occupez de ta sœur.

— J'appellerai le marshal, dit Theo après avoir consulté sa montre. Demande une seule maison sécurisée pour l'instant, pour Rowena. Il faut vite la trouver en raison de son passé commun avec Quill. Quill a-t-il été récupérer sa voiture chez Kim ?

Ava hocha la tête. Puis elle soupira, et Kim comprit pourquoi. Quill pouvait être n'importe où en ce moment puisqu'il était motorisé.

— Nous avons reçu les résultats du test de détection de résidus de poudre de Quill, ajouta Ava. Ils sont négatifs.

Theo soupira. Un résultat positif aurait été un motif d'arrestation, mais un résultat négatif ne signifiait rien. Il avait peut-être mis des gants ou utilisé un fusil.

— Quand vous aurez fait votre déclaration à l'adjointe Lawson, dit Theo en se tournant vers Greg, elle décidera si des charges seront retenues contre vous. Si elle ne vous arrête pas, continua-t-il malgré le hurlement de protestation de Greg, je vous trouverai une maison sécurisée.

La main sur le bras de Greg, Duran lança :

— Mon client n'a commis ni crime ni délit et ne sera donc pas accusé de quoi que ce soit. Il va bientôt quitter Silver Creek. Je connais un endroit où il sera en sécurité, au cas où Quill déciderait, eh bien, d'être fidèle à sa réputation…

Comme Theo ne bougeait pas, Kim se dit qu'il réfléchissait à tous ces arrangements. Mais il pensait sans doute aussi à sa sœur qui attendait qu'il vienne la chercher. Une sœur qui était terrifiée mais qui leur fournirait peut-être des réponses sur ce qui s'était passé la nuit de son enlèvement. Il était possible que Faith soit capable de leur donner des indices sur l'identité de la personne qui l'avait kidnappée. Ce qui les aiderait à arrêter celui qui essayait de les tuer à présent.

Parce que Kim était convaincue qu'il s'agissait de la même personne.

Ou de quelqu'un qui lui était lié.

Cela n'excluait aucun de leurs suspects. Quill, Greg ou Duran. Ni la complicité de Rowena, surtout si elle avait entretenu une relation amoureuse avec Greg, à l'époque. Si celui-ci avait demandé à son amante de l'aider, elle l'aurait sans doute fait. Cela dit, Kim avait du mal à imaginer Rowena, qui ressemblait elle-même à une petite fille, tirer une enfant de huit ans dans un escalier et la faire sortir de force de la maison.

Theo se mit enfin en route après avoir recommandé à Ava de l'appeler immédiatement si Quill se montrait ou si Duran et Greg lui causaient des problèmes lors des interrogatoires. Étant donné que Duran et Greg voulaient tous les deux s'en aller, ils allaient sans doute coopérer. Bien sûr, rien ne garantissait qu'ils diraient la vérité.

— J'aimerais avoir assez d'éléments pour retenir Greg et Duran, marmonna Theo alors qu'ils gagnaient la sortie.

Kim aussi, mais ils n'obtiendraient jamais un mandat d'arrêt avec le peu qu'ils avaient. Pour avancer, ils avaient besoin de preuves physiques ou d'aveux.

Comme Ava l'avait dit, Jesse était dans l'*open space* et au téléphone.

— J'essaye de retrouver Quill, leur dit-il.

Theo lui fit un signe d'approbation et se dirigea vers la porte où Nelline attendait pour les conduire à l'hôpital. Comme Theo ne voudrait pas ramener Faith au bureau du shérif, ils iraient directement chez lui. Ils y écouteraient les interrogatoires si ces derniers se poursuivaient encore, à ce moment-là.

— Combien de mensonges penses-tu que Greg nous a dits ? marmonna Theo dès qu'ils furent dans la voiture de patrouille.

— Beaucoup. Il a menti sur la raison pour laquelle il était si près de Silver Creek, mais ce n'est que la partie émergée de l'iceberg, répondit Kim. Au minimum, je crois qu'il savait aussi que les Neely avaient adopté illégalement Faith. Son association avec Quill et Duran signifie sans doute qu'il était impliqué dans ce qui s'est passé il y a vingt et un ans.

— Ils pourraient tous être dans le coup, et si c'est le cas ils payeront tous. Je m'en assurerai.

Malgré les années, son besoin de justice n'avait pas diminué d'un iota. De son côté, Kim espérait que, s'ils arrivaient enfin à identifier et à arrêter la ou les personnes responsables, elle réussirait à passer une semaine sans cauchemars.

Nelline se gara à côté des portes des urgences. Le ruban noir et jaune des scènes de crime avait été retiré quand l'équipe de déminage avait évacué l'hôpital. Il n'y avait plus aucun signe de la fusillade qui s'était déroulée près de vingt-quatre heures plus tôt. Mais Theo et Kim se hâtèrent pourtant de se mettre à l'abri à l'intérieur.

Ils se dirigèrent directement vers la chambre de Faith, où un adjoint réserviste, Mike Gonzales, montait la garde. Lorsqu'ils entrèrent, ils trouvèrent Faith non pas dans le lit mais en train de faire les cent pas dans la petite pièce.

En les voyant, le soulagement se peignit sur son visage.

— Vous êtes là. Je craignais que vous ne veniez pas.

— Bien sûr que nous sommes venus, dit Theo en la prenant dans ses bras.

Le geste n'était pas vraiment naturel, ils avaient tous les deux l'air un peu raides. Kim espérait pourtant qu'il l'apaiserait un peu.

— Je vais chez toi, n'est-ce pas ? demanda Faith à Theo. Et tu seras là, Kim ? ajouta-t-elle.

Kim hocha la tête et la serra à son tour contre elle.

— Je resterai aussi longtemps que Theo et toi me voudrez là-bas.

— Et Greg n'aura pas le droit de me voir, n'est-ce pas ?

— Promis, confirma Theo. Greg et Duran sont au bureau du shérif, en ce moment.

Il s'interrompit, essayant sans doute de décider de ce qu'il fallait lui dire. Sa sœur n'avait pas l'air très rassurée, et aucune des révélations récentes n'allait la réconforter.

— Greg a reconnu s'être trouvé près de Silver Creek au moment de ton kidnapping. Y a-t-il une possibilité que ce soit lui qui t'ait portée hors de la maison, cette nuit-là ?

Faith émit un son étranglé, la main sur le cœur comme pour le calmer.

— Greg n'aurait pas fait ça… n'est-ce pas ? ajouta-t-elle en attrapant le bras de Theo.

Il la regarda droit dans les yeux.

— Je ne suis sûr de rien, mais c'est possible.

Elle secoua frénétiquement la tête.

— Si ça avait été lui, je l'aurais su. J'aurais senti… quelque chose.

Elle s'interrompit à nouveau et, cette fois, plongea le visage dans ses mains.

— Mon Dieu.

Kim comprit que Faith songeait à toutes les éventualités qu'elle n'avait pas envie de regarder en face, encore moins d'accepter. Après tout, elle s'était fiancée à Greg, elle avait donc eu, au moins un temps, des sentiments pour lui. Peut-être même l'aimait-elle encore. Si c'était lui qui l'avait kidnappée, elle se sentirait trahie de la pire des façons. De plus, Greg avait peut-être joué un rôle dans le meurtre de ses parents.

— Toutes ces années, je lui faisais confiance, marmonna Faith en s'effondrant au pied du lit.

Les yeux pleins de larmes, elle se tourna vers Theo.

— Je dois t'avouer quelque chose. Quelque chose qui ne va pas te plaire. Mon Dieu, Theo. Je suis vraiment désolée.

— De quoi es-tu désolée ? demanda-t-il en fronçant les sourcils.

Faith se mit à sangloter. Kim s'approcha d'elle pour tenter de la calmer et lui permettre de s'expliquer.

Mais soudain, une explosion assourdissante se fit entendre. La fenêtre se brisa, et des éclats de verre se répandirent dans la pièce. Kim comprit en une fraction de seconde ce qui se passait.

Quelqu'un tirait sur eux de l'extérieur.

Theo les saisit toutes les deux par le bras et les fit tomber au sol au moment où un autre coup de feu retentissait. Le projectile s'écrasa contre le mur près de la porte.

— Que se passe-t-il ? cria l'adjoint Gonzales depuis le couloir.

— Restez à terre, prévint Theo en lui ouvrant la porte.

L'adjoint rampa vers eux pendant que Theo poussait Faith et Kim sous le lit.

— Greg nous tire dessus ? lâcha Faith.

Kim en doutait sérieusement. Si Duran et lui avaient déjà quitté le bureau du shérif, Ava aurait prévenu Theo et il n'avait reçu aucun appel ni texto depuis leur arrivée à l'hôpital.

Un déluge de coups de feu suivit.

Kim entendit l'adjoint appeler des renforts et informer le dispatcheur de la situation. Mais les policiers n'arriveraient pas à temps pour attraper ce serpent. Or quelqu'un voulait les tuer.

Et cette fois, il pourrait bien y parvenir.

Elle maudit les flash-back qui envahirent son esprit, sa respiration trop rapide, son rythme cardiaque affolé. La panique la submergeait. Et quand Faith s'accrocha à elle, en enfouissant son visage contre son épaule, Kim comprit qu'elle était au bord d'une crise de nerfs.

— Tout ira bien, lui murmura-t-elle.

Peut-être un mensonge mais, si elle ne parvenait pas à la calmer, Faith pourrait essayer de s'enfuir.

— Restez loin des fenêtres, ordonna Theo. Mike, lance une alerte. Je veux que tout le quartier soit bouclé.

L'adjoint débita ces instructions au dispatcheur.

— C'est fait, dit-il à Theo. Tu vois le type ?

Et Kim s'aperçut alors que Theo n'était plus près du lit, mais s'était relevé pour regarder par la fenêtre. Elle voulut lui crier de reculer, mais une balle s'en chargea. Il y eut une autre salve, et Theo se jeta au sol.

— Les coups de feu viennent des toits d'un des immeubles en haut de la rue, dit-il.

Mike relaya l'information au téléphone, mais il dut la répéter plusieurs fois à cause des coups de feu qui le rendaient inaudible.

— Nelline revient avec la voiture de patrouille. Elle ne veut pas sortir, mais elle espère que la sirène effrayera le tireur et le fera fuir.

Kim priait pour que le type ne s'attaque pas à Nelline. La voiture de patrouille était blindée, résistante aux balles, heureusement.

D'autres éclats de verre volèrent à travers la pièce et s'écrasèrent sur le sol lorsque le tireur fit feu à travers une autre fenêtre. Et le cœur de Kim se serra. Parce que cela signifiait que le type était en mouvement. Il cherchait le bon angle pour les atteindre.

Dans le couloir, Kim entendait des cris et des bruits de panique mais, derrière ce chaos, elle reconnut aussi le hurlement des sirènes. Peut-être le tireur les avait-il entendues lui aussi ou peut-être que Nelline avait-elle réussi à s'approcher assez de lui pour le faire fuir.

Quoi qu'il en soit, les coups de feu cessèrent.

Theo les regarda sous le lit.

— Vous allez bien toutes les deux ?

Incapable de parler, Kim hocha la tête. Ni Faith ni elle n'avaient été blessées et, vu le nombre de coups de feu tirés, il s'agissait d'un miracle.

— Et toi, tu vas bien ? lui demanda Kim.

— Oui, oui. J'ai besoin que vous restiez toutes les deux à l'abri pendant que je m'assure qu'il n'y a pas de blessés dans le couloir.

Des blessés. Peut-être même des morts si des passants avaient été touchés. Penser que quelqu'un aurait pu payer le prix fort parce qu'un tueur avait été assez imprudent pour tirer dans un bâtiment rempli de monde la ravageait.

— J'ai besoin de savoir si Greg est derrière cette fusillade, marmonna Faith qui tremblait comme une feuille.

— Je découvrirai le responsable, dit Theo comme une promesse.

Il commençait à s'éloigner lorsque Faith lui saisit le bras.

— Je...

Elle s'interrompit. Un sanglot brisé s'échappa de sa gorge.

— Je suis peut-être responsable. Tout cela est peut-être ma faute.

Kim entendit quelque chose dans sa voix. Derrière la panique et la peur.

Du regret, peut-être.

— Theo, je suis vraiment désolée, lâcha Faith. Je t'ai menti sur tant de choses.

13

Malgré l'adrénaline qui brûlait ses veines et son envie de poursuivre le tireur, Theo entendit les mots de Faith.

Je t'ai menti sur tant de choses.

Il se rappela aussitôt que Greg lui avait dit que Faith était une menteuse.

Si elle était vraiment Faith, bien sûr.

— As-tu truqué, je ne sais comment, tes empreintes digitales pour faire croire que tu étais ma sœur ? grogna-t-il.

Faith tressaillit, peut-être à cause de la dureté de son ton ou parce qu'elle était abasourdie par son accusation.

— Non, non ! Je suis vraiment Faith. Je ne t'ai pas menti à ce sujet.

Ses dénégations n'atténuèrent pas sa colère. En réalité, il n'était même plus sûr de la croire. Penser que cette femme jouait au plus fin avec eux le rendait malade.

— Theo, murmura Kim d'une voix douce et apaisante. Nous devrions sortir de cette chambre. Il est dangereux de rester près des fenêtres.

— Nelline est à la poursuite du tireur, ajouta Mike. Elle n'est pas seule. Elle a des renforts.

Peut-être parviendraient-ils à l'attraper. Theo espérait surtout qu'il n'y aurait pas de blessés. Il montra la porte à Faith et à Kim. Elle était criblée de balles.

— Nous allons devoir ramper pour rester hors de la ligne de tir, dit-il. Faites attention aux éclats de verre.

Il y en avait tellement sur le sol qu'il était difficile de les éviter, mais Kim émergea de sous le lit. Comme Faith ne bougeait pas, elle lui saisit la main et l'entraîna avec elle.

— Je suis vraiment désolée, continuait de répéter Faith.

Theo refusa de s'intéresser à elle et à ses mensonges. Il était shérif et, dans l'immédiat, il avait du travail.

— Viens avec nous, Mike, lui dit-il. Sécurise le couloir et commence à évaluer le nombre de victimes, de blessés. Reste en contact avec Nelline. Assure-toi qu'elle bénéficie de tout le soutien nécessaire.

Mike suivit ses ordres. Dès que Theo atteignit la porte, il l'entrouvrit et fut soulagé de voir Gage de l'autre côté.

— Je venais relayer un peu Mike, dit-il.

L'arme au poing, il était adossé au mur et surveillait les deux extrémités du couloir. Sans doute guettait-il le tireur au cas où ce dernier aurait réussi à se frayer un chemin jusqu'à l'hôpital.

— Tout le monde va bien ?

— Nous ne sommes pas blessés, répondit Theo.

Il les entraîna hors de la chambre. Lui aussi avait dégainé son arme. Comme il ne remarquait aucun signe de menace, il guida Kim et Faith vers une petite alcôve où se trouvaient des distributeurs automatiques. Il n'y avait pas de fenêtre, mais il devait s'assurer que le tireur n'essayerait pas de les atteindre d'une autre manière.

— Aucun blessé n'a été signalé, lui lança Mike. Puisque Gage est là, je vais commencer à sécuriser les entrées et faire le point avec Nelline.

Theo le remercia et se tourna d'abord vers Kim pour vérifier qu'elle n'avait pas été blessée. Il vit la manche de son manteau déchirée, sans doute par des éclats de verre ou une balle.

Il était passé à deux doigts de la perdre.

— Je vais bien, lui assura Kim en voyant l'inquiétude et la contrariété sur son visage.

Il regrettait de ne pas avoir été capable d'empêcher cette attaque et craignait qu'il y en ait une autre si le tireur n'était pas très vite arrêté. Pire, il était tout à fait possible que cet individu soit un tueur à gages. Il était peu probable, en effet, que Greg ou Duran aient eu le temps d'organiser cette fusillade.

Restait Quill.

Quill, lui, aurait eu la possibilité de tout mettre en place, et voilà pourquoi l'interroger était une priorité absolue. Pour l'instant, cependant, il lui fallait capturer le tireur et veiller à la sécurité de tous.

Mais Theo voulait des réponses et, si ce n'était pas le moment idéal pour les obtenir, ils étaient de toute façon coincés ici pour un moment.

— Explique-toi, dit-il en regardant Faith dans les yeux.

Elle se mit à sangloter.

— Je suis vraiment ta sœur. Je jure que je n'ai pas menti à ce sujet.

Elle s'interrompit et tenta de se calmer pour pouvoir continuer.

— Je t'ai raconté que j'avais trouvé le certificat de naissance de la fille des Neely, Ashley, et que j'avais alors commencé à nourrir des doutes à propos de mon adoption. Mais en réalité, je l'avais découvert avant… il y a environ un an.

— Les Neely étaient encore en vie, à l'époque. Tu aurais pu les interroger sur les détails de l'adoption et sur la façon dont tu étais arrivée chez eux.

Elle hocha la tête.

— Je l'ai fait. Je leur ai posé beaucoup de questions et j'ai vu qu'ils renâclaient à aborder le sujet. Ils se sont énervés quand j'ai insisté, alors j'ai fini par en parler à Greg puisqu'il était là quand j'ai été adoptée.

— Greg t'avait trouvée pour les Neely ? demanda Theo.

Elle secoua la tête.

— Non... Peut-être, mais je ne crois pas. En tout cas, il ne l'a jamais reconnu. En fait, après avoir effectué des recherches sur le meurtre de nos parents, Greg pensait que... c'était toi qui les avais tués.

Theo eut l'impression qu'elle le frappait – et si fort qu'il en perdit un instant le souffle. Sa colère grimpa d'un cran. Que quelqu'un puisse imaginer qu'il avait participé au meurtre de ses propres parents l'énervait au plus haut point.

— Pourquoi Greg le croyait-il ? demanda Kim.

— Comme je l'ai dit, il avait effectué beaucoup de recherches et prétendait avoir également échangé avec des gens de Silver Creek. D'après eux, Theo se serait disputé avec nos parents et les choses auraient dégénéré...

— Cela n'est jamais arrivé, gronda Theo.

— Je le confirme, renchérit Kim. Theo avait douze ans au moment du drame. Il n'était qu'un enfant, comme nous deux. Et il aimait vos parents. De plus, il n'aurait pas eu la possibilité de te kidnapper. Quelle explication proposait Greg à ce sujet ?

Avec un gémissement, Faith ferma un instant les paupières.

— Il était sûr qu'un ami de Theo m'avait enlevée, à sa demande.

Theo eut du mal à réprimer sa fureur. Il était hors de lui.

— Encore une fois, pourquoi aurais-je fait ça ?

Faith ne répondit pas tout de suite et secoua la tête.

— J'étais crédule, je le reconnais. Greg m'avait raconté que tu voulais m'écarter pour pouvoir hériter seul du ranch familial.

— Greg a dû être très persuasif, dit-il d'un ton presque menaçant.

Et ce fumier allait payer cher pour avoir rempli la tête de Faith de ces horribles mensonges.

— Il l'était, confirma-t-elle. Il m'avait montré ce qui ressemblait à des rapports de police dans lesquels des inspecteurs avaient écrit qu'ils te pensaient complice des crimes mais ne parvenaient pas à le prouver.

— J'ai parcouru tous les rapports plusieurs fois, intervint Kim. Comme beaucoup d'autres personnes. Et il n'y a absolument rien sur une éventuelle participation de Theo aux crimes.

Et Theo pourrait accuser Greg de faux et d'usage de faux. Probablement d'entrave à la justice aussi. Il s'agissait de délits qui n'étaient pas passibles d'une peine de prison, mais c'était un début.

— Alors, pour quelle raison Greg t'avait-il raconté ces mensonges ? s'enquit Kim. Il voulait que tu reviennes à Silver Creek, que tu affrontes Theo et que tu obtiennes ta part de l'héritage, c'est ça ?

Bingo. En voyant la honte peinte sur le visage de Faith, Theo comprit que Kim avait vu juste. Et Greg avait espéré mettre la main sur cet argent pour se renflouer, régler ses dettes.

— Greg m'avait dit que j'avais le droit à ma part d'héritage, répondit Faith. Le droit aussi de mettre en prison la personne qui avait assassiné mes parents. Il n'arrêtait pas de me répéter qu'il m'appartenait de réparer une vieille injustice.

Elle s'interrompit, gémit et pressa les mains de chaque côté de sa tête.

— Et tout cela s'est mélangé avec le chagrin que je ressentais à cause de la mort des Neely. Je les aimais, ils avaient été bons pour moi et ils étaient morts.

Theo l'écoutait tout en prêtant une oreille attentive à ce qui se passait autour d'eux. Il n'entendait plus aucun coup de feu, mais d'autres bruits lui indiquaient qu'il y avait beaucoup de mouvement dans l'hôpital. Ses adjoints s'assuraient que tout le monde était en sécurité.

— Si Greg voulait que tu retournes à Silver Creek pour récupérer l'argent, alors pourquoi nous a-t-il seriné sur tous les tons que tu n'étais pas Faith ? s'enquit Kim.

— Je n'en sais rien. Peut-être craignait-il que tu l'arrêtes si tu découvrais qu'il m'avait poussée à te considérer comme un assassin.

Theo avait sans doute tort, mais il la crut. En tout cas, il crut ses propos sur Greg l'encourageant à revenir pour récupérer l'argent de l'héritage. Cela dit, Faith en savait peut-être plus qu'elle ne le disait sur les raisons de son retour à Silver Creek.

— Tu nous as raconté que tu avais fait une dépression après la mort des Neely, lui rappela Theo. Est-il possible que Greg ait provoqué cette dépression ? Qu'il t'ait droguée peut-être pour te faire croire que tu perdais la tête ?

Faith commença par nier :

— Non, ce n'était pas possible.

Mais il la vit y réfléchir. Contrairement aux affirmations de Greg, Theo n'avait pas tué leurs parents, il ne l'avait pas kidnappée.

Mais Greg, lui, l'aurait pu.

— Mon Dieu, murmura-t-elle.

Accablée, elle enfouit son visage contre l'épaule de Kim en recommençant à sangloter.

Theo n'était pas insensible à ses larmes, à sa souffrance. Mais il avait besoin qu'elle lui en dise plus.

— Qui t'a sortie de la maison la nuit où nos parents ont été tués ?

Faith le regarda en face.

— Je n'en sais rien. C'est la vérité. Eh oui, mon ravisseur était peut-être Greg.

— Ou son avocat, Me Duran Davidson ? insista Kim.

Faith resta silencieuse un moment et finit par hocher la tête.

— Peut-être, oui.

— Et un dénommé Quill Odell ? demanda Theo. As-tu déjà entendu Greg, Duran ou les Neely mentionner ce nom ?

— Non. Est-il suspect ?

Oh ! oui. Pas seulement pour les meurtres et l'enlèvement, mais aussi pour les deux dernières fusillades. Si Quill avait kidnappé Faith, qu'elle soit toujours en vie et susceptible de l'identifier devait le terrifier.

Le téléphone de Theo sonna et, s'il voulait continuer cet interrogatoire, il sut qu'il devait prendre cet appel.

— Tout d'abord, il n'y a eu aucun blessé, annonça Ava. Mais Nelline a vu un homme armé d'un fusil s'enfuir dans la ruelle derrière le magasin de bricolage. Elle s'est identifiée, lui a ordonné de s'arrêter et, quand il s'est retourné et l'a mise en joue, elle a tiré.

Bon sang.

— Que s'est-il passé ? demanda Theo.

— Nelline va bien. Il l'a ratée. Elle pense l'avoir touché, mais il a quand même réussi à s'échapper. Dois-je contacter les rangers pour leur demander de l'aide ?

Il leur faudrait trop de temps, peut-être une heure ou plus, pour envoyer quelqu'un.

— Non, je vais appeler le Silver Creek Ranch.

Il y avait suffisamment d'adjoints, de policiers à la retraite et d'ouvriers agricoles au ranch, tous capables de donner un coup de main. Et Grayson pouvait mettre une équipe en place en moins de temps qu'il faudrait aux rangers pour intervenir.

— Greg et Duran sont-ils toujours au bureau du shérif ? demanda Theo à l'adjointe.

— Oui, oui. Ils sont dans la salle d'interrogatoire et, quand j'ai reçu des informations sur une fusillade, je leur ai ordonné de ne pas bouger. Jusqu'à présent, ils obéissent. Rowena aussi.

— Bien. Assure-toi que tout le monde reste à l'intérieur, dit Theo. Et tiens-moi au courant, ajouta-t-il.

Il mit fin à l'appel avec l'adjointe pour pouvoir joindre Grayson. Comme prévu, ce dernier lui assura que lui et d'autres seraient sur les lieux sous peu pour se mettre à la recherche du tireur.

— Nelline va bien ? demanda Kim à Theo quand il rangea son smartphone.

— Elle va bien. D'après Ava, il n'y a pas eu de blessés. Et Nelline pense avoir touché le type alors qu'il s'enfuyait.

Kim hocha la tête, satisfaite.

Theo espérait surtout que le tireur serait vivant quand ils le rattraperaient. Un mort ne lui donnerait pas les réponses dont il avait besoin.

— Tu crois vraiment que Greg ou Duran auraient pu engager ce tueur ? s'enquit Faith.

Il se contenta d'un hochement de tête. Sauf si Quill avait tiré ces coups de feu, le scénario le plus probable était que Greg, Duran ou les deux aient payé un tueur à gages pour faire leur sale boulot.

Les sanglots de Faith redoublèrent.

— Greg aurait cherché à me tuer s'il pensait que j'allais te dire la vérité sur les raisons pour lesquelles je suis venue ici.

Peut-être mais, si Greg était responsable de ces attaques, alors il y avait bien plus en jeu. Greg pouvait vouloir la mort de Faith pour ne pas être accusé des meurtres.

— Je vais quitter Silver Creek, reprit Faith d'une voix tremblante. Tu ne me voudras plus près de toi maintenant que tu connais la vérité.

Theo n'était pas particulièrement heureux d'avoir une sœur qui non seulement l'avait pris pour un tueur, mais qui était revenue pour lui faire payer un crime qu'il n'avait pas commis. Pourtant, il n'allait pas la laisser partir alors que quelqu'un voulait sa mort.

— Tu peux toujours rester chez moi, dit-il.

Elle secoua la tête.

— Non. Je ne peux pas. Je te dégoûte, je le vois bien.

Theo éprouvait plus de la déception que du dégoût. Et il allait devoir s'en remettre. Oui, Faith avait eu tort de croire

Greg et de lui faire confiance. Mais il était possible que ce type l'ait manipulée. Comme Kim l'avait suggéré, Greg l'avait peut-être droguée.

— Y a-t-il un hôtel dans le coin ? lui demanda Faith. Ou peut-être serai-je autorisée à passer la nuit au bureau du shérif ? S'il te plaît, ne m'oblige pas à rester ici à l'hôpital. Pas après ce qui vient de se passer.

Theo gémit puis soupira.

— Je vous emmènerai Kim et toi chez moi comme prévu.

Faith regarda Kim, sans doute pour voir si elle ressentait du dégoût ou de la déception à son égard.

Mais Kim lui sourit d'un air rassurant.

— Tu seras en sécurité chez Theo, dit-elle.

Theo l'espérait. Il avait besoin que Kim et Faith soient à l'abri du danger pour se lancer à fond dans cette enquête et trouver la ou les personnes responsables.

Son téléphone sonna à nouveau, et il répondit immédiatement quand le nom d'Ava s'afficha sur l'écran.

— S'il te plaît, dis-moi que tu as de bonnes nouvelles.

Ava émit un son qui aurait pu signifier n'importe quoi.

— Nous avons plusieurs témoins qui ont vu Quill dans le coin au moment de la fusillade.

— Et je suppose qu'il ne répond pas à son téléphone.

— Non, confirma Ava. Mais dès qu'un adjoint sera disponible, je l'enverrai chez lui. Nous aurons la possibilité de l'arrêter parce que les résultats du laboratoire viennent d'arriver et que la machine à écrire correspond à celle utilisée pour taper les lettres que Kim a reçues.

Ils ne pourraient pas nécessairement inculper Quill pour les deux fusillades ou pour quoi que ce soit en rapport avec ce qui s'était passé il y a vingt et un ans, mais le retenir pour les lettres permettrait de le coffrer. Ce qui devrait suffire à faire révoquer sa liberté conditionnelle.

— Je te rappelle, dit Theo à Ava lorsque son téléphone sonna. Nelline cherche à me joindre.

Il tenait à entendre ce que l'adjointe avait à dire.

— Tu vas bien ? lui demanda Theo.

— Moi, oui. Malheureusement, je ne peux pas en dire autant de notre tireur, dit Nelline. Nous venons de le retrouver non loin du magasin de bricolage. Mais il est mort. Je suis désolée, Theo.

14

Comme tous trois quittaient l'hôpital, Kim se sentait à la fois épuisée et très nerveuse. Elle subissait sans doute les effets conjugués des retombées de sa poussée d'adrénaline et de celles de la fusillade.

Theo devait, lui aussi, affronter la situation et ses conséquences mais, contrairement à elle, il n'avait pas la possibilité de se mettre en mode « pilotage automatique ». Il menait une enquête à grande échelle, une enquête qui lui permettrait peut-être d'attraper enfin le meurtrier de ses parents.

Comme ils l'avaient fait depuis le début des attaques, ils se précipitèrent hors de la voiture de patrouille pour entrer chez Theo. Mais cette fois, Faith était avec eux, et Mike avait conduit à la place de Nelline. Comme les trois employés du ranch de Theo chargés du service de garde, Mike allait passer les quatre heures suivantes dans le véhicule avant d'être remplacé par un autre adjoint.

Dès que la porte de sa maison se referma, Theo enclencha le système d'alarme tout en poursuivant sa conversation téléphonique. Au cours des sept heures qui avaient suivi la fusillade, il avait été pendu au téléphone. Mais les nouvelles étaient décevantes.

Le tireur, dont le cadavre avait été retrouvé non loin du magasin de bricolage, avait très vite été identifié. Donnie Barker avait un casier judiciaire long comme le bras et des problèmes de drogue. Une combinaison qui expliquait pourquoi il avait fini son parcours comme tueur à gages. Kim était persuadée que sa dépendance à la drogue les avait sauvés. Il était sans doute dans un état second, ce qui l'avait empêché de bien viser et de les atteindre Theo, Faith ou elle.

Bien sûr, la question était maintenant de savoir qui avait embauché Donnie, qui avait été son commanditaire. En tout cas, à en juger par les documents que Theo avait reçus pendant qu'ils étaient retranchés à l'hôpital, aucune piste financière ne reliait pour le moment le dénommé Donnie à l'un de leurs suspects. Ils avaient assez de preuves circonstancielles pour obtenir un mandat qui les autoriserait à examiner les comptes bancaires des trois – Quill, Greg et Duran –, mais ce genre d'investigations prenait du temps. De plus, étant avocat, Duran avait sans doute été assez prudent pour couvrir ses traces.

— Continue les recherches sur Duran et Greg, entendit-elle Theo dire à Ava.

Comme eux, l'adjointe devait être épuisée, mais ne s'arrêterait pas tant que son patron ne serait pas hors de danger, Kim le savait.

— Et envoie les rangers chercher Quill. Il est en liberté conditionnelle et n'a pas le droit de disparaître dans la nature comme ça.

Il y avait beaucoup de frustration dans sa voix. Que Quill n'ait pas refait surface était mauvais signe. Et le désignait comme coupable.

Mais peut-être était-il mort.

Si Greg ou Duran l'avaient utilisé, ils l'avaient peut-être éliminé ensuite. Oui, même en cours d'interrogatoire, ils auraient pu y arriver en faisant appel à un autre tueur à gages.

Comme Theo était toujours au téléphone et que Faith ressemblait beaucoup à un poisson hors de l'eau, Kim lui prit la main et l'entraîna dans la chambre d'amis. Elle-même y avait dormi la nuit précédente. Il y avait de nombreuses chambres dans cette immense maison, mais celle-ci était pratique. Et Kim voulait que Faith soit au calme et oublie qu'ils avaient de nouveau frôlé la mort.

Faith s'arrêta sur le seuil de la chambre et jeta un coup d'œil autour d'elle.

— Theo ne veut pas de moi ici, dit-elle. Parce que je lui ai menti. Je suis vraiment désolée d'avoir fait ça, Kim. Je m'en veux beaucoup de vous avoir causé tant d'ennuis et de chagrin.

Kim n'avait pas envie d'en rajouter, de la culpabiliser davantage, et elle préféra l'apaiser.

— Tu as traversé beaucoup d'épreuves et, si Theo n'a sans doute pas apprécié les raisons qui t'ont poussée à revenir à Silver Creek, il ne souhaite que ton bonheur, n'en doute pas.

Comme Faith ne bougeait pas de l'embrasure de la porte et que Theo était au téléphone, Kim essaya d'obtenir d'elle des informations à propos de son retour.

— Maintenant que tu as eu le temps d'y repenser, nous as-tu dit la vérité sur ce qui s'est passé à l'hôpital de San Antonio ? demanda-t-elle.

— Oui. J'ai fait une dépression nerveuse. J'ai réfléchi à ce que tu as dit à propos de l'éventualité d'avoir été droguée. C'est très possible, oui. Quand j'étais arrivée à l'hôpital, ils m'avaient fait des analyses de sang et y avaient trouvé des traces de somnifères. Je ne me souvenais pas en avoir pris, mais je n'y avais pas prêté beaucoup d'attention. Je m'étais dit que j'étais tellement mal que j'avais sans doute oublié ce que j'avais fait.

Des somnifères. Selon le type de médicament qui lui avait été donné et le dosage, Faith avait pu être suffisamment sonnée pour oublier des événements dont elle se souvenait peut-être maintenant. Et si Greg l'avait droguée, il n'aurait pas voulu qu'elle se fasse hospitaliser dans un établissement psychiatrique. Ses souvenirs d'enfance auraient alors risqué de remonter à sa mémoire.

— Tu nous as également dit la vérité sur la raison pour laquelle tu avais quitté l'hôpital ? insista Kim. Parce que tu pensais y avoir vu le tueur ?

— C'est vrai, répondit Faith. Cet épisode est encore flou dans ma mémoire, mais je me souviens que Greg était venu me voir pour me ramener à la maison. Il ne voulait pas que je reste à l'hôpital. J'avais refusé de le suivre mais, après son départ, j'avais vu une ombre dans le couloir qui approchait de ma chambre. J'ai eu la certitude que quelqu'un essayait de me tuer, alors je me suis enfuie et je suis venue à Silver Creek.

Kim y réfléchit un instant.

— Avais-tu mangé ou bu quelque chose pendant que Greg était là ?

— Greg m'avait apporté un sandwich. Tu crois qu'il l'avait drogué ?

— C'est possible. Ce flou dont tu parles n'est pas normal.

Mais elle n'avait aucun moyen de le prouver.

— Comment es-tu arrivée à Silver Creek ?

Le visage de Faith s'éclaira comme celui d'une étudiante qui connaît la bonne réponse.

— Je m'en suis rappelée hier soir. J'ai utilisé un Uber. Je ne suis pas allée chez Theo. J'avais peur de lui puisque Greg m'avait raconté qu'il était un tueur, qu'il avait assassiné nos parents.

Une réaction logique si Greg l'avait droguée et lui avait menti.

— Pourquoi aller chez moi ? reprit Kim. Comment savais-tu où j'habitais ?

— J'ai trouvé ton adresse en effectuant des recherches sur Internet. Ce n'était pas très difficile.

Faith s'interrompit et se tapota le front. Elle essayait visiblement de se souvenir de quelque chose.

— Pendant le trajet, j'ai commencé à avoir mal à la tête,

et j'ai été prise de vertiges. Et j'étais confuse. J'ai demandé au chauffeur de me déposer près de chez toi pour me permettre de marcher, de m'aérer et de décider si je devais aller te voir ou non.

— Tu as fini dans ma grange, lui rappela Kim. Et quelqu'un t'a suivie. Greg, peut-être.

Ou Duran ou Quill.

Si l'un d'eux s'inquiétait de ce que Faith risquait de se rappeler, ils auraient pu la faire surveiller et savoir quand elle avait quitté l'hôpital de San Antonio.

— Oui, peut-être Greg, marmonna Faith.

Elle semblait totalement épuisée.

— Pourquoi ne pas t'allonger et te reposer un peu ? lui proposa Kim avec un geste vers le lit. Theo sera occupé pendant un certain temps, alors profites-en pour faire une sieste.

Kim pensait que Faith protesterait, mais elle se laissa tomber sur la couche, retira ses chaussures et tira la couverture sur elle. Très vite, elle s'assoupit.

Et Theo la trouva ainsi quand il rejoignit finalement Kim dans le couloir.

Lui aussi paraissait exténué. Voilà pourquoi elle noua les bras autour de son cou pour se blottir contre lui. Elle pensait que cette étreinte serait brève. Elle voulait seulement le réconforter. Mais il ne la lâcha pas. Et continua de la serrer contre lui.

— Tu avais l'air d'en avoir besoin, dit-elle quand elle se recula enfin pour le dévisager.

— J'ai surtout besoin de toi, répondit-il en effleurant ses lèvres des siennes.

Kim réussit à sourire. La chaleur de son baiser lui fit du bien. Certes, il ne s'agissait que d'un petit baiser, mais tous ceux de Theo avaient de l'importance pour elle.

Mais elle s'obligea à rester concentrée sur ce qu'elle avait appris.

— J'ai discuté avec Faith, dit-elle. J'ai beaucoup de choses à te dire. Mais rien qui nous aidera à identifier le tueur, ajouta-t-elle. Et toi, tu as du nouveau ?

Il secoua la tête.

— Rien d'encourageant. Duran a fait appel du mandat d'arrêt qui m'aurait permis de consulter ses comptes. Quill est introuvable, et Greg est soit retranché dans sa maison de San Antonio, soit en fuite.

Ce dernier point l'inquiéta un peu. Quand un suspect disparaissait des écrans radar, ce n'était jamais bon signe.

Theo dut voir son anxiété parce qu'il lui caressa la joue, écartant au passage une mèche de cheveux.

— Si Greg est le tueur, il a engagé, cette fois, un voyou pour faire le sale boulot. Ce qui signifie qu'il ne s'en prendra pas à nous lui-même mais embauchera un tueur à gages et le chargera de nous descendre.

Mais si Greg se sentait aux abois et ne savait plus comment faire taire Faith et l'empêcher de se souvenir de cette horrible nuit, il serait peut-être acculé à les tuer lui-même.

— J'ai un bon système d'alarme, poursuivit Theo, sans doute pour la rassurer.

Le deuxième baiser qu'il lui donna l'apaisa également. Elle s'apprêtait à l'approfondir quand le téléphone de Theo sonna.

Il recula d'un pas pour regarder l'écran.

— Quill, dit-il, comme si ce nom était une insulte.

Comme Kim vit que Faith dormait à poings fermés, elle referma la porte pour que cet échange ne la dérange pas.

Theo prit l'appel et le mit sur haut-parleur.

— Où diable êtes-vous ? demanda-t-il.

— Je n'essaye pas de te tuer, si c'est la question, répliqua Quill.

— Je vous demande où vous êtes. La question me paraît simple.

— Elle ne l'est pas parce que tu veux m'arrêter pour un crime que je n'ai pas commis. Toute la ville est maintenant persuadée que c'est moi qui ai tiré sur toi, ta sœur et ta copine, mais c'est faux.

— Prouvez-le ! s'exclama Theo. Allez directement au bureau du shérif et soumettez-vous à un autre test de détection de résidus de poudre.

Quill lança un juron.

— D'accord, mais à condition que tu me donnes ta parole d'honneur que tu ne m'arrêteras pas. Je ne veux pas être enfermé en attendant mon procès.

— Je ne vous promets rien. Vous devez répondre à beaucoup de questions et cesser de fuir mes adjoints.

— Je cesserai de leur échapper quand ils arrêteront d'essayer de m'arrêter. Bon sang, Theo, tu sais bien que ce n'est pas moi qui essaye de te tuer.

Theo n'en savait rien. Quill était un suspect aussi important que Greg et Duran.

— Écoute, je t'ai dit que Rowena essayait de me piéger, continua Quill. Elle me veut derrière les barreaux et fera tout pour que je finisse en prison.

Kim resta silencieuse, mais elle savait que Rowena n'avait pas besoin d'en rajouter pour que Quill soit enfermé pour longtemps. Il lui suffisait de se présenter au tribunal et de témoigner contre lui.

— J'ai l'impression que quelqu'un persuade Rowena de me piéger, continua Quill.

Kim pensa à Greg. Tous deux avaient été amants. Certes, cette histoire remontait à des années, mais peut-être avaient-ils gardé un lien. Un lien qui pousserait Rowena à accepter que Greg se serve d'elle. D'autant que piéger Quill lui profiterait aussi à elle en l'assurant qu'il serait emprisonné un long moment.

— Vous mettrez tout ça dans votre déclaration, dit Theo. Vos soupçons à propos de Rowena comme votre impression d'avoir été piégé. Allez au bureau du shérif maintenant, et je m'arrangerai pour qu'un adjoint vous interroge.

Quill jura à nouveau.

— Je pensais que tu me laisserais un peu de répit puisque je suis le grand-père de Jack.

— Vous n'êtes grand-père que de nom, répliqua Theo. Vous n'avez jamais demandé à voir le petit.

— Parce que je savais que tu t'y opposerais.

— C'est vrai Mais un grand-père qui se soucierait de son petit-fils aurait au moins demandé à le rencontrer. Vous ne l'avez jamais fait. Et vos liens de sang avec mon fils ne vous empêcheront pas d'aller en prison si vous êtes responsable de ce qui se passe. Faites-moi confiance.

Quill jura à nouveau et raccrocha. Theo essaya de le rappeler tout de suite, mais Quill ne répondit pas. Il avait manifestement l'intention de leur échapper le plus longtemps possible. Kim espérait cependant qu'ils parviendraient à l'arrêter.

— Je vais mettre Ava au courant de cet appel, dit Theo en envoyant un texto à l'adjointe. Elle ne pourra rien y faire, cela dit.

Non, en effet. Mais il contacta ensuite la police scientifique pour leur demander s'ils avaient la possibilité de localiser Quill grâce aux relevés téléphoniques. Il y avait peu de chances que son ex-beau-père soit resté au même endroit, mais ça valait la peine d'essayer au cas où il se serait caché quelque part.

Quand il en eut fini avec ces appels, il leva les yeux, et son regard croisa celui de Kim. Il ouvrit la bouche, mais la referma et secoua la tête.

— J'allais te suggérer de faire une sieste, comme Faith, mais je sais que tu ne dormiras pas.

Kim était épuisée, mais elle n'arriverait pas à se déconnecter. Theo non plus, même s'il devait être aussi exténué qu'elle.

Incapable de s'en empêcher, elle s'approcha de lui et noua les bras autour de son cou. Elle savait ce qu'elle faisait. Elle savait que, cette fois, ils ne se contenteraient pas d'une brève étreinte.

Et comme elle s'y attendait, Theo captura aussitôt ses lèvres pour un baiser affamé, exigeant. Un baiser rempli de désir mais aussi des mille émotions provoquées par ce qu'ils venaient de traverser. Et comme elle l'avait deviné, ce baiser passionné leur donna envie de davantage.

Theo la plaqua contre le mur, pressant son corps contre le sien pendant qu'il fouillait sa bouche comme si elle était un remède à tout. Kim n'essaya même pas de le freiner, encore moins de le repousser. Elle se contenta de surfer sur la vague et de laisser le plaisir déferler sur elle.

Bien sûr, ce baiser ne fit qu'engendrer plus de désir, davantage de feu. Quand Theo passa la main sur ses seins pour en exciter les mamelons, ils se dressèrent sous ses doigts magiques et elle poussa un gémissement. Elle n'avait pas envie de s'arrêter.

Elle voulait Theo et elle le voulait maintenant.

Theo était sur la même longueur d'onde parce qu'il l'entraîna à tâtons vers sa chambre.

Ils y entrèrent, et il referma la porte. Il la verrouilla, au cas où Faith se réveillerait de sa sieste et les surprendrait.

Parce que Kim voulait – non, elle avait besoin – de poser les mains sur lui, elle s'attaqua à sa chemise. La déboutonner se révéla difficile puisqu'il essayait de la déshabiller en même temps. Elle remporta la bataille et réussit à passer la première les mains sur son torse nu. Grand et musclé, Theo était bien bâti, et le simple fait de le caresser, de sentir ses muscles jouer sous ses doigts, la mit en transe.

Quand Theo lui retira son pull, dégrafa son soutien-gorge et baissa la tête pour lui torturer délicieusement les seins de la langue, elle sentit un long frisson la parcourir. Elle ne tenait plus sur ses jambes, et Theo la souleva et la porta jusqu'à son lit.

Il l'y déposa et se coucha sur elle. En sentant son sexe gonflé contre le sien, le désir de Kim devint impérieux.

— J'espère que tu as un préservatif, balbutia-t-elle avant de perdre totalement la tête et de s'abandonner.

Sans cesser de l'embrasser et de la caresser, il parvint à ouvrir le tiroir de la table de chevet et à y prendre un préservatif. Il le posa sur le lit à côté d'eux. Elle s'attendait à ce qu'il finisse de se déshabiller pour le mettre. Mais il avait évidemment d'autres idées en tête.

De très bonnes idées.

Il picora sa gorge et ses seins de baisers brûlants avant de promener ses lèvres sur son ventre. Il la débarrassait de ses vêtements au fur et à mesure, et dévorait de sa langue gourmande chaque centimètre de peau qu'il découvrait.

Mais il ne s'arrêta pas en si bon chemin

Après lui avoir retiré sa culotte, il continua à l'exciter de baisers. Quand il s'aventura entre ses cuisses jusqu'à sa grotte secrète pour en titiller le bouton de rose, Kim devint folle de jouissance. Des yeux, elle le suppliait de la prendre. Mais il fit durer le plaisir, la conduisit jusqu'au bord du gouffre pour la faire chavirer.

Elle n'en pouvait plus et se mit à crier.

— Déshabille-toi, maintenant, balbutia-t-elle.

Mais Theo continuait de l'embrasser, de la caresser, de faire grimper son désir avant de s'écarter chaque fois qu'elle frôlait l'orgasme.

Non sans mal, Kim réussit à déboucler sa ceinture et à glisser la main dans son jean et dans son boxer.

Pour la poser sur son sexe turgescent.

Plus tard, elle prendrait le temps de savourer son corps et de lui infliger à son tour cette douce séance de torture de baisers. Mais dans l'immédiat, elle se contenta de chercher le préservatif.

Theo l'y aida, peut-être parce qu'elle commença à l'embrasser dans le cou, une zone manifestement érogène chez lui.

Il se protégea et se rallongea sur elle. Comme il lui écartait les jambes, il planta les yeux dans les siens avant de la pénétrer.

Le sentir au creux de son ventre lui procura un tel plaisir qu'elle crut toucher le ciel d'emblée. Mais elle se retint. Elle ne voulait pas jouir trop vite. Elle était tombée amoureuse de Theo, il y a des années, rêvait d'être à lui depuis des mois. Elle le désirait depuis si longtemps qu'elle voulait savourer chaque instant de cette étreinte.

Mais quand il commença à aller et venir entre ses cuisses, elle cessa de lutter et s'abandonna entre ses bras. Comme il l'entraînait toujours plus haut, elle s'envola. Theo l'embrassa avant de lui faire toucher le ciel.

Puis il s'écroula sur elle avec un cri rauque.

15

Theo regarda Kim sortir de sa douche et s'habiller. Il voulait voir si elle montrait des signes de regret pour avoir fait l'amour avec lui.

Il n'en remarqua aucun.

Mais peut-être n'avait-elle pas encore eu le temps d'en éprouver. Alors qu'ils touchaient le ciel ensemble, son téléphone avait bipé pour lui annoncer la réception d'une série de textos d'Ava. Elle voulait l'informer que ni Quill ni Greg n'avaient été retrouvés. Ce dernier se cachait peut-être parce qu'il avait peur de Quill, mais Theo était la proie d'un mauvais pressentiment.

Ce sentiment s'aggrava quand il apprit que, contrairement à Greg et à Quill, Duran ne cessait, lui, de se montrer. Il en faisait trop. Il passait au bureau du shérif, repartait boire un café dans un bar voisin avant de revenir et de recommencer son manège. L'avocat essayait peut-être de se blanchir en étant aussi visible, mais Theo était loin de vouloir l'innocenter. Duran avait pu engager un autre tueur à gages pour se débarrasser de Kim, de Faith et de lui.

— Alors, quel est le verdict ? demanda Kim.

Il ne savait pas très bien de quel verdict elle voulait parler, alors il opta pour l'évidence.

— Faire l'amour avec toi était génial.

Cela la fit sourire… quelques instants.

— J'ai adoré, moi aussi. J'avais deviné depuis longtemps que ce serait le cas et voilà pourquoi je t'évitais.

Theo comprenait ce qu'elle voulait dire. Maintenant qu'ils avaient cédé à leur folle attirance, il n'y aurait plus de retour en arrière possible. Ce qui signifiait qu'ils auraient des complications à affronter.

L'une d'elles se présenta presque aussitôt lorsque son téléphone sonna. En voyant le nom de son correspondant, il poussa un gros soupir.

— Nadia, dit-il à Kim qui avait fini de s'habiller. Tout va bien ? demanda-t-il à son ex-femme en prenant l'appel.

— En tout cas, aucun homme armé ne s'est présenté à ma porte, mais je voulais t'apprendre que Quill m'avait appelée.

— Où est-il ?

— Il n'a pas voulu me le dire. Il a continué à répéter que Rowena l'avait piégé. Je sais aussi bien que toi qu'il ment comme il respire. Mais il insiste tellement sur ce point que je finis par me demander si ce n'est pas vrai. As-tu eu l'impression que Rowena se comportait différemment que d'habitude ?

Theo y réfléchit un moment. En temps normal, quand Quill la battait, Rowena portait plainte contre lui. Mais, irrémédiablement, elle tentait ensuite de retirer ses accusations parce qu'elle craignait les représailles. Ou peut-être ne parvenait-elle pas à vivre sans son agresseur. Mais rien n'était « normal » dans ce qui s'était passé.

— Il est possible qu'elle essaye de le piéger, oui, reconnut-il finalement. Je vais l'appeler et éclaircir la situation avec elle.

Mais quelque chose dans cet échange avec Nadia le déconcertait.

— As-tu quelque chose à me dire ? demanda-t-il.

Nadia hésita un long moment avant de soupirer.

— Écoute, je sais que Kim habite chez toi et je comprends très bien pourquoi.

Il réprima un gémissement. Il s'attendait à ce que Nadia

se lance dans ses récriminations et accusations habituelles à propos de Kim.

Mais il avait tort.

— Je comprends très bien pourquoi, répéta-t-elle. Ce que je ne comprends pas, c'est pourquoi le fait que vous finissiez par vivre ensemble me dérange autant. Parce que c'est vrai, non ? Vous allez vivre ensemble ?

Un joli souvenir de ses ébats avec Kim remonta à la mémoire de Theo.

— Oui, dit-il. Nous allons vivre ensemble.

Il croisa le regard de Kim pour voir si elle contestait ce qu'il venait de dire. Non. Mais, comme lui, elle semblait inquiète de la façon dont Nadia allait encaisser la nouvelle. Tout ce qui l'affectait atteignait Jack.

Et voilà pourquoi il voulait expliquer à son ex-femme qu'il ne s'agirait pas d'une aventure sans lendemain. Elle n'aurait pas à s'inquiéter que Jack s'habitue à voir Kim, noue des relations avec elle, pour qu'elle disparaisse ensuite du jour au lendemain de la circulation.

Mais il n'eut pas le temps de dire quoi que ce soit à ce sujet parce qu'il reçut un appel entrant d'Ava.

— Désolé, mais je dois te laisser, Nadia, dit-il. Je dois prendre cet appel, c'est Ava.

— Très bien.

Il eut le sentiment qu'elle tentait de s'excuser de la jalousie dont elle avait fait preuve depuis des années vis-à-vis de Kim. C'était un début, pensa-t-il.

Bien sûr, rien ne serait possible tant qu'ils seraient tous en danger.

— Je vais voir Faith, murmura Kim lorsqu'il mit fin à l'appel avec Nadia pour répondre à son adjointe.

Il hocha la tête et écouta ce qu'Ava avait à dire.

— Rowena est passée au poste. Elle aimerait te parler.

— Tant mieux parce que j'allais l'appeler. Passe-la-moi.

Il n'attendit pas que Rowena dise quoi que ce soit. Se fiant à son instinct, il lança :

— Je sais que vous essayez de piéger Quill et maintenant j'exige que vous me racontiez précisément tout ce que vous avez fait.

Un long silence tomba. Mais elle ne nia pas, ce qui signifiait que son instinct était bon.

— J'ai déposé moi-même le rat mort sur le pas de ma porte, reconnut-elle finalement. Et je lui ai envoyé des textos pour lui dire de me retrouver à des endroits où je savais que Kim et toi seriez... à l'hôpital, par exemple. J'espérais ainsi qu'il retournerait en prison.

Il faillit demander comment elle était au courant de leurs allées et venues, mais ses déplacements n'étaient jamais un secret. Pourtant, il n'appréciait pas que Rowena se permette de donner à Quill une sorte de feuille de route pour l'informer de leurs destinations.

— Vous avez dit à Quill où nous étions, et il a peut-être essayé de nous tuer, dit-il. C'était ce que vous cherchiez ?

— Non, bien sûr que non. Je ne lui aurais jamais rien dit si j'avais su qu'il y aurait une attaque. Le crois-tu vraiment capable de te tirer dessus ?

— Oh ! oui. Je le crois capable de tout et, vu son passé, vous aussi devez en être persuadée.

— Non, répéta Rowena. Quill utilise ses poings ou son couteau, pas des armes à feu.

— Et vous imaginiez vraiment qu'il se servirait de ses poings ou de son couteau pour s'en prendre à Kim ou à moi ? s'exclama-t-il, incapable de contenir sa fureur.

Il entendit le sanglot de Rowena.

— Je pensais qu'il perdrait son sang-froid et essayerait de te frapper. Et qu'ensuite tu l'aurais arrêté. Il ne devrait pas être dehors. Surtout s'il apprend ce qui s'est passé avec Greg il y a vingt et un ans.

Theo comprenait son inquiétude. Il n'était pas indispensable de fournir à Quill une raison de s'attaquer à l'ancien amant de sa femme. Mais cela lui donna une idée.

— Greg vous a-t-il demandé de faire certaines choses pour piéger Quill ? s'enquit-il.

— Bien sûr que non. Je ne lui ai pas parlé depuis des années, pas depuis que nous avons mis fin à notre relation.

Peut-être, mais Theo en voulait la preuve.

— Donnez-nous accès à vos relevés téléphoniques afin que nous puissions vérifier que vous avez envoyé ces textos à Quill pour lui donner ma position et celle de Kim. Cela nous prouvera également que vous n'avez pas appelé Greg.

Theo devinait le conflit intérieur dans lequel se débattait son ex-belle-mère. Si elle refusait, il demanderait – et obtiendrait – un mandat pour accéder aux relevés téléphoniques. Mais si elle acceptait de les montrer à Ava tout de suite, elle risquait d'être prise en flagrant délit de mensonge.

— D'accord, dit-elle finalement. J'ai appelé Greg tout à l'heure. Il m'avait donné son numéro quand il était ici, au bureau du shérif, pour son interrogatoire.

— Ça vous ennuie de me dire de quoi vous avez discuté tous les deux ? demanda Theo.

De nouveau, elle hésita.

— Je lui ai dit de faire attention à Quill, qu'il était dangereux.

Mais Theo était certain que leur échange ne s'était pas limité à cette mise en garde.

— Donnez à l'adjointe Lawson un résumé de cette conversation. Si rien de ce que vous avez dit ne concerne l'enquête, elle gardera le nom de Greg pour elle.

— Bien, marmonna-t-elle.

Lorsque Rowena rendit le téléphone à Ava, Theo lui demanda

de recopier tous les textos et conversations téléphoniques de Rowena avec Greg et de résumer ceux qu'elle avait envoyés à Quill au cours des dernières quarante-huit heures.

Il raccrocha et sortit dans le couloir. La porte de la chambre d'amis était ouverte, mais Kim et Faith n'y étaient pas. Des bruits de voix émanaient de la cuisine, et il s'y dirigea.

Mais en entendant les propos de sa sœur, il s'immobilisa.

— Je dois y aller, disait Faith d'une voix forte. Je dois la voir de mes propres yeux.

Il fronça les sourcils et s'avança.

— Voir quoi de tes propres yeux ? demanda-t-il en entrant dans la cuisine.

À en juger par leurs expressions, Kim et Faith étaient dans une discussion grave.

Faith s'approcha de lui comme si elle cherchait un allié.

— La maison.

Il n'avait pas besoin de demander de quelle maison elle parlait. Elle tenait à retourner dans leur ancienne demeure familiale, et Theo se tourna vers Kim pour entendre son opinion à ce sujet.

— Quand Faith s'est réveillée de sa sieste, elle a dit qu'elle se souvenait de quelque chose. Pas du visage du tueur, ajouta Kim. Mais…

— Mais de son manteau, la coupa Faith. Je me rappelle qu'il m'a portée hors de la maison.

— C'est un bon début, dit Theo, et nous devrions prendre des dispositions pour que tu échanges avec un thérapeute qui t'aiderait à te souvenir d'autres détails.

— Non. Je dois aller dans notre ancienne maison. Je dois la voir de mes propres yeux. Je serai alors capable de te dire qui a tué nos parents. J'en suis certaine.

16

Kim se doutait que les paroles de Faith interpelleraient Theo.

Je serai alors capable de te dire qui a tué nos parents.

Le sujet les hantait depuis vingt et un ans. Mais se rendre sur les lieux où s'était déroulée la tragédie ne semblait pas très prudent, dans le contexte actuel.

— Non, dit-il en regardant sa sœur droit dans les yeux. Il serait trop dangereux pour nous de retourner dans notre ancienne maison.

Faith secoua la tête avant même qu'il ait fini sa phrase.

— Demande à un adjoint de nous accompagner pour nous protéger. Et je n'aurai peut-être même pas besoin de sortir de la voiture. Le simple fait de me retrouver devant la maison sera le déclic qui permettra de débloquer mes souvenirs, tu verras.

À en juger par l'expression sceptique de Theo, il n'y croyait pas. Kim non plus.

— Pourquoi ne pas regarder plutôt des photos de cette propriété ?

Cela dit, celles qu'il avait n'étaient pas particulièrement belles. Cependant, Faith n'avait pas les mêmes souvenirs cauchemardesques que Theo et Kim. De leur côté, ils n'avaient pas réussi à bloquer beaucoup d'images de cette terrible nuit et ils le regrettaient.

Mais sans cesser de secouer la tête, Faith répliqua avec force :

— Des photos ne suffiront pas. J'ai besoin d'être là-bas, de sentir l'atmosphère, de me retrouver dans l'ambiance.

Theo poussa un long soupir empreint de lassitude.

— Retourner là-bas est un risque sans doute inutile. Après tout, rien ne garantit que d'autres souvenirs te reviennent alors.

— J'en suis sûre et certaine, rétorqua Faith. Et ne me demande pas comment je le sais. Je le sais, c'est tout. Revoir cette maison sera le déclencheur qui fera tout remonter à la surface.

Cette hypothèse semblait crédible aux yeux de Kim, mais il y avait toujours le risque qu'un tueur les attende là-bas.

— S'il te plaît, ajouta Faith, le regard suppliant. Très bien, dit-elle en comprenant qu'il ne céderait pas, demande à l'un de tes adjoints de m'accompagner et j'irai sans toi, sans vous. En tout cas, j'irai. Parce que, d'une manière ou d'une autre, je veux découvrir qui a tué nos parents et fait de nos vies un enfer.

Ils avaient en effet vécu un enfer sur terre, Kim le reconnaissait. Bien sûr, Theo et elle avaient surmonté cette épreuve mais, tant qu'ils ne sauraient pas qui avait assassiné ses parents et enlevé sa sœur, ils ne s'en remettraient jamais totalement.

— J'irai sans vous, répéta Faith.

Theo la fusilla du regard mais, à la vue de la détermination qui brillait dans ses yeux, il jura. Puis il reporta son attention sur Kim.

— J'imagine que tu refuses de nous attendre ici avec un adjoint pendant que je vais avec Faith dans notre ancienne maison ? dit-il.

— Il est hors de question que je reste en arrière. Si vous y allez, je vous accompagne. Les trois survivants de cette nuit-là, ajouta-t-elle.

Bien sûr, il y aurait sans doute un autre survivant. Le tueur. Surveillait-il la vieille demeure pour voir s'ils s'y rendraient ? Peut-être. Mais peut-être pensait-il, au contraire, que cette propriété était le dernier endroit où ils auraient envie de retourner, un jour. À cause des terribles souvenirs qui y étaient attachés.

Theo serra les mâchoires et sortit son téléphone.

— Mike, tu es toujours dans la voiture devant chez moi ?

Mike Gonzales travaillait comme adjoint pour Theo depuis des années. Comme il avait mis l'appel sur haut-parleur, Kim l'entendit répondre :

— Oui. Vous avez besoin de quelque chose, patron ?

— Ma sœur pense que ses souvenirs remonteront à sa mémoire si nous retournons dans la maison où nos parents ont été assassinés. Peux-tu nous y conduire ?

— Bien sûr.

— Nous irons tous les quatre là-bas en voiture, expliqua Theo. Je vais appeler le Silver Creek Ranch et voir qui est disponible pour nous retrouver là-bas. L'un de mes employés du ranch nous escortera, en renfort.

Il s'écarta pour passer ces appels mais, sans attendre qu'il ait terminé, Faith se dirigea vers la patère sur la porte pour prendre le manteau que Gage lui avait apporté à l'hôpital. Tout en l'enfilant, elle regarda par la fenêtre. Son visage reflétait un mélange de détermination, de nervosité et d'excitation.

— Je sais que c'est risqué, dit-elle à Kim. Et que je vous mets tous les deux en danger, mais j'ai besoin de découvrir la vérité.

Kim la prit dans ses bras avec un soupir.

— Nous sommes déjà tous en danger, lui rappela-t-elle.

Et quelque part, elle aussi avait envie de l'affronter, de se confronter enfin au tueur qui leur avait tant pris.

Mais Theo payerait peut-être de sa vie ce retour aux sources.

Tous trois seraient en danger de mort là-bas, mais ils l'étaient tout autant en restant sur place. Ils n'allaient pas demeurer éternellement cloîtrés chez Theo. Le tueur les guettait et, tôt ou tard, il finirait par les atteindre.

Kim regarda Faith dans les yeux.

— Ne prends pas de risques inutiles. N'essaye pas de sortir de la voiture, par exemple.

Elle attendit que Faith hoche la tête pour aller chercher son sac à main. Elle en sortit son pistolet et le glissa à l'arrière de son jean.

Faith ne réagit pas à la vue de l'arme comme Kim l'aurait souhaité. Par ce geste, elle avait voulu que Faith comprenne qu'ils allaient au-devant d'un danger. Mais à en juger par son expression, elle restait déterminée à rentrer à la maison.

— Ne fais rien qui me ferait regretter cette visite, marmonna Theo à sa sœur en enfilant son manteau.

Il attendit, lui aussi, que Faith opine de la tête. Et que Kim lui donne son accord. Elle espérait vraiment qu'il ne se passerait rien.

— Ce n'est pas comme quand nous étions enfants, lui rappela-t-elle. Nous savons nous défendre.

Pourtant, elle se revit brusquement courir se cacher sous le lit, son chien en peluche contre elle. Theo devina sans doute ce qu'elle éprouvait parce qu'il lui serra doucement la main avant de sortir.

Mike les attendait, le moteur tournant au ralenti. Heureusement, parce que les températures avaient encore baissé et un vent glacial soufflait sur le ranch. Il neigeait rarement dans cette partie du Texas, mais l'air était très froid et humide. Une atmosphère bien sinistre pour retourner sur la scène du crime qui avait changé leur vie.

Alors que Mike démarrait, Theo reçut un autre texto et, après y avoir répondu, il relaya l'information :

— Toujours aucun signe de Quill. Tu te souviens de lui ? ajouta-t-il en se tournant vers Faith.

Elle hocha la tête.

— Un peu. Je sais qu'il a travaillé pour nos parents pendant un certain temps. Et que tu as été marié à sa fille.

— Nous avons divorcé. J'ai un fils de deux ans qui s'appelle Jack.

Faith sourit.

— Peut-être que, quand toute cette histoire sera terminée, tu me permettras de le rencontrer ?

— Bien sûr. Est-il possible que ce soit Quill qui t'ait enlevée, cette nuit-là ? poursuivit-il.

Le sourire de Faith s'envola, et elle resta silencieuse un moment, pour peser cette hypothèse.

— Peut-être, répondit-elle enfin. Il aurait su où me trouver.

Sa voix se brisa sur le dernier mot, et Kim comprit qu'elle était la proie d'horribles pensées. Que, sans elle, ses parents n'auraient pas été tués, qu'ils étaient morts parce que quelqu'un avait voulu la kidnapper.

Kim lui serra doucement la main. Mais elle n'essaya pas de lui assurer que tout irait bien parce qu'elle n'en était pas certaine.

Rien n'irait bien tant qu'ils n'auraient pas capturé le tueur et ne l'auraient pas fait payer pour ses crimes.

L'esprit encombré par cette réflexion lugubre, Kim essaya de se ressaisir lorsque Mike s'engagea dans l'allée de l'ancienne propriété.

Elle n'était pas retournée au ranch Sheldon depuis la nuit des meurtres. En fait, elle préférait faire des détours pour ne pas avoir à passer par là. Mais maintenant, elle était contente d'y revenir parce que, comme Faith, elle espérait que cette visite déclencherait autre chose que des souvenirs cauchemardesques, qu'il en sortirait du positif.

Après tout, peut-être avait-elle vu le tueur, elle aussi, et forcé sa mémoire à l'oublier. Du coup, elle regrettait de ne pas y être retournée plus tôt. Elle leur aurait peut-être évité ainsi les deux tentatives de meurtre auxquelles ils avaient échappé de justesse.

Personne n'avait vécu dans cette maison depuis les meurtres. Theo l'entretenait, envoyait régulièrement des ouvriers pour y effectuer des réparations, mais le ranch donnait toujours l'impression d'être à l'abandon. Il n'y avait ni chevaux ni bétail dans les champs, et les portes de la grange étaient clouées avec des planches. Sans doute pour empêcher les intrus d'entrer.

— Dans les articles que je lisais sur Internet, certaines personnes surnommaient l'endroit « le ranch des meurtres », dit Faith.

Et Kim savait que certains adolescents se mettaient au défi d'y aller. Ils jouaient à se faire peur en se racontant que la vieille demeure était hantée par les fantômes des parents assassinés de Theo et de Faith.

Quand Mike franchit une petite colline, la maison apparut. Il était tard, le soleil n'allait pas tarder à se coucher, mais il y avait encore beaucoup de lumière et Kim voyait donc clairement les lieux. Autrefois, elle avait toujours été ravie de venir ici, de passer du temps avec sa meilleure amie. Mais plus maintenant.

Elle repéra l'un des camions du Silver Creek Ranch et vit son oncle Dade au volant. Sa présence la rassura. Adjoint à la retraite, il leur apporterait le soutien, si nécessaire.

Dade inclina la tête en guise de salut, mais resta dans le camion. Comme l'ouvrier du ranch qui les avait suivis là-bas.

— Tu es déjà revenu ici depuis cette nuit-là ? demanda Faith à Theo.

— Quand j'avais dix-huit ans, j'y suis retourné un peu en pèlerinage. Je voulais dire adieu à cette propriété parce que j'avais l'intention de la vendre. Grayson s'en occupait, et j'ai pensé qu'il était temps de m'en débarrasser.

Il s'arrêta, le regard rivé sur la maison blanche à deux étages et son porche en bois.

— Je n'ai pas réussi à la mettre en vente. Ni à y mettre le feu pour qu'elle soit totalement détruite par les flammes, ajouta-t-il avec un juron.

Mike s'arrêta dans l'allée incurvée et positionna la voiture de façon qu'elle soit devant la vieille demeure. Tous l'observèrent un long moment en silence.

En laissant les souvenirs les frapper comme des couteaux.

Faith se rapprocha de la vitre. Elle balaya des yeux la maison, le porche, le jardin.

— Oui, marmonna-t-elle. Je me souviens de quelque chose.

Faith avait chuchoté, mais Theo l'entendit quand même. Il se tourna vers elle et vit qu'elle regardait fixement la maison.

— De quoi te souviens-tu ? demandèrent-ils à l'unisson.

— D'une montre en argent. Avec un fond bleu derrière les chiffres.

Elle continuait à fixer la vieille demeure, comme si elle était en transe.

— Il la portait au poignet gauche. J'essayais de me débattre, de lui échapper. Mais il me serrait contre lui tout en sortant de la maison en courant. J'ai vu la montre quand il m'a poussée dans une voiture.

Theo s'accrocha à chaque détail. Il ne s'agissait pas vraiment d'informations bouleversantes, pas encore en tout cas. Mais à ce stade, tout élément nouveau était susceptible de les aider à identifier le tueur.

— As-tu vu son visage ? s'enquit Kim.

Elle secoua la tête.

— Il portait une cagoule de ski.

Elle s'interrompit, déglutit avec difficulté et ajouta :

— Il sentait le sang.

Theo ne lui demanda pas comment elle avait reconnu cette odeur. Comme lui, Faith avait été élevée dans un ranch et elle avait assisté à certaines interventions pratiquées sur le bétail.

— Du sang, répéta Kim.

Et Theo savait ce qu'elle pensait.

Si l'intrus avait commis les meurtres en premier, il avait pu agir seul. Ensuite, il aurait enlevé Faith.

Et Theo n'avait rien pu faire pour empêcher ces tragédies.

Il s'obligea à repousser cette pensée. Cette culpabilité. Elle le rongeait depuis vingt et un ans, mais la laisser le torturer ne l'aiderait pas à garder les idées claires. Pour l'instant, il avait besoin de réfléchir à tous les détails dont Faith se souvenait pour tenter ensuite de rassembler les pièces du puzzle.

— Et la voiture ? demanda-t-il. Tu te souviens de quelque chose à ce sujet ?

Faith resta un moment silencieuse.

— Elle avait quatre portes parce qu'il a ouvert l'arrière et m'a jetée sur la banquette. Puis il m'a enfoncé une aiguille dans la jambe. Ça m'a fait mal, j'ai crié. Il m'a fourré quelque chose dans la bouche. Une boule de gaze, je crois.

Entendre ce que Faith avait subi cette nuit-là rendait Theo nerveux. Arrachée de chez elle, droguée et kidnappée. Et tout aurait pu plus mal tourner encore. Elle aurait pu mourir.

— Je me suis réveillée dans un lit, continua Faith. Mais j'étais sonnée, et l'homme au masque de ski n'arrêtait pas de me faire des piqûres.

Elle s'interrompit de nouveau. Sa respiration était hachée. Parler de cette nuit-là devait être difficile, pour elle.

— Je ne sais pas combien de temps ça a duré.

Et quand le traitement avait pris fin, les Neely lui avaient menti et lui avaient raconté qu'elle avait eu un accident. Ils lui avaient fait croire qu'elle était leur fille.

— À part le sang, le masque de ski, la montre et la voiture, te souviens-tu d'autre chose à propos de cet homme ? demanda Kim. Son odeur ? Sa taille ?

Faith secoua la tête avec un gémissement de frustration.

— Laisse-moi y réfléchir.

Theo lui laissa ce temps, mais envoya un message à Ava.

— Si Rowena est toujours avec toi, demande-lui si Quill a déjà possédé une montre en argent avec un cadran bleu.

Ava ne mit pas longtemps à répondre.

— Rowena dit qu'il a beaucoup de montres, qu'il en achète une nouvelle tous les ans et que l'une d'entre elles était peut-être argentée et bleue.

Cela ne suffirait pas pour l'inculper. Il avait besoin de preuves.

— Demande un mandat de perquisition pour la maison de Quill, ordonna Theo. Passe en revue toutes ses montres et cherches-en une argentée et bleue.

Bien sûr, la probabilité que Quill l'ait gardée tout ce temps était mince. Mais dans ce cas, ils y trouveraient peut-être des traces de sang dessus.

— Je dois aller à l'intérieur, déclara soudain Faith. Je dois voir ma chambre, là d'où j'ai été enlevée.

Theo n'eut même pas besoin d'y réfléchir.

— Pas question. Tu ne sors pas de la voiture.

Comme Faith se retournait pour lui faire face, sans doute pour en discuter, le sol autour d'eux explosa en une boule de feu.

17

Kim entendit la détonation une fraction de seconde avant que la voiture ne s'envole. Et son cerveau n'enregistra ce qui se passait que lorsque le véhicule retomba violemment sur terre avec un bruit effrayant. Mais quand d'autres explosions assourdissantes éclatèrent autour d'eux, elle comprit qu'ils étaient la cible d'une attaque.

Sonnée, elle regarda avec effarement les énormes trous sur le sol. Des engins explosifs avaient détruit l'avant de leur voiture de patrouille. Elle voyait de la vapeur s'échapper du radiateur brisé. En revanche, le camion de Dade semblait indemne. L'avant de celui qui les suivait était également en miettes, et son pare-brise avait explosé. Mais l'ouvrier agricole de Theo bougeait derrière son volant, et elle espéra qu'il allait bien.

— Quelqu'un a posé des bombes ?! lâcha Faith, incrédule.

Comme elle s'efforçait de détacher sa ceinture de sécurité, sans doute pour s'enfuir en courant, Kim la retint. Bien lui en prit parce qu'une autre explosion secoua la voiture. S'ils n'avaient pas tous été attachés, ils auraient été gravement blessés.

Ou pire.

Theo et Mike jurèrent lorsqu'une odeur inquiétante vint chatouiller leurs narines.

De l'essence.

— Il faut tout de suite sortir ! ordonna Theo. Le moteur va prendre feu.

Ils risquaient de brûler vifs dans l'habitacle et cette fois, lorsque Faith enleva sa ceinture, Kim ne l'en empêcha pas. Elle défit la sienne et prit son arme, se préparant à une attaque. Comme les engins explosifs ne les avaient pas tués, le tueur les attendait peut-être à l'extérieur.

Theo ouvrit sa portière et se tourna vers son ouvrier agricole – Carver Daniels, qui travaillait pour lui depuis des années –, toujours au volant du véhicule derrière eux.

— Ça va, Carver ?

— Je ne suis pas blessé, dit-il. Mais ne restons pas ici.

— Dade ! cria Theo. Nous rejoignons tous ton camion.

Ce dernier avait en effet moins souffert que les autres de l'explosion et, étant à l'avant du convoi, il leur permettrait de s'éloigner plus vite de l'endroit.

— Faith et Kim vont monter dans la cabine avec toi. Nous autres allons nous installer dans la benne. Il n'y a pas une minute à perdre. Dès que nous y serons, nous filons.

Kim s'inquiétait. Certes, il n'y avait pas assez de place pour cinq personnes dans la cabine. Mais dans la benne, les trois hommes seraient des cibles faciles pour un sniper. Malheureusement, elle n'avait pas le temps d'en discuter. Elle ne pouvait qu'espérer qu'ils s'en sortiraient tous vivants.

Mais comme ils s'élançaient vers le véhicule, une autre détonation retentit et l'avant du camion de Dade explosa à son tour. Dade dut sauter en vitesse de son véhicule en flammes.

— Mettez-vous tous à l'abri ! hurla Theo.

Dade saisit le bras de Faith pour l'entraîner vers un épais bosquet de pacaniers. Pliés en deux, les autres les suivirent.

— Nous pourrions nous réfugier dans la maison, suggéra Faith d'une voix tremblante.

— Elle est sans doute bourrée d'explosifs, répliqua Theo.

L'hypothèse n'était pas absurde, loin de là. Le tueur espérait peut-être qu'ils fonceraient tous à l'intérieur de l'ancienne demeure familiale, ce qui lui permettrait de finir ce qu'il avait commencé vingt et un ans plus tôt.

Terrassée par une myriade de flash-back, Kim, le souffle court et la gorge serrée, sentait poindre une crise de panique. Theo s'en aperçut et se précipita vers elle. Il l'enlaça et la tira vers lui.

Mais elle le repoussa. Elle voulait qu'il se concentre sur les alentours, sur le danger extérieur. Et pas sur elle.

— Je vais bien, dit-elle.

Elle mentait. Elle n'allait pas bien du tout, mais elle n'avait pas l'intention de laisser sa peur les exposer davantage.

— Le tueur va tout faire pour nous empêcher d'entrer dans la maison, murmura Kim. Il craint qu'y retourner ravive nos souvenirs et nous aide à l'identifier.

Alors que Theo hochait la tête, une autre détonation se fit entendre. Pas dans la maison mais près des véhicules. Cette nouvelle explosion secoua le sol sous leurs pieds et acheva de détruire la voiture de patrouille.

De toute évidence, quelqu'un avait placé des bombes dans l'allée, en pensant qu'ils y reviendraient un jour. Ou plutôt que Faith y reviendrait. Quelqu'un les surveillait, les attendait.

Kim en eut la confirmation une fraction de seconde plus tard lorsque le premier coup de feu retentit. La balle s'écrasa sur le pacanier près de Faith. Beaucoup trop près.

La situation était grave. Alors que des bombes avaient fait exploser leurs véhicules, un homme armé les prenait pour cible.

D'un geste, Theo les encouragea à s'enfoncer plus profondément dans le bosquet d'arbres. Heureusement, celui-ci était dense et composé de nombreux pacaniers, grands et matures. Et l'épais sous-bois leur donnerait de bons endroits où se cacher.

Il voulait localiser le tireur et essayer de le neutraliser. Mais d'abord, il devait mettre Kim et Faith en sécurité.

Dès qu'ils atteignirent de gros buissons, il fit signe à Faith et à Kim de s'allonger par terre.

— Attendez ici, ajouta-t-il.

Mais Kim lui saisit la main.

— N'y va pas, supplia-t-elle.

Il y avait encore assez de lumière pour qu'il puisse voir la peur dans ses yeux. Elle ne s'inquiétait pas pour elle, il le savait, mais pour lui.

Il aurait voulu la rassurer, lui promettre que tout irait bien, mais il n'avait aucun moyen de le garantir. Il le regretta. Il avait vraiment envie de lui dire à quel point elle comptait pour lui. À quel point il l'aimait et tenait à partager sa vie avec elle.

— Ne va pas te faire tuer, dit Kim.

Cela le fit sourire. Et avant qu'une autre série de coups de feu retentissent, il prit un instant pour l'embrasser sur la bouche.

— Promis, murmura-t-il. Faith, ajouta-t-il, reste allongée et ne bouge pas.

Visiblement, sa sœur en avait assez d'être la cible de quelqu'un qui avait déjà ruiné sa vie en la kidnappant, il y a vingt et un ans, alors qu'elle n'était qu'une enfant. Elle semblait prête à faire quelque chose de stupide, comme s'exposer pour attirer ce salopard. Et voilà pourquoi Theo répéta son avertissement.

Quand elle hocha enfin la tête, il se tourna vers Carver.

— Assure-toi que le tueur ne les atteigne pas, lui dit-il.

Il savait qu'il pouvait lui faire confiance, que son ouvrier agricole donnerait sa vie pour les défendre, s'il le fallait. Mais les laisser là et s'éloigner ne fut pas facile.

Il retourna vers Dade, positionné derrière l'un des arbres. Dade étant adjoint à la retraite, il avait beaucoup d'expérience dans le domaine des situations dangereuses. Et Theo avait besoin de lui pour s'assurer qu'aucun tireur ne chercherait à viser Faith et Kim.

— Les coups de feu viennent de là-bas, fit remarquer Dade en désignant l'ancienne grange d'un mouvement du menton.

Theo scruta le bâtiment en bois, mais ne vit personne. Il en avait condamné les portes depuis longtemps, mais il était possible que le type soit sur le toit ou dans le grenier à foin.

— Je vais m'arranger pour qu'il se montre, marmonna Theo. Ou, en tout cas, qu'il nous indique où il est.

Il envoya deux balles dans le mur de la grange.

L'homme réagit aussitôt. Il resta caché, mais fit feu dans la direction de Theo.

Comme Dade, Theo, qui s'attendait à ces représailles, s'était déjà mis à l'abri, mais l'angle des tirs lui communiqua des informations capitales.

— Il est sur le toit, cria-t-il à Dade.

En quittant pour toujours cette propriété, Theo n'avait pas laissé d'échelle afin de ne pas encourager des intrus à l'utiliser pour accéder aux étages de la vieille demeure. Les fenêtres n'étaient pas obstruées. Mais l'individu en avait peut-être apporté une avec lui. Dans ce cas, il aurait eu besoin d'un véhicule. Il s'était sans doute garé derrière la maison ou sur l'un des sentiers du ranch.

— J'ai beaucoup de munitions avec moi, lui dit Dade. Tu veux que nous commencions à mitrailler le toit ?

Le risque était que le tueur riposte et parvienne à toucher l'un d'eux. Ou, pire, à tuer Faith ou Kim. Aucun d'eux n'était hors de portée des tirs.

Et voilà pourquoi Theo était déterminé à capturer ce serpent et à l'arrêter.

Il ne fallait pas que ce type continue de les canarder jusqu'à l'épuisement de ses munitions parce qu'il s'enfuirait alors.

Theo voulait en finir ici et maintenant.

Voilà vingt et un ans qu'ils attendaient que justice soit faite. Beaucoup trop longtemps. Et surtout, ni Kim ni Faith ne seraient en sécurité tant que ce tueur serait en liberté.

— Je vais contourner la maison, dit-il à Dade, et le prendre par-derrière.

Ses chances de succès étaient élevées. S'il ne vivait plus sur cette propriété, il la connaissait comme sa poche.

— Je vais traverser les pacaniers jusqu'à cette haie de lauriers, expliqua-t-il alors que d'autres coups de feu retentissaient.

Le type les visait.

Les lauriers lui fourniraient une moins bonne protection que les arbres, mais en principe ils lui donneraient assez de couverture pour ne pas être repéré. Il les longerait jusqu'à l'arrière de la vieille demeure et se dissimulerait derrière des buissons pour atteindre la grange.

— Occupe-le en lui tirant dessus, demanda Theo à Dade. Pour qu'il ne s'intéresse pas trop à mes faits et gestes. Je t'enverrai un texto quand je serai près de la grange pour que tu ne risques pas de me toucher par erreur.

— D'accord, répondit Dade. Vas-y, mais préviens d'abord Carver que tu te déplaces. Qu'il ne te prenne pas pour le tireur.

— Bien vu.

Au moment où Theo commença à bouger, Dade tira sur le toit de la grange. Il s'agissait d'une diversion, mais il s'efforçait quand même d'atteindre le type.

Theo espérait que Dade aurait de la chance et parviendrait à l'abattre.

Tout en se déplaçant rapidement entre les pacaniers, il essayait de ne pas songer à Kim et à sa sœur. Il n'y parvint pas. Il était inquiet. Il craignait de ne pas réussir à les protéger comme la nuit où ses parents avaient été tués. La perspective de perdre Faith, la sœur qu'il venait de retrouver, le rendait malade.

Perdre Kim l'anéantirait.

Il refusait d'envisager une telle hypothèse. Il n'était pas possible que le destin les sépare maintenant. Alors qu'ils avaient enfin brisé les vieilles barrières qui les tenaient à distance l'un de l'autre. Alors qu'ils avaient enfin la possibilité d'être ensemble.

Vu l'endroit où il avait laissé Kim, Faith et Carver, Theo ne pouvait pas les voir, mais il s'efforça de ne pas penser à eux. Rien ne devait le détourner de son objectif. S'il ne l'atteignait pas, l'assassin finirait par les abattre tous.

Le type sur le toit n'était peut-être qu'un tueur à gages, et son commanditaire attendait peut-être ailleurs un meilleur moment pour les traquer.

Theo venait d'arriver aux lauriers lorsqu'il entendit quelque chose qui le glaça.

Faith.

— Je me souviens de tout ! criait-elle. Je sais qui vous êtes.

Que fabriquait-elle ? Avait-elle perdu la tête ?

En se guidant au son de sa voix, le tireur ne rencontrerait aucune difficulté à identifier sa position.

— Nous tuer ne servira à rien et ne vous permettra pas de vous en tirer, continuait-elle. Parce que je viens d'envoyer un texto à tous ceux que je connais pour leur dire qui vous êtes. Je me souviens de votre montre, de vos bottes, de la voiture que vous conduisiez. Je me souviens de l'odeur du sang sur vos vêtements mais, surtout, je me souviens de votre visage. Je sais qui vous êtes.

Elle bluffait.

Theo en était persuadé.

Si elle s'était vraiment souvenue de la personne qui avait tué leurs parents et l'avait kidnappée, elle l'aurait dit, elle aurait hurlé son nom. Sa sœur essayait manifestement de les sauver en retirant au tueur son mobile.

Mais elle n'était pas crédible.

— Je sais qui vous êtes, répéta-t-elle.

Theo entendit des bruits de lutte. Carver et Kim tentaient manifestement de faire taire Faith et de la maintenir au sol pour qu'elle ne soit pas abattue. Après tout, si Theo était certain que c'était du bluff, le tueur le pensait sans doute aussi.

Avec un juron, Theo comprit alors qu'il devait changer ses plans. Il envoya rapidement des textos à Carver et à Dade pour les prévenir qu'il retournait auprès de Kim et de sa sœur.

Mais il n'eut pas le temps de s'y rendre parce qu'un cri le pétrifia.

Un cri de femme.

18

Kim ne comprenait pas comment la situation avait pu dégénérer si vite, mais force était de constater qu'ils étaient dans de sales draps. Et si elle ne faisait pas très vite quelque chose, tout irait de mal en pis.

Après avoir murmuré qu'elle savait comment les sauver, Faith s'était brusquement redressée et mise à crier. Si elle avait voulu indiquer au tueur où tirer, elle ne s'y serait pas prise autrement.

— Couche-toi et tais-toi, lui ordonna-t-elle à voix basse en essayant de la ramener au sol.

Mais Faith refusa d'obéir. Elle continua à crier et, comme Kim l'avait craint, le tueur commença à les viser. Heureusement, il y avait suffisamment d'arbres entre elles et lui pour que les balles finissent leur course dans les troncs. Mais tôt ou tard, il les mettrait dans sa ligne de mire et parviendrait à les atteindre.

Carver rampa jusqu'à elles et l'aida à faire tomber Faith. Ils venaient à peine de la plaquer à terre que Kim entendit le téléphone de Carver biper.

— C'est Theo, lui dit-il dès qu'il eut la possibilité de lire le message. Il vient vers nous.

Kim retint un juron. Si Theo bougeait, il serait forcément à découvert.

— Ne mets pas ton frère en danger en essayant de te relever, ordonna-t-elle à Faith.

Elle ne les sauverait pas en provoquant le tueur. Au contraire, elle risquait de le mener vers eux.

Kim releva la tête quand elle entendit un bruissement sur sa droite. Quelqu'un se déplaçait à travers les arbres et piétinait les broussailles dans le mouvement.

Elle crut qu'il s'agissait de Theo.

Mais elle se trompait.

Lorsqu'il traversa en courant une petite clairière pour les rejoindre, elle le reconnut. Ce n'était pas Theo.

Mais Greg.

— Les mains en l'air, lui ordonna-t-elle en s'écartant de Faith, prête à tirer sur lui si nécessaire.

Cependant, il n'était pas armé. En tout cas, il n'avait pas d'arme dans les mains. Kim le constata lorsqu'il les leva comme elle l'avait demandé. Mais il portait un grand manteau qui dissimulait peut-être tout un arsenal.

— Faith, dit Greg. Tu vas bien ?

Pourquoi l'appelait-il Faith et non Ashley ? se demanda Kim. Et l'inquiétude de Greg était-elle sincère ? Sans doute s'agissait-il d'une comédie. Peut-être jouait-il le rôle du fiancé inquiet pour avoir la possibilité de s'approcher d'elles et de les attaquer.

Cela dit, le tueur continuait de tirer, et l'une des balles fusa à un cheveu de la tête de Greg. Paniqué, il se jeta au sol et jura.

— Il faut faire sortir Faith d'ici ! cria-t-il.

Kim faillit lever les yeux au ciel.

— Quelqu'un nous canarde. Nous sommes coincés. Comment saviez-vous que nous étions ici, d'ailleurs ?

— Je vous ai suivis, reconnut-il. J'avais besoin de voir Faith, de lui dire que je voulais qu'elle revienne vers moi.

Malgré les coups de feu assourdissants qui continuaient à résonner dans les arbres, Faith poussa un cri indigné.

— C'est toi qui m'avais kidnappée ? lança-t-elle.

S'il était maintenant à plat ventre, Greg releva la tête pour la regarder en face.

— Non. Et tu le sais très bien. Je t'ai entendue. Tu viens de dire que tu te souvenais de ton ravisseur, que tu l'avais identifié. Tu sais donc que ce n'est pas moi. Et tu vois bien que ce n'est pas moi non plus qui te tire dessus puisque je suis devant toi.

— Alors qui est-ce ? lança Kim avant que Faith ne puisse répondre quoi que ce soit.

Toujours l'air confus – ou faisant semblant de l'être –, Greg secoua la tête.

— Je n'en sais rien.

Kim était sur le point d'exiger davantage de lui quand un bruit de pas l'interrompit.

— Gardez votre arme sur Greg, ordonna-t-elle à Carver en tournant la sienne vers le nouvel arrivant.

Cette fois, heureusement, c'était Theo.

Quand il apparut, elle ressentit aussitôt un immense soulagement et une profonde peur. Un soulagement parce qu'il semblait indemne mais aussi de la peur parce qu'il était debout et une cible facile. D'un regard, il évalua la situation et, tout en pointant son arme vers Greg, il se précipita vers elle.

Bien sûr, il ne la prit pas dans ses bras, mais il se rapprocha suffisamment d'elle pour qu'ils soient épaule contre épaule. Le simple fait de sentir sa présence lui fit du bien.

— Que fabrique-t-il ici ? demanda Theo en désignant Greg d'un mouvement de la tête.

— Je voulais m'assurer que Faith allait bien, répondit Greg. Je sais que vous ne me croyez pas, que vous me pensez intéressé par son argent, mais c'est faux. Je l'aime vraiment.

Theo émit un bruit de gorge dubitatif.

— Couvrez-moi pendant que je m'assure qu'il n'est pas armé, demanda-t-il à Kim et à Carver.

Il rampa vers Greg. Et avec toute l'efficacité d'un policier chevronné, il parvint à le fouiller en quelques instants. Il sortit un petit pistolet de la ceinture arrière de son jean et le fourra dans la poche de son propre manteau.

Comme les coups de feu continuaient, Theo se tourna vers Greg.

— Qui nous tire dessus ? lui demanda-t-il. Un tueur que vous avez engagé ? Ou Duran, votre avocat ?

Une fois de plus, Greg fit mine d'être surpris.

— Je n'en ai aucune idée. Faith a dit qu'elle l'avait reconnu.

Celle-ci ouvrit la bouche, sans doute pour avouer son mensonge, mais Kim l'en empêcha. Il valait mieux laisser Greg croire qu'ils savaient qui était le tireur pour le pousser à leur dire quelque chose qui leur permettrait d'identifier ce dernier. Greg était peut-être derrière toute cette histoire. Voilà pourquoi elle gardait son arme pointée sur lui.

Malgré les échanges de coups de feu, Kim entendit des bruissements et elle regarda Theo.

— Oncle Dade nous rejoint ? demanda-t-elle.

Il secoua la tête.

— Il m'aurait envoyé un message pour me prévenir.

Alors, il s'agissait peut-être de l'assassin. Il avait peut-être fait appel à un tueur à gages pour les bloquer ici et lui permettre de les abattre. Dans ce cas, il ne cherchait pas à les prendre par surprise. Il piétinait les feuilles mortes et les brindilles.

Theo mit son index sur ses lèvres pour leur intimer de se taire et il se tourna dans la direction du bruit. Comme Carver gardait son arme pointée sur Greg, Kim pivota, elle aussi, pour pouvoir tirer sur celui qui s'approchait d'eux maintenant.

Mais la personne s'arrêta.

Tout comme les coups de feu.

Et pendant un long moment, il n'y eut que le silence. Ils n'entendaient que le vent d'hiver dans les arbres.

Puis l'enfer se déchaîna.

Avec un cri sauvage, une femme jaillit des broussailles.

Rowena.

Une arme à la main, elle commença à tirer tous azimuts.

Theo avait imaginé beaucoup de personnes susceptibles d'être le tireur. Mais pas un instant il n'avait songé à mettre Rowena sur sa liste. Il la connaissait depuis toujours et ne l'avait jamais vue montrer le moindre signe d'agressivité. Bien au contraire. Elle semblait très soumise et s'était pliée aux quatre volontés de Quill pendant des décennies.

Mais plus maintenant.

Theo se jeta sur Kim et Faith pour les protéger de son propre corps. Cependant, Rowena ne les visait pas. Non. Elle semblait pointer Greg. Cela dit, ses tirs partaient dans tous les sens et n'atteignaient que les arbres.

— Arrêtez ! lui cria Theo.

Il l'entendait sangloter maintenant. Peut-être n'avait-elle pas réussi à ajuster ses tirs parce qu'elle pleurait. Il était également possible qu'elle ne sache pas se servir d'une arme à feu.

— Rowena ! hurla Greg qui, les mains sur la tête, essayait de se protéger d'elle. Pourquoi fais-tu ça ?

Theo se posait la même question, mais il voulait surtout l'empêcher de continuer à tirer. Comme elle ne semblait pas l'écouter ni disposée à obéir, il se lança sur elle et la plaqua au sol. Il devait à tout prix la désarmer.

Rowena ne lui facilita pas la tâche. Elle se débattit pour l'écarter tout en essayant de viser Greg.

— Il doit payer pour ce qu'il a fait, grogna-t-elle. Greg doit payer.

— S'il a fait quelque chose de mal, il le payera, lui assura Theo.

Il parvint enfin à faire tomber l'arme de ses mains, et Carver la ramassa avant qu'elle ne s'en saisisse à nouveau.

Rowena émit un cri de protestation mais, à bout de résistance, elle finit par abandonner la lutte. Son corps s'affaissa contre Theo, et elle se mit à sangloter plus fort encore.

— Elle a perdu la tête, balbutia Greg d'une voix blanche.

Theo ne le regardait pas. Il restait focalisé sur Rowena.

Il murmura son nom avec calme. Il espérait parvenir à la faire cesser de pleurer assez longtemps pour qu'elle lui explique la raison de sa colère.

Mais d'abord, il devait alerter Carver d'un éventuel problème.

— Le tireur a arrêté de tirer, dit-il. Cela signifie qu'il est peut-être en mouvement. Tout le monde reste sur ses gardes.

Kim envoya un message à Dade pour le tenir au courant des événements.

Theo roula Rowena sur le dos pour lui faire face.

— Maintenant, dites-moi ce que Greg vous a fait.

Elle secoua la tête d'un côté à l'autre, serra les lèvres pour s'interdire de parler. Mais après un moment, elle lâcha :

— Il m'a utilisée pour avoir Faith. C'est lui qui l'avait enlevée.

— C'est faux ! cria Greg.

— C'est vrai, répliqua-t-elle. Ces derniers jours, je me suis remémoré les échanges que nous avions eus à l'époque. Il m'interrogeait beaucoup sur la petite Faith.

Voilà qui était intéressant, surtout si l'on considérait que Greg n'était pas censé savoir qu'Ashley et Faith étaient la même personne.

Faith dut le comprendre aussi parce qu'elle devint livide. Cette révélation était certainement un choc pour elle, d'autant qu'elle avait eu l'intention de l'épouser.

— Que vous avait précisément demandé Greg à propos de Faith ? lança Theo à Rowena.

— Je voulais seulement savoir qui elle était, grommela-t-il avant que Rowena ne puisse répondre. Je l'avais croisée en ville, et elle ressemblait à la fille que les Neely avaient perdue comme une sœur jumelle. J'ai pensé qu'elle était peut-être une parente, une cousine.

Theo le fusilla d'un regard noir.

— Et vous avez interrogé Rowena à son sujet parce que vous prévoyiez de la kidnapper pour l'offrir à vos amis.

— Non ! protesta Greg.

— C'est exactement ce qui s'est passé, le coupa Rowena. Il tenait à tout savoir sur elle, y compris où elle habitait.

Theo sentit son sang se glacer.

— Avez-vous tué mes parents et enlevé Faith ? demanda-t-il à Greg. Et vous n'avez pas intérêt à me mentir.

— Non.

La réponse de Greg fut immédiate et catégorique. Theo n'était toujours pas convaincu de sa sincérité et aurait aimé avoir Greg dans une salle d'interrogatoire pour pouvoir le cuisiner plus sérieusement. Ce n'était ni le moment ni l'endroit pour mener un interrogatoire approfondi.

— Je vous ai dit que je n'avais rien à voir avec cette histoire.

Greg s'interrompit et laissa échapper un sanglot qui ressemblait à celui de Rowena.

— Mais je pense savoir qui est le coupable, ajouta-t-il.

Lentement et tout en essayant de maîtriser la colère qui le submergeait, Theo se tourna vers Greg.

— Alors, dites-moi qui. Tout de suite.

Les dents serrées, Theo se sentait la proie d'une folle fureur. Si ce salaud connaissait depuis le début l'auteur de ces horribles crimes et n'avait rien dit, il allait payer cher son silence.

Mais Faith n'attendit pas que Greg réponde. Elle dut croire qu'il était bien l'homme qui l'avait enlevée cette nuit-là parce qu'elle se jeta sur lui.

— Comment as-tu pu me faire ça ? hurla-t-elle.

Telle une furie, elle lui envoya des coups de poing, des coups de pied, des gifles.

Theo doutait qu'elle parvienne à le tuer à mains nues, mais il ne voulait pas que Greg lui reproche un jour de ne pas l'avoir protégé.

La neutraliser ne fut pas une mince affaire. Faith se battait comme une folle, mais Theo parvint finalement à l'attraper par la manche de son manteau et par l'écarter. Greg gémissait comme un animal blessé mais, à part quelques marques rouges sur le visage, il ne semblait pas gravement blessé.

— Il doit mourir, cria Faith en essayant de se libérer de l'emprise de Theo. Il a tué nos parents et mérite de mourir.

— Si Greg les a tués, il sera puni, lui assura Theo.

— Si ? hurla Faith. Il n'y a pas de « si » ! Il les a tués ! Tu as entendu ce que Rowena a dit.

— Et Rowena se trompe peut-être ou ment, répliqua Theo à voix basse au cas où Faith envisagerait de s'en prendre à Rowena.

— Je n'ai pas menti, protesta son ex-belle-mère à travers ses sanglots. Et je ne pense pas me tromper.

Je ne pense pas me tromper. Voilà. L'ombre d'un doute vaudrait à Greg un non-lieu si cette histoire allait jusqu'au procès. Ils en étaient loin, cela dit. Dans l'immédiat, ils devaient s'éloigner de là.

Theo jeta un coup d'œil autour d'eux pour évaluer le meilleur itinéraire à emprunter, mais un bruit l'arrêta. Il perçut un halètement étouffé, suivi de bruits de mouvements frénétiques. Il se retourna.

Et son cœur cessa de battre.

Parce qu'il vit un homme, le visage dissimulé sous une cagoule de ski, entraîner Kim.

Kim entendit des bruits de pas derrière elle.

Un millième de seconde trop tard.

Avant d'avoir eu le temps de se retourner pour voir de quoi il s'agissait, elle sentit quelqu'un lui arracher son arme des mains et la saisir par les cheveux. Si fort qu'elle poussa un cri de douleur. L'homme la mit debout, la plaqua contre lui, le dos contre son torse, et la poussa en avant.

Il avançait vite.

Si vite que Kim eut à peine le temps d'apercevoir Theo au moment où il prit conscience de ce qui se passait. Quelqu'un essayait de la kidnapper. Et ce quelqu'un était le tueur, elle n'en avait aucun doute. Aucun.

La peur la saisit, mais elle s'efforça de ne pas la laisser la submerger. Elle devait se battre. Réfléchir. Et surtout, trouver le moyen de rester en vie.

À cet instant précis, son ravisseur ne souhaitait manifestement pas sa mort. Il lui aurait été très facile de la tuer lorsqu'il s'était approché d'elle en catimini.

Dans l'immédiat, il avait surtout besoin d'elle. Il comptait se servir d'elle comme bouclier humain pour réussir à s'échapper ou comme otage pour l'utiliser par la suite comme outil de négociation. Ou peut-être cherchait-il à attirer Theo et Faith afin de les tuer tous les trois.

Mais de qui s'agissait-il ?

Qui était ce type qui la tenait par une prise d'étranglement et l'entraînait à travers les arbres et les broussailles ?

Il ne s'agissait pas de Greg. Kim avait gardé un œil sur l'ex-fiancé de Faith depuis qu'il était arrivé. Elle avait également surveillé de près Rowena. Cette dernière n'avait pas bougé depuis que Faith s'était attaquée à Greg.

Alors qui ? Quill ? Duran ? Elle n'imaginait personne d'autre.

Mais peut-être faisait-elle fausse route.

L'individu qui la plaquait contre lui était peut-être un autre tueur à gages, un truand, qui la menait à présent vers son commanditaire, le véritable assassin.

Kim fut terrifiée lorsqu'elle entendit Theo l'appeler. Le bruit de pas précipités derrière eux l'inquiéta davantage encore. Il les poursuivait, elle en était certaine. Et qu'il soit si proche faisait de lui une cible facile.

Il ne fallut pas longtemps pour que ce qu'elle craignait se produise. Son ravisseur s'arrêta alors qu'ils atteignaient le dernier pacanier du bosquet et, tout en la serrant devant lui, il se positionna derrière l'arbre pour se mettre à l'abri.

Il tira alors sur Theo.

— Couche-toi ! hurla-t-elle.

Mais son avertissement arriva trop tard.

Elle avait presque trop peur pour regarder mais, quand elle risqua enfin un œil, elle s'aperçut que Theo avait plongé au sol, hors de la ligne de tir.

— Plus d'une douzaine d'adjoints actifs ou à la retraite se dirigent vers nous, cria-t-il. Et il est exclu que je vous laisse vous enfuir avec Kim.

Il y avait tellement de colère et de détermination dans sa voix qu'elle reprit espoir. Elle voulait y croire, se convaincre qu'ils s'en sortiraient tous vivants mais, en réalité, rien ne le garantissait, elle le savait.

Peut-être tous deux n'auraient-ils pas une seconde chance, et l'idée de mourir sans avoir pu dire à Theo ce qu'elle ressentait pour lui lui brisait le cœur.

Elle était amoureuse de lui.

Non, elle l'aimait.

Elle aurait dû le lui avouer après avoir fait l'amour avec lui. Elle avait pris conscience à ce moment-là de ses sentiments pour lui. Mais maintenant, il était peut-être trop tard, et sans doute l'ignorerait-il à jamais.

Quand son ravisseur tira un autre coup de feu, Kim pria pour qu'il ait raté Theo. Mais elle n'avait aucun moyen de le savoir car le type recommença à bouger. Cette fois, il traversa la petite clairière pour gagner la route. Un véhicule l'y attendait peut-être et, dans ce cas, il risquait de l'emmener quelque part pour l'utiliser comme appât.

Une stratégie efficace.

Parce que Theo viendrait la chercher. Elle n'en doutait pas un instant, et le tueur le savait aussi. En fait, il y comptait, elle en aurait mis sa main à couper.

Kim trébucha contre une pierre et atterrit dans le fossé qui longeait la route. L'homme ne desserra pas son emprise sur elle. Coincée, elle n'avait pas la possibilité de se dégager ni de se débattre.

Elle tenta donc un stratagème dans l'espoir de le distraire assez longtemps pour qu'il ne tire pas lorsque Theo foncerait sur eux.

— Faith s'est souvenue de qui vous étiez, dit-elle.

Elle voulait lui faire croire qu'il venait d'être démasqué. Un pari risqué. Peut-être allait-il comprendre qu'elle mentait et devenir violent. Mais sa ruse fonctionna.

Il jura et elle reconnut alors sa voix.

Quill.

Elle l'avait si souvent entendu jurer qu'elle sut, sans l'ombre d'un doute, qu'il s'agissait bien de Quill.

— Alors tous ceux qui ont entendu Faith me dénoncer vont mourir, conclut-il.

Malgré sa peur, Kim se força à réfléchir. Elle devait trouver quelque chose, n'importe quoi, pour le faire renoncer à son projet.

— Rowena était là et a entendu. Allez-vous la tuer, elle aussi ?

— Bien sûr et elle y passera en premier. Voilà longtemps qu'elle aurait dû mourir.

— Il y a vingt et un ans, lança-t-elle en élevant la voix.

Elle voulait non seulement permettre à Theo de les localiser dans le fossé mais surtout qu'il entende ce que Quill était sur le point d'avouer.

— Rowena vous a aidé à tuer les parents de Theo et à kidnapper Faith, non ? lança-t-elle.

— Non. Bon sûr que non ! s'exclama Quill. Elle est trop bête pour m'aider à quoi que ce soit et, surtout, elle n'en aurait jamais eu le cran.

— Rowena n'aurait pas pu tuer deux personnes, ajouta-t-elle.

Elle s'efforçait de garder son calme, mais au plus profond d'elle-même elle ressentait une colère folle. Ce salaud avait assassiné deux personnes merveilleuses et fait de la vie de Theo, de Faith et de la sienne un enfer.

— Non, elle n'en aurait pas été capable, reconnut Quill, comme s'il s'agissait d'un défaut.

— Mais vous, oui, continua-t-elle.

— J'y ai été obligé. Ils étaient censés dormir, mais ils m'ont surpris en train d'entrer en catimini dans la maison. Je n'avais pas le choix.

Il avait eu beaucoup d'options, au contraire, cette nuit-là, mais il avait choisi la pire.

— Duran vous avait-il payé pour kidnapper Faith, ou était-ce Greg ?

— Ni l'un ni l'autre. Les Neely étaient à la manœuvre. Greg leur avait parlé d'une fillette qu'il avait croisée à Silver Creek. Une petite fille qui ressemblait comme deux gouttes d'eau à leur enfant morte. Greg les avait mis en contact avec moi, et ils m'avaient payé cent mille dollars pour enlever la gamine.

Kim espérait que les Neely avaient été anéantis quand ils avaient appris que Quill avait tué deux personnes pour réussir à kidnapper Faith. Mais peut-être se trompait-elle. Peut-être étaient-ils si heureux d'avoir retrouvé une petite fille qu'ils ne s'étaient pas souciés du reste. Tous deux étaient morts, à présent. Sinon ils auraient eu des comptes à rendre pour le rôle qu'ils avaient joué dans ce cauchemar.

Quill avait toujours le bras ancré autour de son cou. Elle

perçut un mouvement à sa droite et se tendit, en proie à une sourde angoisse. Il s'agissait soit de Theo, qui risquait d'être abattu, soit d'un tueur que Quill avait engagé.

— Les Neely vous avaient payé cent mille dollars, répéta-t-elle. Et quand Faith s'est mise à se souvenir, vous avez engagé un tueur à gages pour l'éliminer. Mais peut-être étiez-vous le tireur de l'hôpital.

— Bien sûr, c'était moi qui tentais de l'abattre du toit de l'hôpital, répondit Quill presque distraitement.

Puis il resserra son emprise.

— Maintenant, taisez-vous pour que je puisse entendre si votre petit ami approche. Il est temps d'en finir.

Il est temps d'en finir.

En ajoutant d'autres meurtres à sa liste de crimes.

— Vous avez dû devenir terriblement nerveux quand Nadia a commencé à sortir avec Theo, continua Kim.

Elle espérait que sa voix couvrirait le bruit que faisait Theo en s'avançant vers eux.

— Oui, on peut dire ça, répondit Quill avec un rire sec. Je savais que Theo n'avait pas totalement classé l'affaire, mais qu'il soit avec Nadia m'arrangeait aussi. S'il avait progressé dans l'enquête, il lui en aurait touché un mot et elle en aurait parlé à Rowena. Et Rowena s'en serait plainte auprès de moi.

Dommage que cela ne se soit pas produit, mais l'enquête n'avait pas permis d'identifier Quill jusqu'à ces dernières attaques.

— C'est vous qui m'avez envoyé ces lettres anonymes, non ? poursuivit-elle. Pourquoi ? Pourquoi ne pas avoir fait profil bas et laissé vos crimes tomber dans l'oubli ?

— Ces lettres étaient une erreur, reconnut-il avec un juron. Mais je me disais que, si vous pensiez que Faith était vivante et que son ravisseur, ou elle, se moquait de vous, vous la chercheriez loin de Silver Creek. Vous n'auriez pas l'idée de regarder sous votre nez.

Ces missives avaient donc été une tentative de les induire en erreur, Theo et elle. Et d'une certaine manière, elles avaient eu l'effet attendu parce qu'elles avaient brouillé l'enquête.

— J'ai gardé un œil sur Faith, continua Quill. Et après la mort des Neely, j'ai entendu dire qu'elle était revenue dans la région, pour enquêter sur la disparition de la fille des Sheldon et sur leur mort. Je devais à tout prix faire quelque chose pour l'arrêter.

Et pour l'arrêter, Quill n'avait évidemment qu'une solution : les tuer tous. De nouveaux assassinats pour couvrir d'anciens meurtres et un kidnapping.

— Shérif, si tu veux garder ta copine en vie, je te conseille de faire ce que je te dis, cria Quill.

— Je vous écoute, répondit Theo.

— Ordonne à tous tes adjoints et à tous les Ryland porteurs de badge de dégager. Maintenant, tout va se passer entre toi et moi. Je vais t'échanger contre Kim. Rends-toi et je la relâche.

Non. Kim ne voulait même pas que Theo considère cette option. Mais il devait se douter que Quill avait l'intention de les tuer tous. Il n'allait pas tomber dans le piège.

— Très bien, répondit Theo. Mais d'abord, dites-moi si c'est vous qui avez posé les engins explosifs dans l'ancienne propriété familiale et s'il y en a d'autres.

— Bien sûr que c'est moi qui les ai posés, reconnut Quill. Un copain de la milice m'avait appris à confectionner des bombes, et je savais que tôt ou tard tu ramènerais ta sœur dans cette maison. Sinon, j'aurais trouvé un autre moyen de l'atteindre.

— Et qu'en est-il des tueurs à gages ? insista Theo. L'un d'eux est mort, mais y en a-t-il un autre ?

Theo était plus proche maintenant. Il était possible qu'il se soit déjà arrangé pour que Dade ou Carver contournent Quill afin de l'attaquer par-derrière. Mais peut-être n'oseraient-ils pas tirer parce qu'elle était tout près de lui.

Il lui revenait donc de faire quelque chose.

Elle ajusta sa position avec l'intention de s'écarter pour permettre à quelqu'un de faire feu sur Quill. Mais avant qu'elle ne le fasse, elle entendit quelqu'un crier :

— Quill !

Faith.

Faith fonçait vers eux. Sans doute avait-elle entendu Quill avouer avoir assassiné ses parents et l'avoir kidnappée. Et à en juger par le son de sa voix, elle était dans une rage folle. Une rage qui risquait de la tuer.

Kim envoya un violent coup de coude dans le ventre de Quill avant de s'écarter de lui. Il jura.

Malheureusement, il ne desserra pas son emprise pour autant, et elle ne parvint pas à le repousser.

— Faith, non ! hurla Theo.

Faith se jeta sur Quill. Elle les percuta, les envoya rouler tous les trois au sol. Dans sa chute, Kim saisit la main droite de Quill et s'y accrocha, enfonçant ses ongles dans son poignet.

Il hurla de douleur et la frappa de son autre main. Il l'atteignit en pleine mâchoire. Sonnée, elle recula en titubant, mais réussit à ne pas lâcher son poignet.

Theo les rejoignit d'un bond. Il fracassa la tête de Quill avec son arme avant de lui envoyer son poing dans le ventre.

Il n'avait sans doute pas voulu risquer de tirer, pas avec sa sœur et Kim si près de Quill, mais le coup en pleine tête se révéla efficace. Assommé, Quill laissa enfin tomber son arme. Mais très vite, il se ressaisit. Il s'apprêtait à frapper à son tour Theo quand un coup de feu claqua et l'arrêta.

Le bruit assourdissant explosa dans les oreilles de Kim. Pendant un moment, elle crut qu'elle avait été touchée, mais très vite elle comprit qu'elle était indemne.

Et Theo ? Avait-il été blessé ? Tué ?

Cette éventualité la terrifia, et des images plus terribles encore que celles qui la hantaient depuis vingt et un ans s'imposèrent à son esprit. Son cœur cessa de battre, sa respiration se bloqua dans sa poitrine. Elle ne pensait qu'à Theo. Elle pria pour qu'elle ait survécu. Il le fallait. Elle ne supporterait pas de le perdre maintenant.

Theo se tourna vers elle. Il y avait du sang sur son visage, mais elle ne voyait pas de blessure.

Puis elle regarda Quill.

Il était livide, mais du sang jaillissait d'une plaie béante sur sa poitrine. Il s'efforçait de juguler l'hémorragie de ses mains, mais il était trop tard.

Ses yeux mourants ne se tournèrent pas vers Theo ou Kim.

Mais vers Faith.

Elle tenait une arme que Kim reconnut parce qu'elle lui appartenait. Quill l'avait fait tomber quand il l'avait traînée hors du bosquet des pacaniers, et Faith l'avait sans doute ramassée.

Faith ne tremblait pas, ne semblait pas sous le choc. En fait, elle avait l'air calme et résolue. Sans doute était-elle soulagée d'avoir enfin obtenu justice pour ses parents et elle-même.

Quill comprit qu'il ne se relèverait pas.

— Tu m'as tué, gargouilla-t-il, le regard fixé sur Faith.

— Oui, reconnut-elle. L'heure de la vengeance a sonné.

Quill réussit à ricaner avant de s'effondrer sur le sol gelé.

Theo pressa ses doigts sur la gorge de son ex-beau-père.

— C'est fini, dit-il.

Il n'y avait cependant aucun soulagement dans ses yeux. La mort de l'homme qui avait assassiné ses parents ne lui apportait aucune satisfaction.

— Restez tous sur vos gardes, cria Theo à la cantonade. Je ne suis pas sûr que Quill soit le tireur qui nous visait depuis la grange. Il y a peut-être un tueur à gages dans le coin qui s'apprête à exécuter les ordres de Quill, à nous tuer.

19

La peur qui assombrit aussitôt les yeux de Kim et de Faith ravagea Theo. Avec la mort de Quill, toutes deux avaient sans doute cru que le danger était passé.

Mais elles se trompaient.

Theo n'était pas certain qu'un tueur à gages rôdait dans les parages mais, d'après le texto qu'il venait de recevoir, Dade le craignait et il cherchait l'individu. Tout comme Grayson, Gage, Kade, Nate et Mason, qui venaient d'arriver sur la propriété.

S'il y avait un tueur quelque part, les frères Ryland le trouveraient. Mais Theo ne voulait pas que, avant d'être neutralisé, ce fumier parvienne à tirer d'autres coups de feu et à toucher Kim ou Faith.

Elles s'étaient réfugiées dans le fossé. Être si près d'un cadavre devait être une épreuve pour elles, d'autant que le cadavre en question était celui d'un homme qui leur avait causé beaucoup de tort. De plus, Faith l'avait abattu et était sans doute sous le choc. Livide, elle gardait les yeux rivés sur son corps sans vie.

— Je me suis souvenue que c'était Quill qui m'avait enlevée, balbutia-t-elle. Trop tard, mais je m'en suis souvenue.

— Il n'était pas trop tard, lui assura Kim en la serrant contre elle.

Theo avait, lui aussi, envie de les prendre toutes les deux dans ses bras. Mais il devait rester sur ses gardes. Certes, Carver l'aidait à surveiller les alentours, maïs l'endroit était très boisé et broussailleux... autant de cachettes pour un attaquant. Le tueur risquait de réussir à se faufiler jusqu'à eux.

— Si je m'en étais souvenue plus tôt, Theo aurait pu l'arrêter, contra Faith.

Mais elle s'interrompit et les dévisagea, Kim et lui.

— Et s'il l'avait arrêté, poursuivit-elle, Quill serait toujours en vie. Maintenant qu'il est mort, il n'aura plus jamais la possibilité de nous faire du mal.

L'idée qu'un tueur doublé d'un ravisseur ait été abattu n'empêcherait pas non plus Theo de dormir. Mais par association d'idées, il songea à Rowena, à Nadia et à Jack.

Jack ne connaissait pas Quill. La mort de son grand-père biologique ne l'affecterait donc pas. Quant à Nadia, elle n'avait jamais été proche de son père. Pourtant, elle allait devoir affronter sa mort, à présent. Theo l'aiderait à surmonter cette épreuve, si elle le souhaitait.

Il offrirait également son soutien à Rowena. Cela dit, il se demandait si elle pleurerait la mort de son mari ou si sa disparition serait un soulagement pour elle. Un jour, peut-être, parviendrait-elle à reprendre le cours de sa vie.

Il lui faudrait, à lui aussi, retrouver une existence normale. Comme Kim et Faith. En tout cas, il n'avait aucune envie de revenir à la situation antérieure. Non. Désormais, il avait besoin de Kim et de sa sœur dans sa vie.

— Vas-tu m'arrêter pour avoir tué Quill ? demanda Faith.

Il secoua la tête.

— Non. Quill était armé et retenait Kim en otage. Il nous aurait tous tués s'il en avait eu la possibilité. Tu l'en as empêché. Il s'agit d'un cas de légitime défense.

Bien sûr, sa sœur devrait vivre avec le poids de cet acte sur la conscience. Tirer sur Quill était justifié dans ce cas précis, mais prendre la vie d'un homme n'était jamais anodin. Elle garderait le souvenir de son geste et ne serait plus jamais la même.

Cela dit, en l'enlevant il y a vingt et un ans, Quill avait bouleversé sa vie et fait en sorte qu'elle ne soit plus jamais la même. Il l'avait livrée à des gens qui l'avaient payé pour la voler à sa famille.

Faith poussa un long soupir, visiblement soulagée de ne pas finir la journée en prison. Elle avait l'air épuisée et, une fois la décharge d'adrénaline dissipée, elle allait sans doute s'effondrer. Il espérait la mettre en sécurité avant.

Kim aussi.

Elle semblait mieux tenir le coup que Faith. Il lui faudrait peut-être un certain temps pour mesurer à quel point elle avait frôlé la mort.

— Je vais bien, dit-elle en se rapprochant de lui.

Elle ne se blottit pas contre lui, sans doute parce qu'elle était consciente que le danger n'était pas totalement écarté. Mais elle appuya la tête contre son épaule.

— Et toi ?

— Ça va, lui assura-t-il.

Et l'avoir près de lui l'y aidait.

— Le moment n'est pas idéal pour ce genre de déclaration, Theo, j'en suis consciente, mais j'ai besoin de te dire quelque chose. Quand Quill me tenait sous la menace de son arme, une seule pensée m'obsédait. Je ne voulais pas mourir sans t'avoir dit ce que je ressentais pour toi. Je suis amoureuse de toi, Theo. Je t'aime.

Ses mots le frappèrent. Non pas comme un coup de poing dans le ventre comme lorsqu'il avait vu Quill l'entraîner loin de lui. Non. Plutôt comme un coup en plein cœur. Une douce chaleur l'envahit et apaisa certains des coins sombres de son âme.

Il ne sourit pas, ne l'embrassa pas, même s'il en avait très envie. Il voulait crier de joie, mais son téléphone bipa pour lui annoncer la réception d'un texto qui ne pouvait pas attendre. Le message émanait de Dade.

Nous avons capturé le tireur. Il était seul. Nous l'avons trouvé au fond de la grange alors qu'il essayait de s'enfuir. Grayson et Kade s'occupent de lui et le mettront en cellule dès que possible. Il est bavard et a déjà confirmé que Quill l'avait embauché.

Un intense soulagement le souleva. Comme il craignait d'être incapable de parler, il montra le message à Faith et à Kim. Kim cria de joie et se jeta à son cou. Il eut l'impression que tout dans sa vie se mettait en place.

Il aurait aimé rester là pour toujours, mais il devait envoyer une réponse à Dade pour lui communiquer leur emplacement.

— C'est fini, marmonna Faith.

Elle aussi était manifestement soulagée, et Kim ouvrit les bras pour les prendre tous deux contre elle.

Il voulait entendre Kim répéter qu'elle était amoureuse de lui. Pour qu'il n'y ait aucun doute sur la question.

Mais avant de pouvoir dire quoi que ce soit, il reçut un autre texto de Dade.

Nous sommes en route vers toi, maintenant. Mason s'occupe de Greg et de Rowena, et les conduit au bureau du shérif.

Bien. Voilà un sujet de moins à gérer, songea Theo.

Mason se chargerait d'interroger Rowena et Greg. Il s'assurerait qu'ils n'avaient pas été mêlés aux meurtres et au kidnapping. Et même si Greg n'y avait pas participé directement, il était, en tout cas, coupable de ne pas avoir signalé qu'Ashley était Faith. Or il le savait depuis le début, à en croire Quill qui avait peu de raisons de mentir.

Ava serait, elle, tout à fait capable d'interroger Duran et de vérifier qu'il n'avait pas été complice d'une adoption illégale.

Quill ayant avoué et désigné les Neely comme les personnes qui l'avaient embauché, Rowena ne serait pas accusée de ces crimes. Cependant, elle se verrait sans doute reprochée d'avoir tiré sur Greg et de l'avoir mis en danger.

Theo devrait également faire comprendre à Greg que, même s'il ne finirait pas en prison, il lui faudrait désormais se tenir à distance de Faith. Enfin, à moins que sa sœur ne change d'avis à ce sujet, mais manifestement Greg faisait désormais partie du passé pour elle.

Dade sortit des arbres. Il n'était pas seul. Le père de Kim l'accompagnait. Nate se précipita vers le fossé, sans doute pour s'assurer que sa fille était saine et sauve.

Il s'arrêta brusquement en se rendant compte que Kim était collée à Theo, la tête sur son épaule.

Il esquissa un sourire.

— Enfin ! Il était temps que vous vous trouviez, tous les deux, marmonna-t-il.

Theo sentit son ventre se détendre. Non pas qu'il ait pensé que la famille de Kim n'approuverait pas leur amour. Il n'en avait jamais vraiment douté. Pourtant, il fut soulagé d'en obtenir confirmation.

Dade aida Faith à sortir du fossé puis se laissa tomber à côté du cadavre de Quill.

— Je vais appeler le légiste, dit-il.

— Et je l'attendrai avec lui, ajouta Nate en prenant Kim dans ses bras pour une longue étreinte. Tu vas bien ? murmura-t-il à sa fille.

— Beaucoup mieux, maintenant, répondit-elle. Je m'en sors sans une égratignure.

— Si, tu en as une, répliqua-t-il en lui effleurant le menton de ses doigts. J'aurais aimé réduire Quill en bouillie, mais je crois que je n'en aurai plus l'occasion.

Theo était très en colère. Il en voulait beaucoup à son ex-beau-père de leur avoir fait tant de mal, à eux et à sa famille. Mais une partie de sa fureur se dissipa lorsque Kim s'éloigna de son père pour venir l'enlacer.

Et elle ne s'arrêta pas là. Non.

Elle l'embrassa.

D'un long et délicieux baiser, teinté de paix, de désir. Et d'amour.

— J'aime Theo, annonça-t-elle à la cantonade quand elle s'écarta enfin de lui. Cela pose un problème à quelqu'un ?

Quelques grognements d'approbation lui répondirent. Mais aucune objection.

Theo s'apprêtait à lui déclarer à son tour sa flamme quand son téléphone sonna.

Cette fois, il ne s'agissait pas d'un des Ryland ni d'un des adjoints.

Mais de Nadia.

Il n'avait pas voulu parler à son ex-femme avant d'avoir eu le temps de recouvrer ses esprits. Pourtant, peut-être était-elle déjà au courant de la situation, et il ne souhaitait pas la tenir dans l'ignorance.

— Donne-moi un instant, Kim, dit-il.

Il l'embrassa rapidement et prit l'appel.

— J'ai entendu dire qu'il y avait eu une fusillade sur l'ancienne propriété de ta famille, lâcha Nadia. Tu vas bien ?

— Très bien, merci de t'en inquiéter.

Il enlaça Kim et l'éloigna des autres pendant que Nate et Dade s'assuraient que Faith n'avait pas été blessée.

— Faith aussi, ajouta-t-il.

Il s'interrompit pour reprendre son souffle.

— Mais pas Quill… Il est mort, Nadia. C'est lui qui avait tué mes parents et kidnappé Faith, il y a vingt et un ans.

Il l'entendit pousser un cri étouffé.

— Il était aussi responsable des attaques des jours derniers ?

— Oui, et il a essayé de kidnapper Kim il y a quelques instants.

Theo lui donnerait un compte rendu plus détaillé des événements. Si elle en avait envie, bien sûr.

— Rowena va bien, elle aussi, mais elle est arrivée en plein milieu de la fusillade. Elle a été conduite au bureau du shérif, si tu veux la voir.

— Je peux désormais aller et venir en toute sécurité ? s'enquit Nadia.

— Bien sûr. Il n'y a plus aucun danger. Les Ryland ont capturé le tueur à gages que Quill avait engagé. Mais si tu préfères, je passerai t'emmener voir ta mère dans une heure ou deux.

— Oui, s'il te plaît. Et Kim va bien ? ajouta-t-elle après un moment.

— Oui, répondit-il. Elle est avec moi. J'aimerais qu'elle vienne voir Jack avec moi, ajouta-t-il. Es-tu d'accord ?

Nadia prit son temps pour répondre.

— Oui, d'accord. Jack va devoir s'habituer à vous voir tous les deux ensemble, si je comprends bien. Tu es amoureux d'elle, non ? ajouta-t-elle.

— Oui, répondit-il simplement.

Il entendit Nadia prendre une longue inspiration.

— Très bien. Je vous verrai donc tous les deux quand vous viendrez.

Theo sourit. Certes, Nadia n'avait pas sauté de joie en apprenant ses sentiments pour Kim, mais elle n'était pas non plus hostile à leur amour. C'était un bon début.

En fait, il y avait eu beaucoup de bons débuts aujourd'hui.

Et voilà pourquoi il raccrocha, se tourna vers Kim et l'embrassa.

Il mit beaucoup d'émotion dans ce baiser. Beaucoup d'espoir aussi. Parce qu'il n'avait aucun doute sur ses sentiments pour elle, aucun doute sur le fait qu'il voulait partager sa vie avec elle.

Le baiser dura beaucoup plus longtemps qu'il ne l'aurait dû, compte tenu du fait qu'il s'agissait d'une scène de crime, avec son père et ses oncles qui les dévisageaient.

Pourtant, Theo en avait besoin. À en juger par le gémissement de plaisir de Kim, elle aussi.

Il s'écarta finalement et la regarda dans les yeux, ses yeux incroyables qu'il espérait contempler chaque matin, chaque soir jusqu'à la fin de ses jours.

— Je t'aime, Kim, dit-il avec gravité.

Il ne s'agissait pas de mots en l'air mais d'une promesse.

Il vit son sourire et les larmes de joie dans ses yeux.

— Alors, nous sommes les personnes les plus chanceuses du monde parce que je t'aime aussi. Et tu vas devoir me répéter ces mots encore et encore parce que j'ai envie de les entendre un nombre incalculable de fois.

— Pas de problème, lui assura-t-il.

Il l'aimait comme un fou et pour toujours.

Vous avez aimé ce roman ?
Retrouvez en numérique les mystères de Silver Creek :
1. Une cible si fragile
2. Le châtiment du passé
3. Un protecteur dans la tourmente

JULIE ANNE LINDSEY

Traquée

Traduction française de
HÉLÈNE COLOMBEAU

BLACK ROSE

HARLEQUIN

Titre original :
ALWAYS WATCHING

1

Scarlet Wills faisait les cent pas dans le salon d'une maison inhabitée de Wentworth Drive. Depuis que l'agence immobilière dans laquelle elle travaillait avait modernisé son site Internet, les clients pouvaient prendre rendez-vous en ligne pour visiter des biens. Si cette nouvelle fonctionnalité laissait présager une hausse des visites et, par conséquent, des ventes, l'absence d'interaction directe signifiait aussi qu'on ne savait jamais vraiment qui se cachait derrière ces requêtes.

Sur le formulaire de contact, il suffisait en effet d'indiquer son nom, son numéro de téléphone ou son adresse électronique, et la référence du logement que l'on souhaitait découvrir. La plupart du temps, les agents n'avaient donc aucune idée de qui ils étaient censés rencontrer avant que la personne se présente. Parfois, elle ne se présentait jamais.

Scarlet avait bien peur que ce soit encore le cas aujourd'hui.

Elle fit rouler ses épaules et pencha la tête d'un côté et de l'autre dans l'espoir de dénouer ses muscles contractés. C'était la troisième fois qu'on lui faisait faux bond depuis la refonte du site de Coulter Realty cinq semaines plus tôt. Et, comme les deux fois précédentes, elle avait la désagréable impression que quelqu'un l'observait.

En arrivant dans la maison, Scarlet avait eu la bonne surprise de tomber sur un de ses collègues accompagné d'un couple d'acheteurs potentiels. Cela l'avait rassurée de croiser le visage familier et souriant d'Evan. Il l'avait même complimentée sur sa tenue et sa coiffure – elle portait un chemisier à manches courtes bleu marine, et ses cheveux blonds étaient relevés en chignon. Cependant, Evan avait terminé sa visite, et Scarlet allait bientôt se retrouver seule.

Il était presque 18 heures. Ce n'était pas très tard, et pourtant le ciel était déjà bien sombre en cette fin de journée d'automne. Dans la petite ville côtière de Marshal's Bluff, en Caroline du Nord, on dînait après la nuit tombée pendant plusieurs mois de l'année. Wentworth Drive était de surcroît bordée de grands arbres qui plongeaient naturellement les maisons dans l'ombre.

Le client de Scarlet aurait dû arriver avant le départ d'Evan, mais il n'y avait plus aucune chance à présent que cela se produise... Depuis le salon silencieux, elle vit son collègue prendre congé du couple et monter dans sa voiture sans un regard en arrière.

Ses bras nus se couvrirent de chair de poule. Un soupir tremblant s'échappa de ses lèvres tandis qu'elle jetait un énième coup d'œil à sa montre. Pat Cranston, l'homme qui l'avait contactée via le site Internet, avait officiellement plus de quinze minutes de retard, et elle commençait à perdre patience.

Elle reporta son attention sur la rue. D'ordinaire, octobre était son mois préféré. Les feuilles qui changeaient de couleur, les chrysanthèmes en fleur, possédaient à ses yeux une beauté sans pareille. Sa ville d'adoption lui plaisait encore plus en cette saison des fêtes de la moisson et des chasses aux citrouilles, quand toutes les habitations se paraient de coloquintes colorées.

Néanmoins, à cet instant, il lui était difficile de faire abstraction de l'air qui fraîchissait, du jour qui raccourcissait, de la nuit qui tombait de plus en plus tôt. Il y avait un peu trop d'obscurité à son goût.

Tu es surtout parano, se dit-elle. À tous les coups, son inquiétude était infondée.

Quatre ans plus tôt, Scarlet n'avait pas hésité à s'installer à Marshal's Bluff. Elle avait grandi à une heure de là, dans un comté voisin où sa mère était une agente immobilière réputée. Scarlet ne se serait pas vue lui faire concurrence. Au moins, ici, elle ne marcherait pas sur ses plates-bandes, et personne ne parlerait d'elle comme de « la fille de Trina ».

Elle contempla longuement son petit SUV garé dans l'allée, en se demandant à quel moment elle pourrait raisonnablement décider de rentrer. Le « gong » de la vieille horloge comtoise mit fin à ses tergiversations. M. Cranston n'avait pas daigné répondre aux textos qu'elle lui avait envoyés pour confirmer le rendez-vous, et les vingt minutes de délai qu'elle lui avait accordées lui semblaient déjà assez généreuses. Sans compter qu'elle avait une excellente bouteille de merlot, un bon livre et un pyjama en satin tout neuf qui l'attendaient chez elle.

Elle entreprit d'éteindre les lumières et de vérifier que les portes et les fenêtres étaient bien fermées, avant de ramasser les cartes de visite et les brochures de présentation qu'elle avait imprimées avant de venir. C'était une belle maison, quasi neuve et d'allure très moderne. Hauts plafonds, boiseries et moulures blanches, luminaires chics aux formes géométriques, plans de travail en marbre… Pas forcément son style, mais charmant malgré tout.

La propriété appartenait à une famille qui avait dû déménager une semaine plus tôt suite à la mutation d'un des parents. Encore un point commun, songea-t-elle, avec les autres maisons où les rendez-vous n'avaient pas été honorés : les visites étaient toujours réservées en ligne, pour des biens qui n'étaient plus habités et qui étaient relativement isolés du regard des voisins.

Scarlet sursauta en sentant son téléphone vibrer dans sa

poche. Elle leva les yeux au ciel, agacée par sa propre réaction. Le nom d'un de ses clients s'affichait à l'écran.

— Bonsoir, monsieur Perez, dit-elle d'une voix aimable, heureuse de cette distraction. Comment allez-vous ?

— Je ne suis pas content, lâcha l'homme à l'autre bout du fil. Vous m'aviez promis qu'en une semaine ma maison serait vendue, et ça fait un mois.

Scarlet se dirigea vers la porte d'entrée en passant à son épaule la bandoulière de son sac à main.

— Non, monsieur Perez, le corrigea-t-elle. Je vous ai dit que je pourrais vendre votre maison en une semaine *au prix que je vous ai suggéré*. Comme vous avez insisté sur un montant plus élevé, je vous ai promis que je ferais de mon mieux.

— Je ne vois pas la différence.

Scarlet en doutait. Après tout, Perez était un homme d'affaires, et elle lui avait déjà expliqué les choses plusieurs fois... Mais elle n'était pas contre prolonger encore un peu cette conversation. Cela lui faisait une compagnie, si déplaisante soit-elle.

— Votre prix est bien plus haut que celui que je vous ai recommandé, ce qui limite le nombre d'acheteurs potentiels, lui dit-elle. Ça ne veut pas dire qu'on ne trouvera personne d'intéressé ; je suis sûre que vous pourrez obtenir ce que vous demandez, mais cela prendra plus de temps.

Elle sortit dans la nuit et referma la porte derrière elle. Un frisson remonta le long de son dos lorsque le vent frais souleva le tissu léger de son chemisier.

— Si vous voulez bien patienter encore un peu, j'essayerai de trouver de nouvelles idées pour attirer des clients, ajouta-t-elle.

M. Perez laissa échapper un grognement. Il n'était pas satisfait, mais pas en colère non plus. Avec lui, ce n'était déjà pas si mal...

Soudain, Scarlet se figea en repérant un mouvement le long de la route. Elle plissa les yeux, tentant de discerner quelque chose dans l'obscurité, et priant pour que la forme vague qu'elle avait aperçue se transforme en une silhouette reconnaissable et inoffensive – un voisin en train de promener son chien, une biche égarée...

— Je n'ai pas tout mon temps, se plaignit M. Perez. Notre déménagement nous a coûté cher, et on ne va pas pouvoir rembourser deux emprunts éternellement.

Scarlet dévala les marches du perron et courut jusqu'à sa voiture, qu'elle déverrouilla au dernier moment.

— Laissez-moi encore deux semaines pour trouver un acheteur, dit-elle d'une voix essoufflée. Ensuite, on reparlera du prix.

— D'accord. Deux semaines. Mais je veux qu'elle soit vendue d'ici là. Au prix que j'ai fixé.

— Bien, monsieur Perez.

Scarlet se glissa derrière le volant et déposa son téléphone dans le porte-gobelet, savourant le cliquetis rassurant du verrouillage centralisé au moment où elle refermait la portière. Elle prit le temps de respirer calmement, puis démarra et recula dans l'allée.

Arrêtée au stop à l'intersection suivante, elle vit une paire de phares arriver derrière elle.

— C'est juste une voiture, se dit-elle en repartant.

Pourquoi quelqu'un la suivrait-il ? Cela n'avait aucun sens. Par précaution, elle accéléra tout de même pour prendre ses distances avec l'autre véhicule.

Tout en roulant, elle repensa au formulaire que son agence avait mis en ligne et aux trois rendez-vous manqués qu'elle avait eus depuis. Était-il si ridicule de se demander si ces requêtes avaient été envoyées par une seule et même personne, malgré les noms et les numéros de téléphone différents ?

Au-dessus d'elle, un millier d'étoiles brillaient dans le ciel d'encre. Dans son rétroviseur intérieur, les phares grossirent à nouveau, devenant si éblouissants que Scarlet dut détourner le regard. Elle serra le volant dans ses mains et tenta de se convaincre que le conducteur conduisait toujours ainsi, trop vite et trop près, que cela n'avait rien à voir avec elle. Par réflexe, elle accéléra encore, atteignant les cent kilomètres/heure alors que cette portion de route était limitée à soixante-dix. Elle était prête à se faire arrêter pour excès de vitesse : au moins, le chauffard lui ficherait la paix. Et si elle plaidait bien sa cause, le policier accepterait peut-être de l'escorter jusque chez elle.

Au bout du compte, elle décida de prendre la direction du centre-ville plutôt que celle de son domicile. Elle s'arrêterait dans un endroit fréquenté et appellerait un ami. Si le véhicule la suivait toujours, elle préviendrait la police. S'il partait, elle attendrait cinq minutes avant de rentrer par des chemins détournés.

Comme elle arrivait à un feu rouge, elle attrapa son téléphone et le posa sur ses genoux, au cas où le type descendrait de sa voiture pour l'attaquer. On n'était jamais trop prudent... Alors qu'elle freinait, elle vit les phares se rapprocher dangereusement. Elle se prépara au choc, certaine que cet imbécile allait l'emboutir, mais au dernier moment il prit la bretelle d'accès à l'autoroute et disparut dans la nuit.

Scarlet relâcha le souffle qu'elle avait inconsciemment retenu. Puis elle se mit à rire nerveusement.

— Ma parole, je deviens folle.

Le type était pressé, voilà tout. Et elle avait failli appeler la police...

Une bonne nuit de sommeil lui ferait le plus grand bien.

Ce soir-là, Scarlet se glissa dans son lit avec un verre de vin rouge et le roman qu'elle avait déjà commencé. Elle avait pris une longue douche chaude qui l'avait aidée à calmer ses nerfs.

— Juste un chapitre, et j'éteins, se promit-elle.

Alors qu'elle portait le verre à ses lèvres, son téléphone bipa. Numéro inconnu. Cela n'avait rien d'inhabituel : ses coordonnées apparaissaient à la fois sur ses cartes de visite et sur le site de l'agence immobilière. De plus, le nouveau formulaire de contact transmettait directement par SMS les demandes de rendez-vous aux agents concernés.

À contrecœur, elle posa son verre pour ouvrir le message. Avec un peu de chance, quelqu'un s'intéressait à la maison des Perez et était prêt à payer le prix que ces derniers réclamaient...

C'était sympa de vous revoir ce soir.

Une erreur, se dit-elle. La personne avait dû se tromper de numéro. Mais le portable vibra une deuxième fois avant qu'elle ait eu le temps de le reposer sur la table de chevet. Son pouls s'accéléra lorsqu'elle lut les quatre petits mots :

Merci pour la visite.

Pouvait-il s'agir d'une deuxième coïncidence ? D'un client qui, cette fois-ci, se serait trompé d'agent immobilier en récupérant le numéro sur le site Internet ?

Ou bien était-ce vraiment le moment de s'inquiéter ?

Le troisième message ne laissait plus de place au doute :

À bientôt, Scarlet.

2

Une tasse de café à la main, Austin Beaumont regardait les voitures passer dans la rue à travers la vitre teintée de son bureau.

Tous les magasins avaient sorti leur décor d'automne – guirlandes aux tons rouge et orange, citrouilles empilées sur des bottes de foin, épouvantails aux grands sourires niais... Même l'agence de détectives privés qu'il dirigeait avec son frère, Dean, arborait à l'entrée un fagot de maïs séché et, sur la porte, une couronne de feuilles colorées entourant le message « Bienvenue ! ». Ce n'était pas exactement l'image de sérieux et de professionnalisme qu'Austin aurait voulu donner, mais leur mère avait à cœur de mettre les gens à l'aise, et tous ceux qui la connaissaient savaient pertinemment que cela ne servait à rien de lui dire non. Par conséquent, quand elle était arrivée avec les décorations trois semaines plus tôt, Dean et lui les avaient acceptées sans broncher. Après tout, si cela pouvait rassurer leurs clients potentiels...

Un SUV compact apparut au bout de la rue, ralentit devant l'immeuble, puis continua son chemin en cahotant sur la chaussée de briques. Austin fronça les sourcils. Il avait déjà vu ce véhicule quelques instants plus tôt.

— Qu'est-ce que tu regardes ? s'enquit Dean, qui pianotait sur son ordinateur.

— Un SUV noir qui est passé déjà deux fois devant chez nous. Chaque fois, il ralentit avant de repartir.

— C'est quoi, à ton avis ? Un automobiliste perdu, ou des ennuis en perspective ?

Austin haussa les épaules, affectant une nonchalance qu'il était loin de ressentir. Avant de répondre, il avala une gorgée de son café tiède.

— Vu le nombre de criminels et d'époux adultères qu'on pince chaque année, je penche plutôt pour la seconde solution. Mais j'espère me tromper.

— Moi aussi, j'espère que tu te trompes, répliqua Dean en se remettant à taper sur son clavier.

Deux minutes plus tard, la sonnerie du téléphone interrompit le cliquetis des touches. Dean décrocha le premier.

— Beaumont Investigations, bonjour !

Austin posa sa tasse sur son bureau et ouvrit le dernier tiroir pour y prendre sa casquette noire. Ce SUV l'intriguait. Que faisait-il dans le quartier ? Il était temps de mener l'enquête. La casquette enfoncée sur ses cheveux trop longs, il sortit dans la rue en se promettant d'aller chez le coiffeur dès qu'il aurait un moment.

Dehors, un air vif faisait tournoyer les feuilles mortes et voleter un sac plastique abandonné. Austin marcha jusqu'au croisement suivant et s'adossa contre le mur de l'immeuble, là où le soleil encore bas plongeait la façade dans l'ombre. Ainsi, il put observer discrètement les voitures qui passaient, en faisant mine de regarder son téléphone.

Comme il s'y attendait, le SUV réapparut à l'angle de la rue. Par chance, le feu passa au rouge, mais le même soleil qui lui avait rendu service jusque-là l'empêchait à présent de distinguer la personne au volant en se reflétant sur le pare-brise du véhicule.

Austin grommela un juron. *Changement de plan*, songea-t-il. Bien décidé à découvrir l'identité de cet individu qui rôdait autour de son agence, il traversa la rue, s'arrêta à hauteur du SUV et tapa à la vitre. Au même instant, un nuage passa dans le ciel, et il put voir le conducteur... qui s'avéra être une conductrice. Une très jolie conductrice aux yeux verts agrandis de terreur.

Gêné de lui avoir fait peur, Austin leva les mains en geste d'apaisement et lui offrit un sourire contrit. Hélas, cela ne suffit pas à la rassurer.

— J'appelle la police ! cria-t-elle, en levant son téléphone vers lui comme pour le prendre en photo.

À la fois surpris et amusé, il recula, s'attirant un coup de klaxon de l'automobiliste qui arrivait en sens inverse. Il se tourna vers ce dernier pour s'excuser, puis reporta son attention sur la jeune femme. Entretemps, elle avait brandi un spray anti-agression, qu'elle pointait dans sa direction derrière la fenêtre fermée. Austin ne put s'empêcher de rire. Le feu passa au vert, et la conductrice redémarra.

Il attendit que la voie soit libre et retraversa en trottinant. Une fois sur le trottoir, il s'arrêta pour retirer sa casquette et se passer une main dans les cheveux. Un sourire flottait encore sur ses lèvres. *Tu parles d'un détective !* songea-t-il. S'il apprenait cette histoire, Dean ne s'en remettrait pas. Parti pour protéger leur agence de l'attaque d'un criminel vengeur, il avait effrayé une pauvre femme et failli se faire asperger de gaz poivre...

Il priait le ciel pour qu'elle n'envoie pas sa photo à la police locale. D'une, ce serait très mauvais pour les affaires, et de deux, son frère cadet, Finn, inspecteur à Marshal's Bluff, se ferait une joie de la placarder sur tous les lampadaires de la ville.

Austin se remit en marche en secouant la tête, agacé par son manque de discernement. Il avait été persuadé que la propriétaire du SUV noir s'intéressait à l'agence, mais peut-être cherchait-elle réellement sa route. Peut-être perdait-il la main. D'ordinaire, il avait le don pour flairer les problèmes à un kilomètre à la ronde.

Pour tout dire, il comprendrait que la jeune femme appelle la police. Un étranger l'avait abordée en pleine rue à un feu rouge ! Un grognement lui échappa. Il était temps de se ressaisir et de se concentrer sur le travail qui l'attendait aujourd'hui. Plusieurs enquêtes sur des faits de vandalisme. Le vol d'un étalon qui valait plus cher que son pick-up. Des allégations de compte bancaire caché dans le cadre d'un divorce compliqué… Et ce n'était que la partie émergée de l'iceberg.

Il espérait que le coup de fil auquel Dean avait répondu tout à l'heure concernait l'une de ces affaires et leur permettrait d'avancer.

Des effluves de café l'accueillirent lorsqu'il poussa la porte vitrée de Beaumont Investigations, faisant virevolter la couronne festive de sa mère. Il n'arrivait pas à chasser de son esprit le visage de la conductrice. Malgré son air terrorisé, il l'avait trouvée absolument charmante avec ses beaux yeux verts et sa bouche pulpeuse. Cependant, il ne pouvait s'empêcher de s'interroger sur sa réaction. Elle lui avait paru vulnérable, et étonnamment prompte à faire usage de son spray de défense. À Marshal's Bluff, les gens n'étaient pas aussi méfiants… Et pourquoi avait-elle fait plusieurs fois le tour du quartier ?

— Tout va bien ? s'enquit Dean, qui le regardait curieusement.

— Ça va.

Austin se laissa tomber dans son fauteuil alors que son frère se levait du sien. Dean enfila son blouson en cuir et empocha ses clés.

— Finn a appelé, annonça-t-il. Il a des infos sur mon affaire de disparition. Je le rejoins au poste pour voir de quoi il retourne.

— C'était lui, au téléphone, quand je suis parti ? demanda Austin en regardant avec regret son café totalement refroidi.

— Non, c'était une nouvelle cliente. Elle doit passer bientôt, je te laisserai t'occuper d'elle. J'ai déjà ouvert un dossier et noté les infos essentielles. Tu trouveras ça sur le lecteur partagé. Jettes-y un œil avant qu'elle arrive.

Austin se retint de lever les yeux au ciel. Dans cette famille, les frères aînés semblaient toujours penser que leurs cadets avaient besoin de conseils. Il se promit de ne pas reproduire ce schéma avec Finn et Lincoln.

— Comment s'appelle cette cliente, et quel est son problème ? s'enquit-il.

Et surtout : avait-il le temps de se préparer un autre café avant son arrivée ?

— Scarlet Wills, 27 ans, célibataire, résuma Dean. Elle pense que quelqu'un la suit. Lis le dossier.

— OK, chef.

Tandis qu'Austin se dirigeait vers la cafetière, la sonnette retentit. Dean, qui s'apprêtait à sortir, ouvrit la porte.

— Mademoiselle Wills ?

Super, songea Austin en soupirant. Il pouvait tirer un trait sur son café. Un sourire poli aux lèvres, il se tourna vers l'entrée, où son aîné était en train de serrer la main à leur nouvelle cliente.

— Je suis Dean Beaumont, et voici mon frère et associé, Austin. C'est lui qui va s'occuper de vous aujourd'hui. Il a grandi au sein d'une fratrie de cinq garçons bagarreurs, il a gravi tous les échelons chez les scouts, et il a servi dans l'armée. En plus, il fait un très bon café. Tout ça pour dire que vous êtes entre de bonnes mains.

Dean s'efforçait de briser la glace et de rassurer Mlle Wills avant de partir, mais les grands yeux verts de la jeune femme étaient déjà fixés sur Austin, qu'elle avait immédiatement reconnu.

Il poussa un soupir résigné. Il n'avait plus qu'à espérer que la belle blonde à qui il avait fait peur sans le vouloir dans la rue lui donnerait une chance de s'expliquer avant de ressortir sa bombe de gaz.

3

Scarlet aurait voulu rentrer sous terre lorsque Dean Beaumont, l'homme qu'elle avait eu au téléphone avant de venir, la laissa seule avec son frère. Celui-ci faisait une tête de six pieds de long, et c'était bien compréhensible. Elle avait réussi l'exploit de menacer avec une bombe lacrymo le détective privé qui était censé l'aider !

Dean s'était montré tellement affable qu'elle avait senti sa tension se dissiper pendant un court instant. Il fallait dire aussi qu'il était beau à se damner... Malheureusement, elle ne craquait jamais pour les types gentils – un des nombreux défauts que lui reprochait sa mère. Austin Beaumont, en revanche, correspondait parfaitement au genre de garçons auxquels elle était incapable de résister, et qui finissaient immanquablement par la faire souffrir.

Comme il la fixait sans rien dire, elle tenta de reprendre ses esprits en observant la pièce autour d'elle. Celle-ci était grande, lumineuse et décorée avec goût. Des photos encadrées s'alignaient sur les murs et sur les étagères. Deux bureaux en acajou faisaient face à la porte et à une large fenêtre qui donnait sur la rue. Chacun était entouré d'un gros fauteuil d'un côté et de deux sièges confortables de l'autre. Une agréable odeur flottait dans l'air, mélange de café et d'eau de Cologne masculine.

Finalement, Austin Beaumont jeta sa casquette sur l'un des

bureaux et passa les doigts dans ses cheveux bruns hirsutes. Quelques mèches retombèrent sur son front alors qu'il s'avançait vers elle, la main tendue.

— Mademoiselle Wills.

Par réflexe plus que par volonté, elle lui serra la main.

— Je vous en prie, vous pouvez m'appeler Scarlet.

Au moment où leurs peaux entraient en contact, l'air autour d'eux sembla se charger d'électricité. Scarlet eut l'impression qu'une onde de chaleur remontait le long de son bras jusque dans sa poitrine.

Cet homme était beaucoup trop beau, sans sa casquette pour lui masquer le visage. Là où son frère était lumineux et jovial, Austin Beaumont avait quelque chose de dangereux. Scarlet réprima un soupir. Pourquoi son regard sombre agissait-il sur elle comme une invitation plutôt que comme un avertissement ?

— Je devrais m'excuser de vous avoir fait peur tout à l'heure, dit-il.

— Et moi de vous avoir menacé, répliqua-t-elle.

Un début de sourire se dessina sur ses lèvres.

— Je vous offre un café ?

— Volontiers.

— Vous pouvez vous asseoir, si vous voulez. Je reviens tout de suite.

Il disparut dans un étroit couloir qui longeait la pièce principale. Submergée par un flot d'émotions contradictoires allant de la peur à l'espoir, de l'attirance à l'angoisse, Scarlet resta figée sur place.

Qu'attendait-elle de cette entrevue, au juste ? Elle n'avait pas envie que ses craintes soient confirmées, mais s'entendre dire que celles-ci n'étaient que le fruit de son imagination ne lui semblait pas idéal non plus... Car, alors, qu'est-ce que cela révélerait de son état mental ?

Elle se dirigea vers les étagères pour regarder les photos.

Les deux détectives qu'elle venait de rencontrer y figuraient en compagnie d'autres visages sympathiques. Sur un cliché de groupe, ils apparaissaient entourés de trois hommes de leur génération, tous aussi séduisants qu'eux. Un couple plus âgé se tenait par la main en arrière-plan. La famille Beaumont, sans doute... D'autres cadres, plus petits, mettaient en vedette des jeunes gens de tous âges et de toutes couleurs de peau.

Sur la plus haute étagère trônait une Purple Heart, médaille militaire décernée aux soldats blessés ou tués au combat. Une dizaine de photos d'hommes en uniforme ou en treillis étaient disposées tout autour. Elle reconnut Austin, plus jeune, appuyé contre un tank. La sueur brillait sur son front et collait son T-shirt blanc à son torse musclé. Un pantalon camouflage et des rangers complétaient sa tenue. *Sexy*, songea-t-elle distraitement.

— Vous voulez du sucre, de la crème ? fit une voix grave derrière elle.

Scarlet se retourna brusquement. Austin Beaumont se tenait à moins d'un mètre d'elle, une tasse fumante dans chaque main.

— Rien, merci.

— Vous aviez l'air bien concentrée, remarqua-t-il en posant les boissons sur le bureau avant de s'asseoir. Vous avez vu quelque chose d'intéressant ?

— Oh ! je regardais juste les photos.

Elle s'éclaircit la gorge, gênée d'avoir été surprise en pleine contemplation de son physique avantageux.

— Vous venez d'une famille de militaires ? lui demanda-t-elle.

— En effet.

— Et la médaille, c'est la vôtre ?

Bizarrement, l'idée qu'il ait pu être blessé lui serrait le ventre, alors qu'elle ne le connaissait que depuis quelques minutes.

— Non, elle appartient au plus jeune de mes frères. Il a traversé une période difficile, et il ne voulait pas la garder.

— Alors que vous, oui ?

Austin haussa légèrement les sourcils, sans doute étonné par sa curiosité.

— Pour moi, cette médaille représente sa victoire contre la mort. Beaucoup de gens la reçoivent à titre posthume. Je compte en prendre soin jusqu'à ce qu'il soit prêt à la récupérer.

Scarlet déglutit. Cet homme avait du cœur. Il avait servi son pays et aimait sa famille. Comment pourrait-elle ne pas tomber amoureuse de lui, à présent ?

— Et tous ces enfants..., dit-elle en faisant un geste vers les photos encadrées. Ce sont des gamins que vous avez sauvés au cours de votre carrière de détective ?

— Non, cet honneur revient à mes parents, répondit-il. Ce sont mes frères et sœurs.

Elle ne put s'empêcher de sourire.

— Vraiment ? Tous ?

— Mon père et ma mère tiennent un ranch où ils accueillent des enfants et des adolescents en difficulté. La plupart sont adultes, maintenant. Certains ont été adoptés, d'autres ont dépassé l'âge pour cela, mais ils ont tous vécu un moment de leur vie chez nous. À mes yeux, cela fait d'eux mes frères et sœurs.

— Les repas de famille doivent être animés.

— Vous n'avez pas idée.

Scarlet éprouva une pointe d'envie, elle qui était fille unique. Malgré tout, cela n'avait pas dû être facile pour lui de voir partir ces petits protégés les uns après les autres.

— Si j'ai bien compris, vous êtes cinq frères, à la base. Combien ont été adoptés ?

— Deux.

Il montra un des fauteuils en face de lui.

— Et si on s'y mettait ?

— Oh... Oui, bien sûr.

Scarlet se hâta de s'asseoir.

Austin Beaumont n'avait pas précisé lesquels de ses frères

avaient été adoptés, ni s'il l'avait lui-même été. De toute évidence, cela n'avait aucune importance pour lui. Scarlet ne l'en apprécia que plus.

Il avala une gorgée de café, avant de remuer la souris de son ordinateur pour réveiller l'écran.

— Dean a ouvert un dossier à votre nom, expliqua-t-il. Je prendrai des notes au fur et à mesure de notre discussion.

— OK.

Les mains sur les genoux, Scarlet se triturait nerveusement les doigts. Elle regrettait d'avoir opté ce jour-là pour une jupe crayon courte et serrée qui l'empêchait de croiser les jambes. Déjà qu'elle s'était ridiculisée en manquant d'agresser le détective à coups de gaz lacrymogène, elle ne voulait pas en plus lui montrer involontairement sa culotte...

Le regard d'Austin Beaumont glissa lentement de son visage à ses mains.

— Détendez-vous, Scarlet. Je vous rappelle que c'est vous qui êtes armée.

Elle éclata de rire.

— Vous lisez dans mes pensées, ma parole.

— C'est vraiment ce que vous étiez en train de penser ?

— À vous de me le dire.

Cette réponse le fit sourire. Cela faisait tellement de bien de plaisanter ! songea-t-elle. Si seulement son harceleur était aussi imaginaire que le don de télépathie...

— Bon, je ferais mieux de commencer par le commencement, dit-elle en reprenant son sérieux.

Et elle lui raconta son histoire. Austin l'écouta attentivement, son regard intense fixé sur elle. Elle lui parla d'abord du nouveau site Internet de l'agence et des nombreux coups de fil qu'elle avait dû passer au service technique pour qu'on l'aide à s'y retrouver. Elle lui décrivit ensuite les trois demandes de visite qui s'étaient soldées par des rendez-vous non honorés, en précisant qu'il s'agissait chaque fois de maisons inhabitées et relativement isolées. Puis elle termina par les SMS qu'elle avait reçus la veille.

— Puis-je les voir ? demanda Austin.

Scarlet extirpa son téléphone de son sac à main en cuir, déverrouilla l'écran et afficha les messages.

— J'ai vérifié, le numéro ne correspond pas à celui qui apparaît sur la fiche de contact pour la visite d'hier soir, ni à ceux donnés pour les deux autres rendez-vous manqués. C'est ce qui me fait dire que je me fais peut-être des idées.

— Les portables prépayés sont disponibles partout à des prix dérisoires, fit remarquer Austin. Si ça ne vous dérange pas, j'aimerais faire des captures d'écran de ces SMS pour les consigner comme éléments de preuve.

— Je vous en prie.

Scarlet détourna les yeux. Elle n'aimait pas cette expression, « éléments de preuve ». Cela sous-entendait que, selon lui, il y avait matière à ouvrir une enquête.

— Vous pensez vraiment que quelqu'un se donnerait toute cette peine pour me faire peur ? s'enquit-elle. Qu'un type utiliserait différents numéros de téléphone pour me fixer des rendez-vous bidon, juste pour me regarder attendre dans des maisons vides ?

Austin la captura de nouveau dans son regard ténébreux.

— Que vous dit votre instinct ?

Elle poussa un long soupir et se laissa aller en arrière dans son siège. Si elle avait trouvé un moyen de se débarrasser de ses soupçons, elle ne serait pas venue lui demander son avis.

— L'instinct se trompe rarement, affirma-t-il sans attendre sa réponse, qu'il avait dû deviner à son langage corporel. Trop souvent, les gens n'en tiennent pas compte. En particulier les femmes. Pourtant, statistiquement, vous avez plus de risques de vous faire agresser ou kidnapper, et moins de chances de réussir à repousser votre agresseur. Ce devrait être une raison suffisante pour prendre vos impressions au sérieux.

Il reposa le téléphone sur son bureau.

— Quand une situation vous met mal à l'aise, je vous conseille de vous éloigner immédiatement, même si vous ne vous l'expliquez pas vraiment. Concernant ces formulaires de contact, à votre place j'expliquerais à vos supérieurs que ce système comporte des dangers et que vous refusez de faire visiter des maisons si vous n'avez pas rencontré le client au préalable, au moins par téléphone. En résumé, faites tout ce dont vous avez besoin pour vous sentir en sécurité.

Scarlet réfléchit un moment.

— Ce formulaire n'est disponible que depuis cinq semaines. S'il y a vraiment quelqu'un qui s'amuse à me faire tourner en bourrique, est-ce qu'il pourrait s'agir d'un des premiers acheteurs que j'ai rencontrés par ce biais ?

— Il est tout aussi possible que ce type vous surveille depuis bien avant la réfection du site Internet, et qu'il ait profité de cette opportunité qui lui était offerte d'entrer directement en contact avec vous. Si ça se trouve, il considère ces visites comme des rendez-vous galants. Et il s'imagine peut-être même que vous achetez une maison ensemble.

Scarlet sentit les poils se dresser sur ses bras.

— Vous croyez que quelqu'un me suit et m'observe depuis plus de cinq semaines ?

— Tout est possible. Et si c'était la première fois hier soir qu'il vous contactait après un de ces rendez-vous, on peut penser qu'il est en train de franchir une nouvelle étape dans son délire.

Scarlet resta sans voix. Les paroles du détective lui glaçaient le sang.

— Est-ce qu'il y a autre chose ? s'enquit-il. Des détails qui vous auraient paru insignifiants avant, mais qui prendraient une autre dimension aujourd'hui à la lumière de ce qui vous arrive ?

Alors qu'elle commençait à secouer la tête, l'incident de la veille lui revint soudain en mémoire.

— J'ai eu l'impression que quelqu'un me suivait, hier soir, quand je suis partie de Wentworth Drive, répondit-elle. Le conducteur me collait de très près, ça m'a fait peur. Mais il a fini par partir.

— Vous pouvez me décrire le véhicule ?

— Pas vraiment. Il faisait nuit, et j'étais déjà un peu perturbée. Mais je suis certaine que c'était une berline, pas un SUV ni un pick-up. De couleur sombre, je crois. Avec des phares bleus.

— C'est bien. Ces détails nous seront peut-être utiles un jour. En tout cas, je compte regarder cette affaire de plus près. J'ai des choses à terminer ce matin, mais j'essayerai de m'y mettre le plus vite possible.

— Demain ? demanda Scarlet, aussi reconnaissante que préoccupée.

— Je pensais même vous retrouver à l'agence dès aujourd'hui, en fin de journée. Commencer à interroger vos collègues, par exemple. En attendant, je vais jeter un œil sur le site Internet de l'entreprise, et j'irai peut-être voir les maisons dans lesquelles vous vous êtes sentie observée. Vous pouvez m'envoyer les adresses par texto ?

Ce disant, il attrapa une carte de visite sur son bureau et la lui tendit.

Scarlet demeura interdite. Tout cela lui semblait soudain beaucoup trop réel.

— Vous voulez rencontrer mes collègues ?

— Oui, mais nous ne sommes pas obligés de leur dire que je suis détective privé. C'est comme cela vous arrange. En fait, j'aimerais vous suivre pendant un jour ou deux, discrètement. Vous ne remarquerez même pas ma présence.

Ça, ça m'étonnerait ! songea-t-elle. À vrai dire, elle était même certaine qu'elle pourrait le repérer au milieu d'un stade bondé.

Et puis, il y avait déjà une personne qui la traquait. N'était-ce pas suffisant ?

— Qu'est-ce que je vais dire aux gens ? À mes clients ?

— Que je suis votre nouveau stagiaire ? suggéra-t-il avec un grand sourire. Je peux même me mettre en costard.

Scarlet rougit en l'imaginant dans une tenue élégante, les manches de sa chemise blanche roulées sur ses bras bronzés…

— Et à mes collègues ? insista-t-elle, la bouche sèche. Je ne veux pas qu'ils sachent que je m'inquiète avant d'être sûre que j'ai des raisons de le faire.

— Vous n'aurez qu'à me présenter comme un lointain cousin. Ou comme votre nouveau petit ami. Dites-moi juste ce que vous préférez, je m'adapterai.

Elle avala difficilement sa salive, regrettant de ne pas avoir demandé un verre d'eau glacée au lieu d'un café. Malgré tout, elle attrapa sa tasse pour boire le liquide noir d'un trait.

— Et quels sont vos tarifs ? s'enquit-elle.

— Je ne vous demande rien tant que je ne sais pas s'il y aura une enquête à mener. On en reparlera dans un jour ou deux.

Scarlet se leva et glissa la lanière de son sac sur son épaule.

— Je vous dis à ce soir, alors. 18 heures chez Coulter Realty ?

— Ça marche.

Il la raccompagna à la porte et resta sur le seuil pendant qu'elle rejoignait sa voiture de l'autre côté de la rue. En attachant sa ceinture, elle constata qu'il l'observait encore, appuyé contre le mur de l'agence, le vent d'automne agitant ses cheveux. Et quand elle s'inséra dans la circulation, elle sentit qu'il continuait de la suivre des yeux.

S'il y avait une chose dont elle était certaine à l'issue de cet entretien, c'était bien celle-ci : Austin Beaumont l'attirait irrésistiblement.

4

Sur le chemin du travail, Scarlet se sentait plus légère qu'en partant de chez elle ce matin-là, mais non moins troublée. Austin Beaumont avait réussi à la rassurer, tout en lui donnant matière à réfléchir pour le reste de la journée. S'il s'était montré parfaitement professionnel dans son discours comme dans son attitude, quelque chose dans son regard lui avait paru presque… provocant. Comme s'il lui lançait un défi.

Elle se faisait sûrement des idées.

Quoi qu'il en soit, cela faisait bien longtemps qu'un homme n'avait pas produit sur elle un tel effet. Face à lui, son cœur s'était mis à battre la chamade, et des questions incongrues avaient assailli son esprit. Austin Beaumont était-il aussi compétent dans l'intimité qu'il l'était dans l'exercice de son métier ? Quel effet cela ferait-il de l'embrasser ? Quel goût auraient ses lèvres ? Et surtout : serait-il prêt à assouvir sa curiosité ?

Elle perdait la boule, c'était une évidence.

Tandis qu'elle traversait les rues familières du centre-ville, Scarlet garda un œil sur son rétroviseur intérieur. Personne ne semblait la suivre. Elle fut tout de même soulagée d'arriver sur le parking de l'agence juste derrière une collègue. Au moins, elle n'aurait pas à parcourir toute seule les derniers mètres à pied.

Pendant qu'elle finissait de se garer, Lydia Stevens sortit de sa voiture, un grand sourire aux lèvres et les bras chargés de sacs – sacoche d'ordinateur, sac à main haute couture, tote bag, panier-repas isotherme. Originaire de Marshal's Bluff, elle était plus jeune que Scarlet et avait rejoint l'équipe après elle. Ses longs cheveux bruns bouclaient librement dans son dos, et sa robe rouge moulante mettait en valeur sa silhouette de joggeuse. Elle portait par-dessus un gilet oversize couleur crème.

En voyant les baskets aux pieds de Lydia, Scarlet devina que le tote bag contenait une paire de talons hauts pour ses éventuels rendez-vous. D'expérience, elle savait que le sac repas renfermait une gourde d'eau, un tupperware rempli de crudités et un smoothie ou une boisson protéinée. Pour sa part, Scarlet s'en tenait à ses escarpins confortables et achetait de quoi manger sur le pouce quand elle en avait le temps.

— Salut ! lança Lydia. Alors, cette visite ? Tu as conclu la vente ?

— Non, le client n'est pas venu. C'est la troisième fois en cinq semaines.

Scarlet hésita à se confier davantage à sa collègue, à lui dire qu'elle était allée voir un détective privé. Mais elle préférait attendre d'en savoir plus. De quoi aurait-elle l'air si elle se plaignait d'être harcelée alors que ce n'était pas le cas ? En outre, ébruiter ses craintes ne leur donnerait que plus de réalité...

— Mince ! commenta Lydia en la suivant vers l'entrée de l'agence. Tu as toujours des problèmes avec les prises de rendez-vous en ligne, alors ?

— On dirait bien. Pas toi ?

— Non. En même temps, je ne reçois pas encore beaucoup de demandes par ce biais. Je ne suis pas là depuis très longtemps, et je crois que le système vérifie d'abord les disponibilités des agents plus chevronnés. En gros, je passe après tout le monde.

Scarlet lui tint la porte.

— Mais tu as déjà obtenu des rendez-vous via le site ?

— Quelques-uns seulement. C'est pour ça que j'ai décidé de revoir ma stratégie de communication sur les réseaux sociaux.

Je vais essayer de toucher en priorité les primo-accédants à la propriété, les jeunes couples et les célibataires mariés à leur boulot.

— C'est une bonne idée, approuva Scarlet en allant s'asseoir à son bureau.

Elle aurait d'ailleurs tout intérêt à s'en inspirer pour vendre la maison de M. Perez avant que celui-ci ne se tourne vers une autre agence...

Comme chaque matin, elle sourit en voyant la photo qui trônait sur sa table de travail : sa mère et elle bras dessus, bras dessous à côté d'une pancarte « VENDU ! » plantée devant une grande maison blanche. À l'époque, Scarlet venait tout juste d'obtenir sa carte professionnelle, et elle avait réussi, grâce aux conseils éclairés de Trina, à vendre sa première propriété à un meilleur prix que celui demandé au départ. L'occasion méritait bien une photo joliment encadrée.

Elle avait très envie d'appeler sa mère pour lui raconter ce qui lui arrivait, mais cela ne servait à rien de l'inquiéter sans raison. Ce n'était pas toujours simple d'avoir sa maman pour meilleure amie... Scarlet ne pouvait pas *tout* partager avec elle. Et, dans le cas présent, impossible même de lui parler de l'homme ultra-séduisant qu'elle avait rencontré ce jour-là, car il lui faudrait alors préciser dans quelles circonstances elle avait fait sa connaissance.

Le corps athlétique d'Austin s'invita dans son esprit. Son regard sombre fixé sur elle, son petit sourire en coin... L'image suffisait à lui donner chaud.

— Je suis sûre qu'il a des abdos de rêve, murmura-t-elle.

— Qui ça ?

Lydia était apparue devant elle avec sa boisson protéinée du matin, les sourcils levés. Scarlet sentit son visage s'empourprer.

— Tu rougis ! s'exclama sa jeune collègue.

Elle tira un fauteuil et s'assit en face d'elle, les jambes croisées, les coudes posés sur les genoux.

— Allez, raconte. Qui a des abdos de rêve ?

— Je ne voulais pas dire ça tout haut ! se défendit Scarlet en riant.

— Oui, mais tu l'as dit. Alors maintenant, tu es obligée de tout me raconter.

— J'ai rencontré un gars ce matin, expliqua-t-elle à contrecœur. Il est... charmant.

Elle se rappela tout à coup la proposition d'Austin de se faire passer pour son nouveau petit ami.

— Il s'appelle Austin Beaumont, et il va peut-être venir ici ce soir, précisa-t-elle. Si tu es là, je te le présenterai.

— C'est une blague ?

— Tu le connais ?

— Scarlet... Ça se voit que tu n'es pas d'ici. C'est un Beaumont, évidemment que je le connais ! Lui et ses frères alimentent les fantasmes de toutes les femmes de moins de cinquante ans à Marshal's Bluff – et sans doute aussi d'un certain nombre d'hommes. Ils sont tous plus vieux que moi, mais je n'ai pas cessé d'entendre parler d'eux durant mon enfance et mon adolescence. Cette famille est une vraie légende, ici ! D'après ma grand-mère, leur père et ses propres frères étaient pareils. Ton Austin a un frangin qui s'appelle Dean et qui s'est fiancé cet été. Il a brisé un paquet de cœurs.

— Ah oui ? Je l'ai rencontré, lui aussi.

— Ce n'est pas juste ! Tu sais qu'ils ont fait un calendrier, une fois, pour aider un fermier qui allait perdre ses terres ? Une photographe leur a proposé ses services gratuitement, et ils ont récolté assez de fonds pour sauver l'exploitation !

Scarlet n'était pas surprise. Elle regrettait juste de ne pas avoir pu acheter le calendrier en question. Elle en aurait pris trois exemplaires : un pour son bureau, un pour chez elle, et un pour sa mère, qui avait plus de cinquante ans mais qui était restée jeune dans sa tête.

— Et comment as-tu fait pour les rencontrer avant même d'aller au boulot ? s'enquit Lydia.

— Eh bien... Austin m'a abordée dans la rue.

— Quoi ? Il est venu vers toi comme ça ?

— Oui.

Scarlet se retint de grimacer en se rappelant comment Austin avait toqué à la fenêtre de son SUV.

— Il m'a fait peur, alors je l'ai menacé d'appeler la police. Et de l'asperger avec une bombe lacrymogène.

Lydia explosa de rire.

— Une fois ce malentendu dissipé, il m'a proposé qu'on se revoie.

— Il y en a qui ont vraiment de la chance.

— Si tu le dis...

Scarlet ne s'était jamais considérée comme faisant partie de cette catégorie de personnes.

Son ordinateur ayant fini de démarrer, elle ouvrit sa boîte mail et étouffa une exclamation en voyant la quantité de messages qui l'attendaient.

— Je ferais mieux de m'y mettre, soupira-t-elle.

Lydia alla s'asseoir à son propre bureau.

— Sache que je suis jalouse, pour le mec *et* pour les mails. Un jour, moi aussi, j'aurai une boîte pleine. En attendant, je vais lancer la meilleure campagne de com' que tu aies jamais vue !

— Chiche !

Au bout du compte, Scarlet mit plusieurs heures à traiter son courrier. D'anciens clients prévoyaient à nouveau de déménager, d'autres lui demandaient des conseils sur une transaction, d'autres encore souhaitaient visiter tel ou tel bien... Trois offres avaient été acceptées récemment, ce qui signifiait qu'elle allait devoir passer des coups de fil aux banques et aux notaires après le déjeuner.

À 15 heures, elle commençait à y voir plus clair, mais aussi à avoir le trac. Le moment approchait où Austin se présenterait à l'agence… Une heure plus tard, un nouveau mail arriva dans sa boîte : c'était une demande de visite envoyée sur le site Internet de Coulter Realty. Scarlet fut soulagée de constater qu'elle avait été rédigée par une femme. Et celle-ci s'intéressait à la maison des Perez ! Décidément, cette journée lui réservait de bonnes surprises.

— Lydia ? appela-t-elle, tout en répondant rapidement à la requête. J'ai une visite chez les Perez dans trois quarts d'heure. J'aimerais passer à la boulangerie et chez le fleuriste avant, du coup je vais partir tout de suite. Je devrais être rentrée avant 18 heures, mais si jamais Austin arrive avant moi, est-ce que tu pourras lui dire de m'attendre ?

— T'inquiète, j'aurai plein d'anecdotes à lui raconter sur toi pour le faire patienter.

— Oh ! tu peux aussi te contenter de lui offrir un verre d'eau… À bien y réfléchir, je crois que je vais faire en sorte d'être là avant 18 heures.

Lydia riait encore quand Scarlet quitta l'agence.

Il n'y avait presque personne chez le fleuriste et chez le boulanger, et à cette heure la circulation était encore relativement fluide – surtout lorsqu'on s'éloignait de la ville. Scarlet arriva donc en avance. La maison des Perez était située en retrait de la route, au milieu d'un immense terrain. Un ruban d'asphalte serpentait à travers la pelouse vert émeraude plantée de vieux chênes, et menait jusqu'à l'imposante demeure de deux étages. Les frais annuels d'entretien des espaces verts dépassaient à eux seuls la commission que Scarlet toucherait sur la vente, laquelle était plus importante que ce que gagnaient certaines personnes en un an... Inutile de dire que l'insistance du propriétaire n'était pas sa seule motivation pour trouver rapidement un acheteur.

Elle descendit du SUV, son sac de cookies à la main et son bouquet de fleurs sous le bras. Après avoir refermé la portière d'un coup de hanche, elle prit le temps d'admirer la propriété.

Il était presque 17 heures, le moment idéal pour une visite. Il faisait encore assez jour pour apprécier la beauté du jardin, et bientôt l'éclairage programmé s'allumerait le long de l'allée et tout autour de la cour, renforçant l'attrait des lieux.

Alors qu'elle se mettait en marche, Scarlet entendit le gravier crisser derrière elle. Avant qu'elle ait pu se retourner, un bras s'enroula autour de sa taille et une main gantée s'abattit sur sa bouche.

Son cri fut étouffé par le cuir qui écrasait ses lèvres contre ses dents. Ses poumons se vidèrent, comprimés par l'étau de ce bras inflexible. Le sac de gâteaux et le bouquet de fleurs tombèrent par terre tandis qu'elle se débattait de toutes ses forces contre son agresseur invisible.

Elle sentit son souffle moite sur sa joue, sa barbe piquante contre sa tempe.

— Arrête de me résister, Scarlet, siffla-t-il. Je voulais juste te dire que je sais ce que tu as fait ce matin. Tu as vu un autre homme et je ne tolérerai pas que tu recommences.

La colère qui transparaissait dans sa voix la paralysa d'effroi.

— On ne peut pas être heureux ensemble si tu me trompes, tu comprends ?

Elle acquiesça. Il n'avait donc pas l'intention de la tuer... S'il était simplement venu lui donner un avertissement, cela signifiait qu'il lui laisserait une seconde chance, n'est-ce pas ?

— Très bien, dit-il en desserrant légèrement son étreinte. Maintenant, je suis désolé, mais je suis quand même obligé de te punir. Sinon tu risques d'oublier ce que j'ai dit et de tester à nouveau mes limites. Et ça, ce n'est pas possible.

— Non. Non, non, non ! souffla-t-elle. Je ne recommencerai plus !

— Chhh… Tu sais, ça ne me fait pas plaisir d'en arriver là.

Il retira la main de sa bouche et, pendant une demi-seconde, elle se crut libre. Jusqu'à ce que dix longs doigts se referment rageusement autour de son cou.

5

Austin essuya la sueur qui dégoulinait sur son front et rajusta sa casquette pour mieux se protéger du soleil. Toute la journée, il s'était évertué à se libérer du temps pour Scarlet Wills. À présent, il devait plusieurs services à Dean et, à moins d'une heure de retrouver sa ravissante cliente, il aidait Lincoln à entasser du foin à l'arrière d'un pick-up en attendant que son petit frère accepte de lui accorder une faveur.

— Alors, tu veux bien t'en occuper ? lui demanda-t-il pour la troisième fois.

Lincoln grommela dans sa barbe.

Austin dut se retenir de lui envoyer un tas de foin à la figure. À cause de lui, il n'aurait pas le temps de faire un détour par chez lui pour prendre une douche. Il serait obligé de se présenter à l'agence immobilière avec le look et l'odeur de quelqu'un qui a passé une partie de son après-midi à manier la fourche. Nul doute qu'il allait faire bonne impression, encore une fois.

— Lincoln, s'il te plaît. Dis-moi que tu acceptes. Je vais être en retard à mon rendez-vous.

Son frère soupira.

— Tu appelles ça une mission de reconnaissance pour m'appâter, mais en fait tu me demandes de passer la nuit tout seul dans mon pick-up, à surveiller une maison en essayant de ne pas m'endormir. Et je ne pourrai même pas boire de café, parce que, après, j'aurai envie de pisser.

— Mais c'est de l'argent facile ! protesta Austin. Payé en liquide, en plus.

— Je n'ai pas besoin d'argent.

Austin retira ses gants de travail. Il oubliait toujours à quel point son frère était désintéressé. Ayant servi comme officier dans l'armée pendant plusieurs années, dont la plupart passées en opérations extérieures, Lincoln avait plutôt bien gagné sa vie sans avoir eu l'occasion de dépenser beaucoup. En outre, depuis son retour au ranch, il travaillait à plein temps et menait une existence d'ermite. Son regard ne s'éclairait que lorsqu'une certaine femme blonde entrait dans son champ de vision.

— Rien ne t'oblige à y aller seul, fit remarquer Austin. Tu n'as qu'à emmener quelqu'un.

Lincoln lança un coup d'œil vers les écuries, où la responsable, Josie, devait être en train de s'affairer.

— Et si tu acceptes, ajouta Austin, je ne te demanderai plus aucun service pendant un mois.

Son frère haussa un sourcil.

— Six mois, dit-il.

— D'accord pour deux.

— Quatre.

— Quatre mois ? Tu sais très bien que ce n'est pas réaliste.

Lincoln se frotta la nuque.

— OK, je vais le faire.

— Merci, lâcha Austin, soulagé.

Il regarda sa montre.

— J'ai peut-être le temps de prendre une douche, si je fais ça ici. Et si je t'emprunte des fringues.

— Je ne suis plus à ça près, répondit Lincoln en refermant le hayon du vieux pick-up.

Il étudia Austin avec un soupçon de curiosité.

— Tu penses vraiment que cette demoiselle est en danger, ou c'est juste que tu l'aimes bien ?

— Les deux, avoua Austin. Elle est jolie, intelligente, talentueuse... J'ai fait une petite recherche sur elle quand elle est repartie de l'agence. À en juger par ses réseaux sociaux, elle passe beaucoup de temps au travail. Ses posts privés sont plutôt limités, là où ses comptes professionnels sont très actifs... J'imagine que c'est comme ça qu'elle s'est attiré l'attention du type qui la harcèle. J'aimerais penser qu'elle est juste parano mais, si elle s'inquiète au point d'aller voir un détective privé, c'est qu'il y a sûrement un problème.

— Et tu l'aimes bien.

Austin jeta un bref regard sur le ranch derrière lui.

— Pour l'instant, je n'ai aucune raison de ne pas l'apprécier, répondit-il. Mais par pitié, n'en parle pas à maman. Je viens de rencontrer cette femme. C'est une cliente, pas une potentielle belle-fille.

— Va lui expliquer ça ! répliqua Lincoln d'un ton railleur.

Le bruit d'un véhicule qui approchait interrompit leur conversation. Leur plus jeune frère, Finn, leur fit signe par la vitre ouverte de son pick-up, qu'il gara à côté de celui d'Austin.

— Tu l'attendais ? demanda ce dernier à Lincoln, les sourcils froncés.

— Oui. Une des nouvelles pensionnaires a fait quelques bêtises. Les parents ont accepté de la garder au ranch jusqu'à ce qu'elle passe devant le juge. Finn vient presque tous les jours prendre de ses nouvelles.

Ils s'avancèrent à sa rencontre.

— Je ne pensais pas te trouver ici, Austin, lança Finn en retirant ses lunettes de soleil.

La plaque d'inspecteur qui brillait à sa ceinture lui conférait une autorité peu commune pour un homme de son âge.

— Je suis juste venu demander un service, expliqua Austin.

— Il m'a refilé son boulot pour pouvoir retrouver une jolie cliente, marmonna Lincoln.

Finn se tourna vers Austin, les yeux écarquillés.

— Comment tu as réussi à lui faire accepter ça ?

— Je ne peux rien lui demander d'autre pendant un mois.

— Deux, le corrigea Lincoln.

Finn éclata de rire.

— Alors là, j'aimerais bien voir ça ! C'est qui, cette jolie cliente ?

Austin lui expliqua la situation de Scarlet Wills, avant de désigner la maison d'un signe de tête.

— Je prends une douche en vitesse et je la rejoins à son agence.

Finn était déjà en train de faire une recherche sur son téléphone.

— Elle est très présente sur le web, observa-t-il. Elle a des milliers de followers. S'il y a vraiment quelqu'un qui fait une fixation sur elle, je te souhaite bon courage pour l'identifier. Elle doit sûrement parler à une centaine de personnes chaque semaine. Des vendeurs, des acheteurs, des agents de sécurité et d'entretien, des jardiniers, des décorateurs d'intérieur… Ça peut être n'importe qui.

— Je sais. Ce n'est pas ma première enquête.

— C'est vrai, excuse-moi… En tout cas, n'hésite pas, si tu as besoin d'un coup de main.

— Merci. Il faut vraiment que j'y aille, dit Austin en commençant à se diriger vers la maison. Je suis officiellement en retard.

— Tu es toujours en retard ! lui crièrent ses frères.

Ils n'avaient pas tort.

Vingt minutes plus tard, Austin s'était lavé et avait enfilé un T-shirt et un jean tout neufs trouvés dans le placard de Lincoln. Dean les lui avait offerts pour Noël, et son frère les avait rangés sans prendre la peine d'enlever les étiquettes… Austin les remercia intérieurement tous les deux. Sans cela, il aurait dû se contenter des vieux vêtements troués que son cadet préférait porter au quotidien.

Alors qu'il se dirigeait vers le porche, il faillit percuter Finn qui sortait précipitamment, les yeux rivés sur son téléphone.

— Holà ! s'exclama Austin. Où est-ce que tu vas comme ça ?

Finn releva la tête, la mine sombre.

— L'agente immobilière que tu devais retrouver… Scarlet Wills…

— Eh bien ?

— Elle est à l'hôpital. Viens, on y va.

— Qu'est-ce qui s'est passé ? s'enquit Austin en le retenant par le bras.

Une angoisse sourde s'était emparée de lui.

— Quelqu'un l'a agressée et lui a volé son téléphone, son sac à main et ses clés. Elle a réussi à monter dans sa voiture et à la démarrer avec le système « keyless » – l'agresseur devait être encore dans les parages à ce moment-là pour que la clé fonctionne à distance. Elle a verrouillé les portières et s'est servie de l'ordinateur de bord pour prévenir les secours. Quand ils sont arrivés, elle était inconsciente. Et elle avait ta carte de visite dans la main.

— OK, je te suis. Mets les gyrophares.

Ils s'élancèrent vers leurs véhicules.

Austin n'avait clairement pas été à la hauteur. Pendant qu'il plaisantait tranquillement avec ses frères, Scarlet Wills avait été attaquée.

Il se jura que cela ne se reproduirait plus.

6

Scarlet ouvrit les yeux alors que les premiers rayons du soleil filtraient à travers les stores de la chambre. La nuit avait été longue, entrecoupée de cauchemars et de visites du personnel de l'hôpital ; elle n'était pas mécontente de voir une nouvelle journée commencer, même si ses muscles protestaient à chacun de ses mouvements.

Quand elle tourna la tête vers le couloir, la lumière crue l'éblouit. Elle laissa échapper un grognement qui raviva aussitôt sa douleur à la gorge. Le souvenir des mains serrées autour de son cou l'assaillit, en même temps que celui du parfum âcre du cuir. Cette odeur, qu'elle trouvait pourtant agréable jusque-là, la hanterait pour le restant de ses jours.

D'autres détails de l'attaque restaient flous, et elle était partagée entre l'envie de combler les vides et celle de tout effacer de sa mémoire. On l'avait étranglée – cette partie-là de l'histoire était nette. Le reste n'avait pas d'importance.

Elle n'avait pas vu l'homme qui l'avait agressée. Elle était incapable de le décrire. Et elle n'avait aucune idée du genre de véhicule dans lequel il s'était enfui. Elle se souvenait seulement de la douleur, de la peur, de ses efforts pour lutter. Puis du noir complet.

Elle avait repris conscience suffisamment longtemps pour se réfugier dans sa voiture. Là, elle avait appuyé sur le bouton de démarrage, avant de se rendre compte qu'elle n'avait plus sa clé. Plus tard, elle s'était réveillée sanglée sur un brancard avec un collier cervical autour du cou et un masque à oxygène sur le visage, entourée de lumières aveuglantes.

Un peu comme maintenant. Sauf qu'ici c'était l'odeur de Javel qui prédominait. Et aussi celle… des fleurs ?

En plissant les paupières, elle distingua deux bouquets sur sa table de chevet, à côté d'un pichet d'eau et d'un petit verre en plastique.

— J'allais la voir, justement.

Une infirmière rousse venait d'entrer dans la chambre. Plusieurs de ses collègues étaient rassemblées devant la porte et souriaient niaisement à quelqu'un d'invisible.

— Ah, on dirait qu'elle est réveillée ! s'exclama l'infirmière. Bonjour, Scarlet. Comment vous sentez-vous ?

— Ça va, souffla-t-elle.

— Excusez-moi, mesdames, je voudrais passer, fit une voix de ténor familière.

Austin Beaumont apparut dans la pièce.

Scarlet sentit les battements de son cœur s'accélérer. Ce n'était pas comme ça qu'elle avait envie qu'il la voie, souffrante, fatiguée, vulnérable. Et affublée d'une chemise d'hôpital.

Ses yeux s'emplirent de larmes.

Une main plongée dans sa poche, l'autre tenant un gobelet de café, Austin se rembrunit devant sa détresse.

— Votre cœur bat un peu vite, remarqua l'infirmière en vérifiant les machines autour du lit. Comment est la douleur, ce matin ?

Scarlet voulut s'éclaircir la gorge, mais grimaça aussitôt. L'infirmière comprit : elle lui tendit deux comprimés.

— Tenez, avalez ça. On vous fera une ordonnance d'antalgiques.

Elle versa de l'eau dans le verre en plastique et attendit que Scarlet ait pris les médicaments.

— Parfait. Tout le reste a l'air normal. Je vais voir avec le médecin si vous pouvez rentrer chez vous.

Scarlet la regarda partir, puis tourna lentement la tête vers Austin. Il s'avança d'un pas hésitant.

— Je suis désolé. Profondément désolé.

— Je ne voulais pas y croire, murmura-t-elle d'une voix éraillée. Ce sont les célébrités qui se font harceler, pas les petites agentes immobilières comme moi. Je... je n'aurais pas dû aller à ce rendez-vous toute seule.

— Ce n'est pas votre faute.

Il posa son gobelet sur la tablette et agrippa la barrière du lit.

— Vous avez tout fait comme il faut. Vous avez senti que quelque chose n'allait pas, et vous avez cherché de l'aide. J'ai commencé à étudier votre dossier tout de suite après votre départ : vous n'aviez aucune raison de penser que quelqu'un allait vous attaquer.

Scarlet se mordit la lèvre. Elle savait qu'il avait raison. Jamais elle n'aurait pu deviner qu'on l'agresserait aussi violemment.

— Qu'est-ce que vous faites ici si tôt ? lui demanda-t-elle. Le soleil est à peine levé. Comment avez-vous appris ce qui s'est passé ?

— Mon frère Finn est l'inspecteur chargé de l'enquête. Il m'a prévenu tout de suite.

— J'espère qu'il ne vous a pas réveillé. Vous ne pouvez pas faire grand-chose, ici.

Austin haussa les épaules.

— Ça me rassure de savoir que quelqu'un veille sur vous.

Scarlet porta le verre à ses lèvres d'une main tremblante. Fallait-il comprendre que l'agresseur n'en avait pas fini avec elle ? Qu'il risquait de venir s'en prendre à elle à l'hôpital ? L'idée lui noua l'estomac.

— Je sais que c'est important de porter plainte rapidement

avant d'oublier les détails, dit-elle, mais mes souvenirs sont confus.

— Ne vous inquiétez pas pour ça. Finn passera quand il aura le temps. En attendant, reposez-vous.

Un léger coup frappé à la porte la fit sursauter. Le médecin qui l'avait prise en charge à son arrivée la salua d'un signe de tête avant d'entrer dans la chambre.

— Vous êtes bien matinale, observa-t-il avec un sourire paternel.

Austin s'avança vers lui, la main tendue.

— Austin Beaumont.

— Dr Lanke.

Le médecin dévisagea curieusement le détective, avant de reporter son attention sur sa patiente.

— Voulez-vous que votre ami sorte de la pièce pendant que nous discutons ?

— Non, il peut rester.

Le Dr Lanke entreprit de lui expliquer les résultats des examens qu'elle avait passés, puis il lui résuma ce qu'elle savait déjà :

— Vous n'avez rien de cassé, pas de commotion cérébrale non plus. Les ecchymoses autour de votre cou se résorberont toutes seules. Reposez-vous, pensez à vous hydrater. Prenez bien les antidouleurs que je vous ai prescrits, vous guérirez plus vite. Et surtout, allez voir un psychologue dans quelques semaines, même si vous pensez ne pas avoir besoin d'aide. Vous venez de subir un traumatisme, c'est important d'en parler.

— Et mes souvenirs, quand reviendront-ils ?

Le médecin soupira, avant de lui offrir de nouveau son sourire bienveillant.

— Ils reviendront en temps voulu. Les victimes d'agression présentent souvent une amnésie partielle ou totale. C'est un mécanisme de défense mis en place par le cerveau.

Scarlet se laissa retomber contre les oreillers, démoralisée.

Si elle pouvait aider les policiers à retrouver l'homme qui l'avait étranglée, au moins cette agression n'aurait pas servi à rien. Mais elle avait tout oublié.

— Je vais m'occuper de vos papiers de sortie, conclut le médecin. Alternez le froid et le chaud sur vos contusions – le froid pour faire désenfler, le chaud pour le confort. Soyez patiente avec vous-même. Changez le pansement tous les jours sur votre épaule. Je vous donnerai une pommade à mettre sur les points.

— Quels points ?

Scarlet avait mal à l'épaule, en effet, mais pas beaucoup plus qu'ailleurs.

— Tu es tombée, précisa Austin – et elle se demanda pourquoi il la tutoyait, subitement. Les policiers ont retrouvé du sang sur une pierre décorative au bord de l'allée.

— On a nettoyé la plaie et fait deux ou trois points pour la suturer, compléta le Dr Lanke. Rien de grave, mais cela risque de tirer un peu en cicatrisant.

— D'accord.

— Les fleurs sont jolies, remarqua le médecin en calant son bloc-notes sous son bras. Elles viennent de vous, monsieur Beaumont ?

— Oui. De moi et de mon associé. L'autre bouquet a été envoyé par les collègues de Scarlet.

La jeune femme ferma les yeux un instant. Tous ses proches étaient-ils donc au courant de ce qui lui était arrivé ? Elle aurait préféré que personne n'en sache rien, mais dans une ville comme Marshal's Bluff un tel événement faisait forcément la une des journaux.

Elle se frotta les bras en frissonnant.

— Vous avez de la chance d'avoir un petit ami aussi dévoué, lâcha le Dr Lanke. Tous ne restent pas la nuit entière comme ça. Ce n'était pas pour déplaire aux infirmières, d'ailleurs...

Il eut un petit rire, puis se dirigea vers la porte.

— Bon courage pour la suite, mademoiselle Wills. Je vous signe ces papiers.

Dès qu'il fut parti, Scarlet regarda Austin, les yeux écarquillés.

— Vous avez passé la nuit ici ?

— Je ne voulais pas vous laisser seule, répondit-il d'un air penaud. Je suis resté dans la salle d'attente pour que vous puissiez vous reposer. Je ne peux pas m'empêcher de me dire que rien de tout cela ne serait arrivé si je vous avais suivie tout de suite au lieu d'attendre la fin de la journée. Il est possible que vous ayez été agressée parce que vous êtes venue me voir. Dans tous les cas, j'ai échoué à vous protéger.

Scarlet ne répondit pas. Son esprit peinait à appréhender tout ce qu'il lui disait, et une autre pensée la préoccupait.

— Vous avez fait croire aux infirmières et au médecin que vous étiez mon petit ami ?

— Ils ont tiré cette conclusion tout seuls, et je n'ai pas cherché à les corriger. Je sais que nous n'avions pas encore décidé d'une couverture, mais il me fallait une bonne raison de traîner dans les parages. Je ne voulais pas qu'ils me prennent pour un désaxé.

Scarlet se sentit sourire malgré elle. Quelque chose lui disait que certaines infirmières qu'elle avait aperçues plus tôt auraient laissé le beau détective faire à peu près tout ce qu'il voulait...

— Si j'ai dépassé les bornes, je peux aller rectifier le tir tout de suite, proposa-t-il.

— Ce n'est pas la peine. J'ai fait croire la même chose à ma collègue.

Un sourire malicieux se dessina sur les lèvres d'Austin.

— C'est officiel, alors ?

— On peut dire ça comme ça.

Scarlet sentit ses orteils se recroqueviller sous le drap. Oui, c'était officiel : elle avait complètement craqué pour son nouveau garde du corps.

Austin lut dans le regard de Scarlet Wills que l'idée de passer pour sa petite amie lui plaisait autant qu'à lui. De voir qu'elle était capable de rougir après ce qu'elle venait de traverser le rassurait sur sa résilience. Il était convaincu qu'elle se remettrait complètement de son agression, tant sur le plan physique que psychologique.

Au cours de sa carrière, il avait rencontré son lot de personnes traumatisées. Chacune guérissait à son rythme. Certaines ne reparlaient jamais de ce qui leur était arrivé, d'autres n'abordaient le sujet que lorsque c'était nécessaire. Scarlet lui semblait être du genre à monter une association d'aide aux victimes, à organiser des meetings, à suivre des cours de self-défense pour pouvoir terrasser de potentiels futurs agresseurs. Et il aimait ça chez elle. Plus qu'il ne le devrait.

— J'avais une deuxième raison de laisser croire au personnel qu'on était ensemble, avoua-t-il. Je ne sais pas si l'homme qui vous a attaquée vous a vue entrer dans mon agence ou simplement parler avec moi dans la rue – peut-être ni l'un ni l'autre –, mais je ne veux pas qu'il sache que vous avez engagé un détective privé. Cela le rendrait encore plus méfiant vis-à-vis des traces qu'il pourrait laisser. Il faut qu'il reste concentré sur vous pour que Finn et ses collègues aient une chance de l'identifier et de l'arrêter.

La jeune femme déglutit. Austin voyait battre son pouls sur sa gorge.

— Je ne dis pas ça pour vous faire peur. Je veux juste être franc avec vous.

Il se pencha vers elle et planta son regard dans le sien.

— Je ne le laisserai plus s'approcher de vous. Vous pouvez me croire. Il faudra d'abord qu'il me passe sur le corps.

Les yeux de Scarlet s'agrandirent légèrement. Austin aurait voulu pouvoir lui prouver qu'il disait vrai. Il était capable de neutraliser n'importe quel ennemi, et il le ferait pour elle.

— Mais vous n'allez pas rester avec moi éternellement ! protesta-t-elle. Que se passera-t-il quand vous partirez ?

— Je ne partirai que quand cet homme aura été arrêté, ou quand vous m'aurez ordonné de partir – auquel cas je continuerai sans doute à monter la garde depuis mon pick-up.

Alors qu'il se forçait à sourire pour tenter de détendre l'atmosphère, il se figea en la voyant grimacer. Dire à une femme traquée par un pervers qu'on avait l'intention de la suivre partout n'était peut-être pas la meilleure des idées...

— Excusez-moi. Dans ma tête, ça ne sonnait pas aussi malsain.

Scarlet lâcha un petit rire, puis ferma les yeux.

— Les médicaments commencent à agir, murmura-t-elle au bout d'un moment.

Elle leva une main à sa tempe et fronça les sourcils lorsque ses doigts effleurèrent la bosse qui s'y était formée. Austin en avait vu de bien pires sur ses frères et sur lui-même au fil des ans, mais bizarrement il ne supportait pas d'en voir une sur elle. La souffrance de la jeune femme pesait comme une enclume sur sa poitrine.

— Que va-t-il se passer quand je sortirai d'ici ? demanda-t-elle en rouvrant les paupières.

— Je vous raccompagnerai chez vous, si vous êtes d'accord. Il ne vaut mieux pas que vous conduisiez ou que vous restiez seule dans les jours qui viennent. Si vous préférez une autre compagnie que la mienne, je peux contacter qui vous voulez. Ou vous prêter mon téléphone.

— Je crois que j'ai fait tomber le mien...

— Il semble que votre agresseur soit parti avec.

— Et il a aussi pris mes clés, soupira-t-elle. Je me souviens d'avoir été surprise que ma voiture démarre quand même... De toute façon, j'étais incapable de conduire. Je voyais trouble, je sentais bien que j'allais m'évanouir.

Austin acquiesça.

— Les secouristes ont dû briser votre vitre en arrivant. Vous aviez perdu connaissance. Les policiers ont embarqué votre voiture pour pouvoir relever d'éventuels indices. Finn fera remplacer la fenêtre quand ils auront fini. Cela risque de prendre plusieurs jours.

— Donc, je n'ai ni téléphone ni véhicule ?

— Pas pour l'instant. Mais je peux vous obtenir un portable. Nous en avons plusieurs à l'agence pour les situations comme celle-ci, et j'en ai peut-être même un dans mon sac d'urgence. Je peux aussi vous servir de chauffeur, si ça ne vous dérange pas de voyager dans mon pick-up. Il a au moins dix ans de plus que votre SUV et quelques options en moins.

Scarlet serra ses bras autour d'elle.

— Il y avait mon permis de conduire dans mon sac à main. Ça veut dire qu'il connaît mon adresse. Et il a même les clés de chez moi.

— Vous ne serez pas seule. Je ferai changer les serrures dès que possible.

Soudain, une voix guillerette retentit dans le couloir :

— Une livraison pour vous !

En se retournant, Austin vit une jeune femme entrer avec un grand vase rempli d'une vingtaine de roses rouges.

— Sacré bouquet, lâcha-t-il, les sourcils froncés.

— N'est-ce pas ? Quelqu'un a un admirateur, on dirait...

La livreuse fit de la place sur la petite table pour poser les fleurs, avant de les saluer et de repartir. Scarlet et Austin échangèrent un regard.

— Vous permettez ? demanda-t-il en tendant la main vers le bouquet.

— Allez-y.

Il détacha le petit carton blanc de l'emballage. Trois mots y avaient été griffonnés à la hâte :

Je suis désolé.

7

— C'est lui qui les a envoyées, j'imagine ? s'enquit Scarlet en blêmissant.

— Ça m'en a tout l'air, répondit Austin. Il faut que j'essaye de rattraper cette femme. Je reviens tout de suite.

Il se rua dans le couloir.

— Excusez-moi ! appela-t-il d'une voix forte.

Une dizaine de visages se tournèrent vers lui, dont celui de la livreuse. Elle poussait un petit chariot rempli de fleurs, d'ours en peluche et de ballons gonflés à l'hélium.

— Attendez, s'il vous plaît, lui dit-il.

Il s'adressa à voix basse à l'infirmière la plus proche :

— J'aimerais que quelqu'un reste auprès de Scarlet Wills jusqu'à mon retour. Ne laissez personne entrer dans sa chambre en dehors de ses soignants habituels.

L'infirmière opina de la tête, l'air impressionné, et se hâta au chevet de sa patiente pendant qu'Austin rejoignait la livreuse de fleurs. Il n'avait pas remarqué auparavant que cette dernière portait un badge au nom de Marie.

— Est-ce vous qui avez pris la commande de ce bouquet ? lui demanda-t-il en lui tendant la carte.

Elle lut le court message et releva la tête, surprise.

— Oui.

— À quoi ressemblait le client qui a écrit ces mots ?

— C'est moi qui les ai écrits. Il a passé commande par téléphone ce matin, alors que j'étais en train de préparer mon chariot.

— J'aimerais que vous me montriez le reçu. Est-ce que votre téléphone dispose de l'option « présentation du numéro » ?

La jeune femme ne répondit pas. Elle semblait presque effrayée.

— S'il vous plaît, insista Austin avant qu'elle ne s'enfuie en courant. J'ai des raisons de croire que l'homme qui a envoyé ces roses à Scarlet Wills est le même qui l'a agressée hier soir. Je suis détective privé et j'essaye de l'identifier.

Il lui montra sa carte professionnelle.

— J'ai besoin de votre aide.

— D'accord. Suivez-moi.

Ils se dirigèrent rapidement vers la boutique de cadeaux située au premier étage. Marie confia son chariot à l'employée postée à l'accueil et prit sa place derrière le comptoir.

— Tenez, dit-elle à Austin en lui tendant le téléphone.

Par chance, l'appareil affichait bien les numéros et gardait en mémoire les dix derniers appels. Dès que Marie eut retrouvé la commande que l'homme avait passée, Austin put facilement repérer le numéro qui l'intéressait grâce à l'heure indiquée sur le ticket de caisse. Il le prit en photo avant que d'autres appels ne le fassent disparaître.

— J'imagine qu'il a payé par carte. Vous vous souvenez du nom qu'il a donné ?

La jeune femme pinça les lèvres.

— C'était une carte prépayée.

Évidemment, songea Austin. L'agresseur avait pensé à tout.

— Puis-je vous demander le numéro de cette carte ?

— Je ne suis pas sûre d'avoir le droit de faire ça, répondit-elle, gênée. Je n'ai pas envie de me faire virer.

— Je peux parler à votre supérieur, dans ce cas ?

— Ma cheffe ne sera là que cet après-midi.

Austin réprima un mouvement d'impatience. Marie avait

ses propres règles de déontologie à respecter, et elle l'avait déjà bien aidé.

— Mon frère est l'inspecteur chargé de l'enquête. Je lui demanderai de contacter votre cheffe.

— Merci. Ce sera mieux comme ça.

— J'ai un dernier service à vous demander... J'aimerais que nous appelions le suspect. Il y a plus de chances qu'il réponde s'il voit les coordonnées de la boutique s'afficher. Essayez d'obtenir son nom.

Marie regarda nerveusement autour d'elle.

— D'accord.

Austin composa le numéro et plaça le téléphone sur haut-parleur. Puis il attendit, appuyé contre le comptoir, pendant que les sonneries se succédaient.

— Allô ? fit une voix d'homme au bout d'un long moment.

Marie se tourna vers Austin, qui l'encouragea d'un signe de tête.

— Bonjour, je suis l'employée qui a pris votre commande à la boutique de cadeaux de l'hôpital. J'ai oublié de vous demander votre nom.

Un silence.

— Quelqu'un vous a dit de m'appeler, c'est ça ?

— Non, pas du tout ! J'étais en train de préparer les fleurs, et je me suis rendu compte que...

— Ne mentez pas ! hurla le type.

Marie sursauta, une main sur le cœur. Austin lui toucha gentiment l'épaule et se saisit du combiné.

— Qui êtes-vous ? demanda-t-il à l'homme. Ne m'obligez pas à chercher la réponse moi-même, vous le regretteriez.

— Ne vous approchez pas d'elle. Sinon, vous aussi vous le regretterez.

— Désolé, mais je vais vous décevoir, répliqua Austin d'un ton jovial qui contrastait avec la colère de son correspondant. Et autant vous prévenir : je vous débusquerai, où que vous soyez.

L'agresseur de Scarlet poussa un grognement de frustration qui se transforma vite en cri de rage.

— Elle est à moi ! À moi !

S'ensuivit une série de bruits assourdissants, comme s'il cognait son téléphone contre une surface dure pour le pulvériser – ce qu'il réussit à faire, sans doute, car la ligne finit par couper.

— Seigneur, murmura Marie.

Austin lui approcha un tabouret afin qu'elle puisse s'asseoir.

— Vous voulez que j'appelle quelqu'un ? Vous avez peut-être besoin de prendre quelques minutes pour vous remettre de vos émotions ?

— Ça va aller, merci.

Tout en gardant un œil sur la jeune femme, il contacta Finn et lui résuma les derniers événements.

— Tu n'aurais pas dû passer ce coup de fil, observa son frère. Si on l'avait fait depuis le poste de police, on aurait pu le localiser.

— Il n'aurait jamais répondu à un appel des flics, rétorqua Austin. Là, il a dû reconnaître les coordonnées de la boutique et penser qu'il y avait eu un problème avec sa commande.

— La photo que tu m'as envoyée, c'est le numéro du suspect ?

— Oui. Par contre, je crois qu'il a détruit son téléphone... Il faudrait que tu viennes ici parler à la responsable. Elle te donnera les informations de la carte prépayée que le gars a utilisée.

— Je suis déjà en route, répondit Finn. Avec un peu de chance, je pourrai retrouver le magasin dans lequel il s'est procuré cette carte, et vérifier les images des caméras de surveillance.

— Il l'a peut-être achetée en ligne.

— Ne dis pas ça, tu vas me porter la poisse.

Austin lâcha un petit rire. Il salua Marie, qui semblait encore sous le choc, avant de se diriger vers les ascenseurs.

— Bon, je retourne voir Scarlet, dit-il à Finn. Je tiens à être là quand elle sortira.

— Veille bien sur elle. Ce que tu me dis sur ce type ne me plaît pas du tout. À ta place, je ne la quitterais pas d'une semelle.

— Crois-moi, je n'en ai pas l'intention.

8

Finalement, Scarlet put repartir dans le courant de l'après-midi. Elle avait été obligée de remettre sa jupe et ses sous-vêtements de la veille, mais n'avait pas pu se résoudre à enfiler son haut taché de sang. Austin avait eu la gentillesse de lui acheter un T-shirt à la boutique de l'hôpital.

Le soleil était haut dans le ciel lorsqu'un jeune homme en blouse poussa son fauteuil roulant jusqu'au dépose-minute, devant l'entrée du bâtiment.

— Prête ? lui demanda Austin en ouvrant la portière passager de son pick-up.

Scarlet ne répondit pas. Elle n'était pas sûre d'être prête. Hors de l'hôpital, elle se sentait vulnérable. Ce n'était pas ici qu'elle s'était fait agresser – au contraire, on l'avait soignée et dorlotée entre ces murs. En outre, rentrer chez elle avec Austin Beaumont soulevait tout un tas d'autres questions.

D'abord, elle ne le connaissait pas vraiment et, même si elle n'avait aucune raison de se méfier de lui, l'agression dont elle avait été victime avait chamboulé tous ses repères. N'était-il pas dangereux d'inviter un étranger chez elle ?

Plus prosaïquement, elle ne se sentait pas capable de jouer les hôtesses de maison. Elle avait pris l'habitude de vivre seule, de retrouver ses amis au restaurant ou chez eux. Or elle allait être obligée de faire bonne figure, de se montrer agréable avec le détective alors que tout ce dont elle avait envie à cet instant était de se réfugier sous la couette et de pleurer – ou bien de faire ses valises pour aller s'installer à Tombouctou.

Pour couronner le tout, elle n'avait toujours pas appelé sa mère...

Elle chassa bien vite cette pensée.

— Scarlet ?

Austin se tenait devant elle, la main tendue. L'employé de l'hôpital qui l'avait accompagnée dehors attendait patiemment qu'elle veuille bien le libérer.

— Pardon, murmura-t-elle.

Elle plaça sa paume dans celle d'Austin, en essayant d'ignorer la réaction immédiate que le contact de sa peau provoqua en elle. Il l'aida à se lever et à grimper dans le pick-up, puis referma la portière derrière elle.

Une odeur de foin, de terre et de soleil régnait dans l'habitacle, le tout dominé par un agréable parfum d'eau de Cologne. En regardant autour d'elle, Scarlet constata qu'Austin n'avait pas exagéré : quoique bien entretenu, son pick-up était vieux. Une paire de menottes pendait au rétroviseur intérieur. Subitement, elle remercia le ciel qu'il ne puisse pas lire dans ses pensées...

Tandis qu'elle attachait sa ceinture en grimaçant sous l'effort, il s'installa au volant, enfila des lunettes de soleil et démarra.

— Qu'est-ce que vous écoutez en voiture, d'habitude ? s'enquit-il en sortant du parking. La radio ? De la musique ?

— Des livres audio, en général.

Il mit la climatisation en marche et tourna les bouches d'aération vers elle.

— Quel genre de livres ?

Scarlet sentit le rouge lui monter aux joues. Elle faillit esquiver la question, puis décida de jouer franc-jeu.

— Des romans sentimentaux. J'aime bien les histoires de famille qui finissent bien.

Elle détourna les yeux, certaine qu'il allait plaisanter. Les hommes se moquaient toujours de ses goûts littéraires.

— Qui sont vos auteurs préférés ? demanda-t-il à sa grande surprise.

— Vous connaissez des auteurs de romans à l'eau de rose, vous ?

— Quelques-uns. Ma mère est une grande fan. J'essaye d'être attentif quand elle me parle de ce qu'elle lit. Je sais que c'est important pour elle, même si ce n'est pas ma tasse de thé.

— Et c'est quoi, votre tasse de thé ?

— Oh ! je lis un peu de tout.

— C'est-à-dire ?

— De la non-fiction, principalement.

Il se passa une main sur la nuque, comme s'il était gêné d'être sous le feu des projecteurs.

— J'aime apprendre des choses, quel que soit le sujet, expliqua-t-il. Tout peut être fascinant si on prend le temps de s'y intéresser.

— Et quels sujets ont retenu votre attention, dernièrement ?

— La cuisine, le jardinage, la pêche, l'aviation, les crimes non résolus...

Scarlet sourit. Un homme qui aimait lire et qui s'intéressait à tout ? Pour elle, il n'y avait rien de plus séduisant. Elle se demanda combien de personnes connaissaient cet aspect de sa personnalité. Quel qu'en soit le nombre, elle était heureuse de compter parmi elles.

— Qu'est-ce qu'il y a ? s'enquit-il en remarquant qu'elle l'observait.

— Vous êtes un intello, en fait. Sous vos airs de beau gosse, vous avez un cerveau curieux. Ça me plaît.

— C'est quoi qui vous plaît, mes airs de beau gosse ou mon incroyable cerveau ?

Scarlet éclata de rire – et le regretta aussitôt. Sa gorge était encore douloureuse.

— Je n'ai jamais dit qu'il était incroyable.

— Vous avez dit qu'il était curieux.

Elle rit à nouveau, puis se laissa aller contre le dossier du fauteuil pour contempler le paysage qui défilait derrière les vitres. Après avoir quitté le centre-ville animé et traversé une banlieue pittoresque, ils roulaient à présent en pleine campagne. Les champs encore verts s'étendaient à perte de vue sous le ciel d'un bleu pur, ponctués çà et là d'une ferme, d'un troupeau ou d'une grange.

Alors qu'Austin tournait dans sa rue, Scarlet prit soudain conscience qu'il n'avait pas eu besoin d'indications.

— Comment connaissez-vous mon adresse ? lui demanda-t-elle.

— Dean l'a notée dans le dossier qu'il a ouvert à votre nom.

Elle avait complètement oublié la conversation qu'elle avait eue avec le frère d'Austin la veille, quand elle avait appelé Beaumont Investigations pour prendre rendez-vous. Il lui semblait qu'une éternité s'était écoulée depuis.

— Mais j'aurais pu la trouver facilement sans ça, ajouta-t-il sombrement.

— Que voulez-vous dire ?

— Vous êtes propriétaire. N'importe qui peut faire une recherche dans les registres fonciers du comté. Sinon, il suffit de regarder vos réseaux sociaux.

— Mes comptes sont tous privés.

— Pas votre compte professionnel. Tous les jours, vous postez des messages sur les biens disponibles et donnez des conseils aux acheteurs et aux vendeurs. Vous publiez des photos de votre maison et de votre jardin pour montrer à vos clients comment apporter du cachet à leurs propriétés avant de les mettre en vente.

— C'est vrai, mais je suis prudente : je ne donne jamais mon adresse, et je ne photographie jamais la maison dans son entier.

— Sauf que les aménagements paysagers sont facilement reconnaissables, et que le numéro de votre maison est visible sur plusieurs photos. Même s'il apparaît en tout petit, on peut facilement zoomer dessus avec un téléphone portable. Et les gens du coin savent qu'il n'y a pas beaucoup de rues tranquilles qui donnent sur l'océan.

— On voit l'océan sur les photos de ma terrasse ?

— Oui.

Austin s'arrêta dans l'allée et coupa le moteur.

Scarlet passa mentalement en revue les derniers messages qu'elle avait postés, consternée par tout ce qu'elle avait révélé sans le vouloir. Il lui était même arrivé de photographier un livre sur ses genoux alors qu'elle lézardait au soleil. Son agresseur s'était-il figuré que ces images lui étaient personnellement adressées ?

Austin la fit sursauter en lui ouvrant la portière. Il l'aida à descendre du pick-up, et ils se retrouvèrent soudain tout près l'un de l'autre. Scarlet aurait juré percevoir de l'attirance dans son regard, mais elle se trompait sûrement. Comment pouvait-on désirer une femme couverte de bleus et de bosses et vêtue de ses habits de la veille ?

— On y va ? demanda-t-elle en montrant la maison.

Avant de refermer son véhicule, il en sortit un sac de voyage.

— Je vous suis.

Une brise tiède soufflait dans les parterres de fleurs que Scarlet avait paillés récemment. Elle inspira profondément, s'efforçant de ramener son rythme cardiaque à un niveau normal.

— Votre maison est très belle, fit la voix chaleureuse d'Austin derrière elle.

— Merci. J'ai eu de la chance de pouvoir l'acheter. Elle appartenait à un couple âgé qui voulait se rapprocher de ses enfants.

Je les ai aidés à trouver un joli appartement, et ils m'ont vendu leur maison à un prix défiant toute concurrence. Je crois que ça leur faisait plaisir que je veuille la garder telle quelle. N'importe qui d'autre l'aurait sans doute démolie pour en construire une plus grande à la place.

Elle monta les marches du porche et s'appuya contre le mur.

— En fait... je n'ai pas les clés.

— Laissez-moi regarder ça.

Austin posa son sac par terre, puis sortit sa carte bleue de son portefeuille. En quelques secondes, il parvint à ouvrir la porte.

— Comme je vous l'ai dit, je ferai changer les serrures.

— Les poignées sont d'origine, souligna Scarlet d'une voix éteinte.

Presque *tout* l'était. Avant la veille, ces détails lui avaient paru de la première importance.

— Je peux installer un verrou sur la porte pour conserver les poignées, proposa Austin. Ou remplacer celles-ci par d'autres plus modernes et plus sûres. En tout cas, il va falloir faire quelque chose.

— Et si je commandais des poignées identiques en ligne ? Ça permettrait de garder la même esthétique. Par contre, la livraison risque de prendre plusieurs jours.

— Passons cette commande dès ce soir, dans ce cas.

Scarlet acquiesça et le devança dans la maison en allumant les lumières au fur et à mesure. Elle ne pouvait s'empêcher de craindre que son agresseur ne soit tapi dans l'ombre. Quand Austin referma la porte, elle tremblait de tout son corps.

— Je suis là, lui dit-il aussitôt, une main posée dans son dos. Il ne peut rien vous arriver.

— Et s'il était là lui aussi ? chuchota-t-elle.

Austin la guida jusqu'au canapé du salon.

— Je vais vérifier. Au moindre problème, appelez-moi.

Elle entendit ses pas s'éloigner dans la cuisine, puis passer dans la salle à manger. Tandis qu'elle attendait en se tordant les mains, elle l'imagina en train de jeter un œil dans les deux chambres du rez-de-chaussée, dans la salle de bains et sur la terrasse. Les marches de l'escalier craquèrent lorsqu'il monta à l'étage. Quelques minutes plus tard, il réapparut dans le salon et s'assit à côté d'elle.

— Il n'y a personne à part nous. Je vous apporte quelque chose à boire ? Du thé ? Un verre d'eau ?

— On est chez moi, protesta-t-elle. C'est moi qui devrais...

— Vous êtes censée vous reposer, la coupa-t-il. Ordre du médecin. Pendant ce temps-là, il faut que je sécurise les fenêtres et que je trouve un moyen de renforcer les portes jusqu'à ce que les nouvelles poignées arrivent.

— C'est ridicule, je sais.

— Pas du tout. C'est votre maison. Vous avez travaillé dur pour la façonner à votre image. Vous n'allez pas tout changer dans votre vie à cause de ce type – à part ce qui est absolument nécessaire pour votre sécurité, bien sûr. Je peux rester ici tant que les nouvelles serrures n'ont pas été installées, et même plus longtemps si on ne parvient pas à arrêter votre agresseur.

Scarlet essuya une larme qui roulait sur sa joue.

— Merci. J'aimerais tellement pouvoir vous aider à le pincer... Il était suffisamment près de moi pour m'étrangler, et je suis incapable de le décrire. C'est rageant.

— Vous avez subi un traumatisme. Vos souvenirs reviendront, laissez-leur le temps. En attendant, concentrez-vous sur votre guérison.

Il se releva.

— Est-ce que vous avez faim ? Je peux faire à manger ou commander quelque chose, si vous voulez.

— Vous êtes censé être mon invité.

— Je me suis un peu invité tout seul. Et vous venez de sortir de l’hôpital. En réalité, je suis plutôt votre auxiliaire de vie. Si je ne vous nourris pas, je vais me faire virer.

Scarlet se débarrassa de ses chaussures et se leva à son tour.

— Ce serait dommage, dit-elle.

Tout à coup, un flot d’émotions la submergea, et elle dut se retenir de filer dans sa chambre pour laisser libre cours à ses larmes. Évidemment, Austin s’en aperçut. Rien ne lui échappait.

— Vous voulez qu’on en parle ? demanda-t-il doucement.

— Non, je vais prendre une douche et enfiler une tenue plus confortable.

Elle avait bien l’intention de jeter sa jupe et ses sous-vêtements à la poubelle, voire de les brûler dans le brasero du jardin. Tout ce qui pouvait lui rappeler l’agression devait disparaître. Elle revendrait peut-être même son SUV lorsqu’elle l’aurait récupéré.

— Je peux préparer du thé et des sandwichs, proposa Austin. Ou de la soupe, si c’est plus facile à avaler pour vous.

— Merci, mais je crois que je commencerai par un grand verre de vin.

Sans attendre sa réponse, elle marcha tout droit vers la salle de bains, où elle espérait que le bruit de la douche couvrirait ses sanglots.

9

Pendant que Scarlet Wills se lavait, Austin fit de nouveau le tour de la maison, en l'inspectant cette fois-ci jusque dans les moindres recoins. Il n'avait pas oublié avec quelle facilité il avait ouvert la porte d'entrée en arrivant. Même s'il n'avait trouvé personne dans les différentes pièces, l'agresseur pouvait très bien être venu plus tôt pour fourrer son nez dans les affaires de la jeune femme ou installer des caméras. L'idée même révoltait Austin, et il fut soulagé de ne rien repérer d'anormal.

Il ne manqua pas en revanche de remarquer l'attention que Scarlet avait portée à la rénovation de sa villa... Elle avait redonné vie aux parquets et aux carrelages anciens, mis en valeur les moulures des plafonds, repeint soigneusement les portes et les murs. Il comprenait mieux pourquoi elle tenait tant à conserver les poignées d'origine. Cette maison était une véritable œuvre d'art.

Jamais Austin n'avait vu une décoration aussi féminine, même au ranch familial. Il avait l'impression de déambuler dans les pages d'un magazine d'architecture d'intérieur. Motifs fleuris, couleurs pastel, abondance de coussins et de plaids... Il découvrait là une facette de Scarlet Wills qu'il ne soupçonnait pas. En s'entretenant avec l'agente immobilière sérieuse qui s'était présentée à son bureau la veille, il n'aurait pas imaginé en effet qu'elle serait capable de tapisser la moitié de sa salle de bains avec un papier peint orné de papillons, ou de dormir sous une couette imprimée de fleurs sauvages. Mais, après tout, cela collait bien avec sa prédilection pour les romans d'amour...

Au rez-de-chaussée, une petite buanderie donnait sur la terrasse à l'arrière. Une machine à laver, un sèche-linge et un meuble de rangement s'alignaient sous la fenêtre. Au milieu de la pièce trônait un tancarville sur lequel un arc-en-ciel de culottes et de soutiens-gorge était en train de sécher. Austin passa bien vite son chemin avant que son imagination ait le temps de s'emballer.

Il était là pour la protéger, pas pour la désirer. Pourtant, au bout de deux jours seulement, il avait déjà du mal à maintenir une distance professionnelle avec elle. Et il venait à peine de s'installer chez elle...

Quand il fut certain que les fenêtres et les portes étaient bien verrouillées, il alla dans la cuisine se préparer une tasse de café et servir un verre de vin à Scarlet. Cela faisait un moment qu'elle s'était retirée, mais il comprenait qu'elle ait besoin de temps pour se délasser, se remettre de ses émotions – et aussi, sans doute, se faire à l'idée qu'un inconnu s'activait dans sa cuisine.

En la voyant émerger de sa chambre quelques instants plus tard, il s'avança à sa rencontre avec le verre de merlot. Scarlet avait attaché ses cheveux mouillés en chignon et enfilé un pantalon de pyjama rose et un T-shirt blanc moulant. Elle sentait bon le shampoing et la crème.

— Vous n'avez pas oublié, dit-elle en acceptant le vin. Merci.

Austin lui répondit d'un sourire. Il aimait la voir rougir. En revanche, il détestait les vilaines marques que son agresseur avait laissées sur son cou.

— Comment vous sentez-vous ? s'enquit-il.

— Mieux. Ça fait du bien d'être chez soi, de retrouver ses affaires, son espace.

— Même si vous êtes obligée de le partager avec un invité imprévu ?

— Tant qu'il me sert du vin, je ne me plains pas... Je vais aller m'installer un moment dehors. Vous voulez me tenir compagnie ?

— J'arrive tout de suite.

Austin retourna dans la cuisine se resservir en café et récupérer quelque chose dans son sac de voyage. En traversant la buanderie pour rejoindre la terrasse, il fut soulagé de noter que Scarlet avait décroché ses sous-vêtements et les avait rangés dans un panier.

Il la trouva installée dans un fauteuil de jardin tourné face à la mer, une couverture douce sur les épaules. Elle lui fit signe de prendre place à côté d'elle dans un autre siège.

— J'ai quelque chose pour vous, annonça-t-il en s'asseyant.

— Quoi donc ?

Il lui tendit son téléphone.

— Vous avez sans doute des personnes à appeler. Je vais vous trouver un portable, mais en attendant vous pouvez utiliser le mien. J'imagine qu'il y a plein de gens qui s'inquiètent pour vous.

— Je crois que je vais attendre encore un peu, répondit Scarlet en regardant fixement l'appareil. Je ne me sens pas prête à en parler.

— Vos proches risquent d'apprendre la nouvelle en lisant le journal.

Elle but une gorgée de vin.

— La seule personne qui compte, c'est ma mère, et elle ne vit pas à Marshal's Bluff. Je l'appellerai dès que je pourrai le faire sans fondre en larmes.

— Je comprends.

Austin rempocha son téléphone, tout en observant la jeune femme plus attentivement. Elle avait les yeux gonflés, le nez rougi. Il comprit qu'elle avait pleuré sous la douche pendant qu'il se baladait dans sa maison. Il aurait dû...

J'aurais dû quoi ? songea-t-il. Frapper à la porte de la salle de bains pour lui proposer un câlin ? C'était déjà assez difficile pour elle de l'avoir dans les pattes, le minimum qu'il pouvait faire était de respecter son intimité.

— Alors, ce vin ? lui demanda-t-il.

— C'était exactement ce dont j'avais besoin. Même si je ne devrais peut-être pas boire de l'alcool en même temps que je prends des médicaments...

— Les doses prescrites par le médecin ne sont pas très fortes. Je ne pense pas qu'un peu de vin vous fera du mal.

— De toute façon, je ne suis pas sûre de le finir. Boire un verre sur ma terrasse est devenu un rituel, surtout après une dure journée. Parfois, je me prépare juste une tisane, ou je sirote un grand verre d'eau fraîche, mais la magie opère toujours. C'est tellement paisible, ici... Certains soirs, j'ai l'impression de sentir toute la tension s'échapper de mon corps.

— C'est vrai que la vue est magnifique, reconnut Austin en portant son regard sur les eaux d'un bleu profond.

Pendant un moment, il profita de la douce chaleur du soleil et de la brise iodée qui lui rafraîchissait le visage.

— J'ai autre chose pour vous, annonça-t-il finalement.

Elle tourna la tête vers lui, parfaitement détendue.

— Ah oui ?

Austin extirpa l'arme de sa poche et la lui présenta.

— Qu'est-ce que c'est ?

— Un petit pistolet à impulsion électrique. Je pense que vous devriez vous entraîner à l'utiliser et l'emporter partout avec vous. Au moins jusqu'à ce que votre agresseur ait été arrêté.

— J'ai une bombe au poivre et une alarme anti-agression dans mon sac à main. Et avant que vous me demandiez si elles m'ont été bien utiles hier, je tiens à souligner que je n'ai pas eu le temps de les sortir, et que cela aurait été la même chose avec votre pistolet.

— Je ne me serais pas permis de vous faire cette réflexion, se défendit-il.

— En plus, je suis bien capable de m'électrocuter moi-même, continua-t-elle en jetant un regard méfiant sur le Taser. Je peux prendre le temps d'y réfléchir ?

— Bien sûr. Laissez-moi juste vous montrer comment ça marche.

D'ordinaire, Austin n'aurait pas insisté, et ce, encore moins alors que la jeune femme semblait avoir enfin trouvé un semblant de paix intérieure. Mais l'enjeu était suffisamment important pour qu'il s'autorise une exception.

Il posa l'objet cylindrique dans sa paume.

— On dirait une lampe torche, remarqua Scarlet.

— C'est vrai. Et ça peut effectivement servir de lampe au besoin. L'interrupteur se trouve ici, précisa-t-il en lui montrant une extrémité de l'appareil. Là, c'est la glissière pour le mettre en charge. Et il suffit d'appuyer sur ce bouton rouge pour envoyer le choc électrique.

Le pistolet émit un grésillement menaçant.

— Si je comprends bien, il faut que je sois suffisamment près de l'agresseur pour coller ce truc contre sa peau, lâcha Scarlet d'un air peu convaincu.

Austin regarda l'arme dans sa main. Sa petite taille lui avait paru pratique, mais il comprenait les réserves de la jeune femme.

— Écoutez, lui dit-il, j'espère que vous ne vous retrouverez plus jamais aussi près de quelqu'un qui vous veut du mal. Par contre, si cela devait arriver, une décharge de ce Taser le ferait reculer et l'immobiliserait assez longtemps pour que vous puissiez vous enfuir.

Il posa le pistolet entre eux sur la table et reporta son attention sur le paysage. Plus le temps passait, moins il se sentait tranquille. Cela l'ennuyait de se dire que, s'il n'était pas là, Scarlet serait toute seule, alors que dans un moment comme celui-ci elle devrait être entourée de ses amis et de sa famille. Quand un membre du clan Beaumont était hospitalisé pour une raison ou pour une autre, la salle d'attente était vite remplie de proches venus le soutenir. Et les tantes, les grands-mères et les cousines faisaient la queue devant chez lui pour lui apporter à manger. Certes, les collègues de Scarlet lui avaient fait livrer des fleurs, mais la seule personne dont elle lui avait parlé était sa mère, et Scarlet ne l'avait même pas appelée.

— Vous vous entendez bien avec votre maman ? lui demanda-t-il.

— Très bien. Je n'ai qu'elle comme famille. Pour tout dire, ma mère est aussi ma meilleure amie.

— Elle n'habite pas ici, si j'ai bien compris ?

— Non, elle vit à Holbrook. Suffisamment près pour pouvoir venir vite en cas d'urgence, et suffisamment loin pour qu'on ne se fasse pas concurrence. Elle aussi est agente immobilière.

Austin se demanda ce qu'elle considérait comme une urgence si sa situation actuelle n'en était pas une...

— Avez-vous envisagé d'aller passer quelques jours chez elle pendant que la police recherche votre agresseur ?

— Oui, bien sûr, mais je n'ai pas encore trouvé le courage de lui annoncer la nouvelle.

Austin porta sa tasse à ses lèvres et contempla de nouveau le jardin et la mer au-delà. Le vent agitait les feuilles dans les arbres et les faisait tomber tels des confettis rouges, orange et dorés sur un fond de vert et de bleu. La vue était digne d'un tableau. Austin comprenait pourquoi Scarlet venait ici se relaxer.

— Vous pensez que les policiers vont le retrouver ? demanda-t-elle soudain.

— J'en suis certain.

— Et vous comptez rester avec moi jusque-là ?

Il eut un pincement au cœur en entendant le tremblement

dans sa voix. Sans s'expliquer pourquoi, il savait qu'il resterait avec elle aussi longtemps qu'elle en aurait besoin, aussi longtemps qu'elle le lui permettrait.

— Oui, répondit-il.

— Et si cela prend un an ? Ou dix ? Vous ne pouvez pas renoncer à votre vie, abandonner vos autres clients. Qu'est-ce que je deviendrai dans ce cas-là ?

— Laissez-moi m'occuper de ma vie et de mes clients. Vous avez assez de soucis comme ça. Je peux vous assurer qu'il ne faudra pas un an à mon frère et à ses hommes pour le retrouver.

Scarlet tourna vers lui ses beaux yeux verts.

— Comment pouvez-vous en être si sûr ?

— Parce que ce type n'a pas la moindre chance contre ma famille.

Le lendemain, Scarlet se réveilla à 9 heures. Cela faisait des années qu'elle n'avait pas dormi après 6 heures du matin, et elle avait oublié à quel point c'était agréable... jusqu'à ce qu'elle se redresse dans son lit, et que toutes ses douleurs se rappellent brusquement à elle.

Un verre d'eau et deux comprimés avaient été déposés sur sa table de chevet, accompagnés d'un petit mot :

Mangez-moi. Buvez-moi.

Comme dans *Alice au pays des merveilles*. Scarlet sourit en se souvenant qu'Austin Beaumont se promenait en liberté sous son toit. Elle avala les médicaments et alla se préparer dans sa salle de bains.

Des images de la soirée de la veille lui revinrent à l'esprit tandis qu'elle se brossait les dents. Ils étaient restés sur la terrasse jusqu'au coucher du soleil en bavardant de tout et de rien, puis s'étaient installés sur le canapé du salon pour regarder un film et manger des sandwichs qu'Austin avait préparés. Au bout de quelques heures à peine, elle avait eu l'impression de le connaître mieux que certaines personnes qu'elle fréquentait depuis des années. Et rien de ce qu'elle avait appris sur lui ne lui déplaisait.

Bien au contraire.

Austin aimait sa famille – chacun des milliers de membres qui semblaient la composer. Il était intelligent, drôle, gentil. Elle se sentait en sécurité avec lui, et elle ne rêvait que d'une chose : passer d'autres soirées comme celle-ci en sa compagnie.

Elle coiffa ses cheveux, et s'appliqua un peu de gloss sur les lèvres et du mascara sur les cils. Puis elle enfila un jean aux bords effilochés, des chaussettes molletonnées et un T-shirt de l'équipe de softball de son agence. C'était idiot, mais elle avait envie qu'Austin la trouve mignonne.

Elle se dirigea ensuite vers la cuisine, le seul endroit de la maison où elle entendait du bruit. Installé à table devant un ordinateur portable, le détective parlait à quelqu'un au téléphone.

— Je te rappelle, lâcha-t-il en la voyant arriver.

Il se leva et retira les écouteurs de ses oreilles.

— Je me suis permis d'utiliser votre salle de bains et votre cuisine, dit-il. Je vous sers un café ?

— Volontiers.

— Du lait, du sucre ?

— Les deux, s'il vous plaît.

Austin sourit. Sa tenue ressemblait fort à celle de Scarlet – jean délavé et T-shirt au nom de son agence.

— C'était tout ce que j'avais dans mon sac, expliqua-t-il. Hier, j'avais emprunté des vêtements à l'un de mes frères. Il faudra qu'on passe chez moi à un moment ou à un autre pour que je récupère quelques affaires.

— Bien sûr.

Scarlet était curieuse de voir où il habitait. À quoi ressemblait sa maison ? Quels secrets révélerait-elle ? *Du calme,* s'ordonna-t-elle. Il vivait peut-être dans un appartement sans charme avec trois colocataires qui ne se nourrissaient que de pizzas et de bière...

Il lui tendit un mug.

— Merci, murmura-t-elle en inspirant l'odeur du breuvage fumant. Puisque vous avez préparé le café, je vais m'occuper du petit déjeuner. Laissez-moi juste le temps de boire cette tasse, et je serai officiellement réveillée.

Austin lança un coup d'œil vers l'horloge.

— J'espérais pouvoir vous prévenir plus tôt, mais je me suis déjà occupé du petit déjeuner.

Au même instant, la sonnette retentit.

— C'est pour moi, dit-il en lui faisant signe de le suivre. Enfin, pour nous.

— Vous avez commandé à manger ?

— Pas exactement.

Il ouvrit la porte et s'écarta pour laisser à Scarlet la place de le rejoindre dans l'entrée.

Une femme d'âge mûr coiffée d'une couronne de tresses se tenait sur le seuil, un plat dans les mains, un sac isotherme pendu au poignet.

— Bonjour ! lança-t-elle gaiement à Scarlet.

Elle posa son regard doux sur Austin.

— Salut, mon grand.

10

— Salut, maman.

Austin embrassa sa mère sur la joue, avant de s'effacer pour la laisser entrer.

— Scarlet vient de se réveiller, je n'ai pas eu le temps de la prévenir que tu arrivais.

— La prévenir ? Tu dis ça comme si j'allais lui rajouter des soucis, alors que je suis là pour l'aider ! Où est la cuisine ?

Scarlet cligna des yeux tandis que la petite bonne femme suivait Austin jusqu'à la gazinière.

— Scarlet, je vous présente ma mère, Mary Beaumont, dit-il d'un air contrit. Maman, voici Scarlet Wills.

— Je suis ravie de faire votre connaissance, déclara Mme Beaumont en réglant la température du four. J'ai juste besoin de réchauffer un peu ce plat... Je me suis dépêchée de venir pour que vous n'ayez pas trop à attendre.

— Merci.

Scarlet n'en revenait pas. Non seulement la mère d'Austin préparait des petits plats, mais en plus elle était prête à tout laisser en plan pour les apporter aux clients de son fils ? Cela lui paraissait incroyable. Sa propre mère ne cuisinait jamais, ne mangeait presque rien et ne se pressait que pour aller à ses rendez-vous professionnels.

— J'ai fait un gratin mexicain, ton préféré, précisa Mary à

son fils. J'ai aussi concocté quelques petites choses pour votre déjeuner et votre dîner. Mais si vous voulez, vous pouvez venir manger au ranch. Ça vous ferait sans doute du bien de sortir.

— Dit l'araignée à la mouche, marmonna Austin.

Sa mère lui donna une petite tape en riant.

Scarlet les observa, fascinée par l'entente naturelle qui régnait entre eux. Ils se déplaçaient dans la pièce de façon presque chorégraphiée, rangeant des bols dans le réfrigérateur, glissant le plat au four, servant la table pour trois. À l'évidence, Austin s'était bien familiarisé avec sa cuisine pendant qu'elle dormait.

Tout en s'activant, Mme Beaumont complimenta Scarlet sur sa maison, lui demanda comment elle se sentait et si Austin se comportait bien. En quelques minutes, le choc initial se dissipa, et Scarlet eut l'impression qu'elle connaissait cette femme depuis toujours. Elle ne s'était jamais sentie aussi à l'aise avec quelqu'un d'étranger – à part avec Austin.

Mary la fit rire en lui racontant des anecdotes sur sa vie au ranch et sur les cinq garçons qu'elle avait élevés.

— Et c'est comme ça que celui-là s'est fait cette cicatrice au-dessus de l'œil, dit-elle en tapotant le front de son fils. Il prétend qu'il est tombé d'un taureau, mais ce n'est pas ce qui s'est passé !

— C'est à cause de Dean ! se défendit Austin. Il m'a dit que je ne risquais rien à sauter du toit de la grange, tant que je me servais d'une couverture comme parachute. Il avait quinze ans, moi dix. À l'époque, je buvais ses paroles.

— Les garçons..., commenta Mary d'un air attendri. Vous avez des frères et sœurs, Scarlet ?

— Non.

Mme Beaumont posa une main sur la sienne et la dévisagea longuement.

— Je sais que vous avez peur, tout de suite, mais je peux

vous assurer que mes fils travaillent dur pour retrouver votre agresseur. Et ils n'échouent jamais.

— Maman... Arrête.

— Quoi ? Je lui offre juste un peu de réconfort. Mes garçons ne s'engagent que quand ils sentent que cela en vaut la peine, et alors ils se donnent à 110 %.

Scarlet ne put s'empêcher de se demander si Mary parlait toujours de l'enquête, ou si elle était passée à tout autre chose... Sa question suivante ne lui laissa que peu de doutes à cet égard :

— Est-ce qu'Austin vous a dit que Dean venait de se fiancer ? J'ai tellement hâte que le mariage arrive ! Et les bébés, surtout. Vous voulez des enfants, Scarlet ?

Celle-ci lança un coup d'œil affolé vers Austin, qui s'était pris la tête entre les mains.

— Euh... oui, répondit-elle.

— Tant mieux ! Je sais que la décision appartient à chaque couple, mais j'aime imaginer le ranch rempli d'enfants quand mon mari et moi serons trop vieux pour accueillir les jeunes.

Austin eut un rire nerveux.

— Notre mère nous verrait bien peupler une petite ville.

— Et alors ? Il n'y a pas de mal à rêver d'une grande famille.

— J'ai toujours eu envie d'avoir cinq enfants, lâcha Scarlet, s'étonnant elle-même de cette confession.

— C'est vrai ? firent les deux autres à l'unisson.

— Oui. Pourquoi cinq précisément, je n'en sais rien, mais ça m'a toujours semblé être le chiffre parfait. C'est peut-être parce que je suis fille unique. Malheureusement, mon projet a du plomb dans l'aile, vu que j'ai vingt-sept ans et que je suis toujours célibataire.

— On ne sait jamais, répliqua Mme Beaumont. Vous pouvez avoir des jumeaux. Ou adopter. Ou enchaîner les grossesses.

— Maman ! s'exclama Austin, horrifié.

— Oh ! ça va, c'était juste une discussion de filles ! Mais

j'imagine que tu préférerais parler boutique… Est-ce que tu lui as donné un pistolet électrique ?

— J'ai essayé, dit-il, visiblement soulagé de changer de sujet. Je lui ai proposé un modèle miniature, mais elle n'en a pas voulu.

Mary fronça les sourcils.

— Vous préféreriez un vrai pistolet ?

— Surtout pas ! répondit Scarlet avec effroi. J'aime autant me balader avec un Taser.

— Eh bien voilà, c'est réglé, dit Mary en souriant.

Comme le four sonnait, elle bondit sur ses pieds.

— On va enfin pouvoir manger !

— Ma mère adore nous nourrir, expliqua Austin. C'est sa façon de nous aimer.

— Personnellement, je n'ai rien contre, répondit Scarlet.

Elle ne connaissait Mary Beaumont que depuis quelques minutes, mais elle avait déjà compris que celle-ci aimait sa famille plus que tout au monde.

Bientôt, une odeur de poivrons grillés, d'œufs, d'oignons et de fromage lui chatouilla les narines, et son estomac se mit à gargouiller.

— Mangez, dit Mary en posant le plat sur la table. Après, on discutera de votre déménagement.

— Quel déménagement ?

Austin eut l'air gêné.

— Ce que ma mère veut dire, c'est que vous seriez sans doute plus en sécurité au ranch. Mais vous pouvez aussi venir chez moi, Scarlet. On a prévu d'y passer pour que je récupère des affaires, vous verrez sur place ce que vous en pensez.

Austin se doutait bien que sa proposition ferait réagir sa mère, mais les mots lui avaient échappé avant qu'il ait pu les retenir, et il était trop tard à présent pour faire machine arrière.

Comme il s'y attendait, elle haussa un sourcil.

Beaucoup de gens imaginaient qu'au sein de la famille Beaumont c'était le père, un ancien chef de police, qui avait inspiré à ses garçons l'envie d'embrasser une carrière dans le maintien de l'ordre ou l'investigation. Mais tous ceux qui avaient passé un peu de temps au ranch savaient que la mère était en réalité la meilleure détective d'entre tous. Elle voyait tout, entendait tout, devinait tout. Les rares fois où Austin et ses frères avaient cru ne pas se faire prendre étant jeunes après avoir commis une bêtise, c'était parce qu'elle avait décidé de fermer les yeux. Et encore, elle leur avait fait comprendre qu'elle n'était pas dupe en doublant leurs corvées au ranch pendant une ou deux semaines, sans faire de commentaire.

Scarlet avait beau continuer de sourire poliment, Austin vit sa main trembler quand elle porta son mug à ses lèvres. Il n'avait pas envie de l'arracher à sa maison, et il s'était creusé la cervelle pendant des heures pour tenter de trouver une solution. Mais sa mère avait raison : ici, Scarlet n'était pas en sécurité. Les nouvelles serrures ne seraient pas installées avant plusieurs jours ; comment Austin était-il censé tenir jusque-là sans dormir, en passant ses nuits à faire des rondes entre les différentes entrées ?

— Est-ce qu'Austin vous a parlé du ranch ? demanda Mary à la jeune femme. C'est un bel endroit, très tranquille. Il y a de la place, on y mange bien et on y croise plein de gens sympathiques. Il y a des animaux, aussi, des chevaux si vous aimez monter. Là-bas, vous ne risquerez rien.

Scarlet reposa soigneusement sa tasse sur la soucoupe.

— J'aimerais rester ici, si c'est possible.

— Tout est possible, répliqua la mère d'Austin, mais est-ce bien prudent ? Savez-vous quand les serrures pourront être changées ?

— À la fin de la semaine. J'ai commandé les nouvelles poignées de porte hier soir.

— Et qui montera la garde à l'avant et à l'arrière de votre maison, d'ici là ?

Austin réprima un sourire. Sa mère savait lire dans les pensées, ce n'était pas possible autrement.

Scarlet le dévisagea, atterrée.

— Comment avez-vous fait pour surveiller les deux portes ?

— Je suis passé de l'une à l'autre pendant une bonne partie de la nuit.

— Vous n'avez pas fermé l'œil, devina-t-elle. Et pendant ce temps-là, j'ai dormi comme un bébé.

Un long silence s'étira. Finalement, elle se redressa et se tourna vers la mère d'Austin.

— Je ne veux pas vous mettre en danger, vous et les jeunes gens que vous hébergez. J'ai entendu parler de toutes les choses formidables que vous faites pour eux. Je m'en voudrais qu'il vous arrive malheur à cause de moi.

Tandis que sa mère étudiait le visage de Scarlet, Austin se demanda si elle y voyait les mêmes choses que lui. La jeune femme était courageuse et profondément altruiste. Elle avait traversé l'enfer, mais elle s'inquiétait plus de la sécurité des autres que de la sienne.

— C'est pour ça que vous ne voulez pas vous installer chez votre maman, n'est-ce pas ? demanda Mary.

— Oui.

La mère d'Austin s'essuya délicatement la bouche avec une serviette.

— L'hôtel, ce n'est pas l'idéal, fit-elle remarquer. Mais si vous décidez de ne pas aller chez mon fils, ce pourrait être une solution. Cela coûterait plus cher, évidemment. Et Austin serait quand même obligé d'être présent, au moins dans une chambre attenante.

— Je peux m'arranger avec mes frères pour organiser des tours de surveillance ici, intervint Austin. Si vous tenez à rester chez vous, on se débrouillera.

Scarlet détourna le regard.

— Non. Vous faites déjà beaucoup pour moi. Et si vos frères passent leurs nuits ici, ils seront épuisés pendant la journée et auront moins d'énergie pour rechercher mon agresseur. Ce serait contre-productif.

— Dans ce cas, la meilleure option me semble être d'aller chez moi. Ma maison n'est enregistrée sur aucun site, très peu de personnes savent où j'habite. Avec Dean, nous nous sommes donné beaucoup de mal pour garder nos adresses secrètes lorsque nous avons ouvert l'agence. La propriété est équipée d'un système de sécurité dernier cri, et je suis un très bon tireur.

La jeune femme eut un petit rire. Mary leva les yeux au ciel en secouant la tête, avant de reculer sa chaise.

— Bon, il faut que je rentre aider ton père, dit-elle. Prévenez-moi quand vous vous serez décidés, et n'hésitez pas à me dire si vous avez besoin de quelque chose. J'ai mis un ragoût de bœuf au frigo pour votre dîner. Vous n'aurez qu'à le réchauffer au four pendant une demi-heure.

— Merci, répondit Scarlet tandis qu'Austin et elle la raccompagnaient à la porte. Merci pour tout. J'ai été ravie de faire votre connaissance, et votre proposition de m'accueillir dans votre ranch était très généreuse. Je vois de qui Austin tient sa gentillesse.

Un éclair de fierté passa dans le regard de Mary. En observant sa mère, Austin comprit que la jeune femme avait remporté son entière approbation.

Il n'avait pas fini d'en entendre parler.

11

Austin et Scarlet agitèrent la main depuis le perron jusqu'à ce que la voiture de Mary ait disparu au coin de la rue. Cette scène domestique sembla si naturelle à Austin qu'il se demanda si le manque de sommeil ne lui jouait pas des tours.

— Je crois que j'ai une idée, dit soudain Scarlet en se mordant la lèvre.

— Quel genre d'idée ?

— Une chose qu'on devrait faire. C'est vous qui m'y avez fait penser hier, quand vous m'avez encouragée à me détendre.

Austin resta bouche bée. Toute pensée rationnelle avait déserté son esprit, chassée par des images très précises de ce qu'ils pourraient faire ensemble pour se relaxer.

— Je... je ne me rappelle plus ce que je vous ai dit exactement, bafouilla-t-il.

— Que quelque chose finirait par raviver ma mémoire, et que mes souvenirs reviendraient.

— Ah.

Ressaisis-toi, imbécile. Qu'était-il allé croire ?

— Et que voulez-vous faire, alors ?

— Retourner sur le lieu de mon agression. Cela pourrait aider, non ?

Austin grimaça.

— Vous êtes sûre ? Ça ne fait même pas quarante-huit heures.

Il n'y a pas d'urgence. Vos souvenirs reviendront d'eux-mêmes, il faut juste être patiente… En plus, le médecin vous a dit de vous reposer.

— Et si je n'ai pas envie de me reposer ? répliqua-t-elle en croisant les bras sur sa poitrine. Ce n'est pas comme si je vous demandais d'aller courir un marathon !

Elle poussa un soupir.

— Excusez-moi, je ne devrais pas m'énerver contre vous. Mais ça me rend furieuse d'être incapable de décrire ce type. Il se balade librement dans la nature, il fait ce qu'il veut, quand il veut, alors que, moi, je suis blessée, je dois vivre avec un garde du corps, et je vais sans doute être obligée de quitter ma maison. Je ne peux même pas aller travailler ! Je ne sers strictement à rien, pendant que vous et vos frères vous mettez en quatre pour moi.

Austin se rapprocha d'elle, brûlant de la prendre dans ses bras. Il lui avait déjà dit qu'elle n'avait pas à s'excuser d'avoir besoin d'aide.

— Retourner sur le lieu de l'agression risque de vous provoquer un choc, la prévint-il. Si votre cerveau vous cache certaines choses, c'est pour vous protéger. Vous allez le soumettre à un stress énorme.

— Ou pas.

Austin croisa les bras à son tour. Ce plan ne lui disait rien qui vaille.

— Vous m'avez dit que vous étiez là pour m'aider, insista-t-elle d'une voix plus douce. Or je pense vraiment que cela pourrait marcher.

Il poussa un soupir. Elle savait se montrer persuasive. Et il commençait à comprendre qu'il était incapable de lui dire non.

Une heure plus tard, Scarlet était enfin prête à partir. Prise de doutes et d'angoisses, elle avait un peu traîné des pieds en se préparant, mais elle avait fini par se convaincre que son idée était bonne.

Elle chaussa ses bottines et décrocha son caban du portemanteau.

— Vous êtes sûre de vous ? fit la voix d'Austin derrière elle.

— Oui, je crois.

Il avait enfilé un blouson en cuir et enfoncé une casquette de base-ball sur sa tête.

— J'ai oublié de vous donner ça tout à l'heure, dit-il en sortant un téléphone de sa poche. C'est un portable jetable que j'avais dans mon sac d'urgence. Je l'ai mis en route hier soir, et j'y ai enregistré mon numéro ainsi que ceux de Dean, de Finn et de ma mère. Vous pourrez appeler la vôtre quand vous en aurez envie. Ou n'importe qui d'autre.

Scarlet sentit sa gorge se nouer. D'après son expérience, les gens disaient beaucoup de choses qu'ils ne pensaient pas vraiment. Austin, lui, tenait toutes ses promesses comme s'il n'y avait rien de plus normal. Il ignorait sûrement à quel point la fiabilité et la sincérité comptaient pour une femme qui s'était fait mener en bateau par à peu près tous les hommes qu'elle avait fréquentés.

— Merci, murmura-t-elle en acceptant l'appareil.

Il fallait absolument qu'elle calme ses ardeurs vis-à-vis d'Austin. S'il était là, c'était parce qu'elle l'avait embauché en tant que détective privé. Pas parce qu'il avait envie de passer le reste de sa vie avec elle, à contempler des couchers de soleil depuis sa terrasse et à élever une ribambelle d'enfants.

Un bruit de clés la tira de sa rêverie ; poussant un soupir, elle suivit Austin jusqu'à son pick-up. Quelques instants plus tard, ils roulaient en direction de la propriété des Perez.

Scarlet regarda le téléphone dans ses mains en s'efforçant de ne pas trop penser à leur destination. De toute façon, il était trop tard pour se dégonfler.

— Vous pensez appeler votre mère ? lui demanda Austin.

— Je crois que je vais d'abord passer un coup de fil à l'agence. Lydia m'a fait livrer des fleurs à l'hôpital, et je ne l'ai même pas remerciée.

Elle composa le numéro sans se laisser le temps de réfléchir. Peu importait ce qu'elle déciderait de révéler à sa collègue, celle-ci méritait d'avoir de ses nouvelles.

— Agence Coulter, répondit Lydia.

— Salut, c'est moi.

— Scarlet ! Bon sang, j'étais folle d'inquiétude ! Je suis passée à l'hôpital hier après le travail, ils m'ont dit que tu étais sortie. J'ai failli m'arrêter chez toi ce matin pour voir si tout allait bien.

— Je suis rentrée hier, et je vais bien, lui assura Scarlet. Merci beaucoup pour le bouquet, ça m'a vraiment fait plaisir. Je suis désolée de ne pas avoir appelé plus tôt.

— Dans le journal, ils racontent que tu t'es fait attaquer par un voleur, dit Lydia en baissant la voix. Tu es sûre que ça va ?

Scarlet grimaça. Elle avait oublié de se renseigner sur ce qui avait été dit dans la presse.

— Oui, ça va, répondit-elle. Je n'ai pas lu le journal.

À côté d'elle, Austin lui lança un coup d'œil.

— J'ai pleuré en découvrant l'article, confia Lydia. Je n'arrive pas à croire qu'une telle chose ait pu se produire ici, et à quelqu'un comme toi.

Scarlet n'était pas certaine de comprendre ce que sa collègue voulait dire, mais elle se sentit touchée malgré tout par ses paroles.

— Ne t'inquiète pas, je vais bien. Du moins, j'irai mieux bientôt. Je suis avec Austin, et il prend soin de moi.

Lydia laissa échapper un cri aigu.

— Oooh ! maintenant, c'est sûr, je vais venir te voir !

Scarlet glissa un regard vers Austin. À en juger par son sourire en coin, il avait tout entendu.

— Ne viens pas tout de suite, dit-elle à Lydia. On va peut-être rester chez lui pendant quelques jours. Le type qui m'a agressée a pris mon sac, il a donc mon adresse.

Lydia poussa une exclamation horrifiée. Avait-elle toujours été aussi théâtrale ?

— Au fait, ajouta Scarlet, j'ai envoyé un message aux ressources humaines hier soir pour les prévenir que je ne viendrais pas travailler cette semaine. Je ne peux pas vraiment vendre des maisons avec la tête que j'ai...

Elle porta une main à sa tempe, où la bosse était encore bien visible... et toujours douloureuse, comme les ecchymoses qui marquaient son cou.

— J'ai aussi annulé mes rendez-vous et proposé à mes clients de les reporter. À ceux qui ne voulaient pas attendre mon retour, j'ai donné ton adresse mail. Je me suis dit que tu pourrais t'occuper des visites, et même signer les ventes. Comme ça, tu commencerais à te constituer une clientèle.

— C'est super gentil... Tu es sûre que ça ne te dérange pas ?

— Pas du tout. Tu es une agente talentueuse, je sais qu'ils seront entre de bonnes mains. Rappelle-moi à ce numéro si tu as besoin de quoi que ce soit.

— Merci.

— Ça me fait plaisir. À bientôt, Lydia.

Scarlet raccrocha et se concentra de nouveau sur la route. Quand Austin tourna dans l'allée des Perez, son cœur se mit à tambouriner dans sa poitrine.

Le moment était venu de retrouver ses souvenirs.

12

Scarlet déposa le téléphone dans le porte-gobelet et tenta de contrôler l'appréhension qui s'emparait d'elle. Austin avait coupé le moteur et restait immobile, attendant sans doute qu'elle se décide. Devant eux, la maison des Perez se dressait, magnifique, au milieu de son parc tout aussi ravissant.

Elle ne craignait rien. Elle n'était pas seule, et ce qui était arrivé ici la dernière fois ne se reproduirait pas. Scarlet se répéta ces mots jusqu'à ce qu'ils sonnent vrai, puis elle ouvrit sa portière.

— C'est bon, je suis prête.

— J'ai apporté le Taser, l'informa Austin. Cela vous rassurera peut-être de l'avoir sur vous. Et ce serait l'occasion de le tester.

Scarlet soupira.

— Chaque chose en son temps.

Austin suivit son exemple lorsqu'elle descendit du pick-up, puis demeura en retrait quand elle rejoignit le côté conducteur. Des éclats de verre brillaient au soleil sur l'allée de goudron.

— Ils ont été obligés de briser votre vitre pour vous sortir de la voiture, lui rappela-t-il.

Elle acquiesça, avant de longer le véhicule comme elle l'avait fait deux jours plus tôt en sortant de son SUV. Sa respiration s'était accélérée, et ses membres commençaient à trembler, mais son esprit restait comme engourdi. Elle avait beau regarder partout autour d'elle, rien ne lui revenait.

— Ça va ? s'enquit Austin.

— Tout est différent, dit-elle, excédée. On est le matin, ce n'est pas ma voiture… Je sais qu'on est au bon endroit, mais les circonstances ne sont pas les mêmes.

— C'est bien, Scarlet, affirma-t-il en posant une main sur son bras.

Elle se tourna brusquement vers lui.

— Comment pouvez-vous dire ça ? J'étais censée trouver des réponses, ici !

— C'est bien que vous ne soyez pas en train de craquer, je veux dire. Certaines personnes ne peuvent pas retourner sur les lieux de leur traumatisme. Le simple fait de voir des scènes similaires à la télé suffit à déclencher chez eux une crise de panique. Je suis content que vous teniez le coup.

— Mouais. Eh bien moi, ça m'énerve. Je pensais que ce serait plus simple.

Il se passa une main sur la bouche, comme pour cacher un sourire.

— Je comprends. Et maintenant, qu'est-ce qu'on fait ?

Scarlet réfléchit. Si revenir ici ne suffisait pas, peut-être qu'entendre les détails sordides de son agression la mettrait sur la voie ?

— Rappelez-moi ce que la police a dit. Je me figurerai peut-être mieux la scène.

— Hum… Je crois que Finn n'a pas trouvé grand-chose quand il a fouillé les environs. À part des marques de roues dans l'herbe le long de la route, derrière ce bosquet.

Il montrait un massif de pins sur leur droite.

— Je ne venais pas de là, fit-elle remarquer. Je n'aurais pas pu voir le véhicule de l'agresseur.

— C'était sans doute voulu.

— Il est malin. Il avait bien planifié son coup.

— Raison de plus pour porter un Taser.

Scarlet pinça les lèvres.

— Vous êtes têtu.

— En effet, répliqua-t-il en lui offrant son irrésistible sourire.

Une autre idée lui vint soudain à l'esprit.

— Hou là... Je n'aime pas ce regard, fit Austin.

— Quel regard ?

— La dernière fois que vous avez fait cette tête, c'est quand vous m'avez demandé de vous amener ici, et je n'ai rien pu faire pour vous en dissuader.

— Je peux être têtue, moi aussi. Surtout quand j'ai raison. Et, en l'occurrence, j'ai très souvent raison.

Elle promena son regard autour d'elle, les mains sur les hanches.

— Vous n'allez pas aimer ça, mais je vais vous demander de le faire quand même.

L'expression angoissée d'Austin était presque comique.

— De faire quoi, exactement ?

— Je veux que vous m'attrapiez par-derrière.

— Pardon ?

— Comme si vous m'agressiez, précisa-t-elle. Je pense que cela m'aiderait à me souvenir.

— Non, non, non. Très mauvaise idée. Pour toutes sortes de raisons, je ne peux pas accepter.

— Bien sûr que vous pouvez !

— Non, je ne peux pas.

Il recula d'un pas.

— Je ne ferai pas semblant de vous attaquer. Je ne veux pas vous traumatiser. Vous ne savez pas ce que vous dites.

— Je sais très bien ce que je dis ! Arrêtez de reculer, c'est là que je me tenais quand il m'a sauté dessus.

Austin baissa les yeux sur les éclats de verre à ses pieds.

— Je venais de sortir de mon SUV. Je n'avais pas fait deux

pas quand il m'a attrapée et traînée en arrière. J'ai cru qu'il allait m'emmener quelque part pour me tuer.

Austin pâlit tandis qu'elle s'avançait vers lui. Elle s'arrêta à quelques centimètres et lui tourna le dos.

— Scarlet...

En entendant sa voix si près, en sentant son souffle sur ses cheveux, elle frissonna.

— Taisez-vous.

Elle lui attrapa les poignets et les tira vers elle.

— Il a placé un bras autour de mon ventre, comme ça, dit-elle en joignant le geste à la parole. Son autre main s'est refermée sur ma bouche.

Austin résista, refusant de la toucher.

— Approchez votre visage du mien. Du côté droit.

Deux longues secondes s'écoulèrent avant qu'il ne s'exécute. Sa peau était douce et chaude contre la sienne.

— Je n'aime pas ça, marmonna-t-il.

— Chut.

Scarlet ferma les yeux et se força à imaginer la scène.

— Je crois qu'il avait une barbe, ou qu'il était mal rasé, murmura-t-elle. J'ai senti ses poils qui me piquaient la joue.

— Bien, dit Austin en tentant de s'écarter. C'est un bon début.

— Attendez !

Elle le retint par les poignets et replaça brutalement son bras autour d'elle et sa main sur sa bouche. Austin se dégagea en poussant un juron. Alors qu'elle rouvrait les yeux, Scarlet aperçut leur reflet dans le rétroviseur extérieur du pick-up. Seulement, ce n'était pas le visage d'Austin qu'elle voyait derrière le sien.

Elle se retourna, sentant des larmes brûlantes rouler sur ses joues.

— Je l'ai vu dans le rétroviseur de mon SUV, révéla-t-elle d'une voix tremblante. Il était grand, mais pas autant que vous, et il avait une barbe. Il portait un sweat gris foncé avec la capuche rabattue sur la tête. Je ne sais pas de quelle couleur sont ses cheveux et ses yeux.

La joie et l'adrénaline coulaient à flots dans ses veines. Elle s'agrippa aux bras d'Austin sans s'en rendre compte.

— Il était moins large d'épaules que vous, poursuivit-elle. Moins musclé. Je ne l'avais jamais croisé avant – enfin, je ne crois pas.

— Respirez, Scarlet, lui conseilla Austin en la retenant par les coudes. C'est très bien, mais il faut que vous pensiez à respirer. Vous ne voulez pas vous asseoir ?

— Non.

Elle s'était mise à frissonner violemment, de soulagement et de peur mêlés.

— J'ai réussi, dit-elle.

— Oui, vous avez réussi.

Il l'attira contre lui pour l'envelopper dans sa chaude étreinte.

— Vous avez été très courageuse, et maintenant vous êtes en sécurité. OK ?

Elle acquiesça, trempant sa chemise de ses larmes. Ses bras s'enroulèrent d'eux-mêmes autour du torse d'Austin, sous son blouson qu'il n'avait pas refermé. Et un dernier souvenir lui revint.

— Il portait des gants en cuir, chuchota-t-elle dans un sanglot.

— D'accord. Tout va bien, Scarlet.

Austin serra la jeune femme contre lui, cédant à la force de son instinct protecteur. Elle avait choisi de retourner sur le lieu de son agression dans l'espoir de faire avancer l'enquête, en sachant pertinemment que l'expérience risquait de la traumatiser. Cela témoignait d'un courage immense qu'il ne pouvait qu'admirer. Il avait observé la même bravoure chez de nombreux soldats durant son passage dans l'armée. Scarlet avait beau être une civile, elle se battait elle aussi, contre un ennemi violent et, de surcroît, invisible. Elle était seule dans son combat, et pourtant elle persévérait.

Austin s'écarta, déconcerté par la direction que prenaient ses pensées. Cette femme lui plaisait beaucoup trop. Cela le déstabilisait.

— Désolée, murmura-t-elle. Je ne voulais pas...

— Non, non, pas de problème. C'est juste que...

Ils se dévisagèrent un moment. La tension était presque palpable entre eux.

— Que voulez-vous faire, maintenant ? finit-il par demander, en tentant d'avoir l'air plus sûr de lui qu'il ne l'était réellement. On peut passer chez moi. Ou à l'agence immobilière, si vous avez des choses à régler sur place.

— Et si nous allions plutôt au poste de police ? Ce dont je me suis souvenue intéressera peut-être l'inspecteur Beaumont.

— C'est une bonne idée. J'appellerai Finn sur la route.

Ils remontèrent dans le pick-up. Enfermé avec elle dans la petite cabine, Austin eut l'impression que l'air était plus dense, presque irrespirable. Il n'avait pas eu l'intention de la prendre dans ses bras, et il ne s'attendait pas à ce qu'elle se blottisse contre lui. Mais c'était arrivé, et à présent il savait ce que cela faisait de sentir son cœur battre contre le sien.

Tandis qu'ils repartaient en direction du centre-ville, Austin utilisa le kit mains libres pour contacter son frère. À la deuxième sonnerie, la voix de Finn résonna dans l'habitacle :

— Inspecteur Beaumont, j'écoute.

— C'est moi. Tu es sur haut-parleur, et je suis avec Scarlet Wills. Elle s'est souvenue de certains détails sur son agresseur et aimerait venir en parler avec toi, si tu as cinq minutes.

— Super ! Elle est capable de le décrire ?

— Plus ou moins, répondit directement Scarlet. Peut-être pas au point de dresser un portrait-robot, mais je devrais pouvoir le reconnaître lors d'une séance d'identification.

— On se retrouve au poste dans vingt minutes ? Je suis en route.

— C'est bon pour nous, répondit Austin.

— En attendant qu'on ait des suspects à vous présenter, Scarlet, seriez-vous d'accord pour regarder des photos de criminels dans notre base de données ?

Un large sourire éclaira le visage de la jeune femme.

— Avec plaisir.

— Tu as du nouveau sur le téléphone qui a servi à commander les fleurs à l'hôpital ? s'enquit Austin.

— Malheureusement, c'était un appareil jetable. Je suis en train de remonter la piste de la carte de crédit. On aura peut-être plus de chance de ce côté-là.

Austin en doutait. L'agresseur semblait bien trop prévoyant pour cela.

13

En traversant le parking du poste de police de Marshal's Bluff, Scarlet tremblait encore. Son organisme venait de subir un afflux d'adrénaline dont il ne comprenait pas la cause, et il ne savait pas comment y réagir. Elle se força à respirer calmement, en espérant reprendre rapidement le contrôle de ses émotions.

Austin lui tint la porte et entra à sa suite. Pendant qu'il échangeait quelques mots avec le policier de l'accueil, Scarlet en profita pour regarder autour d'elle. Des efforts avaient été faits pour rendre l'endroit aussi chaleureux que possible – fauteuils rembourrés, magazines à disposition sur la table basse –, mais le mobilier fixé au sol rappelait s'il en était besoin la violence qui s'exprimait parfois dans ces lieux.

Une deuxième porte s'ouvrit en bourdonnant ; alors qu'Austin guidait Scarlet dans un étroit couloir qui desservait plusieurs bureaux, un homme sortit de l'un d'eux et leur fit signe de la main. Vêtu d'un pantalon noir, d'une chemise grise et d'une cravate bleue, il était incroyablement séduisant.

En croisant son regard, Scarlet le reconnut. C'était l'inspecteur Beaumont, qui était venu la voir le soir de son agression. Sur le coup, elle n'avait pas été en état de prêter attention à son physique.

— Salut, frangin, lança Austin. Tu te souviens de Scarlet

Wills. Scarlet, vous avez déjà rencontré mon petit frère, Finn Beaumont.

Ils se serrèrent la main.

— Vous avez bonne mine, observa le policier avec un sourire cordial. Ça fait plaisir de vous revoir dans de meilleures circonstances.

— Merci.

Austin et Scarlet le suivirent dans son bureau et s'assirent en face de lui. La jeune femme n'avait pas remarqué auparavant à quel point les deux frères se ressemblaient. Ils avaient tous les deux les yeux marron et les cheveux bruns, le nez droit, des dents blanches bien alignées, les épaules larges et la mâchoire carrée... Lydia avait raison : en matière de patrimoine génétique, les Beaumont avaient touché le gros lot.

Finn tourna vers elle l'ordinateur portable qui était ouvert sur son bureau.

— Voici donc notre base de données criminelle. La navigation est assez simple. Avant de lancer la recherche, il suffit de sélectionner vos critères ici.

Il montrait une série de listes déroulantes sur la gauche de l'écran.

Comme quand on fait du shopping en ligne, songea-t-elle.

— Ce qui marche bien, c'est de trier les résultats par infractions, précisa Finn. Dans le cas présent, on ne sait pas si ce type a un casier. S'il n'a jamais été arrêté, évidemment, ça ne servira à rien.

Scarlet choisit plusieurs caractéristiques physiques et cliqua sur le bouton « rechercher ».

— Tant que vous êtes là, j'aimerais aussi que vous me dressiez une liste de tous les hommes que vous voyez régulièrement, même ceux que vous ne connaissez pas personnellement, ajouta l'inspecteur en poussant vers elle une feuille de papier et un stylo. Concentrez-vous sur ceux qui vivent à Marshal's Bluff ou dans les environs.

— Vous voulez dire non seulement mes collègues et mes clients, mais aussi le serveur du café et le caissier du supermarché ?

— Exactement. Votre facteur, les gars qui fréquentent votre salle de sport, tous ceux avec qui vous avez interagi avant d'avoir l'impression d'être suivie. Même un simple échange, un mot poli ou un sourire peuvent être mal interprétés par ce genre d'individu.

Scarlet fit la moue. Elle parlait à des dizaines de personnes chaque jour.

— Je vais essayer, dit-elle en tirant la feuille vers elle.

Elle commença par noter les noms des agents immobiliers avec lesquels elle travaillait et des clients qu'elle avait accompagnés ces derniers temps, avant de passer aux gardiens de propriétés, aux représentants de banques et aux notaires. Elle termina par le monsieur qui s'occupait du ménage à l'agence et les employés des commerces qu'elle avait l'habitude de fréquenter.

— Vous ne direz pas à ces gens que je les ai désignés comme criminels potentiels, n'est-ce pas ?

Finn eut un petit rire.

— Non, bien sûr. Faites une croix à côté de ceux dont vous êtes sûre qu'ils ne correspondent pas physiquement à votre agresseur. Je veux quand même leur parler, au cas où notre coupable aurait un lien avec l'un d'entre eux.

Scarlet écrivit jusqu'à ce qu'elle ait des crampes à la main et qu'elle ait épuisé toutes les possibilités qui lui venaient à l'esprit. Alors, elle tendit sa liste à Finn.

— Parfait, dit-il. Merci.

— Maman est passée ce matin, glissa Austin.

— Ça ne m'étonne pas.

— Elle a apporté à manger.

— Évidemment.

Les deux frères se mirent à discuter de leur chère maman qui ne pouvait s'empêcher de fourrer son nez partout. Scarlet, elle, l'avait trouvée adorable. Elle décida de ne plus les écouter.

L'image de son agresseur la hantait. Le haut de son visage masqué par la capuche, sa barbe… Il y avait autre chose au niveau de sa bouche… Scarlet ferma les yeux pour mieux se concentrer. Oui, voilà : bizarrement, ses lèvres n'étaient pas retroussées par la colère. Son expression était plutôt… résignée. Comme si étrangler Scarlet était une nécessité pour lui, un geste qu'il devait accomplir pour mieux dormir le soir.

Elle frissonna. Où se trouvait-il, à cet instant ? Avait-il peur de se faire prendre ? Ou bien vivait-il tout cela comme un jeu ? Peut-être était-il en train de manger un burger avec ses amis en bas de la rue, sans éprouver le moindre regret pour ce qu'il avait fait.

Elle se força à reporter son attention sur l'écran de l'ordinateur. Aucun des visages qu'elle faisait défiler ne lui était familier. Rapidement, le doute s'installa en elle. Serait-elle vraiment capable de reconnaître l'homme qui l'avait attaquée ?

La sonnerie d'un téléphone interrompit ses pensées. Les frères Beaumont se turent, mais aucun ne fit le geste de répondre. Scarlet s'aperçut alors que le bruit provenait de la poche de son manteau : c'était le portable qu'Austin lui avait confié une heure plus tôt.

Lorsqu'elle découvrit le numéro qui s'affichait sur l'écran, elle étouffa un soupir.

— Qui est-ce ? demanda Austin.

— Ma mère.

Austin vit la confusion, l'étonnement, puis la résignation se succéder sur les traits de la jeune femme. Elle regarda autour d'elle, cherchant sans doute un endroit où s'isoler. N'en voyant aucun, elle se détourna pour répondre.

— Salut, maman. Oui, je vais bien. Comment as-tu eu ce numéro ?

Elle laissa échapper un grognement.

— Lydia, bien sûr.

Finn tapota sur le bureau pour attirer l'attention d'Austin.

— Elle est proche de sa mère ? chuchota-t-il.

— Oui. Je crois que c'est pour ça qu'elle n'a pas voulu la prévenir. Par contre, elle a appelé son agence tout à l'heure. C'est sa collègue qui a dû donner le numéro à sa mère.

— Tu imagines faire ça à maman ?

— Tu plaisantes ?

— Je ne te mens pas, disait Scarlet au téléphone. Mes blessures sont vraiment superficielles. Une bosse à la tête et quelques bleus. Ils m'ont juste gardée en observation pour la nuit.

Elle se passa une main sur les yeux.

— Je leur ai proposé de reporter les rendez-vous, et Lydia va s'occuper de ceux qui ont refusé.

Austin fronça les sourcils. La mère de Scarlet lui parlait-elle déjà de son travail ?

— Maman, fit la jeune femme d'un ton plus ferme. Je suis au poste de police, là. Il faut que je te laisse, on essaye d'identifier le type qui m'a fait ça.

Elle lança un regard vers Finn et Austin, qui lui offrirent un sourire contrit, gênés d'avoir été surpris en train d'écouter sa conversation.

— Non, je n'ai pas besoin que tu viennes. Je vais rester avec un ami pendant quelques jours… Parce que je ne voulais pas te déranger, maman.

— C'est qui, l'ami ? chuchota Finn.

— Moi, répondit Austin. On va sans doute aller chez moi le temps que je fasse changer ses serrures.

— « On » ?

— Oui, Scarlet et moi.

— Depuis quand vous êtes devenus un couple ?

— Qu'est-ce que tu racontes ?

Finn se pencha vers lui.

— Tu aurais pu dire que tu l'avais invitée chez toi, expliqua-t-il, toujours à voix basse. Ou qu'elle avait accepté que tu l'héberges quelques jours. Mais tu as dit : « *On* va aller chez moi. » Comme si vous preniez déjà vos décisions ensemble.

— C'est ridicule.

— Désolée, les interrompit Scarlet en rangeant le téléphone dans la poche de son manteau. C'était ma mère, il fallait que je lui réponde.

— J'espère qu'elle ne s'est pas trop inquiétée, dit Finn poliment.

— Elle réagit mieux que je ne le craignais. C'est peut-être parce que je ne suis pas vraiment rentrée dans les détails... Et qu'elle n'est pas allée voir sur Internet. D'après Lydia, le journaliste qui a écrit l'article de ce matin était plutôt bien renseigné.

— En effet, répondit Finn. D'habitude, je n'aime pas livrer trop d'informations, mais je me suis dit que dans votre affaire il valait mieux être offensif. En annonçant clairement qu'il y a un type dans la nature qui s'amuse à étrangler les femmes, j'espère que les gens vont être plus prudents, plus vigilants. Si tout le monde parle de lui partout où il va, cela risque de saper sa confiance.

— Vous essayez de le déstabiliser ?

— Je veux qu'il réfléchisse à deux fois avant d'agir. J'ai besoin de temps pour étudier tous les éléments du dossier. Vu la place que vous occupez au sein de la communauté, il y a un certain nombre d'interrogatoires à mener.

Il souleva la feuille qu'elle avait remplie.

— Vous croisez tellement de gens au quotidien que vous les avez classés par catégories. Chacun de ces hommes n'est pas seulement un suspect, mais aussi un maillon d'une chaîne plus large. Prenons un exemple…

Il parcourut rapidement la liste des yeux.

— Dustin, qui vous sert un café plusieurs fois par semaine chez Java Jim, dit-il. En allant lui parler, je vais peut-être apprendre qu'il y a un cuisinier sur place à ces heures-là, ou une livraison de pâtisseries… Il faudra donc que je parle aussi au cuistot et au livreur.

Scarlet se laissa retomber contre le dossier de son fauteuil.

— Donc, ma liste de cinquante noms pourrait vous amener à interroger une centaine de personnes.

— Vous avez tout compris. Et j'aimerais que votre agresseur ne s'en prenne pas de nouveau à vous alors que je viens à peine de commencer mon enquête.

— Et si ça lui plaît que tout le monde parle de lui ? Comme ces pyromanes qui restent sur les lieux de leurs crimes parce qu'ils adorent regarder les pompiers et les policiers s'affairer ?

— Pour l'instant, ça ne me dérange pas de flatter son ego, tant qu'il vous laisse un peu tranquille.

Austin posa une main sur l'accoudoir du fauteuil de Scarlet, faute de pouvoir la toucher directement.

— Ça va ? s'enquit-il. On peut revenir plus tard, si vous êtes fatiguée. Finn a plein de gens à qui parler, maintenant. Il a de quoi s'occuper.

Elle jeta un coup d'œil sur l'écran de l'ordinateur.

— Vous m'accordez encore quelques minutes ?

— Bien sûr.

Austin se tourna vers son frère.

— Je peux faire quelque chose pour t'aider ? Du boulot de recherche, par exemple ? Même de chez moi, je peux me rendre utile.

— Je te dirai ça. Peut-être que je t'enverrai une copie de cette liste… Pour l'instant, tu as un témoin à protéger.

— Merci, murmura Scarlet. De me qualifier de témoin et pas de victime.

Finn eut l'air de ne pas savoir quoi répondre. Austin, lui, ne put réprimer un sourire. Scarlet Wills était tout sauf une victime.

Finalement, ses blessures récentes eurent raison d'elle. Austin la vit pencher la tête d'un côté et de l'autre, puis se masser la nuque en grimaçant.

— Il est temps de partir, décréta-t-il. Vous en avez fait assez pour aujourd'hui, et rien ne nous empêche de revenir plus tard.

Scarlet soupira.

— Je crois que vous avez raison.

Finn les raccompagna jusqu'à l'accueil, et ils regagnèrent le pick-up sur le parking.

— J'ai une idée pour ce soir…, déclara Austin. Je crois que vous l'avez bien mérité.

— Voilà qui éveille ma curiosité ! Quelle est votre idée ?

— Que diriez-vous de boire un verre de vin en regardant le coucher de soleil depuis ma terrasse ?

Le visage de la jeune femme s'éclaira.

— Vous avez une terrasse ?

— Oui.

— Et vous avez du vin ?

Il ouvrit les portières de son pick-up.

— J'ai du cidre. Ça s'en rapproche un peu, non ?

— Pas vraiment, mais je m'en contenterai, dit-elle en riant.

— Dans ce cas, rentrons. On n'aura qu'à passer l'après-midi à se prélasser dans des rocking-chairs comme des retraités.

Avant que Scarlet ait eu le temps de répondre, un sifflement les fit se retourner vers le poste de police. Finn trottinait vers eux.

— Je viens d'avoir un appel du central, leur dit-il. Il y a un incendie au 1611 Inlet Way. Les pompiers sont en route.

Scarlet étouffa un cri.

— Mais c'est chez moi !

14

Sous le choc, Scarlet ne prononça pas un mot tandis qu'ils filaient à travers la ville. Devant eux, la voiture de police de Finn leur ouvrait la voie, toutes sirènes hurlantes. Austin avait immédiatement pris contact avec plusieurs personnes de sa connaissance dans l'espoir d'obtenir des informations supplémentaires, mais aucune n'était encore arrivée sur place.

Scarlet se tordait les mains, convaincue qu'une part d'elle-même mourrait si sa maison était détruite. C'était son refuge, son cocon. Elle avait mis tout son cœur et toute son âme dans sa restauration, sans parler d'une grande partie de ses économies. L'argent de l'assurance ne suffirait pas à la reconstruire à l'identique.

Son inquiétude à propos des poignées de porte lui semblait tellement futile, à présent !

— On approche, fit une voix d'homme à travers les haut-parleurs du pick-up – derrière lui, on entendait des sirènes. Je ne vois pas de flammes. Vous en avez pour longtemps ?

— Trois minutes, répondit Austin. À tout de suite.

— Qui était-ce ? demanda Scarlet. Comment ça, il n'y a pas de flammes ?

— Mark est secouriste volontaire. On va bientôt savoir ce qu'il voulait dire.

Scarlet déglutit péniblement et fixa son regard sur la route.

Les camions de pompiers furent les premiers à apparaître. L'un était garé dans l'allée, l'autre le long du trottoir. Un véhicule de police et une ambulance s'étaient rangés entre les deux.

— Quelqu'un a appelé les secours, dit Austin. Je suis prêt à parier que c'est la même personne qui a mis le feu. Elle voulait s'assurer que vous découvririez tout ce bazar en arrivant chez vous.

Scarlet ne répondit pas. La seule chose qui lui importait à cet instant, c'était que l'ami d'Austin avait dit vrai : il n'y avait aucune flamme ni aucune fumée visibles depuis la route. Ce ne pouvait qu'être bon signe, n'est-ce pas ?

— Voyons ce que ces gars ont à nous dire, murmura Austin en se garant sur le bas-côté.

Ils sautèrent du pick-up et s'avancèrent vers la maison. Finn, qui avait laissé sa voiture derrière le premier camion de pompiers, échangea quelques mots avec un soldat du feu avant de les rejoindre.

— On devrait avoir un rapport dans quelques minutes, annonça-t-il. Le coupable semble avoir franchi une nouvelle étape dans la violence. C'est heureux que vous ayez décidé de passer quelques jours ailleurs.

Austin prit discrètement la main de Scarlet, comme pour lui donner du courage.

— Une nouvelle étape dans la violence ? répéta-t-elle d'une voix qui lui semblait étrangère à ses propres oreilles.

— Oui, répondit Finn. Et c'est exactement le genre de coup d'éclat que j'espérais éviter.

— Scarlet, vous allez bien ? s'enquit Austin d'un air inquiet.

Les mots des deux frères lui parvenaient assourdis, comme à travers un mur d'eau. Des images de l'agression resurgissaient par flashs. Le bras de l'homme autour de sa taille… Sa main sur sa bouche… Sa barbe contre sa joue…

— Je crois qu'il m'a parlé, lâcha-t-elle.

— Qui ça ? demanda Finn.

Elle secoua la tête et ferma les paupières, s'accrochant à ce souvenir répugnant.

— Il m'a chuchoté quelque chose à l'oreille.

Ses yeux se rouvrirent brusquement, et elle regarda Finn et Austin tour à tour.

— Il m'a dit qu'il voulait qu'on soit ensemble. Ce n'est pas tout, mais je ne me souviens plus du reste… Quand je suis venue vous voir à l'agence, Austin, c'était parce que j'avais l'impression d'être suivie. Vous m'avez fait remarquer que cela durait peut-être depuis plusieurs semaines. Pourquoi a-t-il décidé de m'attaquer, tout à coup ? Deux jours plus tard, il met le feu à ma maison… Je ne pense pas qu'il s'agisse d'une escalade progressive dans la violence. Cela ressemble davantage à un homme qui disjoncte.

Austin se passa une main sur le front.

— Je crois qu'il vous a vue avec moi et que cela l'a rendu jaloux. L'agression, c'était un avertissement. C'est pour ça qu'il ne vous a pas tuée.

— Ensuite, il a voulu s'excuser en m'envoyant des fleurs, dit-elle, écœurée.

— Mais j'étais encore avec vous, et je l'ai même appelé.

— Vu ce qu'il vient de faire, il doit savoir que tu as passé la nuit ici, ajouta Finn.

Scarlet sentit une vague de nausée l'envahir. Que serait-il arrivé si le type avait mis le feu chez elle la nuit précédente, alors qu'elle dormait et qu'Austin essayait de surveiller toutes les entrées tout seul ?

Elle s'écarta de lui et serra ses bras autour d'elle. À cet instant, un pompier s'avança vers eux à grands pas.

— Alors, quels sont les dégâts à l'intérieur ? s'enquit Finn.

— C'était un petit feu, répondit l'homme. Il n'y a pas de dégâts majeurs.

— Je ne comprends pas, murmura Scarlet. Comment est-ce possible ?

— Le feu a été allumé dans un seau, dans la chambre principale. Vous pouvez entrer, si vous voulez.

— Après vous, dit Finn à Scarlet.

Mais ses pieds refusèrent de bouger. Une fois de plus, Austin lui prit la main et la serra doucement dans la sienne.

— Je suis là. Vous ne craignez rien.

Ensemble, ils se dirigèrent vers la porte.

Une bonne dizaine de secouristes, pompiers, policiers et ambulanciers les regardèrent passer. L'incendie, si dérisoire soit-il, allait sûrement faire la une du journal le lendemain... Et l'ombre de la rumeur planerait sur le nom de Scarlet, l'agente immobilière qui attirait la poisse et qu'il valait mieux ne pas approcher de trop près.

Elle serait obligée de tout recommencer ailleurs.

— Aucun signe d'effraction, rapporta un policier à Finn lorsqu'ils atteignirent le porche.

— Forcément, il avait mes clés, murmura Scarlet.

Elle suivit les hommes jusqu'à sa chambre, où un autre agent en uniforme était en train de prendre des photos. Le seau en métal qui servait habituellement à récupérer les cendres dans la cheminée du salon trônait sur le lit. Des marques de suie tachaient la belle couverture à œillets.

— Il a utilisé des livres et un accélérant liquide pour démarrer le feu, expliqua le pompier. Les détecteurs de fumée sonnaient quand on est arrivés.

Finn fit lentement le tour de la chambre.

— Qui a prévenu les secours ?

— Aucune idée.

Mais l'inspecteur connaissait sans doute déjà la réponse. Et il y avait fort à parier que le numéro de téléphone les conduirait encore à un appareil prépayé.

— Il voulait me montrer qu'il est en colère, dit Scarlet. C'est un avertissement – un de plus. Pas une punition.

L'homme qui avait failli la tuer s'était introduit chez elle en son absence. Il avait utilisé sa clé, était entré jusque dans sa chambre. Il avait violé son intimité. Pour cette raison, Scarlet se sentait presque plus affectée que lorsqu'il l'avait agressée physiquement. Si rien d'autre ne s'était produit ensuite, elle aurait pu se convaincre qu'elle n'avait simplement pas eu de chance. Là, il n'y avait plus de doute possible : ce type la visait personnellement.

Finn et le pompier se retirèrent, laissant Scarlet et Austin seuls dans la chambre.

— Comment vous sentez-vous ? lui demanda-t-il, soucieux.

— Pas très bien.

Le plus naturellement du monde, il la serra contre lui. Puis il s'écarta et s'éclaircit la gorge.

— Ils ont une dernière chose à nous montrer, dit-il. Ensuite, vous pourrez rassembler vos affaires et nous partirons d'ici.

Scarlet le suivit dans le couloir.

Finn et le pompier les attendaient devant le bureau qu'elle avait aménagé dans un coin du salon. Dans l'étagère qui montait jusqu'au plafond, plusieurs livres manquaient – ceux qui avaient servi à allumer le feu, probablement. Et au milieu de la table de travail reposait une photo de Scarlet vêtue d'une spectaculaire robe blanche au décolleté plongeant et à la cuisse fendue.

Elle se souvenait très bien de cette robe, dans laquelle elle s'était sentie plus sexy que jamais. Elle l'avait louée dans un grand magasin de Los Angeles à l'occasion d'une soirée qui avait réuni les meilleurs agents immobiliers du pays, des directeurs de banques et d'autres hauts responsables du milieu – tous venus les voir, elle et quelques collègues, recevoir des prix d'excellence.

— Quand cette photo a-t-elle été prise ? lui demanda Finn.

— L'été de l'année dernière, répondit-elle. Lors d'un banquet organisé par Coulter Realty.

Finn enfila des gants et prit la photo pour la regarder de plus près. Son geste fit voleter un petit papier qui avait été caché dessous.

Scarlet sentit son estomac se soulever en découvrant les mots soigneusement écrits au stylo.

Tu m'as trahi.

15

Austin passa la demi-heure suivante les poings serrés et la mâchoire contractée pendant que Finn échangeait avec les autres agents. Scarlet s'était excusée pour aller préparer sa valise – sans doute avait-elle besoin aussi de s'isoler pour digérer les derniers événements. Austin rêvait de débusquer le fumier qui lui gâchait la vie et de lui faire payer ses crimes.

Au bout d'un moment, les pompiers et les ambulanciers repartirent. Finn et son équipe s'employèrent à relever les empreintes sur les poignées de porte, le bureau, les étagères et le seau à cendres. Austin doutait qu'ils trouveraient quoi que ce soit d'intéressant. Leur coupable était méticuleux ; il avait dû porter des gants, comme lorsqu'il avait étranglé Scarlet.

— Je rentre au poste, annonça Finn une heure plus tard en rejoignant Austin dans le salon. J'ai besoin de manger quelque chose et de prendre un peu de recul sur cette affaire. Il serait temps de trouver des pistes.

— Bonne chance, répliqua Austin avec ironie.

— Merci. Heureusement qu'il nous laisse quand même deux ou trois indices...

Finn poussa un soupir, avant de reprendre :

— Bon, je crois que je n'ai pas besoin de te le dire, mais je vais le dire malgré tout : reste près d'elle. Je sais que tu aimes prendre part à l'action – on est tous pareils. Mais sur ce coup-là, tu seras plus utile en employant ton énergie à la distraire, à lui changer les idées, à la tenir éloignée de la ville.

Finn avait raison : il n'avait pas besoin de le souligner. Austin se contenta d'acquiescer.

— Autre chose. C'est mon rôle de te mettre en garde, en tant que frère.

Finn baissa la voix.

— Elle est blessée et elle a peur. C'est une femme traquée. Fais attention.

— Tu penses que je ne suis pas capable de la protéger ? demanda Austin en croisant les bras sur son torse.

— Ce n'est pas ce qui m'inquiète, tu le sais très bien.

Pendant un long moment, ils se fixèrent en silence. Finn voulait sans doute dire que Scarlet était vulnérable et qu'Austin n'était pas du genre à s'engager sérieusement dans une relation. Qu'il avait pourtant été vu par la moitié des pompiers et des policiers de la ville en train de tenir la main de la jeune femme. Et que cela pouvait paraître déroutant pour beaucoup de gens.

Sachant qu'il penserait la même chose à la place de Finn, Austin opina de la tête. Soulagé, son frère se dirigea vers la porte d'entrée.

— Appelle-moi si tu as besoin de quoi que ce soit, lui lança-t-il.

— Pareil de ton côté. Et tiens-nous au courant. On veut savoir ce qui se passe.

Finn s'arrêta sur le porche.

— « On », répéta-t-il, et il repartit vers sa voiture en secouant la tête.

Austin resta un moment immobile. C'est vrai, il commençait à parler de lui et de Scarlet comme s'ils étaient en couple. Il n'avait pas envie de se demander pourquoi. De toute façon, ses relations ne se terminaient jamais bien. Son travail posait toujours problème aux femmes – il rentrait tard, partait parfois plusieurs jours, et ne pouvait pas vraiment se confier sur ce qu'il faisait de ses journées. Comme il n'imaginait pas changer de métier, il avait tout simplement arrêté de chercher l'âme sœur.

Un grand bruit provenant de la chambre l'arracha brusquement à ses pensées. Il trouva Scarlet devant sa coiffeuse, en train de ramasser une pile de livres qu'elle venait de faire tomber. Alors qu'il se baissait pour l'aider, il se figea en voyant son visage rougi et baigné de larmes.

Ils se redressèrent en même temps.

— Pardon, murmura-t-elle en s'essuyant la joue. Je suis vraiment maladroite.

Sans réfléchir, il l'attira dans ses bras – une mauvaise habitude qu'il avait visiblement du mal à perdre.

— Vous n'avez pas à vous excuser, lui dit-il. Laissez-moi vous aider.

— Non, c'est bon.

Elle s'écarta de lui, rangea les bouquins dans un sac qui était ouvert sur le lit, puis tira sur la poignée d'une grosse valise posée à ses pieds.

— Je suis prête. Vous devez trouver que ça fait beaucoup, mais ce ne sont pas que des vêtements. J'ai réuni quelques objets que je ne voudrais pas voir détruits s'il lui prend l'envie de revenir mettre le feu.

Austin tenta de chasser le sentiment de rejet qu'il avait éprouvé lorsqu'elle s'était dégagée de son étreinte. Il avait dépassé les bornes. Il fallait absolument qu'il garde ses distances à l'avenir. Qu'il la protège non seulement de son agresseur, mais aussi de lui-même.

— Ce n'est pas un problème, répondit-il. Vous pouvez emmener tout ce que vous voulez.

Scarlet regardait le paysage défiler derrière les vitres du pick-up, qui cahotait sur une petite route de campagne. Cela lui paraissait étrange de ne pas vivre près de la mer, mais Austin avait grandi dans un ranch, et la vue sur l'océan n'était peut-être pas aussi vitale pour lui qu'elle l'était pour elle.

Les arbres centenaires projetaient leurs branches au-dessus d'eux, laissant à peine un ruban de ciel bleu visible au milieu. Austin et Scarlet étaient seuls sur la piste parsemée de feuilles mortes ; celle-ci se faisait de moins en moins praticable au fil des kilomètres.

— Vous êtes inquiète ? s'enquit-il, un petit sourire aux lèvres.

Scarlet osa un coup d'œil dans sa direction, avant de reporter son attention sur le chemin creusé d'ornières.

— Est-ce que je me demande si je ne me suis pas laissé embarquer par un serial killer en voulant échapper à un taré ? Non, l'idée ne m'a pas traversé l'esprit.

Austin lâcha un rire amusé.

Bientôt, l'état du chemin s'améliora nettement. Une couche de gravier semblait avoir été répandue récemment. Au détour d'un virage, Scarlet aperçut un pont couvert incroyablement bien conservé.

— Waouh ! souffla-t-elle en se penchant pour admirer la structure. Il n'y a plus beaucoup de ponts comme ça, en Caroline du Nord. Qu'est-ce que celui-ci vient faire ici ?

— Ce sont mes frères et moi qui l'avons construit, répondit Austin. Avec l'aide de notre père. Ça nous a pris plus de dix ans.

Elle se tourna vers lui, bouche bée.

Austin roula jusqu'au pont et s'arrêta au milieu.

— Vous voulez descendre pour jeter un coup d'œil ?

— Et comment !

Après avoir sauté du pick-up, Scarlet passa la main sur les planches de bois soigneusement polies et traitées.

— C'est vraiment vous qui avez fait ça ? demanda-t-elle alors qu'Austin la rejoignait.

— Oui. J'étais encore un gamin quand on a commencé. Ces

terres appartenaient à ma grand-mère, et elle adorait les ponts couverts. Il y en avait un dans sa ville natale ; c'est là que mon grand-père l'avait demandée en mariage. Donc, quand elle a commencé à se faire vieille, mon père l'a nommée cheffe de chantier et nous a recrutés, mes frères et moi, pour faire le boulot. Chacun à tour de rôle, on est partis à l'armée et à l'université, mais on a réussi à mener le projet à bien.

— Et votre grand-mère ?

— Malheureusement, elle est tombée malade. Elle n'a pas vécu assez longtemps pour voir le résultat fini. On lui avait promis de l'amener ici aux beaux jours, mais elle est décédée pendant l'hiver.

Scarlet enfonça ses mains dans les poches pour s'empêcher de toucher Austin. Les contacts physiques avec lui ne faisaient qu'ajouter à sa confusion.

— Je suis désolée que vous ayez perdu votre grand-mère. Elle a dû se sentir tellement aimée en vous voyant faire tout ça pour elle !

— Je l'espère. On était tous très attachés à elle.

— Je suis impressionnée que votre père ait su comment construire un pont comme ça. Et qu'il ait été capable d'enseigner cet art à ses enfants.

— Mon grand-père était charpentier. C'est auprès de lui que mon père a tout appris. Dans ma famille, il n'y avait pas beaucoup de richesses matérielles à transmettre d'une génération à l'autre, comme des bijoux ou des œuvres d'art. Mais mes parents et mes grands-parents se sont fait un devoir de nous inculquer leurs valeurs et leurs savoir-faire.

— Et ils ont bien fait, affirma Scarlet.

Attirée par le bruit de l'eau, elle s'approcha d'une ouverture pratiquée dans la paroi du pont. Des initiales avaient été gravées sur la large balustrade : D.B., F.B., A.B., L.B., J.B.

— J.B., c'est votre père ?

— Non, mon frère aîné, Jake.

Scarlet se demanda quel visage était celui de ce frère sur la photo de famille qu'elle avait vue dans le bureau d'Austin, mais l'image s'était déjà effacée de sa mémoire.

En contrebas, un ruisseau murmurait sur les pierres et autour des branches tombées, et formait une ligne sinueuse entre les coteaux. Une centaine de mètres plus loin se dressait un vieux moulin dont la roue reposait, immobile, dans l'eau claire.

Austin s'appuya contre la rambarde.

— Ça ne vaut pas la vue sur l'océan, mais ce paysage m'apaise après une journée difficile.

— Vous vivez près d'ici ?

Il désigna le moulin d'un geste du menton.

— Ma grand-mère m'a légué ces terres. Mes frères ont eu d'autres choses. Ils n'auraient pas voulu de ce moulin, et moi je n'aurais pas voulu du reste.

— Et vous y habitez ?

— Oui. Je le restaure petit à petit. Au printemps, je finirai la route. C'est pour ça que je garde mon vieux pick-up, pour l'instant. Je ne vais nulle part où il ne peut m'emmener.

Scarlet sourit. Elle venait d'ajouter une nouvelle pièce au puzzle Austin Beaumont. Elle avait déjà appris qu'il aimait sa famille, l'histoire et la nature ; à présent, elle savait aussi qu'il était doué de ses mains.

Elle se sentit rougir.

— Vous avez froid ? lui demanda-t-il.

Avant qu'elle ait pu répondre, il lui ouvrit la portière.

— Rentrons.

Il s'installa au volant, et ils parcoururent les derniers mètres qui les séparaient de chez lui.

L'ancien moulin était un rectangle de deux étages surmonté d'un toit triangulaire, comme les maisons dessinées par les enfants. De vieilles planches de bois composaient le corps du bâtiment à la façon d'un chalet, et des plaques de métal rouges avaient remplacé les tuiles d'origine. Des parterres de paillis sombre plantés de fleurs colorées longeaient l'allée de briques. Sur la porte d'entrée pendait une couronne de vigne piquée d'un nœud en toile.

— C'est très coquet, commenta Scarlet en montant les vieilles marches de pierre.

Austin ouvrit la porte.

— Ma mère a la manie de tout décorer. Elle dit que les jolies choses mettent les gens à l'aise.

— Elle n'a pas tort.

À l'intérieur, le parquet délabré s'étendait jusqu'à un mur de briques contre lequel une petite table avait été installée. Au-dessus, un plan du moulin, sans doute d'origine, était exposé dans un cadre. Sur la table trônait un vase vide.

Scarlet monta trois marches sur sa gauche pour rejoindre une autre pièce à travers une arche. Cet espace était encore en pleins travaux, le sol recouvert de poussière et de plâtre tombé du plafond. Tout au fond, une rangée de fenêtres étroites donnaient sur la roue du moulin.

— Ici, ce sera mon bureau, expliqua Austin en montrant deux tréteaux surmontés d'une planche où reposait une pile de dossiers. Venez, c'est là-haut que ça se passe.

Il la précéda dans un robuste escalier de bois adossé à un mur recouvert de panneaux d'isolant. Là aussi, il restait encore beaucoup à faire. Scarlet commençait à s'inquiéter de ce qu'elle allait découvrir à l'étage...

Mais ses craintes s'envolèrent quand elle y parvint.

Une immense pièce s'offrait à sa vue, séparée en deux parties par une cheminée. D'un côté, le coin cuisine, avec placards peints et électroménager en inox ; un îlot central se dressait devant une série de portes-fenêtres ouvrant sur une terrasse. De l'autre, un grand lit en fer forgé et une armoire. Au centre, devant la cheminée, un canapé et des fauteuils sur un tapis couleur terre.

— Il n'y a qu'une chambre et qu'une salle de bains, précisa Austin. Je peux installer un lit de camp dans mon bureau ou dormir sur le canapé si ça ne vous dérange pas de partager l'étage avec moi. Je vous laisse le lit, et la salle de bains est juste là.

Scarlet ne répondit pas, peinant à concilier ce qu'elle avait sous les yeux avec l'aspect extérieur de la maison et l'état de la route qui y menait.

— Vous n'aimez pas, dit-il, déçu.

— Au contraire, j'adore ! On se croirait dans une cabane perchée en haut d'un arbre. Mais une cabane ultramoderne et confortable. Comment arrivez-vous à partir d'ici, le matin ?

— J'ai besoin de gagner de l'argent pour manger et payer les factures, répondit-il en riant. Et puis, il y a encore beaucoup de boulot, et ça coûte cher.

— Vous savez que vous pourriez bénéficier d'aides au titre de la rénovation d'un bâtiment historique ?

— J'ai déposé les demandes. J'aurai peut-être droit à quelque chose pour restaurer la roue et refaire la route, mais pas pour la maison elle-même. J'y ai déjà apporté trop de modifications pour que mon dossier soit éligible.

Scarlet laissa courir son regard sur le plan de travail en granite et les luminaires vintage au-dessus de l'îlot central. Certes, il avait modernisé l'endroit, mais elle doutait qu'il ait touché à la structure du bâtiment. Lorsqu'ils auraient réussi à arrêter son agresseur, elle pourrait aider Austin à obtenir des financements.

Si toutefois il acceptait de la revoir…

En entendant son ventre gargouiller, elle sourit.

— J'imagine que vous ne pouvez pas vous faire livrer de pizzas, ici ?

— C'est compliqué, en effet. Par contre, j'ai un gril et un peu de temps libre. Vous aimez les burgers ?

— J'adore ça.

— Dans ce cas, je m'y mets tout de suite.

16

Longtemps après avoir terminé leur repas, et alors que le soleil était déjà couché depuis plusieurs heures, Scarlet et Austin bavardaient encore sur la terrasse. C'était une sensation étrange pour la jeune femme de passer une si bonne soirée alors que son existence était complètement chamboulée. Régulièrement, elle devait se rappeler qu'elle n'était pas en train de rêver. Qu'elle n'allait pas se réveiller dans sa vie d'avant, si prévisible et si satisfaisante. Désormais, elle n'était plus en sécurité chez elle – elle ne l'était plus nulle part –, à tel point que le détective privé qu'elle avait engagé s'était reconverti en garde du corps.

Austin s'excusa et revint quelques instants plus tard avec deux bouteilles brunes à la main.

— Comme promis, mon vin spécial.

— Le cidre est parfait pour l'automne, observa-t-elle en souriant.

Il déboucha une des bouteilles et la lui tendit. Puis il la regarda bizarrement.

— Quoi ? fit-elle.

— Vous avez froncé les sourcils quand je l'ai ouverte. Je sais que vous auriez pu le faire vous-même, mais je voulais juste...

— ... être gentil, termina-t-elle. Je sais. Je commence à vous connaître.

Il se laissa retomber dans le rocking-chair à côté d'elle.

— Moi aussi, j'ai repéré certaines tendances chez vous, remarqua-t-il.

— Ah oui ? Lesquelles ?

— Par exemple, vous faites la même grimace chaque fois que quelqu'un vous rend service. Quand Finn vous a tenu la porte, quand ma mère est venue avec le petit déjeuner… À la moindre petite chose que je fais pour vous, c'est pareil.

Elle but une gorgée de cidre pour cacher son sourire.

— C'est un réflexe, je n'y peux rien. Je n'ai pas l'habitude qu'on m'aide. Je n'ai pas de frères et sœurs, pas d'amis proches… Ça fait longtemps que je me débrouille toute seule.

Austin parut scandalisé.

— Il n'y a pas de honte à être autonome, se défendit-elle. Ne faites pas cette tête, on croirait que je viens de dire du mal de votre pick-up.

Il avala une grande lampée de cidre.

— Et votre mère ? dit-il. Étant sa fille unique, vous deviez être sa priorité absolue, non ?

Scarlet soupesa sa réponse. Elle détestait parler de son enfance et de son adolescence, de sa vie avant son arrivée à Marshal's Bluff. Malgré tout, c'était tentant de montrer son vrai visage à quelqu'un. Peut-être était-il temps de jouer franc-jeu, pour une fois ? D'arrêter de faire semblant ? Elle était presque certaine qu'Austin ne lui tiendrait pas rigueur de son passé ou de ses secrets. Cet homme était la bonté incarnée. Encore à cet instant, il attendait patiemment qu'elle choisisse ses mots.

— Ma mère a commencé à vendre des maisons quand j'étais à l'école primaire, expliqua-t-elle. Je n'ai pas beaucoup de souvenirs de mon père, il nous a abandonnées assez tôt. D'après ce qu'elle m'a raconté, il ne revenait que pour lui demander de l'argent, alors qu'on ne roulait vraiment pas sur l'or. Parfois, il la menaçait de m'emmener, du coup elle vidait son compte en banque pour qu'il nous laisse tranquilles. Elle avait suffisamment d'argent pour le contenter pendant un moment, mais jamais assez pour se payer un avocat.

Scarlet vit un muscle se contracter sur la mâchoire d'Austin. Ce qu'elle lui disait de son père n'avait pas l'air de lui plaire.

— Quand elle a appris combien on pouvait gagner en vendant des biens, reprit-elle, ma mère s'est donné pour mission de devenir la meilleure agente immobilière possible. Un jour, on a fait le tour de toutes les boutiques d'occasion à cinquante kilomètres à la ronde pour lui trouver des tailleurs et des bijoux bon marché. Elle a étudié tous les soirs après son travail de serveuse au restaurant, jusqu'à ce qu'elle obtienne sa carte professionnelle. À l'époque, elle avait l'âge que j'ai aujourd'hui, elle était belle, intelligente, motivée. Elle est devenue une brillante femme d'affaires. J'ai toujours su que je suivrais son exemple.

— Pourquoi ai-je l'impression qu'il y a un « mais » ? demanda Austin.

Scarlet poussa un long soupir.

— Elle était très occupée à gagner de l'argent, et à recevoir l'attention qu'on reçoit quand on réussit ce que l'on entreprend. Par conséquent, j'étais souvent seule à la maison. Pour répondre à votre question, je n'étais clairement pas sa priorité, mais je n'aurais pas pu m'en plaindre sans me sentir coupable : je savais que, si elle travaillait autant, c'était pour moi, pour subvenir à mes besoins. Disons qu'elle ne s'est jamais montrée très maternelle, même si elle a fait de son mieux.

— Vous vous êtes élevée toute seule, et au bout du compte vous avez aussi pris soin d'elle, résuma Austin.

— J'ai fait ce que j'ai pu, c'est-à-dire pas grand-chose tant que j'étais encore petite...

Scarlet hésita. Devait-elle tout lui dire ? Elle décida de se livrer jusqu'au bout.

— Dès qu'elle a eu assez d'économies, ma mère a engagé un

avocat pour me protéger de mon père dans les moments où il sortait de prison et où il cherchait à nous extorquer de l'agent.

Elle se força à croiser le regard d'Austin, prête à y déceler un jugement moral – c'était souvent le cas quand les gens apprenaient que son père était un habitué du centre pénitentiaire. Mais il se contenta d'acquiescer avec bienveillance, alors elle poursuivit :

— Je n'ai pas eu une adolescence très facile. J'étais au lycée quand j'ai appris que j'étais dyslexique. C'est un prof plus gentil et plus attentif que les autres qui s'en est rendu compte. Avant ça, tout le monde pensait que j'étais fainéante ou pas très futée. Moi, j'étais persuadée que je ne méritais pas qu'on m'accorde de l'attention – les absences répétées de ma mère en étaient la preuve, non ?

« En réalité, ce diagnostic de dyslexie n'a rien arrangé : je ne pouvais plus prétendre que j'avais de mauvaises notes parce que j'étais cool. Tout le monde savait à présent que c'était parce que j'avais un problème. Pour ma part, je n'avais pas envie qu'on me colle une étiquette, et je détestais qu'on me fasse sortir de la classe pour les séances d'orthophonie. En première, j'ai voulu arrêter le lycée. Refus catégorique de ma mère, évidemment. Du coup, je me suis rebellée autant que j'ai pu, et notre relation en a souffert pendant un temps. »

— Vous vous êtes rebellée, vous ?

— Continuellement.

Scarlet sourit en repensant à tout ce qu'elle avait fait pour se venger de cette vie qui l'avait tant malmenée.

— Je me suis procuré de faux papiers d'identité pour pouvoir me faire faire un tatouage et des piercings, précisa-t-elle. Je me suis teint les cheveux en noir, puis j'ai tout coupé. J'ai séché les cours. J'ai découché. Et j'ai enchaîné les relations toxiques.

Austin tourna la tête vers elle, parfaitement impassible.

— Loin de moi l'idée de prétendre que je sais ce que vous

avez vécu, répondit-il. Mais, ayant grandi dans un ranch qui accueille des jeunes en difficulté, je peux vous assurer que ce que vous décrivez là ressemble au tableau classique de l'ado en crise. Les gamins font ce qu'ils peuvent pour avoir un semblant de contrôle sur leur vie. Mes frères et moi, on a tous fait des bêtises, nous aussi.

— J'ai du mal à y croire, répliqua-t-elle.

— C'est pourtant vrai ! Même si on n'était pas à plaindre, on détestait les règles et l'autorité. Et ce n'était pas évident de vivre au sein d'une famille qui recueillait des jeunes en perdition. Tous les projecteurs étaient braqués sur nous, qui étions censés montrer le bon exemple. Aucun de nous n'appréciait cette position.

— Je veux bien vous croire. En ce qui me concerne, je pense que je sortais avec des voyous pour provoquer ma mère. Mais ça ne marchait pas, et à chaque fois je me retrouvais à attendre qu'ils m'aiment. Ce qui n'arrivait jamais.

— Vous étiez jeune et en colère, et vous avez fait confiance aux mauvaises personnes. Des personnes qui n'ont fait que renforcer la mauvaise image que vous aviez de vous-même.

— J'ai fait mon propre lit, conclut-elle en détournant les yeux.

— Vous n'étiez qu'une gamine en souffrance, la corrigea-t-il. Vous vous en êtes plutôt bien sortie depuis, non ? Je pense que vous pouvez vous pardonner.

Elle faillit lui répondre qu'elle s'était déjà pardonné. Elle avait vingt-sept ans, tout de même… Mais elle n'en fit rien, parce que ce n'était peut-être pas tout à fait vrai.

— Est-ce pour cela que vous écoutez autant de livres lus ? s'enquit-il. À cause de votre dyslexie ?

— Je lis aussi bien que n'importe qui, maintenant. Si j'aime les livres audio, c'est parce que je passe beaucoup de temps en voiture, d'un rendez-vous à l'autre. Ça me permet de lire plus de livres que je ne pourrais le faire autrement.

Alors qu'Austin rejetait la tête en arrière pour finir sa bouteille, Scarlet ne put s'empêcher d'admirer la longue colonne de sa gorge. Son regard s'égara plus bas, sur la clavicule que sa chemise laissait voir.

— J'ai tout recommencé à zéro en venant ici, dit-elle. J'ai mis le passé derrière moi pour écrire une nouvelle page de ma vie.

— Je comprends. Vous avez fait face à des démons pendant votre adolescence, et vous les avez terrassés à vingt ans. Ça ressemble bien à une victoire.

— J'ai un cœur brisé tatoué sur la hanche, lâcha-t-elle sans trop savoir pourquoi.

Elle avait peut-être besoin qu'il comprenne que son passé n'était pas complètement derrière elle. Qu'il était encore gravé dans son âme, dans sa peau.

— Ces hommes qui vous ont brisé le cœur, ils ne vous méritaient pas, affirma-t-il en plongeant son regard sombre dans le sien. Ils avaient sans doute des problèmes eux aussi, et ils se sentaient peut-être plus forts en vous traitant comme ils l'ont fait. Quoi qu'il en soit, vous n'étiez pas responsable de leur comportement. Les seuls coupables, c'étaient eux.

Scarlet cligna des paupières pour refouler ses larmes.

— C'est gentil de me dire ça, murmura-t-elle.

— C'est la vérité.

— Pourquoi vous n'avez pas de copine ?

La question était sortie toute seule. S'il lui répondait qu'il était contre le mariage et pour les relations libres, ou qu'il ne voulait pas d'enfants, alors elle pourrait cesser de fantasmer sur lui...

Austin grimaça.

— Je vis dans une petite ville avec trois frères célibataires d'à peu près mon âge. Le réservoir de filles disponibles s'est vite épuisé. De toute façon, elles n'ont pas l'air de vouloir d'un partenaire qui travaille souvent tard le soir et qui ne peut pas parler de son boulot.

— Vous n'êtes donc pas opposé par principe à l'idée d'avoir une petite amie ?

— Absolument pas.

Un petit sourire dansa sur ses lèvres.

— Pourquoi ? Vous êtes intéressée ?

Scarlet préféra rire.

— C'est juste que c'est rassurant de savoir qu'il y a au moins un mec bien sur cette terre.

— Je suis loin d'être le seul. Vous êtes tombée sur de mauvais numéros parce que vous n'alliez pas bien, mais je peux vous assurer que ce sont ces gars-là, les exceptions. Vous m'obligez à revoir mon objectif de vie...

— Parce que vous avez un objectif de vie ?

— Pas vous ?

Elle réfléchit quelques instants en se balançant dans son fauteuil.

— Je ne sais pas... J'essaye de faire mon travail au mieux chaque jour, peut-être.

— Vous voyez ? Eh bien moi, je fais ce que je peux pour aider et protéger un maximum de personnes. Je vous ajoute donc officiellement à ma liste. Ma mission sera de vous convaincre que les hommes bien, ça existe, et qu'il y en a un pour vous si vous êtes prête à accepter cette idée.

Elle s'humecta les lèvres, le cœur battant. Se pouvait-il qu'il parle de lui ? Elle l'espérait.

— Vous êtes bien ambitieux, monsieur Beaumont, murmura-t-elle.

— Vous n'imaginez pas à quel point.

17

Le lendemain matin, Austin se réveilla fatigué et l'esprit embrouillé. Il avait passé des heures à tenter de repérer de potentiels harceleurs dans la vie de Scarlet, et à rejouer dans sa tête la conversation qu'ils avaient eue sur la terrasse avant qu'elle aille se coucher.

Ils avaient discuté de sujets profonds et personnels, des sujets qu'Austin n'abordait avec personne d'habitude – ni avec ses amis, ni avec ses frères, et sûrement pas avec une femme qu'il ne connaissait que depuis quelques jours. Mais c'était si facile de parler à Scarlet ! Et le sentiment devait être réciproque, car elle aussi s'était confiée à lui.

La pauvre n'avait pas eu de chance avec les hommes, qu'il s'agisse de son père ou de ses ex-petits amis. Même si elle le cachait bien, ces déconvenues avaient sapé son amour-propre. Et Austin ressentait le besoin viscéral de l'aider à panser ses blessures intérieures.

De son côté, elle s'était montrée compréhensive lorsqu'il avait essayé de justifier ses réticences à se mettre en couple. La seule fois où il avait été amoureux, sa copine s'était lassée de son travail de détective privé ; elle avait eu du mal à lui faire confiance quand il ne rentrait pas de la nuit. En moins d'un an, leur relation était passée du rêve au cauchemar. Chat échaudé craignant l'eau froide, Austin avait décidé de ne plus perdre son temps à chercher l'amour, et de ne plus jamais exposer son cœur au risque d'être brisé.

Mais n'était-ce pas hypocrite de sa part d'encourager Scarlet à dépasser ses mauvaises expériences, quand il était incapable de s'appliquer ce conseil à lui-même ? Et si elle le prenait au mot, et lui demandait de lui présenter quelqu'un dont elle pourrait tomber amoureuse ?

En imaginant un autre homme que lui à cette place, il eut brusquement envie de taper dans le mur.

Une chose était certaine : cela allait être l'enfer de vivre sous le même toit que la jeune femme pendant le temps de l'enquête.

Quand la douche s'arrêta de couler dans la pièce voisine, il poussa un soupir de soulagement. La savoir nue et mouillée à quelques mètres de lui avait fait naître toutes sortes d'images dans sa tête, et il lui avait fallu une énergie folle pour les refouler.

Il se servit un verre d'eau fraîche qu'il avala d'un trait, avant de préparer un grand pot de café. Finn et Dean devaient arriver bientôt et ils en auraient sûrement besoin. Eux aussi avaient travaillé pendant une bonne partie de la nuit. De fait, toutes les personnes de l'entourage d'Austin qui en avaient la capacité s'évertuaient à cet instant à retrouver le criminel. Plus que jamais, il bénissait le ciel d'avoir un tel réseau de professionnels à sa disposition.

Quelques minutes plus tard, le café était prêt et Scarlet n'avait toujours pas pointé le bout de son nez. Inquiet, Austin décida d'aller voir si tout allait bien.

Il traversa la chambre et s'approcha de la salle de bains. Une sorte de glapissement lui parvint depuis l'autre côté de la porte, suivi d'un juron.

— Ça va, là-dedans ? demanda-t-il en frappant doucement.

— Non ! s'exclama Scarlet. C'est cette coupure ridicule que j'ai à l'épaule. De toutes mes blessures, c'est celle que je déteste le plus !

Austin se crispa. Il avait oublié qu'elle était aussi blessée à l'épaule.

— La plaie s'est rouverte ? Vous voulez que j'appelle le médecin ?

— Pas la peine, répondit-elle en entrouvrant la porte. Je crois que ça cicatrise bien. C'est juste que je n'arrive pas à mettre la crème dessus. Jusque-là, je m'étais contentée de changer le pansement, mais ça commence à me tirailler un peu.

Tandis qu'elle lui parlait, Austin ne put s'empêcher d'imaginer son épaule nue. La ligne de son cou. La gracieuse courbure de ses hanches. L'arrondi de ses seins… Il ravala un grognement. L'univers avait décidé de tester ses limites.

— Je peux faire quelque chose pour vous aider ? demanda-t-il.

— Je n'aime pas me sentir impuissante comme ça, mais… Oui, je veux bien un coup de main. Si ça ne vous dérange pas.

— Pas du tout.

Quand il poussa la porte, il trouva Scarlet devant le lavabo, vêtue d'un legging bleu marine et d'une chemise de flanelle à carreaux. Elle retenait celle-ci dans son poing au niveau de sa poitrine, de telle sorte que son épaule blessée reste découverte. Austin referma le battant pour que la jeune femme n'ait pas froid, puis il se plaça derrière elle. Une petite plaie recousue par trois points de suture était visible sur son omoplate.

— Vous avez raison, c'est en train de cicatriser, observa-t-il. C'est pour ça que ça tire.

— J'imagine que c'est bon signe.

Elle lui tendit le tube de pommade.

— Il faut juste étaler ça sur les points. Le pansement est déjà prêt.

En effet, une compresse entourée de sparadrap attendait à côté du lavabo. L'épaule de Scarlet était barbouillée de crème un peu partout, sauf au bon endroit.

Austin lui sourit dans le miroir.

— Vous savez, il y a toujours quelqu'un qui se blesse, au ranch. J'ai une certaine expérience des premiers secours.

— Pas moi. Je ne me suis jamais rien cassé, et je n'étais jamais allée à l'hôpital avant l'autre soir. Je n'ai même pas eu besoin d'appareil dentaire, c'est dire !

— Frimeuse.

Elle se mit à rire.

— Ne bougez pas, lui ordonna-t-il gentiment.

Il fit tomber une noisette de pommade sur la plaie. C'était une chance que le médecin ait choisi de la suturer. La cicatrice aurait été bien plus vilaine autrement, et Austin ne supportait pas l'idée que l'agresseur de Scarlet puisse lui laisser des marques à vie sur le corps. Les séquelles psychologiques seraient déjà assez pénibles à gérer.

Tandis qu'il tamponnait délicatement la blessure, puis la recouvrait du pansement, Scarlet tangua légèrement d'avant en arrière. Austin prit le temps de retirer la crème qu'elle avait tenté de s'appliquer avant qu'il ne vienne à son secours.

— Je veux bien faire ça tous les jours, si cela peut vous aider, murmura-t-il en savourant la douceur et la souplesse de sa peau.

— Avec plaisir, souffla-t-elle.

Lentement, elle s'abandonna contre lui. Sa tête roula sur le côté, et leurs regards se croisèrent dans le miroir.

Austin cessa de respirer. Il chercha dans ses yeux des signes d'hésitation ou d'incertitude, mais n'y vit que de la curiosité. Alors, il fit courir ses doigts de son épaule jusqu'au creux de son cou, puis dans l'autre sens.

— Et ça, c'est agréable ?

— Mmm…

En entendant son petit gémissement, il sentit son propre corps réagir au quart de tour. Aussitôt, il pensa à des dizaines d'autres façons dont il pourrait la toucher et provoquer chez elle les mêmes sons délicieux. Mais il était censé la protéger, et non pas profiter de sa vulnérabilité. Ce qu'il voulait lui ne comptait pas – du moins pas pour l'instant.

Lorsqu'elle se retourna pour lui faire face, il laissa retomber ses bras le long de son corps. Mais Scarlet leva vers lui ses beaux yeux verts, et il faillit perdre tout contrôle en voyant la confiance et le désir qu'ils exprimaient.

Ne fais pas de connerie, s'ordonna-t-il. Ce serait une très mauvaise idée de capturer sa bouche avec la sienne. De lui retirer sa chemise déjà à moitié déboutonnée pour couvrir sa peau de caresses et de baisers. Ou de l'asseoir sur le plan de travail pour se perdre en elle.

Pendant qu'il s'accrochait désespérément aux dernières bribes de raison qu'il lui restait, Scarlet posa les paumes sur son torse, les remonta lentement jusqu'à ses épaules, puis glissa les doigts dans ses cheveux. D'elles-mêmes, les mains d'Austin vinrent encadrer les hanches de la jeune femme. Elle entrouvrit les lèvres et se hissa sur la pointe des pieds, pressant sa poitrine contre lui.

— Austin...

Pile à cet instant, la sonnette retentit. Il poussa un juron et s'écarta comme s'il s'était brûlé.

— Mes frères sont là, dit-il d'une voix bien trop rauque. Excusez-moi.

Il la laissa plantée dans la salle de bains et descendit rapidement l'escalier, en s'efforçant à chaque pas de recouvrer la maîtrise de son corps et de son esprit.

Mais, quoi qu'il fasse, il savait que ses frères ne seraient pas dupes.

Scarlet s'agrippa au lavabo derrière elle en se demandant ce qui venait de se passer. Ils avaient failli s'embrasser, comme elle en rêvait depuis le jour où elle l'avait rencontré, et au dernier moment Austin s'était défilé.

Pourquoi ?

Une tension brûlante semblait les envelopper chaque fois qu'ils se retrouvaient proches l'un de l'autre. Elle était certaine qu'il la ressentait, lui aussi. Ne le lui avait-il pas prouvé à peine quelques minutes plus tôt, en soignant sa blessure à l'épaule ? Il avait envie d'elle, c'était évident.

Pourtant, il s'était presque enfui en courant quand ses frères avaient sonné. Il avait même lâché un juron avant cela. Était-il contrarié parce qu'ils avaient été interrompus, ou à cause du baiser qu'ils avaient été sur le point d'échanger ? Peut-être s'était-elle fait des idées. Peut-être son esprit fatigué lui jouait-il des tours.

Cesse de tourner en rond, Scarlet. Ça ne te mènera nulle part.

Elle inspira profondément pour se donner du courage, boutonna sa chemise et sortit de la salle de bains.

Des voix masculines remontaient l'escalier. Scarlet crut reconnaître celle de Dean, bien qu'elle ne l'ait pas revu depuis qu'ils s'étaient rencontrés chez Beaumont Investigations.

— Pourquoi tu as cet air coupable ? voulait-il savoir.

— Je ne sais pas de quoi tu parles, répondit Austin.

Scarlet fronça les sourcils. Comment cela, il avait l'air coupable ?

— Ça fait un moment que je vous attends. Je suis impatient, c'est tout.

— Ça n'explique pas la tête que tu fais, insista Dean. Qu'est-ce qui t'est arrivé ?

— Ce serait plutôt à moi de vous poser la question, répliqua Austin. Qu'est-ce qui vous a pris autant de temps ? Je n'habite pas si loin que ça de la ville.

— Avoue que ce n'est pas franchement facile de venir jusqu'ici, répondit Finn tandis que leurs bruits de pas se rapprochaient. Où est ta protégée ?

— Ici, dit-elle d'une petite voix.

Les frères s'arrêtèrent en haut de l'escalier. Et, de l'avis de Scarlet, ils avaient tous l'air un peu coupables.

18

Dean fut le premier à rompre le silence gêné qui s'était installé.

— Bonjour, dit-il en s'avançant vers Scarlet, la main tendue. On s'est déjà croisés à l'agence. Dean Beaumont.

— Je me souviens de vous.

Elle lui serra la main, avant d'enrouler ses bras autour d'elle. Bizarrement, elle se sentait exposée, comme si les trois frères pouvaient lire dans ses pensées.

Finn la salua d'un geste et se dirigea vers la cuisine pour se servir une tasse de café. Alors que Dean lui emboîtait le pas, Austin resta figé sur place. Scarlet eut un pincement au cœur quand leurs regards se croisèrent, et l'humiliation lui fit monter le rouge aux joues. Il avait clairement repoussé ses avances.

Lui demanderait-il de partir, à présent ? L'enverrait-il au ranch des Beaumont ?

Et en avait-il déjà informé sa famille ?

— Vous avez l'air en forme, observa Dean gentiment. Comment vous sentez-vous ?

Scarlet se détourna d'Austin pour adresser un sourire poli à son frère aîné. Elle n'avait jamais remarqué à quel point les yeux de ce dernier étaient bleus. Après s'être perdue si longtemps dans le regard brun d'Austin, le contraste était saisissant.

— Je vais mieux, merci, dit-elle. Je crois que ça me fait du bien de quitter la ville.

Finn, qui était venu avec une sacoche, posa celle-ci sur la table de la cuisine et en sortit un ordinateur portable.

— J'ai pensé que vous voudriez peut-être regarder à nouveau les photos de notre base de données.

— Bien sûr, répondit Scarlet, heureuse de pouvoir se rendre utile.

Finn tapota quelques instants sur le clavier avant de lui céder sa place.

— Voilà. Je vous sers un café ?

— Volontiers.

Comme le four sonnait, Dean attrapa des maniques dans un tiroir.

— Dis-moi que c'est la quiche de maman, lança-t-il à Austin.

— C'est bien ça, lui confirma ce dernier en s'approchant pour l'aider.

Quelques minutes plus tard, la petite table disparaissait sous les plats, les assiettes et les tasses. La conversation entre les Beaumont allait bon train, passant sans transition du travail à la famille, de l'enquête à la météo. Tout en avalant son petit déjeuner, Scarlet tenta de se concentrer sur les visages qui défilaient sur l'écran de l'ordinateur.

— J'ai repensé à cette photo de vous dans une robe blanche, confia Dean. Je ne peux pas m'empêcher de trouver que vous avez l'air d'une mariée.

— Pourtant, ça n'avait rien à voir avec un mariage, lui assura-t-elle. C'était une remise de prix organisée par mon agence.

— J'ai contacté le siège de Coulter Realty et demandé une liste des personnes qui étaient présentes ce soir-là, intervint Finn. Seriez-vous capable d'identifier celles qui sont visibles sur la photo ? Cela nous aiderait peut-être à orienter nos recherches.

La jambe de Scarlet se mit à tressauter nerveusement sous la table.

— Vous pensez que mon agresseur pourrait être quelqu'un de chez Coulter ?

— Lié de près ou de loin, oui.

Sans qu'elle sache pourquoi, cette information la déprimait encore plus.

— Est-ce que vous faites toujours appel aux mêmes prestataires de services quand vous préparez vos visites ? s'enquit Finn.

— Presque toujours.

Elle but une longue gorgée de café.

— On a nos habitudes avec certaines entreprises de jardinage, certains inspecteurs en bâtiment, banquiers et notaires. Des représentants de tous ces métiers avaient été conviés à cette soirée, en plus des agents immobiliers et de leurs invités, du personnel de service et des voituriers.

— Ça va faire beaucoup d'interrogatoires à organiser, remarqua Dean en s'essuyant la bouche avec une serviette en papier.

— Et la liste que je vous ai rédigée avant que le type allume ce feu chez moi, vous l'écartez ?

— Temporairement seulement, répondit Finn. Cette photo semble importante pour votre agresseur. J'aimerais savoir pourquoi, et comment il a pu s'en procurer une copie.

— Avez-vous regardé sur le site de l'agence ? demanda-t-elle. Ils mettent souvent des photos en ligne pour illustrer les différents événements qui rythment la vie du groupe.

— Oui, j'ai vérifié, elle n'y est pas. Je vais commencer à contacter les gens que vous vous souvenez d'avoir croisés à cette fête.

Scarlet acquiesça. Elle n'aimait pas se dire que toutes les personnes qu'elle côtoyait dans sa vie professionnelle allaient être appelées par la police au sujet de son agression. Réprimant un soupir, elle se resservit en café et reporta son attention sur les photos de criminels.

Dean fut le premier à partir. En le voyant échanger des

poignées de main élaborées avec Finn et Austin, Scarlet ne put s'empêcher de sourire. Si elle avait eu des frères et sœurs, elle aurait voulu partager avec eux le même respect et la même affection.

Longtemps après, elle se frotta les yeux, fatiguée de scruter l'écran. Cette recherche commençait à lui sembler vaine. Et si son agresseur n'avait jamais été arrêté ? Peut-être qu'il était trop jeune. Ou trop prudent. Peut-être que sa tendance à harceler les femmes était nouvelle, ou qu'il s'était contenté jusque-là de les observer. Il y avait trop d'inconnues dans l'équation.

Soudain, le téléphone d'Austin vibra sur la table, en même temps que celui de Finn sonnait.

— Ça, ce n'est pas bon, marmonna le premier.

Le second avait déjà décroché.

— Oui, Dean ? Attends, je mets le haut-parleur… Répète ce que tu viens de me dire.

— Vous devriez venir à l'agence, fit la voix de leur frère. Le type a encore sévi.

Austin commençait à se lasser de devoir suivre Finn de scène de crime en scène de crime à travers toute la ville. Il appréciait encore moins que tous ces incidents soient le fait d'un seul et même coupable – l'agresseur de Scarlet – et qu'il s'en soit pris cette fois-ci à Beaumont Investigations. D'une part, c'était un choc de plus pour la jeune femme, qui n'en avait vraiment pas besoin ; d'autre part, cela ferait une mauvaise publicité à l'agence. Personne n'avait envie de recruter un détective privé dont tout le monde parlait. La discrétion était centrale dans ce métier.

Il se gara le long du trottoir, derrière un véhicule de police et le pick-up de Dean. Une foule de badauds s'étaient regroupés devant l'agence. Certains prenaient des photos.

— Regardez bien les gens qui sont là, conseilla-t-il à Scarlet. Si vous reconnaissez quelqu'un, dites-le-moi.

— OK.

Elle ne lui avait presque pas adressé la parole depuis qu'ils s'étaient retrouvés tous les deux dans la salle de bains. Il fallait absolument qu'il lui demande pardon pour son attitude, mais ce n'était pas le moment.

— On va peut-être devoir ajuster nos plans pour les temps qui viennent, la prévint-il.

— C'est-à-dire ?

— Ce type vous suit très certainement depuis des semaines, mais il ne vous a agressée qu'après votre venue ici. Il a dû nous voir ensemble, à l'agence ou dans la rue. Ensuite, il vous a envoyé des fleurs pour s'excuser, mais j'ai de nouveau déclenché sa colère en l'appelant depuis l'hôpital. J'ai passé la nuit chez vous, il s'est vengé le lendemain et a laissé ce mot disant que vous l'aviez trahi. Je crois qu'il est amoureux de vous et qu'il n'aime pas vous voir passer autant de temps avec moi.

— Vous allez m'envoyer au ranch, dit-elle d'un ton résigné, comme si elle s'était préparée à cette éventualité.

— Non, pas du tout. Vous voulez rester avec moi, et moi je veux pouvoir vous protéger. Il faut juste qu'on règle les détails ensemble.

Elle détacha sa ceinture et se tourna vers lui.

— D'accord. Qu'est-ce que vous proposez ?

— Je pense qu'on devrait montrer un front uni en public. Faire comprendre que je ne suis pas près de m'en aller.

— Comment ?

— J'aimerais me rapprocher un peu plus de vous, si cela ne vous dérange pas. Vous tenir par la main, passer un bras autour de vos épaules. Pour qu'il arrête de croire que vous lui appartenez.

Elle fronça les sourcils.

— Comme quand je suis obligée de prétendre que j'ai déjà un copain pour qu'un mec arrête de me draguer, parce que ça ne suffit pas de lui dire que je ne suis pas intéressée ?

Austin se frotta la joue.

— Sérieusement, il va falloir que je vous présente des hommes plus fréquentables.

Une lueur d'espoir remplaça la colère dans les yeux de la jeune femme.

— Comme vous et vos frères ? s'enquit-elle.

— Surtout pas mes frères.

En voyant le petit sourire qui étirait ses lèvres, Austin faillit l'embrasser sur-le-champ.

— À propos de ce qui s'est passé tout à l'heure..., lui dit-il. Je suis désolé. Je n'aurais pas dû partir comme ça.

— J'aurais aimé que vous restiez, murmura-t-elle.

Alors qu'ils commençaient à se pencher imperceptiblement l'un vers l'autre, quelqu'un frappa à la vitre du côté conducteur. En se retournant pour fusiller du regard l'imbécile qui avait osé interrompre un si précieux moment, Austin tomba nez à nez avec Dean.

— Vous avez l'intention de sortir, ou vous êtes juste venus assister au spectacle ?

Scarlet lança à Austin un regard lourd de sous-entendus, avant de descendre du pick-up. Lorsqu'ils se retrouvèrent à l'extérieur, elle lui tendit la main, et il entremêla ses doigts aux siens.

— Maman va le savoir, prévint Dean en leur ouvrant la voie à travers la foule. La moitié des gens ici la connaissent. Et tu sais comment elle est...

Quelques pas plus loin, Scarlet et Austin s'arrêtèrent net. Un message avait été tracé à la bombe en grosses lettres rouges sur les fenêtres de l'agence de détectives :

ELLE EST À MOI.

— Notre caméra de surveillance était HS, du coup on n'a pas d'images du gars, précisa Dean en plongeant les mains dans ses poches.

— Comment ça, la caméra était HS ? répliqua Austin. On a pris ce qui se fait de mieux en la matière !

— Je ne me l'explique pas. Tout marchait parfaitement bien, pourtant… Au moins, les vitres n'ont pas été brisées, et il n'y a pas eu d'effraction.

Austin se fichait des fenêtres et du matériel. Tout cela pouvait être remplacé. Ce qui le mettait hors de lui, c'était qu'un cinglé s'imagine que Scarlet lui appartenait, comme un vulgaire objet.

Finn les rejoignit en se grattant la tête.

— On a trouvé quelques voisins près de l'agence Coulter et de la propriété des Perez qui ont bien voulu nous donner les enregistrements vidéo des caméras intégrées à leurs sonnettes. On va demander la même chose aux commerçants d'ici. Avec un peu de chance, on pourra repérer le même véhicule à chaque endroit, aux heures où les faits ont été commis.

— Cet acte me paraît moins violent que les autres, souligna Scarlet, qui n'avait pas quitté des yeux les lettres peintes en rouge. Une agression physique, un feu circonscrit et maintenant un tag… Ça décroît en intensité, vous ne trouvez pas ?

— Seulement à première vue, répondit Finn. Il voulait laisser un message clair. Et celui-ci était adressé à Austin, pas à vous.

— C'est déjà ce qu'il m'a dit quand je l'ai appelé depuis l'hôpital, grommela Austin.

Scarlet lui pressa discrètement la main, et il sentit un peu de sa tension s'atténuer.

— S'il est passé du chagrin amoureux face à la perte imaginée de l'être aimé à la rage contre Austin à cause de son ingérence, les choses pourraient dégénérer très vite, remarqua Finn.

— Qu'il continue à nous défier, grogna Dean en scannant la foule du regard. Ça nous aidera à le trouver.

Austin opina de la tête. Son frère avait raison : chaque fois que le criminel agissait, il laissait des indices qui, mis bout à bout, permettraient à Finn et à ses hommes de remonter la piste jusqu'à lui.

— Au fait..., dit soudain Scarlet.

Toutes les têtes se tournèrent vers elle.

— La veille du jour où je me suis présentée chez Beaumont Investigations, quelqu'un m'a suivie en voiture. J'avais rendez-vous avec un client pour lui faire visiter une maison, et il n'est pas venu. Je ne sais pas s'il s'agit du harceleur, mais il conduisait une berline, pas un SUV ni un pick-up. Cela vous sera peut-être utile quand vous regarderez les images de vidéosurveillance.

— J'en parlerai à mes hommes, répondit Finn.

Il jeta un coup d'œil sur les mains de la jeune femme et de son frère, toujours unies.

— Austin, tu peux être sûr qu'au moins cinq personnes sur ce trottoir ont déjà parlé de ça à maman.

— Tu n'es pas le premier à me le dire.

Scarlet voulu se détacher de lui, mais il la retint.

— Je ne m'inquiète pas pour maman, assura-t-il avec un grand sourire. Et vous ne devriez pas vous inquiéter non plus.

Ses frères s'éloignèrent en ricanant.

19

Scarlet ferma les yeux et pencha la tête à droite et à gauche dans l'espoir de détendre ses muscles contractés. Se retrouver dans les locaux de Beaumont Investigations déclenchait en elle de puissants signaux d'alarme. La dernière fois qu'elle s'était assise là, elle avait été brutalement agressée le jour même.

Austin posa une bouteille d'eau devant elle.

— Vous avez vos antidouleurs ?

— Oui.

Elle fouilla dans son petit sac à main, qui suffisait amplement à contenir ce dont elle avait besoin désormais – le téléphone qu'Austin lui avait fourni et ses médicaments.

— Merci, murmura-t-elle. J'avais presque oublié leur existence.

Il se percha sur le bord du bureau et la regarda avaler les comprimés.

— Vous avez mal ? s'enquit-il. On peut rentrer, si vous voulez. Vous êtes censée vous reposer, et on est sans arrêt par monts et par vaux.

— Ça va. Je préfère être informée en direct de l'avancée de l'enquête. Rester dans l'attente et dans l'ignorance, c'est ça le plus pénible.

Alors que Dean et Finn se penchaient sur les images de la caméra de surveillance, le téléphone de Scarlet se mit à sonner.

— C'est ma mère.

Austin rejoignit ses frères pour lui laisser un peu d'intimité.

— Allô, maman ? Comment ça va ? demanda-t-elle avec un enthousiasme forcé.

— C'est la question que je voulais te poser, justement. Tu m'as dit que tu prenais quelques jours de congé. Et si tu passais à la maison ce soir ? On pourrait aller au restaurant, par exemple.

— Je ne suis pas sûre que ce soit une bonne idée, répondit Scarlet en jetant un coup d'œil vers les laveurs de vitres qui s'affairaient à nettoyer les fenêtres de l'agence. Les policiers n'ont pas encore réussi à identifier l'homme qui m'a agressée, et il semble bien décidé à recommencer.

Comme Austin lui faisait signe qu'il souhaitait lui parler, Scarlet demanda à sa mère de patienter une minute et couvrit le téléphone de sa main.

— Ça pourrait être pas mal de quitter la ville pour la soirée, expliqua-t-il. Si votre maman accepte un invité de plus, on peut passer quelques heures avec elle. À condition que vous en ayez envie, bien sûr.

Scarlet fit la moue. Elle n'était pas certaine que voir sa mère était ce dont elle avait le plus besoin à cet instant.

Austin se pencha vers elle.

— J'adorerais la rencontrer, chuchota-t-il. En plus, je vous ai déjà présenté la mienne. C'est à votre tour.

— Ce ne serait que justice, j'imagine, marmonna-t-elle, avant de reporter l'appareil à son oreille. Maman ? Apparemment, je peux venir. Ça ne te dérange pas si j'emmène un ami ?

— Pas du tout, au contraire.

— Vu les circonstances, je serais plus à l'aise qu'on dîne à la maison.

— Pas de problème. Je vais voir ce que je peux commander.

— Merci. À tout à l'heure !

Scarlet raccrocha et se leva de son fauteuil.

— On dirait qu'on est partis, commenta Austin.

— Ouais, c'est ça, grommela Dean en le chassant d'un geste. Tu emmènes la jolie femme dîner pendant que, nous, on reste là à travailler.

— C'est vraiment injuste, renchérit Finn.

Austin prit Scarlet par la main et l'entraîna dehors.

— N'hésitez pas à me faire signe quand vous voudrez repartir de chez votre maman. Même si on vient à peine d'arriver. Et, si vous souhaitez aller vous allonger pendant qu'on sera là-bas, n'ayez aucun scrupule. Je peux lui tenir compagnie un moment s'il le faut.

— Vous ne savez pas à quoi vous vous exposez, répliqua Scarlet.

Trina ne résistait pas aux beaux hommes, ni à l'envie de leur plaire.

— Je vous dis juste que je suis là pour vous aider, et que ça ne me dérange pas, insista Austin. Parfois, j'ai l'impression que vous avez besoin de l'entendre.

Scarlet acquiesça et boucla sa ceinture, en remerciant le destin d'avoir mis un homme comme Austin Beaumont sur son chemin.

Lorsqu'il se gara devant la majestueuse propriété de Trina Wills à Holbrook, Austin poussa un sifflement admiratif.

— N'est-ce pas ? répondit Scarlet. J'ai passé toute mon adolescence ici. Maman a fait une bonne affaire en achetant cette maison, et elle a travaillé dur pour la restaurer.

— Comme vous, remarqua-t-il.

— L'expérience de ma mère m'a beaucoup aidée.

La main sur la poignée de la portière, elle inspira profondément, comme pour se donner du courage.

— Tout ce que je sais, je l'ai appris d'elle, ajouta-t-elle. Le bon comme le mauvais.

Ils remontèrent l'allée et sonnèrent à la porte. Lorsque celle-ci s'ouvrit quelques instants plus tard, une version plus âgée de Scarlet les accueillit avec un grand sourire. Parfaitement coiffée et soigneusement maquillée, Trina portait un pantalon de tailleur, des talons hauts et un chemisier rouge vif.

— Ma chérie ! s'exclama-t-elle en serrant sa fille dans ses bras. Je suis vraiment contente que tu sois venue. Cela fait tellement longtemps qu'on ne s'est pas vues... Entrez, entrez ! Je vais vous débarrasser de vos manteaux.

Austin et Scarlet lui tendirent leurs vestes.

— Tu es en pyjama ? demanda Mme Wills en examinant sa fille de la tête aux pieds.

— Non, maman, c'est un pantalon de yoga. Je te présente Austin Beaumont, un... ami.

Austin s'avança avec son plus beau sourire.

— Enchanté de faire votre connaissance, madame Wills. J'ai beaucoup entendu parler de vous.

— Moi aussi. Vous pouvez m'appeler Trina.

Elle le jaugea du regard, puis glissa à Scarlet, assez fort pour qu'il l'entende :

— Tu as raison, il est carrément canon.

Scarlet ferma les yeux un instant, avant de les rouvrir d'un air résigné.

— Ça sent très bon, maman.

— J'ai commandé de l'italien. J'espère que ça vous plaira...

Elle les guida jusqu'à la salle à manger et s'assit au bout de la table qui pouvait aisément accueillir douze personnes. Pendant qu'Austin et Scarlet prenaient place à côté d'elle, elle s'occupa de tourner la salade, puis leur passa le plat de conchiglionis farcis.

— Alors, comment Lydia s'en sort-elle avec tes clients ? demanda-t-elle.

Scarlet se figea, la fourchette en l'air.

— Je ne sais pas, je ne lui ai pas parlé aujourd'hui.

— Tu ne l'as pas appelée ? Est-ce que tu as au moins vérifié auprès des clients qu'ils sont satisfaits de ses prestations ?

— Non. La journée a été bien remplie.

— Toutes les journées sont bien remplies, répliqua Trina. Sinon, c'est qu'on ne met pas son temps à profit. N'est-ce pas, Austin ?

Ce dernier plissa les yeux, flairant le piège.

— Je ne suis pas sûr que ce soit toujours le cas, répondit-il avec diplomatie. Scarlet a raison, nous n'avons pas arrêté depuis le petit déjeuner. La seule personne avec qui elle a pris le temps de parler au téléphone, c'est vous.

— Mmh.

Trina cessa de faire semblant de manger sa salade et posa les mains sur son ventre.

— Bigre... Je ferais mieux de m'arrêter là, sinon je vais avoir besoin d'un pantalon à taille élastiquée, moi aussi.

Austin se retint de rire en voyant Scarlet lever les yeux au ciel. Quand celle-ci interrogea sa mère sur sa journée de travail, l'atmosphère se détendit sensiblement. À l'évidence, Trina adorait parler d'elle, de ses ventes et de ses clients. Elle évoqua également un nouveau petit ami qui n'avait pas de boulot actuellement et qui pensait qu'elle serait parfaite avec un ou deux kilos en moins. Scarlet ne semblait pas du tout surprise.

Austin nota dans sa tête de serrer sa mère encore plus fort dans ses bras la prochaine fois qu'il la verrait – et de la remercier de toute la peine qu'elle se donnait pour lui rendre la vie plus douce.

Malgré l'étrange dynamique qui régissait les relations entre Scarlet et sa mère, elles eurent tout de même l'air d'apprécier ce moment passé ensemble. Quand il fut l'heure de repartir, Trina leur donna les restes de nourriture dans une boîte et les embrassa chaleureusement.

Austin reprit la route dans la nuit avec la jeune femme qui

somnolait à côté de lui. Il était heureux d'avoir eu cet aperçu de sa vie. Il avait l'impression de la connaître un peu mieux, de comprendre pourquoi elle avait l'habitude de s'effacer devant les autres : sa mère avait toujours monopolisé l'attention. Austin avait envie de renverser la tendance. De placer Scarlet au centre de son monde à lui.

Il se promit de lui en parler le lendemain.

20

Austin finissait sa troisième tasse de café et il n'avait toujours rien dit à Scarlet. Assise à côté de lui sur la terrasse, encore en pyjama, elle s'était enroulée dans la couverture du canapé – une image qu'il voulait voir et revoir dans les années à venir. Pendant une bonne partie de la nuit, il s'était demandé comment aborder le sujet avec elle.

Je sais que je choisis très mal mon moment, que vous avez sans doute déjà beaucoup d'émotions à gérer, mais il faut que je vous le dise : je suis en train de tomber amoureux de vous.

— Ça va ? s'enquit-elle en l'observant par-dessus sa tasse fumante. Vous avez l'air stressé. C'est la première fois que je vous vois dans cet état, alors qu'on est là, à profiter de tout ça...

D'un geste du bras, elle engloba les montagnes autour d'eux, le ciel bleu, les rocking-chairs et la vue sur le ruisseau en contrebas.

— Qu'est-ce qui vous arrive, Austin ?

— J'étais juste un peu perdu dans mes pensées, répondit-il en se forçant à sourire.

— Vous savez, je me suis rendu compte que je ne vous avais toujours pas remercié. De m'avoir crue quand je suis venue vous voir l'autre jour, de m'avoir apporté un soutien sans faille depuis, d'être allé jusqu'à m'héberger... Ce que vous faites pour moi est énorme, et j'ai été vraiment ingrate de ne pas vous témoigner plus tôt ma reconnaissance.

— Je vous en prie. Tout le plaisir est pour moi.

— Êtes-vous toujours aussi impliqué dans vos enquêtes ?

Austin fronça les sourcils.

— Non. Pas comme ça.

Il n'avait jamais été attiré par ses clientes. Il n'avait jamais éprouvé le besoin de les connaître mieux, de les avoir auprès de lui dans sa vie. Avec Scarlet, cependant, tout avait été différent dès le départ. Plus il avait passé de temps avec elle, moins il avait eu envie de la voir partir une fois sa mission terminée. C'était ce qu'il aurait dû lui expliquer à cet instant, mais il s'en trouva incapable.

Il avait peur. Peur qu'elle ne ressente pas la même chose, peur qu'elle ne veuille plus rester chez lui. Or, après ce qui s'était passé à l'agence la veille, il était convaincu que l'agresseur n'hésiterait pas à aller la chercher au ranch des Beaumont – le seul autre endroit où Austin la saurait en sécurité.

Pour cette raison, il valait mieux attendre que le coupable ait été arrêté avant de compliquer une situation qui l'était déjà suffisamment.

— Donc, si vos ex en ont eu marre de votre travail, ce n'est pas parce que vous avez l'habitude de recueillir des femmes chez vous ?

Austin éclata de rire.

— Mon Dieu, non ! À part si je suis en planque, je rentre tous les soirs à la maison, et je rentre seul. Mais mon boulot me prend beaucoup de temps. Même quand je suis chez moi, je fais des recherches en ligne, je monte des dossiers, je m'occupe des factures... Ça ne me laisse pas beaucoup de temps libre pour sortir. Quand je ne travaille pas, je vois ma famille et je retape ce moulin.

Scarlet posa sa tasse sur la table basse et se tourna vers lui.

— Il faut que je vous pose une question, et j'aimerais que vous me répondiez sincèrement. Vous pouvez faire ça pour moi ?

— Si c'est ce que vous voulez, dit-il, se préparant au pire.

— Hier, dans la salle de bains...

Ses joues rosirent.

— J'ai pensé un moment que vous alliez m'embrasser. Depuis, je me demande si j'ai mal interprété les signaux, ou si quelque chose vous a fait changer d'avis. Je me suis approchée de vous parce que j'avais envie de ce baiser. Si j'ai dépassé les bornes, j'en suis désolée. Cela ne se reproduira plus.

Austin resta un moment sans voix. Il n'avait pas eu le cran d'en parler, et elle venait de le faire en toute simplicité. Pas étonnant qu'il soit tombé amoureux d'elle ! Contrairement à lui, Scarlet n'avait peur de rien.

— J'avais bel et bien envie de vous embrasser hier dans la salle de bains, lâcha-t-il.

Les yeux de la jeune femme s'agrandirent.

— Eh bien, dans ce cas, je ne suis pas désolée.

— Pour être honnête, ajouta-t-il avec un petit sourire, je n'ai pas cessé de penser à vous embrasser depuis.

Il baissa le regard sur ses lèvres roses et sensuelles. Il avait presque l'impression de les goûter, de les sentir pressées contre les siennes. Lorsqu'il releva les yeux, elle continuait de l'observer intensément.

Alors, comme des aimants, ils se rapprochèrent l'un de l'autre. Mais la distance était trop grande entre les rocking-chairs, et Scarlet se laissa retomber contre le dossier en riant. Déterminé à ne pas laisser passer cette chance, Austin se leva, l'aida à en faire autant et l'attira à lui.

— On ne va pas renoncer aussi vite, quand même...

— Ce serait dommage, répondit-elle, le regard pétillant.

Une main au bas de son dos, l'autre sur sa joue, il s'apprêtait à poser sa bouche sur la sienne quand son téléphone sonna.

— Je ne sais pas qui c'est, chuchota Scarlet, mais il tombe vraiment mal.

Austin lâcha un petit rire et déposa un rapide baiser sur la tempe de la jeune femme avant d'attraper son portable sur la table basse.

— C'est Finn.

— Retour à la réalité, soupira-t-elle.

Austin fut surpris par son choix de mots. Ne savait-elle pas qu'être avec elle était la seule réalité à laquelle il aspirait ? Non, sans doute, car il ne le lui avait pas encore dit.

— Je suis à l'agence Coulter, lui annonça Finn au téléphone. Scarlet est près de toi ?

— Oui. Attends, je mets le haut-parleur.

— Bonjour, Scarlet, dit Finn d'un ton étrangement calme. Je me trouve actuellement dans les locaux de votre agence.

— Il a encore tagué les fenêtres ? demanda-t-elle.

— Non. Cette fois-ci, il a attaqué une de vos collègues, et on a retrouvé des messages sur votre bureau. Vous devriez venir tous les deux.

Austin vit une lueur d'effroi traverser le regard de Scarlet. L'agresseur avait franchi un nouveau palier en s'en prenant à quelqu'un qu'elle connaissait et à qui elle était probablement attachée.

— Qui est la victime ? s'enquit-elle d'une voix tremblante.

— Lydia Stevens.

Scarlet avait l'estomac noué et le cœur qui battait à tout rompre tandis qu'ils filaient vers la ville. Des flash-back de sa propre agression l'assaillaient, et elle se faisait un sang d'encre pour Lydia. Serait-elle hospitalisée, elle aussi ? S'en sortirait-elle ? Avait-elle conscience qu'elle avait été attaquée à cause de Scarlet ?

Austin lui dirait sûrement que ce n'était pas sa faute, mais il fallait se rendre à l'évidence : si Scarlet ne s'était pas installée chez lui, son harceleur n'aurait pas eu de raison de s'en prendre à Lydia à l'agence. Ce qui était arrivé à sa jeune collègue était directement lié à elle. Scarlet aurait dû anticiper. Elle n'avait pas su protéger Lydia.

Comme s'il devinait sa détresse, Austin posa une main sur la sienne et la caressa doucement.

— Est-ce que Finn a donné des précisions sur l'état de Lydia ? lui demanda-t-elle.

— Non. Les secours étaient en train de la prendre en charge quand il a appelé.

Scarlet ferma les yeux et pria pour que sa collègue n'ait rien de trop grave. Pour que ce sale type soit vite arrêté avant que d'autres personnes soient victimes de sa folie.

Une foule compacte s'était rassemblée devant l'agence immobilière. Une ambulance, un camion de pompiers et trois véhicules de police occupaient le petit parking réservé aux employés. Les gyrophares rouges et bleus éclairaient alternativement les façades alentour et se reflétaient dans les vitrines les plus proches.

Sur le trottoir, des policiers barraient l'accès à l'agence. Par chance, ils reconnurent Austin et les laissèrent passer sans leur poser de questions.

À l'intérieur, la salle grouillait de personnel en uniforme. Tous parlaient à voix basse pendant que les enquêteurs relevaient les indices et prenaient des photos. Lydia était allongée sur un brancard, les yeux clos, un collier cervical autour du cou. Son visage était couvert de plaies et de contusions.

Scarlet se précipita vers elle.

— Lydia ! s'exclama-t-elle en lui prenant la main.

Son amie n'eut aucune réaction. Et les larmes se mirent à rouler sur les joues de Scarlet.

— Excusez-moi, madame, lui dit un des ambulanciers. Nous devons y aller.

Comme Austin passait un bras autour de ses épaules, Scarlet relâcha la main de Lydia et se tourna vers lui pour enfouir son visage contre son torse.

— On ira à l'hôpital dès qu'on en aura fini ici, lui promit-il. J'essayerai d'en savoir plus une fois sur place.

— Merci.

Quelqu'un siffla un peu plus loin, et Scarlet se força à se redresser. Finn leur faisait signe de le rejoindre devant le bureau de la jeune femme.

— Allons voir ce qu'il a trouvé, murmura Austin.

Quand ils approchèrent, Finn s'écarta pour leur laisser découvrir l'étendue des dégâts. Le fauteuil avait été renversé, et les quatre mêmes mots étaient gribouillés partout, sur toutes les surfaces. Sur les dossiers, sur le bureau, sur l'écran de l'ordinateur…

ELLE EST À MOI. ELLE EST À MOI. ELLE EST À MOI.

21

Austin poussa un juron en même temps que Scarlet s'effondrait contre lui. Il avait beau faire tout ce qu'il pouvait pour la protéger, l'agresseur réussissait quand même à l'atteindre, ne serait-ce que psychologiquement.

— C'est un cauchemar, chuchota-t-elle.

Il la prit dans ses bras et la serra fort. Que pouvait-il faire d'autre ?

La colère bouillonnait en lui. Le responsable de ces attaques avait clairement disjoncté. Où qu'il se cache, il représentait un danger. Il n'y avait qu'à voir l'expression des secouristes pour comprendre que Lydia n'avait pas eu la chance de Scarlet, que ses blessures mettraient bien plus longtemps à guérir. Et pouvait-on vraiment parler de chance quand une femme se faisait étrangler au point de perdre connaissance ?

— Je suis là, lui murmura-t-il. Finn et ses hommes vont retrouver le type qui a fait ça.

En redressant la tête, il croisa le regard de ses frères, qui l'observaient. Ils avaient compris ce qu'il n'avait pas encore verbalisé : il était amoureux de Scarlet Wills.

Alors qu'ils s'écartaient l'un de l'autre, Finn fit un pas vers eux.

— Je termine ici et je file à l'hôpital, leur dit-il. Si vous y êtes encore, nous ferons le point à ce moment-là.

— J'ai l'intention d'y rester jusqu'à ce que je puisse la voir, répondit Scarlet. Son frère n'habite pas ici. Je crois que je vais attendre avec sa mère que la famille soit réunie.

Austin jeta un coup d'œil sur sa montre. S'ils se dépêchaient, ils arriveraient avant que sa bénévole préférée ne reparte déjeuner chez elle. Il guida Scarlet jusqu'à son pick-up et l'aida à monter sur le siège passager.

— C'est gentil de penser à la maman de Lydia. Je suis sûre qu'elles apprécieront toutes les deux.

— C'est le moins que je puisse faire, dit-elle en refermant sa portière.

Austin s'installa au volant.

— Il n'y a qu'un coupable dans l'histoire, affirma-t-il. Et ce n'est pas toi.

Le trajet se fit en silence. À leur arrivée à l'hôpital, ils se garèrent sur le parking réservé aux visiteurs, puis se hâtèrent vers l'entrée du bâtiment.

— Et maintenant ? demanda Scarlet. On ne fait pas partie de la famille de Lydia, le personnel ne voudra pas répondre à nos questions. Est-ce qu'on attend Finn ?

— On pourrait, mais Marshal's Bluff est une petite ville, répondit Austin en l'entraînant vers une rangée de fauteuils. Normalement, on ne devrait pas avoir longtemps à attendre pour obtenir des informations.

Tout en s'asseyant, Scarlet lui lança un regard interrogateur.

— Tu connais Mme Thatcher ? s'enquit-il.

— Non. Elle travaille ici ?

— C'est une bénévole, elle tricote des petits bonnets pour les nouveau-nés et donne des coups de main partout où on a besoin d'elle.

Avant que Scarlet ait eu le temps de poser d'autres questions, un des secouristes qui s'étaient occupés de Lydia apparut dans le couloir. Austin se leva pour l'interpeller :

— Avez-vous réussi à la stabiliser ?

L'homme acquiesça, l'air grave.

— Elle est en train de passer des examens. Son pronostic vital n'est plus engagé, c'est déjà ça.

Scarlet se leva à son tour.

— Est-ce qu'elle est réveillée ?

— Non, madame. Pas encore.

Il s'apprêtait à ajouter quelque chose quand son coéquipier surgit derrière lui.

— On vient d'avoir un autre appel. Un des enfants Briar est tombé de cheval.

Le premier secouriste les salua, l'air désolé, et s'élança à la suite de son collègue.

— Et si j'empruntais une blouse sur le dossier d'une chaise ? suggéra Scarlet. Ça me permettrait de chercher Lydia sans trop me faire remarquer. Ça marche toujours, dans les films.

Austin réprima un sourire.

— Ce ne sera pas la peine. Voici Mme Thatcher.

La vieille dame portait un gros panier dont s'échappaient des fils de laine de toutes les couleurs. Ses cheveux blancs étaient relevés en chignon, et ses yeux d'un bleu laiteux s'éclairèrent lorsqu'elle reconnut Austin.

Elle l'embrassa affectueusement.

— Comment va ta maman, mon garçon ?

— Très bien, mais vous lui manquez. Quand reviendrez-vous déjeuner au ranch ?

— Alors ça, je ne sais pas... Je passe mon temps à tricoter, en ce moment. Cette ville est devenue une usine à bébés. Il y en a quatre qui sont nés depuis que je suis arrivée ce matin ! Que des filles.

Elle regarda Scarlet avec curiosité. La jeune femme lui sourit timidement.

— Vous vous souvenez de Scarlet Wills ? demanda Austin.

Vous étiez là quand je suis arrivé à l'hôpital le soir de son agression. C'est vous qui m'avez indiqué sa chambre.

— Oui, je m'en souviens, répondit Mme Thatcher en jetant un bref coup d'œil sur la gorge de Scarlet. Que faites-vous ici, mon petit ? Vous êtes revenue voir le médecin ?

— Je suis là pour une amie. L'homme qui m'a agressée s'en est pris à elle ce matin. Elle a été conduite ici il y a quelques minutes, et nous attendons de pouvoir la voir.

— Ma pauvre... Vous feriez mieux de vous asseoir.

Austin et Scarlet regagnèrent leurs sièges, et Mme Thatcher s'installa à côté de la jeune femme.

— Vous l'avez vue arriver ? s'enquit Austin. Elle était avec les secouristes qui viennent de repartir.

— C'est donc elle... Mon Dieu, j'ai cru qu'elle avait eu un accident de voiture.

— Cet hôpital n'a aucun secret pour Mme Thatcher, précisa Austin à Scarlet.

À dire vrai, la vieille dame était une commère patentée, et quelques compliments suffisaient généralement à lui délier la langue.

— Mon mari – paix à son âme – était le chef du service de chirurgie, expliqua-t-elle fièrement. J'ai passé presque toute ma vie à travailler bénévolement ici. Je sais tout de cette vieille fille, conclut-elle en jetant un regard attendri autour d'elle.

— Et cette jeune patiente dont nous vous avons parlé ? lui rappela Austin. Vous savez où on peut la trouver ?

— J'aimerais lui tenir compagnie le temps que sa famille arrive, précisa Scarlet.

— Ils l'ont emmenée directement au scanner, répondit Mme Thatcher. J'ai entendu les secouristes dire aux médecins qu'elle souffrait d'un grave traumatisme crânien et qu'elle était inconsciente.

— Et le scanner, qu'a-t-il donné ? la pressa Scarlet.

— Ça, je n'en sais rien. Je sais juste qu'ils l'ont placée en observation en soins intensifs. Vous devriez aller dans la salle d'attente du troisième étage. Ils ont du café et du thé, là-haut. Je vous apporterai de quoi manger cet après-midi.

— Merci infiniment, madame Thatcher, dit Austin.

— Je t'en prie, mon garçon.

Elle se leva, et il l'imita.

— Je file voir si les infirmières de l'accueil ont besoin de moi. Dis à ta maman que je l'appellerai bientôt.

— Je n'y manquerai pas.

Austin tendit la main à Scarlet.

— Suis-moi.

Les heures s'écoulèrent lentement dans la petite salle d'attente du service des soins intensifs. Le soir venu, Austin demanda un oreiller et une couverture pour que Scarlet puisse se reposer plus confortablement. Dans la journée, Finn était passé leur donner les dernières nouvelles. Le scanner cérébral de Lydia n'avait rien révélé d'anormal, mais elle souffrait de sévères contusions à la gorge et avait été sédatée pour l'aider à supporter la douleur. Sa mère, qui habitait Marshal's Bluff, se trouvait au Texas chez le frère de Lydia. Le temps de prendre l'avion, ils ne seraient pas là avant le lendemain.

C'était pour cette raison que Scarlet refusait de partir. Elle ne supportait pas l'idée que Lydia n'ait personne auprès d'elle lorsqu'elle se réveillerait. Par précaution, un policier avait été posté à l'entrée de la chambre au cas où l'agresseur aurait l'envie de la faire taire définitivement.

L'enchaînement des événements mettait les nerfs d'Austin à rude épreuve. Il n'avait jamais eu affaire à un criminel qui multipliait les attaques de cette façon – et contre une personne qu'il aimait. Pour se rassurer, il sortit de sa poche le petit pistolet à impulsion électrique qu'il avait voulu donner à Scarlet et le glissa dans la veste de la jeune femme pendant qu'elle dormait. Il espérait qu'elle n'aurait jamais l'occasion de s'en servir, mais de savoir qu'elle l'avait à portée de main l'apaisait. Alors seulement, il s'assoupit à son tour.

Scarlet se réveilla la bouche sèche et les muscles endoloris. Austin dormait sur le siège à côté d'elle, ses longues jambes étendues devant lui. Dans son sommeil, elle avait glissé contre son épaule, mais il n'avait rien fait pour la repousser.

Elle se frotta les yeux et s'étira, avant de boire quelques gorgées d'eau de la bouteille qu'elle avait posée sur la table basse après leur repas sommaire de la veille. Tout autour, l'hôpital grouillait de vie. Elle préférait cela au silence sinistre qui s'était installé peu à peu dans la nuit, entrecoupé à l'occasion par l'arrivée fracassante d'un patient accidenté ou la survenue d'une urgence au sein du service. Chaque fois, Scarlet avait craint que l'état de Lydia se soit brusquement dégradé ; elle savait que personne ne les aurait prévenus.

À travers les vitres de la salle d'attente, elle aperçut trois hommes qui approchaient à grands pas dans le couloir. Son cœur s'accéléra quand elle reconnut parmi eux un visage familier.

— Finn !

Elle secoua Austin, qui bondit aussitôt sur ses pieds.

— Qu'est-ce qui se passe ?

— Finn est là, et il n'est pas seul. Ça veut dire quelque chose, n'est-ce pas ?

Sans attendre sa réponse, elle sortit dans le couloir pour aller à la rencontre de l'inspecteur. En la voyant, celui-ci fit signe à ses hommes de continuer sans lui.

— Vous êtes encore là ? dit-il, surpris, tandis qu'Austin apparaissait à côté de Scarlet.

— Je n'ai pas pu me décider à partir, répondit-elle. La famille de Lydia n'est pas encore arrivée.

— Lydia vient de se réveiller, je m'apprêtais à aller la voir, signala Finn. Vous pouvez m'accompagner, si vous voulez. Cela la rassurera peut-être d'avoir une amie auprès d'elle pendant que je lui poserai des questions. Mes collègues sont venus interroger les infirmières et relever l'agent qui monte la garde dans le couloir.

Scarlet se retint de lui sauter au cou.

Lorsqu'ils arrivèrent dans la chambre de Lydia, la jeune femme semblait encore somnolente. Elle ouvrit et referma les paupières plusieurs fois avant de fixer son regard sur sa collègue.

— Scarlet ? croassa-t-elle.

Celle-ci se hâta à son chevet, les larmes aux yeux. Elle prit sa main droite dans la sienne, évitant de toucher l'autre qui était perfusée.

— Je suis là, murmura-t-elle en souriant.

— Il m'a attaquée...

— Je sais. Je suis désolée.

— Bonjour, Lydia, intervint Finn. Je suis l'inspecteur Beaumont. C'est moi qui suis chargé de l'enquête sur les agressions dont vous et Scarlet avez été victimes. Je vous promets de faire tout ce qui est en mon pouvoir pour appréhender rapidement le coupable.

Lydia tourna vers lui son visage tuméfié. Une profonde entaille avait été recousue sur sa lèvre inférieure, et l'un de ses yeux était injecté de sang. Elle portait encore un épais collier cervical.

En écoutant Finn, elle relâcha la main de Scarlet pour se toucher le visage, comme si elle prenait seulement conscience de la réalité de ses blessures. Ses traits se décomposèrent.

— Ça va aller, lui promit Scarlet. Tu ne risques rien, ici. La police te protège.

— Avez-vous vu l'homme qui vous a agressée ? demanda Finn en sortant un calepin de sa poche.

— Oui. Je crois qu'il était…

Lydia tourna brusquement la tête vers Scarlet.

— Il te cherchait. Je lui ai expliqué que tu ne travaillais pas en ce moment, il m'a répondu qu'il était au courant. Il voulait savoir où tu te cachais, mais je n'en avais aucune idée ! Je lui ai dit que tu étais peut-être chez toi.

— Pouvez-vous nous le décrire ? insista Finn. Je sais que c'est difficile.

Un sanglot s'échappa des lèvres de Lydia, et les larmes se mirent à rouler sur ses joues. Alertée par le bip-bip des machines, une infirmière accourut.

— Lydia ? Écoutez-moi. Respirez calmement. Voilà, c'est mieux…

La soignante lança un regard noir à Finn, à Austin et à Scarlet.

— Vous êtes dans une unité de soins intensifs, ici. Les patients ne peuvent recevoir qu'un seul visiteur à la fois, et seulement des membres de leur famille. Vous le savez, inspecteur.

— Ses proches sont en route, répondit Finn. Scarlet a subi une agression similaire il y a quelques jours, et nous pensions que sa présence pourrait rassurer Lydia.

— Et vous avez l'impression que ça marche ? rétorqua l'infirmière. Faites vite.

Austin leva les mains en geste d'apaisement.

— Je sors.

Il alla attendre dans le couloir, en veillant à rester visible de Scarlet. Pendant ce temps, Lydia avait réussi à reprendre le contrôle de ses émotions.

— Il était grand et barbu, expliqua-t-elle. Pas vieux, mais pas très jeune non plus. Il cherchait Scarlet. « Où est-elle ? Avec qui ? Pourquoi tu me mens ? » C'est tout ce qu'il savait dire.

Sa voix se brisa.

— Je suis vraiment désolée, murmura Scarlet en lui tendant un mouchoir.

Ces paroles lui semblaient tellement insuffisantes... Mais que pouvait-elle dire d'autre ? Lydia s'essuya les yeux et se força à inspirer et expirer lentement.

Finn regarda prudemment l'infirmière, avant de retenter sa chance :

— Et cet homme, vous le connaissiez ?

— Non. Mais lui m'a appelée par mon prénom.

— C'est bien, la félicita Scarlet. L'inspecteur Beaumont va pouvoir utiliser toutes les informations que tu lui donnes pour établir un profil et tenter de retrouver ce type.

— Avez-vous remarqué autre chose ? s'enquit Finn. Même le plus petit détail peut nous être utile. Est-ce qu'il boitait ? Est-ce qu'il avait un accent ? Y avait-il un logo sur son sweat ? Avait-il des cicatrices, des tatouages ?

Tandis que Lydia fouillait dans ses souvenirs, les machines autour d'elle s'emballèrent de nouveau.

— Pensez à respirer, mademoiselle, lui rappela l'infirmière. Dernier avertissement, inspecteur.

— Il est allé à ton bureau, déclara la jeune femme en agrippant la main de Scarlet. Il m'a laissée par terre, et je l'ai vu... Je l'ai vu...

— Ne t'inquiète pas, je suis au courant, lui dit Scarlet gentiment. On était à l'agence hier, tout a été pris en photo.

— En photo..., répéta Lydia, le regard distant.

— Oui. Les policiers vont pouvoir analyser tous les indices.

— La photo... Scarlet, il a pris ta photo !

— Celle de la soirée organisée par l'agence ? intervint Finn d'une voix pressante. Est-ce qu'il pourrait être le photographe ?

Lydia secoua la tête, le visage pâle, le front couvert de sueur.

— Ça suffit, décréta l'infirmière en écartant les bras comme pour les chasser de la chambre.

— Non, attendez ! cria Lydia. Scarlet, je parle de la photo qu'il y avait sur ton bureau. Il l'a prise.

Scarlet eut l'impression de recevoir un coup de poing à l'estomac. Les images de la veille lui revinrent brusquement en mémoire. L'horrible message gribouillé sur toutes les surfaces. *Elle est à moi. Elle est à moi.* La chaise renversée, les dossiers éparpillés partout. Et dans tout ce bazar, elle n'avait pas remarqué que quelque chose manquait...

Austin rentra dans la chambre et regarda tour à tour Scarlet et son frère.

— Est-ce que vous avez retrouvé une photo encadrée dans ses affaires, hier ? demanda-t-il à ce dernier.

— Non, répondit Finn. Pourquoi ? Qu'y avait-il sur cette photo ?

— Ma mère, souffla Scarlet.

22

Pour la treizième fois depuis qu'Austin et elle étaient partis en trombe de l'hôpital, direction Holbrook, Scarlet tenta de joindre sa mère.

— Je tombe encore sur la boîte vocale. Elle ne répond ni sur son fixe ni sur son portable, et personne ne l'a vue à l'agence.

— Tiens bon, lui dit Austin. Finn a contacté la police locale, ils vont lancer des recherches de leur côté. En attendant de les rejoindre pour leur prêter main-forte, il faut continuer d'appeler ta mère.

— Et si on ne la retrouve pas ?

— On la retrouvera, affirma-t-il en posant une main sur ses poings serrés. Est-ce qu'il y a d'autres personnes à qui elle aurait pu parler récemment ?

Scarlet secoua la tête. Sa mère n'avait pas d'amis. Seulement des collègues, des clients, et un amoureux occasionnel.

— Je connaissais certains de ses collègues avant de déménager, mais il y a beaucoup de turn-over dans ce métier. Je ne sais pas s'ils travaillent encore avec elle.

— Si tu as leurs coordonnées, essaye de les joindre. On va passer chez elle. Si elle n'y est pas, on ira à l'agence, puis au poste de police. L'inspecteur chargé de l'enquête voudra t'interroger, de toute façon.

Scarlet ferma les yeux un instant, luttant contre la vague de nausée qui l'envahissait. Jamais elle n'aurait cru que la situation pourrait encore empirer.

— Il a agressé Lydia hier, dit-elle. Il a eu tout le temps d'emmener ma mère loin d'ici et de lui faire ce qu'il voulait.

Austin ne chercha même pas à la rassurer.

— Je sais.

Bientôt, l'imposante propriété de style Tudor apparut, nichée derrière son mur de brique. Le vent d'automne agitait les branches des arbres, parsemant la pelouse de leurs feuilles multicolores.

Scarlet courut jusqu'à la porte. Elle sonna, frappa, regarda par les fenêtres en priant pour voir sa mère arriver en pyjama avec un homme à son bras...

— Sa voiture n'est pas là, annonça Austin, qui scrutait l'intérieur du garage à travers l'une des étroites ouvertures.

— C'est plutôt bon signe, non ? Je ne vois aucune trace de lutte dans la maison, elle est peut-être simplement sortie.

Scarlet serra ses bras autour d'elle, parcourue d'un frisson. À cette heure matinale, sa mère n'était pas partie faire du shopping ni retrouver quelqu'un pour prendre un verre. Elle avait été enlevée, voilà tout.

— Tu as les clés d'ici ? demanda Austin. On devrait vérifier qu'elle n'est pas à l'intérieur.

— Non, je les lui ai rendues quand je suis partie.

Elle testa la poignée de la porte.

— C'est fermé.

— Bon. On va voir à l'agence.

Comme celle-ci se trouvait dans le centre-ville d'Holbrook, ils ne mirent pas longtemps à s'y rendre. Une voiture de patrouille était garée sur le parking.

— Que font les flics ici, à ton avis ? s'enquit Scarlet en descendant du pick-up.

Ses dents s'étaient mises à claquer, et elle tremblait de tout son corps. La dernière fois qu'ils avaient vu la police devant une agence immobilière, ils avaient découvert Lydia rouée de coups et inconsciente à l'intérieur...

— C'est une visite de routine, répondit Austin tandis qu'ils traversaient le parking. Ils n'ont pas mis les gyrophares, il n'y a pas d'autre véhicule d'urgence... À mon avis, ils ne font que donner suite au signalement de Finn.

— OK, dit-elle en soupirant. Ça se tient.

— Tout ce que je dis se tient, répliqua-t-il.

Scarlet sourit malgré elle. Lorsqu'ils arrivèrent devant l'agence, Austin ouvrit la porte et la laissa passer devant lui.

— Je suis avec toi, lui rappela-t-il. Quoi qu'il advienne, on fera face ensemble.

Scarlet sentit son cœur se gonfler d'émotion.

— Merci.

La succursale d'Holbrook était située dans un bâtiment historique en brique auquel on accédait par une allée fleurie. À l'intérieur régnait une atmosphère chaleureuse : les fenêtres étaient habillées de rideaux, et chaque agent disposait d'un grand bureau en bois posé sur un tapis coloré et entouré de fauteuils confortables. Du thé, du café et des rafraîchissements étaient à disposition dans un coin de la pièce.

— C'est très cosy, observa Austin en s'arrêtant sur le seuil.

— Les agences s'adaptent aux attentes de la clientèle, expliqua Scarlet. À Marshal's Bluff, les gens viennent pour profiter de l'extérieur, de la vue sur l'océan. C'est pour ça que les bureaux sont plus modernes, plus fonctionnels. Ici, à Holbrook, histoire et hospitalité sont les maîtres mots.

Au fond de la salle, un policier en uniforme était en train de parler avec une agente immobilière assise derrière un bureau.

— C'est son agenda ? lui demanda-t-il.

— Oui, on a chacun notre propre planning. Celui de Trina

est toujours bien rempli. On ne la voit pas beaucoup ici, sauf quand elle a décidé de se mettre à jour dans ses papiers.

Alors que Scarlet et Austin approchaient, elle étouffa une exclamation.

— Mon Dieu, je vous ai prise pour elle !

Le policier se retourna. Ses yeux d'un bleu perçant étaient encadrés de rides. Il semblait plus âgé que la mère de Scarlet, mais son physique athlétique et son air d'autorité inspiraient confiance.

— Je crains que ce ne soit pas le bon moment, leur dit-il. Mme Reese peut prendre votre nom et votre numéro, et vous rappeler un peu plus tard, peut-être ?

— En fait, je suis Scarlet Wills, la fille de Trina. Et voici Austin Beaumont.

— Excusez-moi, j'ai cru que vous étiez de simples clients… Agent Barrow. Je vous présente Cindy Reese, une collègue de votre mère.

— Asseyez-vous, je vous en prie, dit Cindy à Scarlet en désignant un siège à côté d'elle.

Avec son grand pull blanc et sa jupe bleue informe, elle lui rappelait une de ses institutrices à l'école primaire. Son chignon gris maintenu en place par un crayon complétait parfaitement le tableau.

— C'est le bureau de votre maman, précisa-t-elle. On vous a déjà dit que vous vous ressembliez comme deux gouttes d'eau ?

— Très souvent, répondit Scarlet en s'efforçant de sourire.

Elle s'assit et laissa errer son regard sur les affaires de Trina, parfaitement rangées. À côté de l'écran d'ordinateur trônait la même photo que Scarlet avait installée sur son propre bureau. Celle que son harceleur lui avait volée après avoir agressé Lydia.

— Austin…, murmura-t-elle. Regarde.

Il posa les mains sur ses épaules tandis qu'elle effleurait du bout de l'index le visage de sa mère.

Le grand agenda papier que celle-ci continuait d'utiliser malgré l'existence des nouveaux outils informatiques était ouvert à la page de la semaine en cours. Les noms des clients, leurs coordonnées et les adresses des visites étaient indiqués selon le même code couleur que Trina employait depuis toujours.

— Il semble que votre mère avait une visite prévue aujourd'hui à 9 heures, souligna Barrow. Elle a dû s'y rendre directement depuis son domicile. On a essayé d'appeler le client en question, mais personne n'a répondu.

— L'agresseur a utilisé des téléphones prépayés pour commettre ses crimes à Marshal's Bluff, précisa Austin.

— Oui, c'est ce que m'a dit l'inspecteur Beaumont. Mademoiselle Wills, je suis désolé de ce qui vous arrive, et je peux vous assurer que mes collègues et moi travaillons main dans la main avec la police de Marshal's Bluff pour retrouver votre mère.

Scarlet se contenta d'acquiescer, la gorge nouée.

Soudain, le téléphone du bureau sonna.

— C'est le numéro que j'ai tenté de joindre tout à l'heure, observa Barrow. Voyons si votre mère s'est présentée à son rendez-vous ce matin...

Alors qu'il tendait la main pour décrocher, Scarlet l'arrêta d'un geste, saisie d'un mauvais pressentiment. Elle appuya sur le bouton du haut-parleur et se pencha vers l'appareil.

— Agence Coulter, Scarlet à votre écoute, dit-elle.

— Bonjour, chérie, fit une voix pleine de fiel qu'elle aurait reconnue entre mille. Je savais que tu me répondrais.

Dans la seconde, Austin fut à côté d'elle, le portable tendu vers le téléphone pour enregistrer la conversation.

— Comment ça, vous le saviez ? répliqua Scarlet.

— Je sais tout de toi. Et je te vois, à la minute où on se parle. Encore avec ce type... Tu ne veux toujours pas comprendre.

— Est-ce que ma mère est avec vous ? Est-ce que je peux lui parler ?

— Pas tant que tu restes avec lui.

— Et si je lui demande de sortir ?

— Dis-lui que tu es à moi ! hurla-t-il.

Scarlet sursauta comme s'il l'avait giflée. Et elle se rappela ce qui arrivait aux femmes quand il était en colère.

— Je suis désolée, s'empressa-t-elle de dire. Je vous demande pardon. S'il vous plaît, ne faites pas de mal à ma mère. Elle n'y est pour rien.

— L'infidélité, ça se paye, Scarlet. Et tu payeras.

Quand il raccrocha, elle eut l'impression que le monde s'écroulait autour d'elle.

23

Austin envoya rapidement l'enregistrement audio à Finn, avant de se tourner vers Scarlet, qui semblait en état de choc.

— Ça va ? lui murmura-t-il.

Elle resta muette.

Barrow avait immédiatement réagi en contactant ses coéquipiers pour les informer des derniers rebondissements. Lorsqu'il sortit de l'agence, le téléphone à l'oreille, Cindy Reese le suivit des yeux.

— Où va-t-il ?

— Tenter de mettre la main sur l'auteur du coup de fil, sans doute, répondit Austin. Comment vous sentez-vous ?

— Ça va.

Elle observa Scarlet du coin de l'œil. Celle-ci n'avait pas bougé d'un pouce.

— Je vais lui chercher quelque chose à boire, dit-elle à voix basse en se levant. Je crois que les émotions ont été trop fortes.

— Merci.

— Je vais bien, lâcha Scarlet.

— Tu es sûre ?

Une fois de plus, elle ne répondit pas. Sa poitrine se soulevait et s'abaissait rapidement, et ses yeux restaient fixés devant elle. Quand Cindy revint avec une tasse de thé fumant, un paquet de gâteaux et une petite bouteille d'eau, elle ne réagit pas.

— On devrait peut-être appeler un médecin ? chuchota l'agente immobilière à Austin.

— Je réfléchis, expliqua la jeune femme.

— Ah... Je vous laisse tranquille, alors.

Austin remercia Cindy d'un signe de tête avant qu'elle ne s'éloigne.

— Tu penses qu'il est toujours dehors ? demanda Scarlet.

— Non, je suis sûr qu'il est parti. Ce type n'est pas du genre à prendre le risque de se faire arrêter.

— Il savait que j'étais ici, assise au bureau de ma mère. Il savait que je répondrais au téléphone. Comment ?

Austin regarda par une des fenêtres décorées de jolis rideaux.

— Il a dû le deviner.

— Après nous avoir suivis jusqu'ici ?

— Peut-être qu'il a repéré mon pick-up sur le parking, et qu'il en a déduit que tu cherchais ta mère. Ce n'est pas parce qu'il a dit qu'il te voyait que c'est vrai.

Malgré tout, depuis le début, cet homme la collait comme une seconde peau ; Austin aurait donné cher pour savoir comment il s'y prenait.

Quelques instants plus tard, Barrow poussa de nouveau la porte de l'agence.

— Aucune trace de l'agresseur dans la rue, annonça-t-il. Il a sûrement filé à pied ou en voiture. Une équipe est en train de visionner les images des caméras de surveillance, à la recherche d'un véhicule correspondant au signalement de l'inspecteur Beaumont. Pour l'heure, je pense qu'il serait préférable que Mlle Wills trouve un lieu sûr où se cacher.

Austin acquiesça. Son propre domicile était l'endroit le plus sécurisé, mais il savait que Scarlet n'accepterait jamais de s'éloigner de la ville où sa mère avait disparu. Le plus sage serait de louer une chambre d'hôtel dans les environs d'Holbrook.

— Regarde, dit soudain Scarlet en lui touchant le bras.

Barrow s'approcha pour voir ce qu'elle montrait : des initiales griffonnées sur l'agenda de Trina, dans la case correspondant à la journée de la veille. S.T. Aucun nom, aucun numéro n'accompagnaient ces lettres.

— Qu'est-ce que ça veut dire ? s'enquit Austin.

— Service technique, répondit-elle en levant vers lui ses grands yeux verts.

— Trina a eu des problèmes avec son ordinateur portable et ses comptes internes, expliqua Cindy, qui avait suivi la conversation de loin.

Scarlet blêmit.

— Et si l'agresseur n'avait pas participé à la soirée de gala, celle où je portais la fameuse robe blanche ? Et s'il avait eu accès à cette photo tout simplement parce que c'est lui qui est chargé de choisir les images qui doivent figurer sur le site de l'agence ?

— Un gars du service technique, grommela Austin en serrant les poings. Ça paraîtrait logique.

— J'appelle l'inspecteur Beaumont, déclara Barrow.

Scarlet sortit son téléphone et chercha l'organigramme de l'agence Coulter sur Internet.

— Voilà l'équipe du service technique, dit-elle en touchant une photo pour l'agrandir. J'ai parlé quasi quotidiennement avec l'un des employés au moment de la refonte du site. J'avais des problèmes récurrents avec ma nouvelle boîte mail et mon mot de passe, que j'ai dû changer au moins cinq ou six fois. Puis j'ai eu besoin d'aide pour les demandes de visites envoyées à travers le formulaire de contact. Je ne recevais pas les notifications à temps pour organiser les rendez-vous. Mes collègues n'avaient pas autant de soucis, et je me disais que je n'avais pas de chance. Mais la chance n'avait peut-être rien à voir avec tout ça...

— Tu dis que tu as parlé à quelqu'un presque tous les jours. Était-ce la même personne à chaque fois ? demanda Austin.

— Oui, souffla-t-elle. Lui.

D'une main tremblante, elle lui passa le téléphone. Elle avait zoomé sur un homme dans le groupe de personnes qui souriaient au photographe. Cheveux blond-roux. Yeux noirs. Corpulence mince.

— Greg, précisa-t-elle. Je ne l'ai jamais rencontré en personne. Je ne savais même pas à quoi il ressemblait.

Un sanglot étranglé s'échappa de sa gorge.

— C'est lui qui m'a agressée.

Austin étudia les traits du suspect en tentant de contenir la colère qui l'envahissait. Ce type qui avait harcelé, menacé et attaqué Scarlet, qui s'en était pris violemment à une deuxième femme et en avait enlevé une troisième avait l'air parfaitement normal. Un vrai loup déguisé en agneau.

Sans rien dire, il serra Scarlet dans ses bras.

Non loin d'eux, Barrow était au téléphone avec une secrétaire de l'agence Coulter :

— Le service technique, s'il vous plaît. Je cherche les coordonnées d'un homme prénommé Greg. Oui, ce doit être lui. Greg Marten.

Austin sentit Scarlet frémir contre lui. En croisant le regard de Barrow, il y vit la même détermination qu'il éprouvait lui-même : le règne de terreur de Greg Marten allait bientôt s'achever.

— Il me faut son adresse et son numéro de téléphone, et toutes les informations que vous pourrez me donner sur lui. J'aimerais aussi parler avec ses collègues... Marten est un suspect potentiel dans plusieurs enquêtes menées par les polices d'Holbrook et de Marshal's Bluff.

Barrow se frotta le front, visiblement mécontent de la réponse qu'on lui avait faite.

— D'accord. J'arrive dans moins d'une heure avec un mandat.

Il raccrocha et se dirigea vers la porte.

— Mettez-la à l'abri le temps que j'arrête ce type, lança-t-il à Austin. Je vais appeler le juge.

Dès qu'il fut sorti, Scarlet se leva. Elle s'agrippa aux bras d'Austin comme on s'accroche à une ligne de vie.

— Greg a piraté mon compte. Il avait accès à mon agenda, c'est pour ça qu'il savait toujours où j'étais. Il m'a peut-être même observée à travers la caméra de mon ordinateur portable. Après tout, c'est l'agence qui me l'a fourni, comme mon téléphone… Je suis sûre qu'il a aussi trafiqué la caméra de surveillance de Beaumont Investigations avant de taguer la vitrine.

— On connaît son nom, maintenant, répondit Austin d'un ton qu'il voulait apaisant. Bientôt, Finn saura tout ce qu'il y a à savoir sur lui. En attendant, il faut juste qu'on trouve un endroit où patienter discrètement.

— Je ne veux pas quitter Holbrook tant qu'on n'a pas retrouvé ma mère.

— Je sais. J'ai une idée.

Scarlet suivit Austin dans le hall d'un petit hôtel de luxe en périphérie de la ville. Ils s'étaient garés sur le parking fleuri – étonnamment plein en cette saison – avant d'être accueillis par un portier sous l'auvent de l'entrée.

À l'intérieur, le sol était recouvert d'une riche moquette bordeaux et les murs décorés de tableaux aux cadres dorés ; une table ronde était disposée au centre de l'espace d'accueil, surmontée d'un énorme bouquet qui avait dû nécessiter au moins deux personnes pour le porter.

Un homme en costume se tenait droit comme un I derrière le comptoir de la réception.

— Bienvenue au Grand Carolina. Que puis-je pour vous ?

— Bonjour, dit Austin. Nous cherchons une chambre.

— Vous avez de la chance, il nous en reste une.

Autour d'eux, des hommes et des femmes traversaient le hall par petits groupes joyeux. Leurs voix et leurs rires résonnaient sous le plafond voûté.

— Il y a un événement particulier, ce week-end ? s'enquit Austin en fronçant les sourcils. Un séminaire d'entreprise ?

— Un mariage, répondit l'employé. Si vous cherchez le calme, vous n'êtes peut-être pas au bon endroit... Mais si vous aimez la musique, un quartet jouera au restaurant pendant les déjeuners, et un groupe local animera les soirées au bar.

Austin grinça des dents.

— Où se situe la chambre disponible ? À quel étage ?

— Au premier. Cela pose un problème ?

— Peut-être. Y a-t-il une entrée privée pour le restaurant ?

— Non, tous les clients passent par l'entrée principale. Pourquoi ?

— Qu'en est-il du bar et des cuisines ? Combien d'entrées à cet étage-là ?

L'homme lança un regard inquiet vers Scarlet.

— Ne vous inquiétez pas, lui dit-elle avec un petit sourire. Il est juste extrêmement prudent.

— Combien d'entrées en tout ? insista Austin.

— Quatre. Une au nord, une au sud, une à l'est, une à l'ouest.

— Et de quel côté est située la chambre ?

— La suite Thurston est exposée à l'est et très bien équipée. S'il vous manque quoi que ce soit, n'hésitez pas à nous le faire savoir. Notre concierge peut vous obtenir tout ce dont vous avez besoin.

— J'en doute, marmonna Austin.

Le réceptionniste se pencha pour regarder à leurs pieds.

— Vous n'avez pas de bagages ?

— Non.

Scarlet étouffa un soupir. Elle comprenait que le pauvre homme se pose des questions.

— Nous n'avions pas prévu de passer la nuit à Holbrook quand nous sommes arrivés ici, expliqua-t-elle. Mais les circonstances ont changé.

— Très bien. Cette suite vous intéresse-t-elle ?

— Oui, répondit Austin. Il faudra juste que je parle à votre directeur.

L'employé prit son temps pour les enregistrer. Il devait regretter de ne pas leur avoir dit que l'hôtel était plein... Austin expliqua leur situation au directeur adjoint, qui lui promit de transmettre les informations à sa supérieure lorsqu'elle prendrait son poste.

Leur chambre, perdue au bout d'un couloir, n'était pas grande – le lit king size occupait presque tout l'espace. Dans un coin, un fauteuil ; sous la fenêtre, une table et deux chaises ; à droite de l'entrée, la salle de bains. Une épaisse moquette bleue recouvrait le sol, et quelques peintures à l'huile habillaient les murs. L'écran plat et le minifrigo étaient les seules concessions à la modernité.

Dans une autre vie, si elle avait dû passer une nuit dans une chambre comme celle-ci avec un homme comme Austin, Scarlet n'aurait jamais eu le temps d'allumer la télévision. Mais dans cette autre vie, sa mère n'aurait pas non plus été enlevée par un fou furieux.

24

Le soir venu, Scarlet se doucha, et enfila les sous-vêtements et le T-shirt oversize qu'Austin lui avait dénichés. Plus exactement, il avait envoyé le concierge de l'hôtel acheter les affaires qui leur manquaient dans un magasin du quartier. À l'heure du repas, il avait commandé de quoi dîner au room service et avait même pensé à prendre un verre de vin pour Scarlet.

En somme, Austin avait pourvu à tous ses besoins, et malgré l'horreur de la situation elle se sentait choyée et protégée – une sensation nouvelle à laquelle elle n'était pas près de renoncer. Pour tout dire, elle espérait pouvoir lui rendre la pareille un jour.

Quand elle sortit de la salle de bains, Austin se leva de la chaise qu'il occupait devant la table pour deux. Elle crut voir une petite flamme s'allumer dans son regard tandis qu'il avisait sa tenue légère. Avec ses cheveux mouillés détachés dans son dos, elle avait un peu froid, et ses seins nus pointaient sous son T-shirt. Elle regretta de ne pas s'être enveloppée dans le peignoir molletonné de l'hôtel.

— La place est libre, dit-elle.

— Merci.

Il attrapa ses vêtements et disparut dans la petite pièce, d'où s'échappaient encore des volutes de vapeur.

Une nouvelle émission avait débuté à la télévision. Ils avaient passé la journée à regarder de vieilles sitcoms, ne s'interrompant que pour manger et prendre contact avec Finn pour suivre l'avancée de l'enquête. Même si le frère d'Austin n'avait pas grand-chose de nouveau à leur apprendre à chaque fois, c'était réconfortant de savoir que Barrow et lui creusaient toutes les pistes, si ténues soient-elles.

Leurs derniers échanges remontaient à plus de deux heures. Désormais, il ne leur restait plus qu'à attendre. Scarlet doutait qu'elle parviendrait à trouver le sommeil facilement, mais il était tard et dormir était le meilleur moyen de passer le temps.

Son regard s'arrêta sur les couvertures et l'oreiller empilés dans le fauteuil. Derrière, la porte du placard était ouverte. Scarlet avait été trop occupée jusque-là pour réfléchir à ce que cela impliquait de partager une chambre avec Austin ; à présent, cette question l'obsédait. Pouvait-elle vraiment le laisser dormir dans le fauteuil pendant qu'elle profiterait d'un immense lit pour elle toute seule ? C'était absurde. Et pas du tout pratique.

Sa décision étant prise, elle rangea les couvertures et l'oreiller dans le placard et se glissa sous la couette.

Le bruit de la douche de l'autre côté de la cloison faisait naître toutes sortes d'images troublantes dans son esprit. Et elle se rappela la sensation des bras d'Austin autour d'elle, de ses mains sur sa peau, de son souffle sur ses lèvres quand ils avaient failli s'embrasser...

La porte de la salle de bains s'ouvrit. Austin s'avança dans la chambre, pieds nus, les cheveux mouillés, vêtu d'un pantalon de pyjama et d'un T-shirt qui collait à ses pectoraux humides. Scarlet sentit une onde de chaleur la traverser de la tête aux pieds.

— Tu as rangé les couvertures ? s'étonna-t-il en regardant autour de lui.

— Oui. Je pense qu'on devrait partager le lit. Ça n'a pas de sens que tu restes assis dans un fauteuil toute la nuit. On a tous les deux besoin de sommeil, et ce n'est pas comme ça que tu vas réussir à te reposer. Il faut qu'on soit en forme pour affronter la journée de demain.

Il poussa un soupir.

— Tu n'as pas tort.

Après avoir posé ses affaires dans le fauteuil, il rejoignit Scarlet dans le lit et éteignit la lumière. Seule la lueur bleutée de la télévision éclairait encore la pièce.

— Tu veux qu'on la laisse allumée, ou qu'on l'éteigne ? demanda-t-il.

— On l'éteint.

Austin attrapa la télécommande sur sa table de chevet et pressa le bouton « off ». Les yeux de Scarlet s'habituèrent rapidement à l'obscurité, et elle sourit de le voir allongé si près d'elle.

— Tu penses que Finn va nous rappeler, ce soir ?

— C'est possible.

L'inspecteur et son équipe étudiaient l'affaire sous tous les angles. Ils interrogeaient les proches de Greg Marten, recherchaient d'éventuelles propriétés familiales inoccupées à cette période de l'année – un chalet, une petite maison en bord de lac –, vérifiaient les registres d'immatriculation de véhicules au cas où il posséderait un bateau ou une caravane... Le service technique de l'agence Coulter avait passé son ordinateur au crible, et les policiers de Marshal's Bluff avaient fouillé son appartement. Pour l'instant, cela n'avait rien donné de très concluant.

— Ça me paraît impossible qu'il reste caché encore longtemps, confia Scarlet.

— À moi aussi. Un criminel sain d'esprit aurait déjà toutes les peines du monde à échapper à Finn. Sachant que Marten a pété un plomb, je ne lui donne pas plus de vingt-quatre heures. Quand il sentira que les flics se rapprochent, il relâchera ta mère pour tenter de sauver sa peau.

Scarlet essuya une larme sur sa joue.

— J'espère que tu as raison. J'espère qu'il ne lui fera pas de mal avant de la laisser partir.

Du moins, pas plus de mal qu'il ne lui en avait déjà fait en l'obligeant à le suivre, songea-t-elle.

— Hé...

Austin repoussa une mèche de cheveux qui avait glissé sur le visage de Scarlet.

— Ça va ?

— Mes émotions font les montagnes russes, mais ça va, murmura-t-elle. La semaine a été dure.

— Raison de plus pour dormir.

Il lui pressa gentiment l'épaule, puis laissa glisser sa main le long de son bras. La chaleur de sa paume fit frissonner Scarlet. Alors qu'il commençait à s'écarter, elle lui prit la main et la garda dans la sienne entre eux deux.

Leurs regards se croisèrent. L'air sembla se charger en électricité.

— Est-ce que tu penses encore à m'embrasser ? chuchota-t-elle. Parce que moi, tout de suite, j'en ai très envie.

Du bout des doigts, elle suivit la ligne de sa mâchoire. Austin se figea sous sa caresse. Elle vit sa pomme d'Adam monter et descendre dans sa gorge.

— Oui, j'y pense encore, répondit-il.

— Qu'est-ce que tu attends, alors ?

Il se redressa sur un coude, l'attira à lui et pressa ses lèvres sur les siennes.

Scarlet eut l'impression de fondre. Jamais elle n'avait eu à ce point envie qu'un homme l'embrasse – et elle ne fut pas déçue du voyage. C'était comme si leurs bouches étaient faites l'une pour l'autre... Un gémissement de bonheur lui échappa, arrachant un sourire à Austin.

Quand il releva la tête pour plonger les yeux dans les siens, elle sentit son cœur tambouriner sous sa main, qu'elle avait posée contre son torse musclé.

— Je ne laisserai plus personne te faire du mal, lui promit-il d'une voix voilée par l'émotion. Et quand on aura arrêté ce type, j'espère que tu me demanderas de rester. Parce que je ne veux pas qu'on reprenne nos vies chacun de notre côté.

Pour toute réponse, elle l'embrassa. Ses mots l'emplissaient de joie. Elle non plus, elle n'avait pas envie qu'il parte. Jamais. Elle attrapa l'ourlet de son T-shirt et le souleva, jusqu'à ce qu'il s'en débarrasse lui-même. Alors, elle ôta aussi le sien.

Austin étouffa un juron en découvrant ses seins nus. Il les prit révérencieusement dans ses mains et plaqua de nouveau sa bouche sur la sienne. Puis il traça un chemin de baisers le long de son cou, jusqu'à attraper un de ses tétons durcis entre ses lèvres. Scarlet poussa un cri de plaisir en s'arquant contre lui.

— Austin...

Tandis que sa langue experte continuait de la rendre folle, sa main s'aventura plus bas, entre ses cuisses.

— Et là ? chuchota-t-il.

Elle souleva le bassin pour mieux s'offrir à ses caresses.

— Ça veut dire oui ?

— Oui !

Il glissa un doigt en elle tout en capturant son soupir de sa bouche avide. Scarlet se mit à onduler contre sa paume ; des vagues de plaisir montaient du plus profond d'elle-même, et Austin continuait de l'embrasser comme s'il voulait savourer chacun de ses gémissements.

Impatiente de sentir sa peau nue contre la sienne, elle agrippa l'élastique de son pantalon de pyjama.

— Scarlet... Tu es sûre que c'est ce que tu veux ?

— Tu es la seule et unique chose que je veux, répondit-elle dans un souffle.

Et il accéda promptement à son désir.

Quand Austin se réveilla le lendemain, Scarlet était lovée dans ses bras, la tête posée sur son épaule. Une bouffée de bonheur le submergea alors qu'il se remémorait ce qu'ils avaient fait la veille. Il pressa doucement ses lèvres sur son front, en espérant qu'elle voudrait toujours de lui aujourd'hui. Car il n'y avait rien qu'il désirait plus au monde que d'être avec elle, et il n'imaginait pas comment cela pourrait changer un jour.

Il brûlait de la réveiller en l'embrassant et de lui faire l'amour une nouvelle fois avant de devoir affronter cette journée qui s'annonçait éprouvante. Plus encore, il lui tardait de lui réaffirmer ses sentiments à la lumière du jour, afin qu'il n'y ait aucun malentendu possible. Son cœur lui appartenait, maintenant et pour toujours.

Une sonnerie stridente le tira de ses pensées. Il eut beau décrocher rapidement le téléphone sur sa table de chevet, Scarlet ouvrit les yeux.

— Qui est-ce ? murmura-t-elle.

— Je ne sais pas... Allô ?

— Monsieur Beaumont ? fit une voix masculine empreinte d'inquiétude.

Aussitôt en alerte, Austin se redressa contre la tête de lit.

— C'est moi. Qui êtes-vous ?

— Je suis le directeur de l'hôtel. Il y a un homme à la réception qui cherche la jeune femme avec qui vous êtes arrivé hier. Il a une photo d'elle, il prétend que c'est son épouse et qu'elle a été enlevée. Il est en train de faire un esclandre.

— À quoi ressemble-t-il ?

— Il a les cheveux blond-roux, les yeux noirs... Il porte un jean et un sweat à capuche.

Austin bondit du lit, l'adrénaline coulant à flots dans ses veines.

— Où est-il, tout de suite ? demanda-t-il en commençant à s'habiller.

— Dans le hall. Il peste contre le réceptionniste qui refuse de lui donner des informations. Je me suis retiré discrètement dans mon bureau pour vous prévenir.

— Vous avez bien fait. J'arrive tout de suite. Appelez la police et expliquez-leur ce que vous venez de me dire.

Austin raccrocha et s'empara de son téléphone portable.

— Que se passe-t-il ? demanda Scarlet, qui s'était assise, la couette serrée contre sa poitrine.

— Greg Marten est en bas, il cherche notre chambre. Le directeur va prévenir la police. Et moi, je vais essayer de l'appréhender avant qu'il ne nous échappe.

Il rangea une paire de menottes dans la poche arrière de son jean, avant d'attraper son portefeuille et la carte magnétique de la chambre.

— Habille-toi et tiens-toi prête à partir. Et surtout, n'ouvre à personne.

Scarlet acquiesça.

— Sois prudent, lui dit-elle en filant dans la salle de bains.

Jamais Scarlet ne s'était préparée aussi vite. En quelques secondes, elle s'aspergea le visage d'eau froide et enfila des vêtements propres. Alors qu'elle retournait dans la chambre, prête à rassembler leurs affaires au cas où ils devraient partir précipitamment, elle s'arrêta en entendant le déclic caractéristique de la porte qui s'ouvrait. Cela faisait à peine deux minutes qu'Austin était parti. Avait-il oublié quelque chose ?

— Tout va bien ? appela-t-elle en enfilant son manteau à la hâte.

Mais ce n'était pas Austin qui revenait. Devant elle se tenait Greg Marten, le regard fou. Et il pointait un pistolet sur elle.

25

— Par ici, lui ordonna-t-il en désignant la porte avec son arme.

Scarlet ne bougea pas d'un pouce. S'il lui tirait dessus, tout le monde entendrait le coup de feu, et elle s'en sortirait peut-être. Si elle le suivait, quelles seraient ses chances de survivre ? Il fallait qu'elle gagne du temps. Austin reviendrait bientôt.

— Comment êtes-vous entré ? lui demanda-t-elle.

— Avec une clé magnétique, répondit-il en souriant de toutes ses dents. La femme de ménage avait laissé son passe sur son chariot, dans le couloir. Pas très malin, n'est-ce pas ?

— Le directeur vous a repéré, vous savez. Il a appelé la police. Ce serait plus intelligent de votre part de filer tout de suite plutôt que d'ajouter un autre crime à la liste déjà longue de ceux que vous avez commis.

Marten s'avança vers elle, le pistolet tendu.

— Je *suis* intelligent, siffla-t-il en l'attrapant brutalement par le poignet. Maintenant, obéis, sinon je repars sans toi et je tue ta chère maman pour te punir.

Les oreilles de Scarlet se mirent à bourdonner. Son esprit se troubla, et l'image de sa mère chassa toutes ses autres pensées. Elle laissa son agresseur la traîner dans le couloir.

— Personne ne va venir te sauver, cette fois-ci, jubila-t-il. Le restaurant est rempli de clients bruyants, et ton détective est en train de tourner en rond dans le hall. Je t'ai pour moi tout seul. Allez, avance.

Il la poussa vers une sortie qui donnait sur un petit parking, où un camion était en pleine livraison. Scarlet reconnut un peu plus loin la berline bleu marine recherchée par tous les policiers d'Holbrook et de Marshal's Bluff.

Marten ouvrit la portière du côté passager.

— Monte, et installe-toi au volant. C'est toi qui conduis.

— Quoi ?

Il la poussa vers le siège conducteur, puis déposa les clés sur ses genoux. Sa main s'attarda sur sa cuisse plus longtemps que nécessaire.

— Démarre. Prends à gauche sur la grand-rue, et dépêche-toi, sinon on arrivera trop tard pour sauver ta mère.

Terrorisée, Scarlet obtempéra. Tandis qu'elle sortait du parking, elle jeta un coup d'œil dans le rétroviseur en priant pour voir Austin accourir.

— Tu entends des sirènes, toi ? demanda Greg Marten d'un air triomphant.

Elle cligna des yeux pour chasser ses larmes.

— Non.

— C'est parce que personne n'a prévenu les flics. C'est moi qui ai appelé, tout à l'heure, pas le directeur. Ton détective est tombé dans le panneau. Au moment où on se parle, il est planté dans le hall, en train de se demander ce qui se passe. Je les ai bien eus, tous ! Maintenant, toi et moi, on va enfin pouvoir commencer notre vie ensemble.

Austin courut dans le couloir, dépassant un chariot de ménage. L'espace d'un instant, il faillit s'arrêter pour demander à l'employée de ne pas entrer dans leur chambre. Inutile d'effrayer Scarlet plus qu'elle ne l'était déjà... Mais il n'avait pas le temps.

Pas si Greg Marten se trouvait effectivement dans le hall de l'hôtel et que la police n'était pas encore arrivée. L'urgence était d'arrêter leur ennemi et de le conduire au poste.

Lorsqu'il traversa la moquette rouge en direction de la réception, il constata que la salle du restaurant était pleine. À cet instant, un groupe de clients poussa les portes battantes, emportant à leur suite une cacophonie de voix, de rires et de musique. Si Austin ne se dépêchait pas, Marten pourrait facilement se mêler à la foule et s'échapper par une sortie latérale.

— Où est-il ? demanda-t-il d'une voix forte en franchissant les derniers mètres qui le séparaient de l'accueil.

Derrière le comptoir, le jeune homme cligna des yeux sans comprendre.

— Qui ça ?

— Le type qui cherchait sa femme. Votre directeur m'a appelé. Je suis Austin Beaumont.

Il sortit sa carte professionnelle de son portefeuille et la lui montra.

— Je ne sais pas de quoi vous parlez, monsieur.

— Qui était à la réception il y a deux minutes ? insista Austin en sentant le sol se dérober sous ses pieds. Je veux lui parler. Non, je veux parler au directeur.

Une imposante femme blonde en tailleur noir et talons hauts sortit d'un bureau et s'avança vers Austin d'une démarche assurée.

— Je peux vous aider ? Eva Branson. Je suis la directrice de cet établissement.

Austin fit un pas en arrière en comprenant sa méprise. Le pseudo-directeur auquel il avait parlé au téléphone n'était autre que Greg Marten.

— Appelez la police, lâcha-t-il. Dites-leur qu'Austin Beaumont leur demande de venir. Tout de suite !

Sans perdre une seconde, il refit le même chemin en sens

inverse. Arrivé devant la chambre, il passa la carte magnétique sur la porte, en s'accrochant au mince espoir de s'être trompé.

Hélas, la pièce était vide.

— Où est ma mère ? demanda Scarlet, les doigts douloureusement crispés sur le volant.

Des relents d'huile de moteur et de fumée de cigarette imprégnaient les sièges de la vieille berline. L'odeur devait déjà être présente quand Marten avait acheté la voiture, car plusieurs désodorisants en forme d'arbres pendaient au rétroviseur. Rien ne traînait sur la banquette arrière, et l'habitacle était par ailleurs d'une propreté impeccable.

— Tourne à droite, lui ordonna Greg en ignorant sa question. Prends l'autoroute et reste sur la file de gauche.

Scarlet observa le véhicule à côté d'elle, en adjurant intérieurement le conducteur de croiser son regard. Mais le jeune homme fredonnait sur la musique de son autoradio, inconscient de ce qui se passait à deux mètres de lui. Découragée, elle changea de file.

— C'est bien, dit Marten, satisfait.

Scarlet sentit son cœur se serrer. Prendre l'autoroute signifiait disparaître, peut-être pour toujours. Austin et les policiers ne la retrouveraient jamais.

Soudain, un véhicule rouge et blanc attira son attention dans le rétroviseur extérieur. Le pick-up d'Austin ! Il remontait la file rapidement.

— Mets ton clignotant, la somma Greg. Allez, tourne.

Elle lui jeta un regard noir et relâcha la pédale d'accélérateur. Il n'allait pas la tuer alors qu'elle conduisait, n'est-ce pas ?

— Dites-moi d'abord où est ma mère.

Au même instant, des bruits se firent entendre dans le coffre.

Scarlet tourna la tête vers la banquette arrière, s'attirant un coup de klaxon du véhicule qui la suivait.

— Elle est dans le coffre, c'est ça ? souffla-t-elle. Vous avez mis ma mère dans le coffre ?

Greg Marten lui enfonça le canon du pistolet dans les côtes.

— Elle va bien. Regarde devant toi. Ce ne serait pas une bonne idée pour elle qu'on ait un accident, tu ne crois pas ?

Scarlet se mordit la lèvre. Derrière, Austin se rapprochait. Il n'était plus qu'à quelques dizaines de mètres. Elle ralentit encore, laissant les autres voitures la dépasser.

— Qu'est-ce que tu fais ? Accélère !

— Je suis stressée, répliqua-t-elle. Je n'aime pas conduire quand il y a beaucoup de circulation, et je n'aime pas non plus qu'on me menace avec une arme. Vous avez enfermé ma mère dans le coffre. Comment suis-je censée réagir ? Et pourquoi l'avez-vous enlevée, d'ailleurs ? Vous voulez vraiment que je vous déteste ?

— Je veux que tu m'obéisses. Ta mère est mon levier de pression. Il ne lui arrivera rien tant que tu feras ce que je te dis de faire, et que tu arrêteras de voir cet homme. Je l'ai mise dans le coffre pour que tu te tiennes tranquille et que tu ne tentes rien de stupide pendant que tu es au volant.

Scarlet ouvrit la bouche, avant de la refermer sans avoir rien dit. Elle pouvait se mettre en colère et désobéir si elle le souhaitait. Mais sa mère en payerait le prix. Et ça, c'était hors de question.

— Prends l'autoroute, répéta-t-il.

Elle regarda une dernière fois dans le rétroviseur. Austin avait encore gagné du terrain, mais le feu venait de passer à l'orange et il ne pourrait pas les suivre.

— Avance, où je tire dans le coffre ! tonna Greg en pointant son arme sur le siège arrière.

Scarlet ravala un sanglot et enfonça l'accélérateur.

En voyant la berline bleue s'engager sur l'autoroute, Austin frappa rageusement le volant. Il allait les perdre à cause de ce fichu feu rouge ! Tandis qu'il montait sur l'accotement pour doubler les voitures arrêtées par la droite, son téléphone sonna.

— Allô ?

— Beaumont, c'est Barrow, fit une voix familière. Qu'est-ce qui se passe ? On m'envoie au Grand Carolina, et l'instant d'après on m'apprend que vous vous êtes lancé à la poursuite de Greg Marten...

— Il m'a tendu un piège, expliqua Austin, les dents serrées. Il est venu à l'hôtel et a kidnappé Scarlet. Ils sont actuellement dans la Toyota de Marten sur l'autoroute 17, en direction du sud-est.

Le pick-up bringuebala sur le sol inégal. Dès qu'il eut rejoint la voie d'insertion, Austin accéléra.

— Ils ont deux ou trois minutes d'avance sur moi, ajouta-t-il, mais je compte bien les rattraper.

— On a la plaque d'immatriculation. Je mets mes collègues sur le coup. L'autoroute est truffée de caméras, il ne pourra pas nous échapper.

Austin poussa le moteur à fond. Bientôt, une berline bleue apparut au loin.

— Je crois que je les vois, signala-t-il à Barrow. Ils ont passé la sortie de Camden et se dirigent vers Elizabeth City.

— Bien reçu.

Une longue file de semi-remorques s'étirait sur la voie centrale. Alors qu'Austin commençait à les doubler, la berline se rabattit devant eux. Quand il eut fini de remonter tout le convoi, la Toyota s'était volatilisée.

— Qu'est-ce que je fais, maintenant ? demanda Scarlet à l'approche d'un embranchement.

— Mets-toi à droite. On sortira dès qu'on pourra.

Elle actionna son clignotant et entreprit de couper les quatre voies, passant in extremis devant une file ininterrompue de camions.

— Où est-ce qu'on va ? insista-t-elle.

— Je ne sais pas.

— Comment ça, vous ne savez pas ? Vous m'avez dit qu'on allait commencer une nouvelle vie ensemble. Où est-ce qu'on va s'installer ? Vous devez me parler.

— Comment veux-tu que je te fasse confiance ? répliqua-t-il avec colère. Après la nuit que tu as passée avec cet homme ? Tu m'as trahi !

Scarlet tressaillit. Elle espérait qu'il n'avait pas assisté d'une manière ou d'une autre à ses ébats avec Austin... Bizarrement, il semblait tout savoir de sa vie.

— Je t'ai prévenue, pourtant. Encore et encore. Je t'ai dit d'arrêter, sinon tu serais punie. Et tu as continué comme si tu n'en avais rien à faire ! cria-t-il en frappant le tableau de bord. Qu'est-ce qui ne va pas, chez toi ?

— Je suis désolée, murmura-t-elle d'une voix tremblante. S'il vous plaît, ne vous énervez pas.

— Je croyais qu'il y avait une connexion entre nous. Tu m'as appelé parce que tu avais besoin d'aide avec le nouveau site, avec ta boîte mail, avec tes mots de passe... Et je t'ai rendu service. Je croyais qu'on avait tissé des liens. Tu m'as même aidé à choisir notre maison.

— Vous avez acheté une maison ?

— Tu m'as dit qu'elle serait parfaite pour fonder une famille. Qu'elle pourrait grandir avec moi.

Scarlet eut l'impression qu'un poids lui tombait sur les épaules. Elle se souvenait parfaitement de cette conversation. Elle avait encouragé Greg Marten à acheter la maison la plus grande, parce qu'il avait des vues sur une femme et qu'il espérait s'installer avec elle. Seigneur, qu'avait-elle fait ?

— Je n'arrive pas à croire que tu aies oublié, lâcha-t-il, dégoûté.

— Je n'ai pas oublié.

Subitement, elle prenait conscience de la gravité de la situation. Les échanges innocents qu'elle avait eus avec le gars du service technique lui apparaissaient sous un jour complètement différent. Elle ne put s'empêcher de se demander si ses problèmes informatiques avaient été réels, ou s'ils avaient été générés volontairement par Marten pour qu'elle continue à l'appeler.

— Tu as dit que j'étais ton héros, murmura-t-il. Et je t'ai crue.

Une vague de nausée l'envahit. Elle se força à respirer, certaine qu'elle allait vomir, ou s'évanouir et les tuer tous les trois en perdant le contrôle de la voiture. Elle avait été tellement reconnaissante à Greg de l'aide qu'il lui avait apportée ! Peut-être s'était-elle laissée aller à flirter un peu avec lui... Elle lui avait bel et bien dit qu'il était son héros, un jour où il avait réglé un problème de mot de passe particulièrement frustrant. Était-ce cela qui l'avait fait basculer ?

— Je t'ai sauvée plusieurs fois ces dernières semaines, et je te sauve encore aujourd'hui, ajouta-t-il d'une voix plus ferme. Regarde les choix que tu fais quand je ne suis pas là : tu laisses n'importe qui t'approcher, te faire du mal. Je vais te protéger. Il faut juste que tu arrêtes de me résister. Je peux te rendre heureuse.

Seigneur...

Tandis qu'elle se rabattait sur la file de droite, Scarlet tenta d'accrocher le regard d'un autre conducteur, qui continua son chemin sans se rendre compte de rien. Une centaine de témoins autour d'elle, et personne, *personne* pour remarquer quoi que ce soit !

— Prends cette sortie, ordonna Marten en posant la main sur sa cuisse.

Scarlet réprima un haut-le-cœur. Sur leur droite, les prés s'étendaient au loin, bordés d'un côté par une forêt. Elle relâcha l'accélérateur. Elle n'avait pas envie de quitter la sécurité relative de l'autoroute. Mais Greg Marten braqua de nouveau son arme sur le coffre, et elle n'eut pas d'autre choix que d'obéir.

Pendant un moment, ils roulèrent en silence sur la petite route de campagne. Pas une maison, pas une ferme en vue. Scarlet réfléchit. Il fallait qu'elle trouve un plan, un moyen de se sortir de ce bourbier. À court de solutions, elle décida de se mettre à pleurer. Puisqu'il voulait être son héros, cela marcherait peut-être...

Vu son état, elle n'eut aucun mal à feindre le craquage nerveux. Et comme les larmes lui brouillaient la vue, elle fut bientôt forcée de s'arrêter au bord de la route. Malheureusement, celle-ci n'était pas équipée de caméras de surveillance. Personne ne passait en voiture. Ils étaient seuls au milieu de nulle part. Son unique espoir : essayer de faire descendre Greg. Alors, elle pourrait repartir avec sa mère dans le coffre et foncer vers le poste de police le plus proche.

— Qu'est-ce que tu fais, encore ? s'agaça-t-il. Roule !

— Je ne peux pas ! sanglota-t-elle. Je ne peux pas. Il faut que vous m'aidiez.

À présent, les larmes ruisselaient librement sur ses joues. Les vraies émotions se mêlaient à celles qu'elle avait voulu simuler.

Greg pivota sur son siège pour regarder derrière eux, avant de reporter son attention sur elle.

— Qu'est-ce qu'il y a ? Qu'est-ce que je peux faire ?

— Prenez le volant. Vous voyez bien que je tremble, je vais avoir un accident si je continue. Je... je crois que je suis en train de faire une crise de panique.

Elle serra le frein et pressa les mains sur son visage, espérant secrètement le rendre plus rouge, plus bouffi.

— Qu'est-ce que tu veux ? Un sac en papier pour t'aider à respirer ? De l'eau ?

— Je veux juste que vous conduisiez. Moi, je ne peux plus.

Un long silence s'écoula.

— Je sais ce que tu essayes de faire, finit-il par dire.

Scarlet s'arma de courage. Elle défit sa ceinture, se tourna vers lui et s'agrippa à ses épaules. S'il descendait et qu'elle repartait sans lui, il chercherait sans doute à tirer sur la voiture. Une balle pourrait atteindre le coffre. Mais elle devait prendre ce risque, car en restant avec lui elle signait leur arrêt de mort, à sa mère et à elle.

— Tu es toujours mon héros, chuchota-t-elle en ravalant la bile qui lui montait dans la gorge. Aide-moi. Je t'en supplie.

Elle sentit les muscles de Greg se détendre sous ses mains. Il passa un bras autour d'elle.

— Chhh... Respire, murmura-t-il.

Les frissons de dégoût qui la secouèrent semblèrent le convaincre qu'elle n'était pas en état de conduire.

— OK, dit-il. Par contre, personne ne sort de cette voiture.

Il releva les accoudoirs et tapota l'espace qu'il avait libéré entre eux. Scarlet s'écarta de lui, le cœur battant. Elle ne pouvait pas lui laisser le volant, car alors il aurait tout le contrôle.

Greg se décala vers elle, passant un pied de son côté.

— Allez, viens.

Alors qu'elle tentait tant bien que mal de l'escalader, il l'attrapa par les hanches et la força à s'asseoir à califourchon sur lui. La peau de Scarlet se couvrit de chair de poule.

— Hé, dit-il d'une voix douce en plongeant les yeux dans les siens. Je suis là.

Elle sentait la crosse de son pistolet pressée contre sa cuisse gauche. Et subitement, elle se rendit compte qu'un objet compact pesait à l'intérieur de sa veste, du côté droit. Une petite lueur d'espoir jaillit en elle.

Tout en soutenant le regard de Marten, elle glissa la main dans sa poche et tâta discrètement la forme cylindrique qui s'y trouvait.

C'était le Taser d'Austin.

26

Scarlet s'humecta les lèvres pendant qu'elle cherchait du bout des doigts l'interrupteur à la base du pistolet à impulsion électrique. Elle l'enclencha, puis arma ce dernier en poussant le curseur le long du tube, comme Austin le lui avait montré. Il ne lui restait plus qu'à choisir son moment.

Greg Marten baissa les yeux sur sa bouche. De sa main gauche, il lui effleura les côtes, prenant son calme apparent pour de la soumission, voire une forme de consentement. Lorsqu'il se pencha pour l'embrasser, elle laissa tomber sa tête sur le côté, lui donnant accès à sa gorge.

Scarlet dut lutter contre le profond dégoût qui l'envahissait. Elle serra le Taser dans son poing, le pouce posé sur le bouton. Quand Greg, tout frémissant de désir, chercha de nouveau sa bouche, elle projeta son front de toutes ses forces contre le sien.

Il poussa un cri et leva les mains vers son visage. Plissant les yeux contre la douleur qui lui vrillait le crâne, Scarlet lui agrippa le poignet pour éloigner le pistolet en même temps qu'elle enfonçait le Taser dans son cou.

Un affreux grésillement déchira l'air. Presque aussitôt, une balle partit dans le toit de la voiture. Greg lâcha son arme, qui tomba sur la banquette arrière. Scarlet attrapa les clés du véhicule et se jeta sur la portière du côté passager pendant que son ravisseur, momentanément paralysé, beuglait et postillonnait.

Il n'y avait pas de temps à perdre. Scarlet courut vers le coffre et l'ouvrit. Sa mère était recroquevillée à l'intérieur, pâle et échevelée. Un large hématome recouvrait sa joue gauche.

— Scarlet ! souffla-t-elle en clignant des yeux face au soleil.

— Il faut partir.

Alors qu'elle aidait Trina à s'extirper du coffre, Marten sortit de la voiture en titubant. Il continuait de jurer, une main pressée sur son cou. Scarlet lâcha sa mère un instant pour réarmer le Taser.

— Ne vous approchez pas ! cria-t-elle. Laissez-nous tranquilles !

Trina chancela à côté d'elle et dut se retenir à son bras pour garder l'équilibre. Greg Marten les fusilla du regard, tout en ouvrant la portière arrière.

— Oh ! mais je n'ai plus l'intention de m'approcher, gronda-t-il. J'en ai assez de m'épuiser à essayer de te sauver. Il est temps d'en finir.

Comme il se penchait à l'intérieur de la berline pour récupérer son pistolet, Scarlet entraîna sa mère vers les arbres.

— Cours, maman !

Trina, qui d'ordinaire était bien plus sportive qu'elle, peinait à la suivre.

— Allez ! l'encouragea-t-elle. On y est presque !

Bientôt, l'ombre les recouvrit, apportant un semblant de soulagement. La forêt leur offrirait mille possibilités de cachettes.

— Là, dit Trina d'une voix essoufflée en tirant sa fille derrière le tronc d'un gros chêne.

À peine s'était-elle arrêtée qu'elle se plia en deux pour vomir.

— Seigneur..., murmura Scarlet. Qu'est-ce qu'il t'a fait ?

— Il m'a frappée à la tête. Je crois que j'ai une commotion, grogna Trina en se laissant tomber sur le tapis de feuilles mortes. Je ne peux pas courir. J'ai la tête qui tourne, j'ai l'impression qu'elle va exploser.

Scarlet posa une main sur le front moite de sa mère. Elles ne pouvaient pas rester ici. Greg Marten les débusquerait à coup sûr si elles n'allaient pas plus loin.

— Combien de temps as-tu passé dans ce coffre ?

— Je ne sais pas... Des heures, sans doute. Il m'a attaquée devant la maison que je devais faire visiter. Je ne sais même pas si c'était aujourd'hui. Quand je me suis réveillée, j'étais enfermée dans ce coffre.

— C'était hier, précisa Scarlet en lui dégageant tendrement les cheveux des yeux.

— Scar-let ! fit soudain la voix de Marten à travers les arbres. Tu ne peux pas m'échapper, ma jolie. Je te retrouve toujours. Tu devrais le savoir, depuis le temps...

Les deux femmes échangèrent un regard, figées de terreur.

Des brindilles craquèrent au loin. En jetant un coup d'œil de l'autre côté du vieil arbre, Scarlet aperçut leur ravisseur à quelques dizaines de mètres de là. Il observait la forêt, dos à elles.

Trina tira sur la manche de Scarlet. Elle lui montrait un énorme rocher près de la limite des arbres.

— Tu as toujours les clés de la voiture ? chuchota-t-elle.

Scarlet acquiesça. Si elles parvenaient à atteindre le rocher, elles pourraient s'y arrêter un moment, le temps que Trina reprenne son souffle, avant de rejoindre la berline. Scarlet attendit que sa mère se relève, puis elle compta jusqu'à trois sur ses doigts.

Elles se ruèrent tête baissée vers leur objectif. À peine étaient-elles sorties de leur cachette qu'un rire diabolique éclata derrière elles.

— Vous voilà ! Plus la peine de courir, mes chéries. L'heure de la punition a sonné.

Une détonation retentit, faisant s'envoler les oiseaux alentour.

Et Trina s'écroula.

Austin quitta l'autoroute, convaincu que la berline avait fait de même. Il ne l'avait perdue de vue que quelques secondes, elle ne pouvait pas s'être volatilisée... Mais tandis qu'il s'engageait sur la petite route de campagne, d'autres questions l'assaillirent. Si Scarlet et Marten étaient bien sortis ici, où étaient-ils, à présent ? Où pouvaient-ils bien se rendre ? D'après les panneaux indicateurs, la ville la plus proche se trouvait à vingt kilomètres.

Soudain, un coup de feu brisa le silence. Austin accéléra, les sens en alerte. Tout en surveillant les abords de la route, il appela l'agent Barrow.

— Du nouveau, Beaumont ? s'enquit celui-ci en décrochant à la première sonnerie.

— J'ai pris la sortie 113. Je viens d'entendre un coup de feu.

— Vous avez une idée de son origine ?

— Pas encore.

À la sortie d'un virage, la voiture de Greg Marten apparut, garée sur le bas-côté. Le coffre et trois portières étaient ouverts.

— J'ai la berline en visuel, annonça-t-il. À trois kilomètres de la sortie. Je m'approche.

Austin s'arrêta derrière la voiture et sauta de son pick-up, le téléphone dans une main, son arme dans l'autre.

— Aucun signe des passagers.

Il fit un tour sur lui-même en scrutant les environs.

— Je crois qu'elle a réussi à s'échapper, dit-il à Barrow. Elle a dû courir vers les arbres pour se cacher.

— Bien reçu. Je vous envoie des renforts.

Austin rempocha son téléphone et s'élança en direction de la forêt, le pistolet serré dans son poing.

Les oreilles de Scarlet bourdonnaient. Elle se laissa tomber auprès de sa mère et la prit dans ses bras.

— Maman ! chuchota-t-elle.

Trina ouvrit les paupières, puis les referma.

Tout en regardant régulièrement autour d'elles, Scarlet chercha sur le corps de sa mère des traces de blessure par balle. Trina ne semblait pas saigner, mais elle ne répondait pas non plus.

Des larmes se mirent à rouler sur ses joues tandis qu'elle pensait à tous les scénarios dans lesquels elles ne s'en sortiraient pas vivantes. Et à toutes les choses qu'elle aurait voulu dire à sa mère.

— Je suis tellement désolée, sanglota-t-elle.

Son sang se glaça dans ses veines quand un hurlement résonna non loin d'elles. Puis une voix familière appela son prénom. Alors qu'elle se redressait prudemment, elle reconnut la silhouette de l'homme qui approchait.

— Austin ?

— Scarlet !

Elle courut vers lui pour se jeter dans ses bras.

— Dieu merci, tu es saine et sauve, lâcha-t-il en la serrant fort contre lui. J'ai cru que je t'avais perdue. Je ne veux plus jamais te perdre.

La gorge nouée par l'émotion, Scarlet s'écarta de lui à regret.

— Ma mère est blessée, et Greg Marten est armé. Il faut qu'on parte d'ici.

— Ne t'inquiète pas, j'ai neutralisé Marten. J'ai visé les genoux et je lui ai pris son arme. Il ne pourra pas aller bien loin.

Délivrée de sa peur, Scarlet s'effondra contre lui tandis que des sirènes se faisaient entendre au loin.

— Allons chercher ta mère, murmura Austin.

27

Trois mois plus tard

Scarlet planta la pancarte « À vendre » devant sa maison avec un mélange de soulagement et de regret. Greg Marten avait été reconnu coupable d'agressions, de tentative de meurtre, d'enlèvement, de harcèlement et de toute une série de délits mineurs. Elle avait beau savoir qu'il resterait en prison pendant de nombreuses années, elle avait encore l'impression parfois de sentir son regard sur elle, en particulier dans les lieux où il s'était introduit. Comme dans son cher cottage en bord de mer.

Ses séances hebdomadaires chez le psy et le grand ménage auquel elle s'était livrée chez elle l'avaient aidée à se sentir mieux, mais rien n'effacerait jamais la sensation de malaise qu'elle éprouvait encore chaque fois qu'elle poussait la porte de cette maison. Même les verrous tout neufs qu'Austin avait fait installer n'y avaient rien changé.

— Ça va ? s'enquit ce dernier en lui frottant les épaules.

— Ça me fait bizarre, répondit-elle, son souffle formant de petits nuages blancs dans l'air glacial. J'adore cet endroit, mais je ne peux pas y rester.

Austin vint se placer face à elle.

— Dans ce cas, que dirais-tu de rentrer au chaud à la maison ? J'ai une surprise pour toi.

— Une surprise ? Vous piquez ma curiosité, monsieur, murmura-t-elle en se lovant dans ses bras.

Il pressa ses lèvres fraîches contre son front.

— Allez, viens.

Le soleil se couchait lorsqu'ils montèrent dans le pick-up d'Austin. Quelques semaines plus tôt, Scarlet avait transféré chez lui les affaires dont elle se servait au quotidien, et le week-end précédent les Beaumont l'avaient aidée à déménager le reste dans un garde-meuble. À présent, elle n'avait plus qu'à vendre sa maison.

Elle retira ses gants et approcha ses mains glacées du souffle chaud qui sortait du ventilateur.

— J'espère que ta surprise implique un feu de cheminée, un verre de vin et beaucoup de câlins avec mon humain préféré, dit-elle.

— Pourvu que ce soit moi ! répliqua-t-il.

Scarlet se mit à rire, puis elle lui planta un baiser sur la joue.

— Ramenez-moi à la maison, monsieur Beaumont.

Le trajet jusqu'au moulin était des plus périlleux en hiver. Une vague de froid avait fait geler l'eau dans les ornières du chemin qui menait au pont couvert. Si Austin ne s'occupait pas rapidement de refaire la route, Scarlet serait obligée de s'acheter un pick-up, elle aussi.

Lorsque la structure de bois apparut devant eux, elle se pencha vers le pare-brise, les yeux écarquillés. Une myriade de petites lumières scintillaient sur le pont et dans les arbres alentour. Quelqu'un avait également disposé des bougies dans des bocaux en verre de chaque côté du chemin.

— Mais qu'est-ce que c'est ? souffla-t-elle.

— Tu aimes ?

— J'adore ! On peut s'arrêter ? C'est ça, la surprise ?

Austin lâcha un petit rire, tout en continuant de rouler. Scarlet se retourna sur son siège pour profiter plus longtemps de ce spectacle féerique, en se promettant de prendre des photos depuis la terrasse une fois qu'ils seraient arrivés.

Son étonnement redoubla quand elle découvrit une ribambelle de 4x4 garés devant le moulin.

— Tu as organisé une fête ? demanda-t-elle en reconnaissant les véhicules de certains membres de sa famille. Ou c'est juste un dîner ?

Avec les Beaumont, on ne savait jamais. Ils étaient tellement nombreux ! Et ils se rassemblaient à la moindre occasion.

Austin se gara, avant de se tourner vers elle avec un grand sourire.

— J'espère que ce sera une fête, dit-il mystérieusement.

— Et qu'est-ce qu'on est censés fêter ?

— Nous deux.

Sur ces mots, il captura ses lèvres en un baiser fougueux. Quand la lumière du porche s'alluma, Scarlet mit quelques instants à reprendre ses esprits. Elle espérait que les convives ne resteraient pas trop longtemps, car son envie de câlins devenait de plus en plus pressante.

Mme Beaumont leur fit signe de derrière la porte vitrée, un châle en laine passé autour des épaules. Sa voix leur parvint, assourdie :

— Il fait froid, dehors ! Qu'est-ce que vous attendez ?

— Tu es prête ? murmura Austin.

Oh oui, elle l'était.

Scarlet adorait la famille Beaumont, qui l'avait accueillie en son sein comme l'une des leurs. Elle aimait particulièrement les accolades généreuses de la mère d'Austin et les plaisanteries de ses frères. Et elle appréciait tout autant la fiancée de Dean, Nicole.

— Enfin ! s'exclama Mary lorsqu'ils la rejoignirent à la porte.

Elle les serra chacun leur tour dans ses bras, avant de les faire entrer bien vite.

À l'intérieur, un parfum de cannelle et de vanille embaumait l'air. Des conversations joyeuses leur parvenaient depuis l'étage.

— Dépêchez-vous, les enjoignit Mme Beaumont. Tout le monde vous attend.

Austin prit Scarlet par la main et l'entraîna dans l'escalier. En haut, de bruyantes acclamations les accueillirent. Il y avait bien là une vingtaine de personnes qui levaient leurs verres comme pour leur porter un toast. Parmi elles, Dean et Nicole, M. Beaumont et Finn. Mais aussi Lincoln et Josie, la responsable de l'écurie au ranch familial. Ainsi que Lydia, à présent totalement guérie, et la mère de Scarlet.

— Maman ?

Scarlet s'avança vers Trina pour l'embrasser. L'épreuve qu'elles avaient traversée ensemble dans la forêt les avait rapprochées.

— Qu'est-ce que tu fais ici ? lui demanda-t-elle, choquée de la voir en dehors de chez elle un soir de semaine. Comment as-tu réussi à venir jusqu'ici par ce temps ?

— J'ai laissé ma voiture à l'agence de Marshal's Bluff, et j'ai fait le trajet avec Lydia et Finn, répondit Trina. Je ne suis pas folle !

La jeune collègue de Scarlet la salua chaleureusement. Trina et elle avaient tissé des liens depuis qu'elles avaient toutes les deux été victimes de Greg Marten.

— Merci à vous tous d'être là, lança Scarlet. Je ne savais pas qu'on organisait une fête, sinon je vous aurais invités moi-même.

Alors qu'elle se tournait vers Austin avec un faux air de reproche, elle le vit sortir un petit écrin de sa poche.

— Ça y est, c'est le moment ! s'écria Mme Beaumont.

Austin s'éclaircit la gorge, et le silence se fit dans la pièce.

— Scarlet, commença-t-il de sa voix grave et sexy.

— Qu'est-ce que tu fais ? chuchota-t-elle, les yeux rivés sur la boîte de velours.

— Je t'aime. J'ai eu le coup de foudre pour toi dès que je t'ai vue, et chaque jour je tombe encore un peu plus amoureux. Tu es courageuse et intelligente. Loyale et tellement belle...

Un rire parcourut la foule. Mme Beaumont se couvrit la bouche, aux anges.

— Je n'imagine pas vivre sans toi, poursuivit-il. Et j'espère que tu ressens la même chose.

— Oui, souffla-t-elle, le cœur si léger qu'elle aurait pu s'envoler.

Austin posa un genou à terre et ouvrit l'écrin. Ses yeux brillaient d'émotion.

— Veux-tu m'épouser ?

Des larmes de joie roulèrent sur les joues de Scarlet tandis qu'elle le forçait à se relever pour l'embrasser.

Et elle répondit oui.

Vous avez aimé ce roman ?
Retrouvez en numérique les frères Beaumont :
1. Enquête sous tension
2. Traquée